KB259886

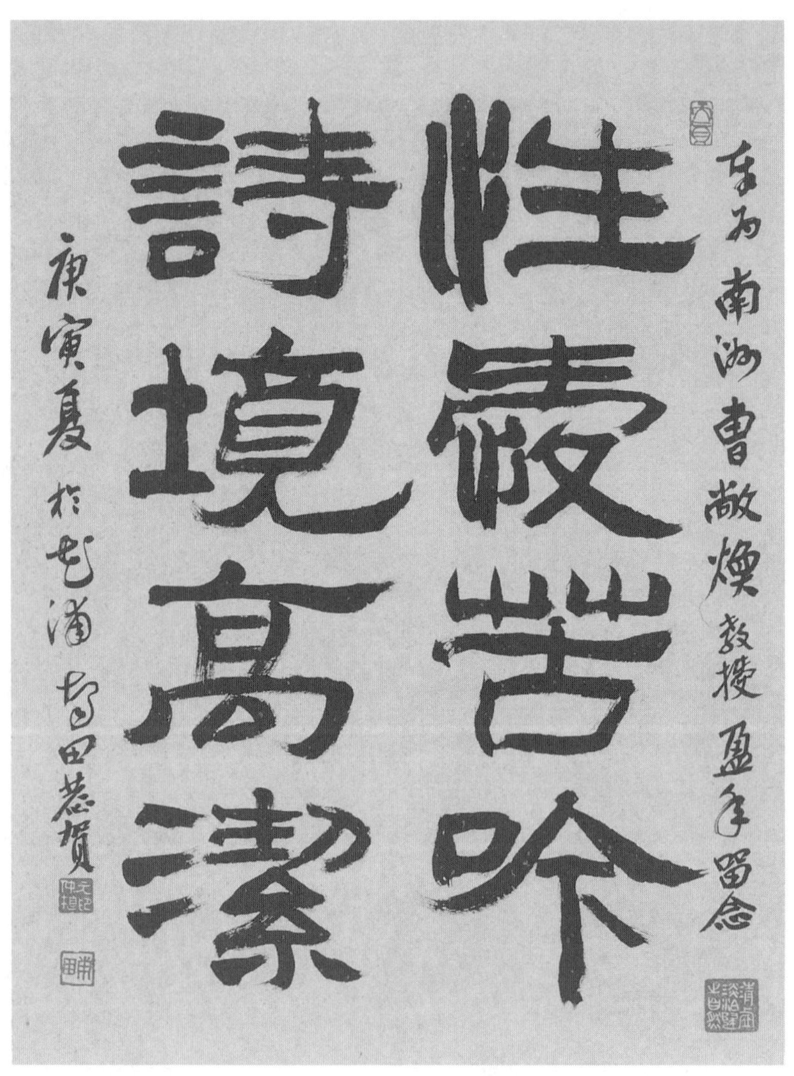

爲書南洲曺敞煥教授盈年紀念
性愛苦吟 詩境高潔
庚寅夏 於花浦 南田恭賀

성품이 시 읊기를 사랑하니 시의 경지가 높고 깨끗하다.

남주 조창환 교수의 정년을 기념하여 경인년 여름 화진포에서 남전 원중식 삼가 축하하여 글을 쓰다.

여백

조창환

감나무 가지 끝에 빨간 홍시 몇 알 // 푸른 하늘에서 마른번개를 맞고 있다 //
새들이 다닌 길은 금세 지워지고 // 눈부신 적멸만이 바다보다 깊다 //
저런 기다림은 옥양목 빛이다 // 이 차갑고 명징한 여백 앞에서는 //
천사들도 목덜미에 소름이 돋는다

경인 이천십년 오월 석가헌에서 조창환 아형의 큰 학문 아름다운 시를 기리며 경산 정진규

황량한 황홀

조창환 시
변규백 곡
Andantino(여유있고 부드럽게)
mp
눈 부셨 던 슬 픔과 아 릿 한 어 -둠
mp
mf
눈 부셨 던 슬 -픔 과 아 릿한 어 -둠
cresc.
mf
cresc.

황량한 황홀

눈부셨던 슬픔과

아릿한 어둠

내 삶의 절반은 황홀이었다

조창환

시와 삶의 조창환

견서 고 한정한
따 뜻 의
엄격주

남주조창환교수 정년퇴임기념문집 간행위원회

책만드는집

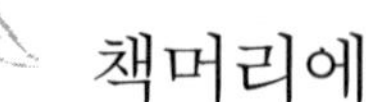# 책머리에

정년을 맞이하시는 조창환 선생님의 삶과 문학에 대한 존경과 애정을 담아 『견고한 서정, 따뜻한 엄격주의』라는 제목으로 한 권의 책을 내놓는다. 짧은 시간임에도 불구하고 정성스럽게 원고를 보내주신 필자 선생님들께 깊은 감사의 인사를 올린다.

이 책이 조촐한 느낌이 드는 이유는 조창환 선생님의 개결한 성품과 깊은 관련이 있다. 시인으로서는 내전의 여파가 채 가시지 않은 나라까지도 여행할 정도로 자유분방한 성품을 지니셨지만, 학자로서 자신과 제자들에 대한 엄격한 잣대는 문학 연구자의 객관적 엄정성에서 벗어난 적이 없으신 분이 조창환 선생님이시다. 외형적으로 그럴듯한 것보다는 내면적 진정성이 더 중요하다고 믿기 때문에 억지로 꾸미고 화려하게 수식할 필요가 없다는 태도가 이 책에도 고스란히 반영되어 있다. 이 책의 필자 선생님들도 이런저런 이유로 안면이 있는 분들을 넓게 모신 것이 아니라 깊은 인간적 교류가 있었던 분들로만 한정하였다. 선생님의 그러한 뜻을 잘 알고 있으면서도 제자들 입장에서는 죄송한 마음을 금할 길이 없다. 좀 더 많은 분을 필자로 모시고 남의 눈에 더 그럴듯한 책으로 꾸밀 계획도 없지 않았으나 중세 수도원을 연상시키는 선생님의 문학적 태도는 그러한 사족을 모두 거절하셨다.

이 책은 4부로 구성되었다. 1부는 선생님과 인간적인 관계를 맺어오시던 분들이 주로 집필해주셨다. 선생님의 스승을 비롯하여 선후배, 학문의 도반, 시인, 신부님 등 선생님의 삶의 궤적을 정확히 보여주는 글들로 구성되어 있어 읽다 보면 그 재미가 쏠쏠하게 느껴지기도 한다. 2부는 선생님과 학문적, 문학적 유대 관계를 맺은 학계 및 문단의 후배들과 재직하시던 학교의 제자들이 참여했다. 시 한 편 한 편에 담긴 미학적 의미를 밝히면서 개인적 추억담도 포함한 글들이어서 선생님의 시에 대한 이해를 넓혀줄 것이다. 3부는 그동안 선생님의 시를 인간적인 면모와 더불어 고찰한 글들을 실었다. 여기에 실린 글들은 시와 삶을 일치시키려 했던 시인으로서의 조창환 선생님의 면모를 살펴보기에 충분할 것이며, 이에서 견고한 순수주의자를 만나게 될 것이다. 마지막 4부는 그동안 발행한 시집의 발문들을 모았다.(다만 김영태 선생의 글은 시집 발문이지만 선생님의 음악에 대한 애정을 드러낸 인간미 있는 에세이 형식이어서 3부에 넣었다.) 조창환 시인을 연구하려는 분들에게는 통시적 흐름을 살펴보는 자료가 될 수 있을 것이다.

조창환 선생님의 시에 대한 열정은 아이러니컬하게도 차갑고도 따뜻한 것이었다. 그러한 의미를 담아 유재영 선생님이 보내주신 글의 제목 「견고한 서정, 따뜻한 엄격주의」를 이 책의 제목으로 삼았다. 문학과 삶에 대한 조창환 선생님의 태도에 잘 부합한다고 판단하였기 때문이다.

조창환 선생님께 빛나는 필자분들의 글을 모아 올리게 된 것을 아름다운 인연이라 생각하며 아무쪼록 두려운 마음으로 선생님의 문운을 기원드린다.

2010년 8월

南洲 曺敞煥 敎授 停年紀念文集 刊行委員會

우대식, 간호배, 김은영, 정진용, 정수자, 윤의섭, 박혜숙,
박해림, 이진숙, 김광기, 박현솔, 조명숙, 김경은, 김상혁

차례

·제2부· 내가 읽은 시 한 편

·제3부· 시와 인간

제1부

내가 만난 조창환

길동무의 한 사람으로서

강신항 ● 성균관대 명예교수

나는 대학 2학년에 진급하자마자 6·25 전란의 소용돌이 속에 휘말려 들어가, 그해 1950년 12월부터 국방부 본부와 공군 본부 등 군 본부에서만 7년 동안 복무했다. 대학은 전시연합대학과 국방부장관 취학 승인 등을 얻어 대학 학부과정과 대학원 석사과정을 어렵사리 마칠 수 있었다. 그러나 제대로 다닌 사람들에 비하여 실력은 형편없이 모자랐다. 그래도 모교의 특별 배려로 1957년 4월, 모교 졸업 후 8년 만에 중·고등학교가 분리되어 있지 않았던 모교에 돌아왔다.

그 당시 만난 후배들의 모습은 너무나도 청순했다. 계급장과 군복 속에서만 지내던 눈으로 볼 때 산뜻하게 흰 깃을 단 교복을 입은 후배들은 오직 귀엽기만 했고 누구나 다 해맑았고 깨끗했다.

1년이 지난 1958년 4월 1일, 중학교 2학년 6반의 담임을 맡았다. 당시의 서울중·고등학교는 심지를 뽑아 배당된 학생들이 아니고 경쟁률이 세고 엄격한 입학시험을 거쳐서 선발된 학생들이었으므로, 모든 학생의 이목구비가 준수하고 누가 보아도 반할 만한 미소년들이었다.

조창환 교수도 2학년 6반 학생의 한 사람이었다. 나는 첫눈에 그 맑은 눈동자, 온화한 성품, 천진난만하고 때 묻지 않은 순결한 모습에 반하였다.

나는 교사로서 결점이 많은 쪽이었다. 첫눈에 반한 학생을 끝까지 편애하는 버릇이 있었다. 좋게 말하면 나도 순정파였으므로 그 편애가 변함없이 일생 계속되는 것인지도 모른다.

2005년 5월 5일에 발행된 조창환 교수의 시선집 『신의 날』 발문 격인 「나의 삶, 나의 시」에서 조 교수는 다음과 같이 술회하였다.

"중학교 2학년 담임이 국어학자 강신항 선생님이셨는데, 이분이 나를 끔찍이 귀여워해주어 한때는 이 선생님의 영향으로 국어학을 공부할까 하는 생각을 했을 정도였다."

이 구절을 읽고 나는 참으로 아찔했다. 내 지나친 편애로 장래가 촉망되는 천재적인 시인을 '오도'할 뻔했던 것을 생각하면 등에서 진땀이 난다. 나는 모교 재직 3년 동안(그 뒤 1년 반 동안 강사까지 합하면 모교 재직은 4년 반이 된다) 신문반, 도서반, 문예반 지도교사를 맡았었지만, 문예반 지도교사로는 소설가 김광식金光植 선생과 시인 조병화趙炳華 선생이 함께 담당하여 나는 잔심부름꾼이었다. 그래서 문예반 학생들에게 큰 영향을 주는 존재는 아니었다.

나도 한때는 '대문호'를 꿈꾸던 시기가 있었다. 시골 중학교 3학년 때 8·15 광복을 맞아, 서툰 우리말로 글을 쓰며 이른바 문예반 반장으로서 '문명文名'을 날렸었는데, 1946년 가을 서울로 올라온 이후에는 형편이 달랐다. 그 무렵 문단에 등단해 계셨던 문필가 선생님들로부터 그만 '인정'을 못 받아 완전히 녹초가 되어버린 상태였다. 날이 갈수록 글쓰기에 자신을 상실해가고 있었는데 그 무렵 모교 국어 교사로 계셨던 남광우 선생의 강권으로 인생의 진로가 완전히 바뀌고 말았다. 글을 써서 사람들의 피가 끓는 가슴을 뭉클하게 해줄 수 있는 '문필가'가 되지 못하고 '무미건조'한 국어학 분야의 한구석을 평생 천착하고 있는 학도가 되어버렸다.

1960년에 나는 중·고등학교 교사에서 사립대학 교수로 자리를 옮기고, 서울대와 숙명여대 등에 강사로 나가고 있었는데, 조 교수는 고등학교에 입학하자마자 문예반에 가입하여 1962년에는 벌써 〈소년한국일보〉의 신인문학상에 동시 「팽이 치는 아이들」로 당선되어 아동문학가로 문학계에서 활동을 시작했다. 1963년에는 서울대학교 문리과대학 국어국문학과에 입학하여, 1960년부터 시간강사로 출강하고 있던 나와 다시 만났다. 그러나 이미 어엿한 성인이 되었고, 전공 분야가 달라서 중학교 2학년 때처럼 귀엽게만 여길 수는 없었다. 그래도 정이란 무서운 것이어서, 1958년 때 품었던 감정이 2010년 봄까지 그대로 유지되고 있다.

워낙 유순하고 고결한 성품을 지닌 조 교수는 평생의 반려로 자기와 꼭 닮은 유소영 여사(유명한 서예가 유희강 선생의 따님)와 사귀어 1972년 가을 장익張益 신부님(나중에 춘천 교구 주교가 되심) 주례로 결혼식을 거행하여 나도 진심으로 축복했었다.

1980년대에는 이미 시단에서 중진 자리를 차지하고 있던 조 교수와 한직장에서 후진을 양성해보려고 무척 애를 쓴 때도 있었다. 그러나 여러 가지를 곱지 않게 보는 시각에 의해 뜻을 제대로 이루지 못했다. 조 교수는 나와 한직장에서 근무할 기회를 놓쳤지만, 국내 유수한 대학에서만이 아니라 외국의 유명 대학에 진출해서도 큰 발자취를 남겼다.

사람은 성장 과정에서 어떤 분으로부터 계발을 받느냐가 가장 중요하다고 생각한다. 이런 면에서 본다면, 조창환 교수는 참으로 행복한 문학 청소년 시기를 겪었다. 고등학교 때에는 문예반 지도교사로서 김광식, 조병화 선생의, 대학에서는 전광용, 정한모, 정병욱, 장덕순 교수의 지도를 받을 수 있었다. 나는 한낱 정이 많은 길벗이었을 뿐이다. 다만 1958년에 맺은 정은 오늘날까지 변치 않고 이어지고 있다.

문학 연구와 시 창작의 명장名匠

김용직 ●서울대 명예교수 · 학술원 회원

조창환 교수는 1945년 서울 태생이다. 그에 비해 나는 사람들이 영남이라고 하는 경상도 북쪽 낙동강 상류의 시골에서 태어났다. 출생도 조창환 교수와 연대를 달리하는 30년대의 전기다. 조창환 교수가 이른바 모국어 세대에 속하는 데 반해서 나는 일제 식민지 체제하에서 초등교육을 받고 자랐다. 그러나 이런 청소년기의 성장 환경, 교육, 문화 배경이 빚어낼 법한 이질성은 우리 두 사람에게 큰 의미가 없다. 조창환 교수와 나는 지난 세기의 후반기부터 같은 대학 같은 학과에서 수학한 동창이며 동일한 전공 분야를 택하여 같은 길을 걸어온 지기知己이자 동반자로 살아왔다.

앞에서 이미 드러났지만 조창환 교수와 나는 당시 서울대학교 문리과대학이라는 호칭을 가진 대학의 국어국문학과를 다녔다. 거기서 한국현대문학을 전공하기로 하고 대학원에서도 꼭 같은 세부 전공으로 현대시를 공부했다. 뿐만 아니라 우리는 그 후에도 비슷한 과정을 밟아 대학에서 후진들을 지도했으며 연구 논문을 발표하고 학회 활동에 참여했다. 특히 조창환 교수와 나는 한국현대문학회를 비롯하여 여러 학술 연구 단체에 관계하면서 자리를 같이한 일 역시 수를 헤아리기 힘들 정도로 많다. 우리 재래 사회에서 매우 자주 쓰이는 속담의 하나에 "서로

소매만 스쳐도 전생의 인연"이라는 말이 있다. 이 해묵은 말에 비추어보면 조창환 교수와 나의 인연은 참으로 겹겹이었음을 실감하게 된다.

내 기억에 틀림이 없다면 조창환 교수와 내가 첫인사를 나눈 것은 1960년대 후반기의 어느 날이었다. 그 무렵에 지금은 폐간이 되고 없는 문리대의 학생회지 《형성形成》이 나왔다. 거기에 나는 짤막한 글 하나를 썼다. 어느 땐가 들른 문리대의 국어국문학과 공동 연구실에서 몇 사람의 학부 재학생들과 만난 적이 있다. 그들이 내가 다룬 외국 이론서에 대해 몇 가지 질문을 했다. 그때 나와 인사를 나눈 학생 가운데 한 사람이 교수 조창환이 아닌 학생 조창환이었던 것으로 기억한다.

나는 상당히 만학이어서 조창환 교수가 석사과정을 이수하기까지 모교에서는 전공과목을 맡지 못했다. 그런 까닭으로 문리대 시절에 조창환 교수와 내가 같은 교실에서 만날 기회는 갖지 못했다. 그런 우리 사이에 남다른 교우 관계가 생긴 것은 서울대학교가 관악으로 캠퍼스를 옮기고 나서부터다. 당시 조창환 교수는 석사과정을 마치고 박사과정을 이수 중에 있었다. 지도교수가 정한모鄭漢模 교수여서 자주 그 연구실에 출입을 하는 것을 보았다. 언젠가 나에게 새로 발족한 울산대학교 측의 인사 문제에 대한 의뢰가 있었다.

요즘 같으면 대학의 교수 요원 채용은 공채 절차를 거치는 것이 정식이다. 그러나 당시만 해도 그런 행정 절차가 생략된 채 특채가 이루어지는 일이 빈번했다. 어떻든 이때 울산대학교의 이야기를 나에게 말한 것은 수학과의 박세희朴世熙 교수였다. 그와 나는 과가 달랐지만 학부 때부터 흉허물이 없이 오고 간 사이다. 그런 터였으므로 때때로 거두절미 상태의 말이 오고 갔다. 그날도 느닷없이 박세희 교수가 그의 연구실로 나를 오라고 했다. 무슨 일인가 묻지도 않고 찾아갔더니 나도 이름을 아는 친구가 울산대학교의 교무처장이 되었다고 했다. 그가 국문학과 교수 한 사람을 추천해달라고 하니 그리 알고 즉각 조처를(?) 취하라는 것이었다.

  울산대학교 측의 말을 듣고 나는 곧 정한모 교수의 방문을 두드렸다. 그 자리에서 몇 사람의 후보가 떠오른 다음 마지막 지명자가 된 것이 조창환 교수였다. 이때에는 얼마간의 주석이 붙는다. 나중에 알고 보니 조창환 교수와 박세희 교수는 내가 인사를 시키지 않아도 아는 사이였다. 박세희 교수는 학부를 졸업하고 바로 서울고등학교에 수학 교사로 부임했다. 그때 그가 가르친 반에 학생 조창환이 있었던 것이다. 두 사람의 관계가 그런 각도에서 확인되자 나는 울산대학교 쪽 추천 절차를 박세희 교수에게 일임할 수 있었다. 그 결과 조창환 교수의 울산대학교 부임이 순조롭게 이루어진 것이다.

  조창환 교수가 울산으로 내려간 다음에도 그와 나 사이의 인연은 긴 실타래처럼 끊이지 않고 이어졌다. 그가 학위 논문 「한국 현대시의 운율론적 연구」를 냈을 때 나는 지도교수의 요청으로 그 심사에 참여했다. 그 후 조창환 교수는 전북대학교로 자리를 옮겼고 이어 지금까지 재직 중인 아주대학교로 부임했다. 그때마다 조창환 교수는 틈을 내어 그간의 사정들을 연락해주었고 다른 일을 곁들여 우리 집을 방문하는 수고를 아끼지 않았다.

  돌이켜보면 반세기에 걸친 조창환 교수와 나 사이의 교유 과정에는 우리 나름의 기쁨이나 즐거움으로 기억되는 일이 두 자리 숫자를 넘는다. 그 가운데 하나로 손꼽을 수 있는 것이 내가 조창환 교수 내외분으로부터 훌륭한 그림을 얻은 일이다. 널리 알려진 대로 조창환 교수의 부인인 유소영柳小英 교수는 현대 한국 서단의 거벽인 검여 유희강劍如柳熙綱 선생의 따님이다. 유소영 교수는 그런 아버님의 피를 이어받아 붓끝에 생동하는 힘이 느껴지는 동양화를 그린다. 어느 해 여름인가 주말에 두 분이 우리 집으로 오겠다고 하기에 우리 내외는 흔히 있는 마실 정도로 생각하고 기다리겠다고 약속을 했다. 그런데 현관을 들어서는 조창환 교수 내외분의 두 손에는 얼핏 보아도 상당한 양감을 느끼게 하는 화폭이 들려 있었다. 어리둥절해버린 우리 앞에 펼쳐진 것이 유소영 교수가 그린 명품 모란화였다. 우리 내외는 체질적으로 자극적인 선과 색채로 이루어진 서양화보다 부드러우면서 내면화된 빛깔과 선을 바탕으로 한 동양화를 좋아한다. 그 가운데도 밝은 색채와 향기까지가 풍길 듯 느껴지는 화초 그림을 특히 선호하는 것이다. 그런데 유소영 교수의 그림에는 그 여러 요소들이 고루 갖추어져 있었다. 뿐만 아니라 화사한 모란 그림은 우리 마음을 밝고 평화스럽게 만드는 분위기를 자아냈다. 우리 내외는 그런 유 교수의 그림을 보자 사양의 말 대신 욕심부터가 생겼다. 그 나머지 빈말로 감사하다는 말과 함께 유 교수의 그림을 받았다. 그날 이후 유 교수의 모란도는 우리 내외의 침실 벽을 장식하는 재산 목록 일 호가 되어 있다.

조창환 교수가 나에게 베푼 것 가운데 또 다른 것이 학회 활동을 통해서 그가 보낸 배려들이다. 그 가운데 특히 잊히지 않는 것이 저 지난해에 있었던 한국현대시학회 전국 대회에 나를 불러준 일이다. 저 지난해인 2008년도는 한국 현대시가 100주년을 맞은 해였다. 한국현대시학회는 그 기념 행사로 전국 규모의 연구 발표 대회를 가졌고 당시 학회장을 맡고 있던 조창환 교수가 기조 강연을 내가 하도록 불러주었다.

한국현대시학회는 그 발족이 1990년대 말에 이루어진 모임으로 초대 회장을 내가 맡은 바 있다. 그동안 몇 차례인가 회장과 임원진의 교체가 이루어져 창립 회원들의 그림자는 퇴색된 터였다. 그런 상황에서 조창환 교수가 현대시 100주년을 기념하는 학술 발표회에 나를 불러준 것이다. 발표장에서 논문을 읽기 전에 나는 인사말을 겸해서 이미 퇴역이 된 나를 불러준 학회의 회장과 임원진에게 감사하다는 말씀을 드렸다. 지금도 내 가슴 한 자락에는 그런 생각이 뚜렷하게 자리 잡고 있다.

이와 아울러 조창환 교수를 생각할 때마다 내가 되새기게 되는 것이 그가 유능한 문학 연구자인 동시에 여러 권의 시집을 가진 시인이라는 점이다. 조창환 교수와 나는 청소년기에 다 같이 공통된 형태의 꿈을 가진 적이 있었다. 그 가운데 으뜸가는 것이 모국어를 잘 익히고 다듬어 아름다운 가락을 이루는 시를 쓰는 시인이 되는 것이었다. 실은 나도 학부 시절의 막바지에 이르기까지 습작 노트를 가지고 있었다. 거기 적어본 몇 편의 습작은 학내의 신문 잡지에 투고한 것들이다. 그러나 그 다음 단계가 문제였다. 언젠가 나는 내 깐에 그럴싸하다고 생각한 습작들 몇 편을 골라 어느 종합지의 신인 추천제에 응모해보았다. 그러나 그 결과는 뜻과 같지 않았다. 그것이 계기가 되어 나는 창작과 연구의 동시 진행이 불가능하다는 사실을 깨쳤다. 그 몇 해 뒤 나는 추억의 시작 노트를 불살라 버렸다.

그런데 조창환 교수는 나와는 다르게 창작과 한국 현대시 연구의 두 길을 동시에 병행 형태로 진행시켜왔다. 문학 연구와 창작 시 제작은 상호 보완 관계로 이루어질 수 있는 것이 못 된다. 양자는 아주 빈번하게 모순, 충돌하는 속성을 가진다. 그럼에도 조창환 교수는 이 두 분야의 활동을 슬기롭게 조화시켜서 매우 훌륭한 성과를 보여주고 있는 것이다. 우리는 연구자로서 조창환 교수가 보여준 면모를 그가 낸 여러 권의 논저를 통해서 확인할 수 있다. 한마디로 그것은 한국 현대시 연구의 시금석이 되기에 족하며 이정표로 평가되어 마땅하다. 창작 시 분야에서 조창환 시인이 이루어낸 성과에 대해서도 위와 거의 같은 이야기가 가능하다. 1973년 《현대시학》을 통한 등단 이후 시인 조창환은 『빈집을 지키며』, 『라자로 마을의 새벽』 이하 일곱 권의 사화집을 만들어냈다. 그 질적인 수준 역시 높고 듬직하다. 이제 정년을 맞이한 조창환 교수에게 그간의 노고를 치하드린다. 그와 함께 새로운 의욕과 열정으로 창작과 연구를 아우르는 조창환 교수의 앞날이 건강하고 다복하기를 희망하며 기대한다.

조창환 교수의 신비스런 미소

김상태 ● 전 이화여대 교수

조창환 교수는 나보다 대학 국문학과 7년인가 8년 후배다. 그러니까 대학 때는 물론 대학원 재학 중에도 그를 만나지 못했다. 내가 서울예술고등학교 교사로 재직할 때 그는 신임 교사로 들어왔다. 자그마한 키에 늘 입가에는 미소를 띠고 있었다. 그 미소는 조금 신비한 데가 있어서 받아들이기에 따라서 각기 다른 해석을 내릴 수 있을 것 같다. 소리 내어 웃는 일은 아주 드물다. 예고 시절 내가 선배라고 해서 그에게 도움이 되는 말도 해주지 못했지만 점심 한 끼도 산 적이 없었던 인색한 선배였다. 친구에게 무심하긴 그때나 지금이나 마찬가지지만 그 학교에 오래 같이 재직했다면 아마 내가 오히려 도움을 받았을 것이라는 생각이 든다. 매사에 느리고 눈치가 무딘 나에 비하여 조창환 교수는 차분하면서도 센스가 있고 사려가 깊다.

예고에 1년쯤 근무했을 때 나는 전북대학교로 내려가게 되었다. 같은 교무실에 근무하면서 얼굴이야 자주 마주쳤겠지만 그때는 나이 차이 때문인지, 아니면 취미가 달랐던 때문인지 사적으로 만나 무슨 특별한 얘기를 나눈 기억이 별로 없다. 그 학교를 떠나면서 "만난 지 얼마 되지 않아 이렇게 헤어지게 되어 매우 섭섭하오" 했더니, 그는 빙그레 웃으면서 "아닙니다. 또 뵙게 될지도 모르잖아요" 했다. 그때 조창환 교수의 마음속에 어떤 그림이 그려져 있었는지 모르겠다.

그의 말마따나 수 년 후 나는 다시 그와 만나 한직장에서 근무하게 되었다. 전북대학교에서였다. 사람의 인연이란 알 수 없는 일이다. 내가 풀브라이트 장학금을 받아 미국에서 4년 동안 있다가 돌아왔을 때 그를 같은 직장에서 다시 만날 줄 어떻게 상상이나 했겠는가. 조창환 교수와 각별한 사이가 된 것은 이때부터라고 생각된다. 같은 현대문학 전공으로서 나는 소설론 담당이었고, 그는 시론 담당이었다. 이따금 그는 "선배님 뒤만 따라다니는 것 같아요"라고 말했지만 직장만 내 뒤를 따라온 셈이지, 능력은 나보다 월등 앞선 것을 나는 안다. 그나 나나 술을 별로 좋아하지 않기 때문에 술자리에 어울릴 기회는 드물었다. 그러나 연구실이 가까이 있어서 차를 마시며 이런저런 세상 돌아가는 얘기, 혹은 문학 얘기를 자주 나누었던 것 같다. 실제로 그가 시를 쓰고 있는 시인임을 안 것은 전북대학에 와서라고 생각된다. 《문학사상》에서 시인에게 무슨 상인가 준다고 해서 추천 의뢰가 왔을 때야 그의 시를 읽어보고 고개를 끄덕이었다. 그의 시는 감정을 극히 절제하는 경향이 있어서 일반 대중에게 어필하기는 어렵겠다는 생각이 들었다. 하지만 좋아하는 소수는 있기 마련이다. 이때야말로 그에게 선배로서 조금의 도움이라도 될까 하고 나는 그를 첫 번째로 추천해서 올렸다. 하지만 그 추천은 그에게 전혀 도움이 되지 못했다.

이 무렵 그는 간이 좀 나쁘다고 하면서 미나리 생즙을 내서 먹고 있었다. 하루에 얼마쯤 먹느냐고 했더니 정확한 기억은 없지만 내가 깜짝 놀랄 만큼의 많은 분량이었다. 나도 미나리를 좋아하지만 생즙을 내서 그렇게 많은 양을 먹는다는 것은 도저히 상상이 가지 않았다. 간이 나쁘다는 것은 건강에 큰 문제라는 생각 때문에 나뿐 아니라 같은 과에 있는 후배들과 모여 앉으면 그의 건강을 걱정했다.

조창환 교수는 5년쯤 전북대학교에 근무한 것으로 안다. 어느 날 그와 또 다른 후배가 서울 지역의 다른 대학으로 가겠다고 했다. 지방 대학에서 몇 년 근무하다가 업적이 쌓이면 서울 지역의 어느 대학으로부터 으레 초빙을 받는 법이다. 또 본인들도 그렇게 희망한다. 우선 내가 난감했다. 서울의 어느 대학에서 오라는 연락이 와 있었기 때문이다. 학과장을 맡고 있을 때인데 두 후배가 서울의 대학으로 가겠다는데 나까지 동시에 가겠다고 할 수 없는 입장이었다. 당시는 대학을 옮길 때 근무하는 대학의 총장 추천이 반드시 있어야 했다. 이 추천을 받지 못해서 결국 대학을 옮길 수 없었던 교수가 내 주위에도 상당히 있었다. 나는 말도 꺼내지 못하고 다른 교수들을 서울로 가도록 총장에게 상신했다. 특히 조창환 교수는 간에 이상이 있어서 그 치료를 위해서 반드시 서울로 가야 한다고 말했다. 간 전문의가 서울의 큰 병원에 있었기 때문이다. 다행히 두 사람 다 허락을 받아 서울로 가게 되었다. 사실 나는 진작부터 서울의 대학에서 오라는 제의를 받고 있었지만 내가 미국에 나가 있었던 만큼은 근무해주어야 한다는 의무감도 있어서 말을 꺼내지 못했다. 같이 풀브라이트 장학금을 받아서 미국서 공부한 L 교수는 2년 전에 이미 서울 어느 대학에 가버렸지만, 나는 차마 그렇게 할 수는 없었다. 이 두 후배를 보내고 다음 학기에 나도 서울로 오긴 왔지만, 대학 때의 지도교수로부터 호된 꾸중을 듣기도 했다. "남의 대학 망해먹게 하려고 세 사람이 동시에 뜬단 말이야!" 인사차 간 나에게 이렇게 야단치셨다. 나는 그 꾸중에 묵묵부답일 수밖에 없었다.

 서울로 올라온 이후 같은 대학에 있을 때만큼 자주 만날 수는 없어도 동창 자녀의 혼사 때나 혹은 은사들의 회갑연, 정년퇴임 등의 일이 있을 때마다 만나서 그간의 회포를 풀곤 했다. 무슨 일이 있으면 전화를 걸어 안부를 묻곤 했기 때문에 한참 동안 만나지 못해도 격조했다는 느낌이 들지 않았다. 마음만 먹으면 언제든지 만날 수 있다는 생각 때문이었는지 모른다. 언젠가 이름이 꽤 알려진 국문학자의 논문을 학술진

홍원에서 평가해달라는 의뢰를 받고 검토해보았더니 너무나 엉터리여서 난감했던 적이 있었다. 조창환 교수에게 재심을 미루었더니 그도 몹시 곤란했던 모양이다. 그분을 잘 알고 있었기 때문이다. 결국 합격점을 주어서 통과시키긴 했어도 곤란한 일을 떠맡게 해서 내내 미안했다.

그때로부터 아마 10여 년이 지나고 나서였다. 내가 안식년을 받아 반 학기는 독일의 훔볼트 대학에서 나머지 반 학기는 하와이 대학에서 객원교수로 지내게 되었다. 어느 날 도서관에서 한국 신문을 훑어보고 있는데 눈을 들어보니 조창환 교수가 눈앞에 서 있는 것이 아닌가. 깜짝 놀라서 어찌 된 일이냐고 했더니, "교수가 어딜 가겠어요? 도서관이지"라고 하면서 예의 그 빙그레한 웃음을 웃고 있었다. 그때 그는 아주대학의 학장 보직을 맡고 있을 때인데 미국 대학을 총장과 동행으로 시찰하고 돌아오면서 하와이에 잠깐 들렀다고 했다. 하와이 대학의 동아시아학과 학과장을 맡고 있던 손호민 교수와도 오래전부터 잘 알고 지내던 터라 지나는 길에 만날 겸 해서 들렀다고 했다. 내가 그때 그곳에 머물고 있는 것을 알고 찾아온 것인지, 아니면 손 교수에게 들어서 나를 찾아온 것인지는 알 수 없다. 어쨌든 의외의 장소에서 절친했던 후배를 만나니 반갑기 이를 데 없었다.

"그래 지금부터 스케줄이 어떻게 되어 있는 거야?"라고 나는 대뜸 물었다. 한 시간 후부터 여행사에서 마련해준 오아후 섬 일주 관광을 하기로 되어 있다는 것이다. 옆에 같이 온 사람을 소개시켜주면서 같은 대학의 후배 교수라고 했다. "그 관광사에 내는 여행비 내게 주고, 나와 함께 일주하는 것이 어때?"라고 했더니, "그거야말로 더할 수 없이 좋은 일이지요. 그런데 이미 관광사에 여행비를 지불했는데 그게 어찌 되는지 모르겠군요" 했다. 당장 여행사에 전화를 해보라고 했다. 돌려받을 수 있는 시한이 30분이 남았기 때문에 가능하다고 했다. 둘이 지불한 돈이 얼마였는지 지금 기억도 없지만 받아서 내 포켓에 넣었다. 사실 그날은 토요일이라서 은행에 가서 돈을 찾을 수도 없고, 내 호주머니에도 돈이 얼마 남아 있지 않아 도리가 없었다. 미안했지만 어쩔 수 없는 일이었다. 나는 그때 오아후 섬을 여섯 번째 도는 길이었다. 여러 번 갔던 길이라 관광 회사에서라면 그냥 지나칠 곳도 찾아가서 구경했다. 여러 곳을 들러 지금은 기억도 없지만 격랑이 몰아치는 절벽 위의 풀장에서 과일 주스를 마시던 일이 가장 생생하게 떠오른다. 마침 하와이 섬의 서해안이라 석양이 아름답게 지고 있었다. 영롱한 오색의 구름과 함께 전개되는 그 광경을 본 것은 나도 처음이었다. 호놀룰루로 돌아와서는 한국 식당에서 맛있는 저녁을 먹었다. 조창환 교수는 "그 돈으로 저녁까지 먹을 수 있어요? 우리가 더 낼게요" 했다. 물론 저녁 먹을 돈은 내게 남아 있었다. 아주 만족한 호놀룰루 일주였다. 이전에 다른 어떤 사람과 일주했을 때보다 가장 기분 좋은 여행이었다. 즐거운 친구와 여행하면 이래서 기분이 좋은 모양이다.

조창환 교수도 어느새 정년퇴임을 한다고 한다. 사실 간이 나쁘다고 미나리 생즙을 내어 먹는다고 했을 때 그의 건강을 몹시 걱정했는데, 나이 들수록 더욱 건강한 모습을 보이고 있으니 기쁘기 그지없다. 얼마 전에 그는 나와 집사람을 그의 차에 태워 서해안 어디에 가서 맛있는 회를 대접했는데 나는 그것을 아직도 갚지 못하고 있다. 차일피일 미루다 그렇게 된 것이다. 정년퇴임을 하고 나면 시간이 많을 테니 언젠가는 바로 그곳으로 가서 내 차례를 행사해야겠다.

빙그레 웃는 그 신비한 미소, 누구도 흉내를 낼 수 없는 조창환 교수의 전매특허의 미소다. 그의 눈 밖에 나면 당장 비웃음으로 변할 것 같은, 나는 그 미소를 좋아하지만 한편으로는 두려움을 느낀다. 그의 눈에 선배답지 못한 행동이라고 생각되면 언제 비웃음으로 바뀔지도 모르기 때문이다. 사실 그의 미소는 부인의 생긋 웃는 매력적인 웃음 때문에 더 빛을 발하는지도 모른다. 부인의 미소는 마치 순진한 소녀 같은 웃음이다. 요즘 애들의 말을 빌린다면 환상적인 커플의 웃음이다.

대충 헤어보아도 그와 우정을 나누며 친교를 맺어온 지 어언 40년이 넘어간다. 장구한 세월을 한결같은 마음으로 쌓아온 이 우정, 성을 쌓아도 큰 성을 쌓을 수 있는 세월 아닌가.

'이슬'과 '간장 종지'

마종기 ● 시인

조창환 시인을 처음 만난 것은 별로 오래되지 않았다. 올해로 꼭 10년째이다. 그러나 그런 것이 내게 하나도 이상하지 않은 것은 내가 초년병 시인이던 60년대 중반 이후 40년 넘게 외국에서만 생활을 했고 그 이전이나 그 후에도 내 전공이 문학과는 거리가 멀어서 어차피 문인들과의 교류는 거의 없었기 때문이다.

2001년 늦가을, 우리는 미국 오하이오 주의 서북쪽에 위치한 작은 도시에서 처음 만났다. 조창환 시인이 볼링그린(Bowling Green)이라는 작은 도시에 있는 대학에 안식년을 이용해 교환교수로 왔고, 그곳은 내가 30년 이상 의대 교수와 의사로 지낸 톨레도(Toledo)라는 도시에서 아주 가까운 거리에 있었다. 그가 그곳에 와서 지낸다는 말을 듣고 연락이 되어 우리는 오래 알아왔던 사람처럼 반갑게 두 손을 맞잡았다.

물론 나는 조창환 시인의 이름을 오래전부터 들어왔고 좋은 시를 쓰는 시인으로 믿어오면서 가끔 그의 시를 서울서 온 시 잡지에서 읽어왔다. 그러나 그 당시까지 내가 알아온 조창환 시인은 내 고등학교 몇 해 후배이면서 고전음악을 좋아하고 그런 음악을 주제로 시까지 쓰기도 하는 좀 특별한 스타일의 시인이라는 것, 튀는 표정이나 쓸데없는 제스처로 시선을 모으려 하지 않고 늘 자기의 시적 상상력을 아름답고 정직하게 표출하는 지성의 시인이라는 객관적인 모습뿐이었다.

조창환 시인이 오하이오에 머물던 그 1년 중에 나는 오랜 미국 의사 생활에서 은퇴를 하였고 아내가 원하던 남쪽 플로리다로 이사를 하게 되어 우리의 잦은 모임은 반년 정도밖에 이어지지 않았다. 그러나 그 몇 달간, 우리는 굉장히 자주 만나면서 음악회니 영화 구경이니 다른 공연에 같이 갔고 식사도 함께하며 문학에 대한 의견을 나누기도 했는데, 상상했던 것보다 훨씬 많은 것에서 의기가 상통하는 것을 느껴 서로 기뻐하곤 했다.

그 은퇴 후에는 나는 계획했던 대로 모교의 초빙교수가 되어 1년에 4개월 정도를 서울서 지내게 되었는데, 그 기간 중에 조창환 시인 부부와 자주 만나는 것은 큰 즐거움이었다. 주일이면 명동성당의 미사에 함께 참석했고, 좋다고 소문난 음식점도 함께 순회하곤 했다. 그렇게 우리가 귀국해 있는 몇 해 동안 우리는 단짝 친구같이 붙어 지내면서 2004년에는 1년간 내가 가톨릭 서울 대교구의 주보에 「간장 종지」라는 운문 칼럼의 글을 썼고, 다음 해에는 조 시인이 이어서 1년간 같은 칼럼에 글을 써서 연재하였다. 그리고 두 사람의 글을 모아 『나를 사랑하시는 분의 손길』이라는 제목의 책을 바오로딸 출판사를 통해 출간하게 되었다. 그 일을 인연으로 우리는 어느 저녁 외부인에게는 항상 닫혀 있는 수녀원의 식사에 초대되어 수녀님들의 아름다운 식사 기도의 성가도 듣고, 정갈하고 맛있는 저녁 식사도 그분들과 함께할 수 있었다. 부끄러운 우리의 이 종교 묵상집은 아직도 심심찮게 팔리고 있는지 요즈음까지도 가끔 그 책을 좋게 읽었다는 분에게서 연락을 받고 있다.

조 시인의 고전음악에 대한 이해와 사랑이 아주 깊고 넓은 것을 나는 늘 감탄하면서도 한 가지 더 놀라는 일은 그의 엄청난 여행벽이다. 10년 전의 미국 체류 중에도 며칠이 멀다 하고 이곳저곳 여행을 많이 하고 있는 것을 알고 '암, 시인은 여행도 많이 하고 더 보고 더 느껴야지' 하고 감탄했지만, 내가 귀국해 서울에 있는 동안에도 그의 여행벽은 좀체 그치지 않았다. 그의 여행은 여기저기 주마간산 격으로 보고 지나치기 보다는 한 곳에 주로 머물러 앉아서 여행지에서 생활을 해야 직성이 풀리는 듯, 몇 해 전에는 아무 인연도 없는 카자흐스탄에 가서 몇 달 동안 그 나라 말까지 배워가며 살았는가 하면, 작년에는 체코의 프라하에서 반년가량 머물러 사는 통에 그해 서울서 나와의 만남은 아쉽게 중단되기도 했다.

말주변이 없어 조창환 시인의 이야기가 어쩌다 음악과 여행으로 맴돌았지만 나는 무엇보다 그의 시를 무척 좋아한다. 특히나 최근의 시집인 『피보다 붉은 오후』나 『수도원 가는 길』에 실려 있는 시들을 좋아한다.

흰 날개를 펄럭이며 / 새 떼들이 날아간다. / 흔들리는 하늘 / 아득한 그늘 속으로 / 새 떼들이 연기처럼 사라질 때 / 비를 품은 바람이 빈 화선지에 / 먹물 번지듯 스며들어 / 나뭇잎들 우수수 흔들린다(「아득한 그늘」)

이슬은 허공이 벗어놓은 옷, 허공이 / 풀어놓은 살, 허공이 남겨놓은 / 그늘인 줄 안다 / 아니다. 그렇지 않다 / 오늘 아침 맨발로 이슬을 밟을 때 / 풀밭이 진저리 치며 흐느껴 운 흔적을 보았다 / (중략) 이슬 쓰다듬으며, 나는, 지상의 행복이란 / 모두 울다가 지친 흔적인 것을 알았다(「이슬」)

조 시인도 이제 나이가 차서 정년 은퇴를 한다는 소식을 접했다. 부디 좋은 음악도 더 즐기고 여행도 더 많이 하고 그래서 좋은 시도 더 많이 써서 우리를 더 즐겁게 해주기 바란다.

신심 깊고 성실한 시인 교수

허영자 ● 시인·성신여대 명예교수

조창환 교수를 만날 때마다 나는 갑자기 세월을 거슬러 사십여 년 전으로 돌아간다. 그리고 단정하게 교복을 차려입은 서울대학교 국문과 학생을 떠올리게 된다.

정확하게는 지금으로부터 사십이 년 전, 서른 살을 갓 넘긴 나는 서울 명동에 있는 계성여자중·고등학교 교사로 재직 중이었다. 그때 나보다 늦게 부임했고 따라서 당연히 나보다 젊은 가사 과목 선생님이 나와 가까이 책상을 두고 있었다.

가을날이었다. 교정의 나무들이 아름답게 물들어 있었고 떨어진 낙엽이 발밑에 밟히기도 하는 그런 날, 햇빛은 유난히 밝았으며 소슬한 가을바람이 옷자락을 스치는 오후였다.

나는 교과서와는 상관없이 "시몬! 너는 좋으니? 낙엽 밟는 발자국 소리가" 같은 가을 시편들을 학생들에게 읽어주는 것을 끝으로 수업을 마치고 교무실로 돌아왔다.

그때 바로 내 앞의 가사 선생님 앞에 서울대학교 교복 차림의 깨끗하게 생긴 젊은 학생이 서 있었다. 그리고 무슨 용무인가를 끝내고 돌아가는 그 학생과 가벼운 목례를 나눈 것으로 생각된다. 그런데 다음 날 가사 선생님이 나 가까이로 와서 이렇게 전하였다.

"어저께 다녀간 제 동생이 이렇게 말하였어요. 예쁘지는 않지만 매력이 있는 여선생이 누나 앞에 있더라고요. 바로 선생님을 가리키는 말이었어요."

나는 뜻밖의 말에 조금은 당황했지만 "매력이 있더라"는 말이 그리 싫지는 않았다. 다만 "예쁘지는 않더라"는 말이 다소 섭섭하기는 하였지만 거꾸로 "예쁘기는 한데 매력이 없더라"는 말보다는 훨씬 마음에 드는 칭찬이었다.

"그 학생이 선생님 아우님이었나요?"

"예. 제 동생인데 서울대 문리대 국문과 학생이에요."

나는 뜻밖의 말을 들은 듯했다. 가사 선생님, 곧 조창환 교수의 누님인 조경득 선생님은 서울대학교 사범대학 가정과를 졸업한 재원이었지만 문과나 문학 등과는 무관한 분으로 평소 알아왔던 터여서 그분의 아우님이 국문과를 다니고 국문학을 전공한다는 말이 놀라웠다.

푸른 하늘 아래 눈부시게 빛나던 그 가을날과 더불어 문학을 전공한다는 조경득 선생님의 아우—나를 가리켜 예쁘지는 않지만 매력이 있는 여선생이라는 말을 해준 서울대학교 국문과 학생은 오랫동안 나의 뇌리에 각인되어 있었다.

그로부터 몇십 년, 세월은 사정없이 흘렀다.

조경득 선생님도 그 단정하던 국문과 학생도 머언 풍경화의 정경 인물처럼 까마득해진 어느 날 시인들의 모임 자리에서였다. 신사 한 사람이 내게로 와서 인사를 하였다.

"저 조창환입니다. 저의 누님이 옛날 선생님과 같은 학교에 재직한 적이 있습니다."

그 말을 듣는 순간 나는 그가 누구인가를 금방 알 수가 있었다. 교복은 벗었지만 역시 단정하고 진중한 신사의 모습에서 아득히 흘러간 시간 속의 서울대학교 학생 모습을 찾을 수 있었던 것이다. 그도 나도 시를 쓰는 시인이 되어 있었고 또 교직에 몸을 담고 있었다. 이리하여 스쳐 지나간 짧은 만남 이후 삶을 마칠 때까지 계속될 긴 만남이 이루어졌다.

가까이서 보는 조 교수는 첫인상과 다름없이 성실하고 훌륭한 인품을 갖춘 신사이다. 열심히 공부하고 연구하는 교수이며 좋은 글을 쓰는 시인이다. 그 위에 이분은 신심 깊은 신앙인이며 그 신앙을 생활에서 실천하는 참종교인이다. 그 온후한 성품으로 현재 가톨릭문우회의 회장직을 훌륭하게 수행하고 있는 줄로 안다.

이분은 또 다른 복을 가진 복인이기도 하다. 훌륭한 내조자인 부인과 다복한 가정을 이루고 있는 복인이다. 서예가이신 검여劍如 柳熙綱 선생의 따님이신 조 교수의 부인은 시부모님께는 효부이며 친정 부모님께는 효녀이고 남편과 자녀들에게는 현모양처인 드문 덕성을 갖춘 분이다. 몇 년씩이나 자리보전을 하고 누워 계신 시부모님과 친정아버님의 수발을 손수 하면서도 짜증 한 번 내는 일 없었던 분이다. 그러면서도 남편과 자녀의 일에 소홀함이 없었던 부인의 헌신은 듣는 이를 숙연케 한다.

조창환 교수와 함께 시인협회에서 일할 때였다. 이분이 감사직을 맡고 있었는데 마침 미국에 체류하게 된 형편이었다. 또 한 분 당연직 감사가 있었기에 그해의 감사는 한 분이 할 수밖에 없겠구나 하고 생각하였는데 그것이 아니었다. 먼 나라에 있으면서도 자료를 보내주기를 요청하였고 그것을 세밀하게 검토하여 감사 결과와 소견서를 보내왔다. 이때 나는 다시 한 번 조창환 교수의 인품에 신뢰를 가지게 되었다.

이후 이분의 시 작품과 시인협회 세미나 등 여러 자리에서 발표한 평문에 접하면서 문학에 대한 열정과 성실하고 건실한 문학관을 이해하게 되었고 그들이 모두 이분의 인품의 반영이라는 것을 알게 되었다.

겸손하면서도 당당하고 지나침도 모자람도 없는 예의범절을 갖춘 신사 시인 조창환 교수가 어느덧 정년을 맞이하신다니 학생이던 이분 모습을 기억하는 나로서는 감회가 없을 수 없다. 아무쪼록 새로운 인생의 시작이 될 정년을 계기로 좋은 글, 좋은 시 더 많이 쓰시고 더 건강하시어 여생이 다복하시기를 빌면서 소회를 접는다.

자랑스런 결실의 깃발

김여정 ● 시인

조창환 시인, 아니 조창환 교수님, 어느새 정년퇴임입니까? 나에게는 아직도 열정적 교육열과 쉼 없는 학문 연구와 후학 양성에 혼신으로 몰두하는 패기만만한 장년 교수의 모습인데 정말 믿기지 않네요. 세월의 무상함을 새삼 느끼게 됩니다. 하지만 시인으로서 스승으로서 유감없이 땀 흘리고 풍성한 알곡을 추수하고서 빛나는 영예의 햇살 아래 황금 들판에 서서 미소 짓는, 자랑스런 결실의 깃발을 봅니다. 세상에는 시로 꽃씨를 뿌리고 학문의 전당에서는 진리의 밀알을 심어오신 삽질의 보람이 향기롭고 눈부십니다. 진정 이제부터 더 심화된 학문 연구와 제자 사랑에 몰두할 수 있을 것이라 확신하기에 진심으로 정년퇴임을 축하드리며 아낌없는 박수를 보냅니다.

생각하면 조창환 시인 교수와 나의 인연은 참 오래되고 아름다운 동행이었다고 추억됩니다. 문학의 길을 같이 걷게 되어 문단에서 만난 우리는 한국시협과 한국가톨릭문인회에서 돈독한 우정을 쌓아오면서 연상의 동료인 나를 늘 살갑게 챙겨주시고, 후덕한 부인과 몇몇 후배 시인 가족들과 즐거운 만남을 가지며 종종 여행의 길에도 함께하는 행운을 누리게 해주셨지요.

수 개월 전 조 교수님네가 안식년으로 체코의 프라하에 머물고 계실 때 독일 딸네 가족들과 프라하 여행을 할 기회가 있으면 같이 만나 타국에서의 여행의 기쁨을 만끽하자던 약속을 나의 연락 미숙으로 놓치고 얼마나 아쉬워했던지요. 나중에 독일로 돌아온 후에야 전화 통화가 되었을 때 부인께서도 나에 못지않게 "억울하고 속상해 못 견디겠다"라며 아쉬움을 토로하셨지요. 그토록 조 교수님네는 나에게 육친의 동기처럼 가깝게 느껴지는 정 깊은 인연입니다.

일전에는 1박 2일 예정으로 계획했던 동해안 일주 여행 약속을 느닷없이 어겨서 정말 미안하고 아쉬웠습니다. 얼마나 기대되고 기다렸던 동행이었는데요. 더구나 내 시집 출간을 축하하기 위해 마련한 여행 계획이었는데……. 전혀 예정에 없던 집안 사정으로 불가피하게 불참했지만 마음은 파도치는 동해안을 함께 달리고 있었답니다. 축하의 뜻은 듬뿍 받았고요. 그래도 좋은 여행이었다고 나중에 일행에게서 듣고 조금은 덜 미안하더군요.

계절 따라 생각나면 어디든 우선 떠나보고야 마는 우리가 아니던가요? 이제 퇴임하시고 여유로운 시간이 많을 듯하니 이번에는 전에 다녀왔던 서해안으로 가도록 해보자고요. 이제부턴 약속 꼭 지킬 거니까요. 당일이든 며칠이든 서로 일정만 맞으면 즐겁게 떠나곤 하는 우리 일행 다섯—늙은 나까지를 꼭 동참시켜주는 우정 늘 고맙게 생각하고 있습니다.

내 시집 『초록 묵시록』 속에 있는 「분만」이란 시도 몇 년 전 우리 일행의 지리산 여행길의 한 장면의 삽화이지요. 그때 모두들 얼마나 포복절도했었습니까? 그 후로 부인께선 나와 함께하기를 더 좋아했지요. 그런 우스갯소리도 못하면 나보다 젊은 시인들이 나 같은 늙은이를 어디 끼워주겠어요? 이것 또한 농담이고요. 우리의 인간적인 우정을 폄하해서가 아니니 오해 없으시리라 믿어요.

조 교수님의 한결같은 우정이 어떤 것인데요? 컴퓨터에 내 이메일

주소가 만들어지게 된 계기도 실은 조 교수님의 남다른 우정으로 말미암은 것이었지요. 조 교수님이 2001년 가을에 한국학술진흥재단의 지원을 받아 미국의 오하이오 주에 있는 볼링그린 대학교에 한국어 강의 교수로 가 계실 때 가까운 시인에게 부탁하여 내 이메일 주소를 개설토록 하고 곧바로 이메일 편지를 보내주었지요. 이역만리 타국에서도 잊지 않고 이메일을 보내는 우정에 참으로 감복했더랍니다. 그 후로도 미국 내 동부와 남부 지역, 카리브 해, 알래스카 등 각지의 여행 스케치를 보내주어 마치 함께 동행하여 여행하는 기분이었지요. 그때의 감상을 쓴 연재 시가 《현대시학》에 10개월간 연재한 「수도원 가는 길」이었지요? 참 감명 깊게 감상한 작품들이었습니다. 간명한 영상으로 깊은 사색과 종교적 철학이 극명하게 표현된 걸작들이었다고 기억됩니다.

조 시인은 한때 건강상의 어려운 고비를 깊은 신앙심과 시적 열정으로 극복하고 한층 밝아지고 맑아진 시선으로 생명의 신비를 바라보게 됨을 표현한 시가 「피보다 붉은 오후」라고 말한 적이 있었지요. 그러한 승화된 신앙의 시적 완성이 미국 대학에 근무 중인 조 시인에게 '한국가톨릭문학상'이라는 큰 상을 수상케 했다고 생각됩니다.

조 교수님과는 시인이라는 동료 의식 말고도 같은 가톨릭이라는 신앙, 그리고 특히 인간적인 공감대가 오랜 시간 함께 삶의 시간대를 공유할 수 있게 하는 것이라 여겨집니다. 나보다 연령대가 낮은 시인 부부와 생의 길을 동행할 수 있다는 그 은혜가 그렇게 감사할 수가 없습니다. 더욱이 조 시인 덕택으로 이제 멀리 타국에 있는 자녀들과도 쉽게 이메일 편지로 안부를 서로 알릴 수 있게 되어 고마움이 배로 큽니다.

친애하는 조 교수님!

아직 문학 교육에의 열정이 대단한데 퇴임하신다니 아쉽지만, 학문과 문학과 인생의 재충전 기회라 여기시고 퇴임 후라도 그 열정이 계속 후학들에게서 떠나지 않기를 바랍니다. 이제 시간적 여유도 생기고 사는 거리도 한결 가까워졌으니 자주 만나고 여행도 더 많이 함께할 수 있겠다고 미리부터 기대에 부풀게 되네요.

「수도원 가는 길」을 동행하며 시와 신앙, 그리고 다 비워낸 가벼운 생을 무겁게 이야기하며 가끔가다 포복절도의 '분만'의 장면도 연출해 가며 '평화와 감사'의 나날을 같이하시기를 바랍니다. 명예로운 정년퇴임을 축하하는 마음으로 조 시인의 시 「무지개」의 한 장면을 함께 읽어 보겠어요.

    잠깐 사이, 평원에 구름 걷히고
    무 지 개!
    튼튼한 뿌리를 지평선 양쪽에 내린
    수만 개의 찬란한 눈알맹이들이
    흘리는 눈물들이 이루는 폭포
    아아 얼마나 오래전부터 내 속에서
    저 눈알맹이들은 하프 소릴 내면서
    불타고 있었던 것일까

부디 오래오래 건강하시고 천주님의 축복과 은혜가 늘 함께하시기를 기원합니다.

『물 있는 풍경』
─조창환 시인에게

임보 ●시인·전 충북대 교수

지난 2월 말경 우리가 『물 있는 풍경』 출판기념회에서 만난 것이 아마 수 년 만이었지요? 같은 수도권에 살면서도 그동안 나는 우이동과 청주의 직장을 오르내리느라 여념이 없었고, 조 시인 또한 강남과 수원을 오가며 분망히 지냈기 때문에 서로 만나기가 쉽지 않았던 모양입니다. 게다가 무슨 모임 같은 데 얼굴을 잘 내밀지 못하는 내 성벽도 소원의 요인이 아니었나 생각되기도 합니다.

생각해보면 우리는 남다른 인연을 지닌 사이인 것 같습니다. 조 시인을 처음 만난 것은 1970년대 초 정동에 자리한 서울예술고등학교에서였지요? 같은 직장의 국어과 동료 교사이면서 시를 쓰는 시인들이기도 했고, 또한 대학의 동문이라는 여러 공통점을 지니고 있었지요.

그러나 정동에서의 우리의 만남은 별로 길었던 것 같지 않습니다. 조 시인이 일찌감치 대학으로 자리를 옮겼고, 나 또한 헛바람이 들어 잠시 학원가로 외도의 길에 들어섰으니 말입니다. 그리하여 어쩌다 문인들의 모임에서나 가끔 얼굴을 마주치는 정도로 우리의 만남은 뜸했던 것 같습니다.

그렇게 수십 년이 흘러간 뒤 작년 여름, 『물 있는 풍경』의 원고를 정리하던 중 문득 조 시인이 서울고등학교 출신이라는 사실이 떠올라, 유공회柳孔熙 선생님을 아느냐고 전화를 한 적이 있지요. 그때 조 시인은 존경하는 은사님이었다고 대답했습니다. 같은 스승의 제자라는 사실을 확인하고 또한 얼마나 반갑게 느꼈는지 모릅니다.

내가 유상愉象 유공희(柳孔熙, 1922~2003) 선생님을 처음 만난 것은 1955년 광주고등학교에 입학해서입니다. 국어 교사였던 선생님은 온통 내 마음을 사로잡았습니다. 알맞은 체구에 갸름한 얼굴, 두툼한 뿔테 안경, 올백 머리, 동서고금을 종횡무진 넘나드는 해박한 지식이며 유머와 위트가 넘치는 강의는 학생들을 열광케 했습니다. 약간 혀가 짧은 듯한 어투마저도 매력적으로 느껴졌습니다.

나는 선생님을 통해 보들레르, 랭보, 발레리 등 프랑스 상징주의 시인들을 처음 알게 되었습니다. 뿐만 아니라 사르트르, 카뮈 등의 실존주의 철학자며, 린위탕林語堂, 구라다 하쿠조倉田百三 같은 철학자들의 저서도 접할 수 있게 되었습니다. 시골 중학 출신의 우물 안 개구리였던 나에게 새로운 세계를 열어 보여주셨습니다. 조 시인도 아시지만 그분은 교과서와 입시 공부에 얽매이지 않고 자유분방한 수업을 하시지 않았던가요? 그랬지만 국어 때문에 입학시험을 그르쳤다는 제자는 한 사람도 없었습니다.

스스로 문학의 딜레탕트라고 겸손해하면서 자존과 개성을 소중히 여긴 자유인이었으며 진정한 멋을 아는 댄디(dandy)이기도 했습니다.

내가 대학 2학년 때 유 선생님께서는 서울고등학교로 옮기셨고, 그래서 조 시인과의 인연도 비롯된 것 같습니다.

대학을 졸업하고 직장에 다닐 때도 나는 가끔 선생님의 역촌동 자택을 드나들었습니다. 선생님께서는 수필을 잘 쓰셨지요. 그래서 어떤 방송국의 제작자는 선생님의 글을 낭독하는 고정 코너를 두기도 했습니다. 그러나 선생님께서는 등단을 원치 않았으며, 작품집을 세상에 내놓기를 꺼리셨습니다.

"내 작품을 내 생전에 어찌 부끄럽게 묶어 낸단 말이냐?"

문집이란 본인의 사후에 후손이나 제자들의 손에 의해 만들어지는 것이지, 당대에 할 일이 아니라는 지론을 갖고 계셨습니다. 일찍이 메이지대明治大 문학부에서 수학했던 깨어 있는 지식인이었지만 삶의 자세에 있어서는 청빈한 옛 선비의 기질을 잃지 않은 분이셨습니다. 그러한 선생님을 대할 때마다 되지도 않은 작품들을 시집으로 묶어 내려 전전긍긍했던 내 모습이 한없이 부끄럽고 초라하게 느껴졌습니다.

선생님께서 작고하시기 1년 전쯤 와병 중에 계실 때, 몇 제자들이 찾아가 원고를 넘겨주실 것을 간청했지만 역시 뜻을 굽히지 않으셨습니다. 그리고 2003년 세상을 뜨셨습니다.

2007년 봄, 선생님이 떠나신 지 4년 뒤, 문득 선생님의 유고에 생각이 미쳤습니다. 그리하여 수소문 끝에 유족들과 연락이 닿아 보관 중인 원고를 인수하게 되었습니다.

산문 43편, 시 77편, 일문 시日文詩 49편의 원고를 지난여름 내내 정리하면서 즐거운 땀을 흘렸습니다. 조 시인에게 혹시 유 선생을 아느냐는 전화를 했던 것이 바로 이 무렵입니다.

각계의 많은 제자가 흔쾌히 문집 간행에 동참해주었습니다. 출판비를 지원해주기도 하고 선생님과의 정겨운 추억담들을 써주기도 했습니다. 더욱이 조 시인이 써주신 유려한 '작품 평설'로『물 있는 풍경』이 더욱 아름답게 꾸며질 수 있게 된 것을 고맙게 생각합니다.

『물 있는 풍경』 속에 담긴 유상 유공희 선생의 고귀한 정신이 이 삭막한 세상을 좀 부드럽고 맑게 할 수 있으면 좋겠다는 생각을 해봅니다. 유 선생님은 내가 지금까지 이 지상에서 만난 사람들 가운데 가장 멋진 분이셨습니다. 그를 만날 수 있었다는 것이 내 생애의 큰 행운이며 기쁨이었습니다. 그분의 맑고 고운 문향文香을 세상과 더불어 나누고 싶습니다.

조 시인, 언제 우이동 골짝에서 술 한잔 기울이면서 유공희 선생의 추억담이나 나누었으면 합니다만—. 강북에 오시는 기회 있거든 연락 주십시오.

건안하시고 건필하시기 바랍니다.

황소처럼 당당히 대지를 딛고

오세영 ●시인·서울대 명예교수

내 서재—서재라 할 것도 없는 초라한 방이지만 어떻든 서가가 놓여 있는 곳이니—의 한편 벽엔 이제 제법 고풍스런 맛까지 느껴지는 한국화 한 폭이 걸려 있다. 한 송이의 노란 국화꽃이 시든 잎사귀들에 받쳐 가지 끝에 활짝 피어 있는 그림이다. 화려하거나 아름다운 느낌을 주는 것도 아닌, 강렬하다거나 산뜻한 인상을 지닌 것도 아닌, 어찌 보면 평범하기까지 한 그림이다. 그러나 나는 그 그림을 좋아한다. 그래서 이사를 다니면서도 나는 이 그림을 항상 서재의 한쪽 측면 벽에 걸어놓고 있다. 글을 쓰다가 피곤에 지쳐 문득 기지개를 펼 때 자연스럽게 바라다볼 수 있는 위치에……

그 그림은 내 마음을 편안게 해준다. 세상은 속절없는 것이니 속세의 희로애락 따위 같은 것에는 집착하지 말고 제 뜻을 좇아 한길을 걸어가라고 말해주는 것 같다. 장미나 튤립 같은 꽃도 있지만 이렇게 수수하고 조신한 꽃도 한 생의 의미를 지닌 것이라고 말해주는 것 같다. 비록 대중의 관심을 끌지는 못하지만 있는 듯 없는 자신처럼 일관되게 한자리를 지키는 것도 가치 있는 삶이라고 가르쳐주는 것 같다. 한 생애의 영광은, 한 송이의 꽃을 피우기 위해 시드는 수많은 잎새와 같은, 고난과 희생 없이 이루어지는 것이 아니라고 가르쳐주는 것 같다.

그리하여 나는 가끔 이 그림을 보며 내 마음을 다스린다. 혹은 밖에서 치유하기 힘든 상처를 받고 돌아와 가슴이 아픈 날도, 혹은 속된 즐거움에 도취해서 제 분수를 잃어버린 날도, 혹은 터무니없이 기대했던 꿈이 무참하게도 깨져 삶이 몹시 서글퍼지는 날도, 혹은 사랑했던 사람들로부터 배신을 당해 이 세상 문득 싫어지는 날도 나는 내 서재의 탁자에 새하얀 원고지를 펼쳐놓고 이 그림을 보면서 마음의 평정을 얻는다. 거기서만큼은 내가 진정한 내 모습을 바라볼 수 있는 것이다. 아, 그러고 보니 새하얀 원고지는 바로 삶의 거울, 거기에 얼비치는 한 송이 국화꽃 그림은 내 자화상이 아니었을까.

나는 이 그림을—기억이 맞다면—1980년 어느 봄날에 얻었다. 그러니까 30여 년 전이다. 그때 나는 한 시인의 시집 출간을 기려 해설을 써 준 적이 있었는데 그에 대한 보답으로 화가인 그 시인의 아내로부터 이 값진 선물을 받았던 것이다. 내 나이 38세, 나보다 세 살 아래였던 그 시인의 나이 35세 때의 일이다. 그에게 첫 시집이기도 했던 그 책의 제목은 『빈집을 지키며』, 거기에 용두의 사미로 붙인 내 해설문의 제목이 「삶의 해체 혹은 삶의 확인」이었던가. 이 시집의 주인이 바로 조창환 교수였다. 그때 나는 젊음으로 팔팔한 대전의 충남대학교 교수였고 그 역시 이웃 전주의 전북대학교 교수였으니 그로부터 흘러 이제 각자 대학에서 이미 정년을 맞았거나 맞이하게 된 30여 년의 세월이 감회가 새롭다.

그러나 조창환 교수와 나의 인연은 물론 여기서 처음 맺어진 것은 아니다. 다 알다시피 우리는 같은 대학의 선후배 사이다. 3년의 후배였던 그를 나는 동숭동 대학 캠퍼스에서 만났고 같은 스승의 제자로 동문수학하였다. 비록 내 성격이 내성적이고 비사교적이어서—아마 이는 조창환 교수 역시 마찬가지였으리라 생각한다—나는 그와 자주 어울린 것 같지는 않다. 그러나 비록 그를 자주 보지는 못한다 하더라도 어쩐지 나는 그가 세상 그 어떤 변화가 올지라도 항상 내 곁에 남아 있을 친구라고 생각하는 데는 변함이 없다. 그는 그만큼 내게 있어 믿음직스럽고, 성실하고, 과묵하고, 속이 깊은 후배이다.

그런 면에서 조창환은 마치 네 발로 대지를 버티고 당당히 선 황소 같은 사람이라 할 수 있다. 그는 황소처럼 소리 없이, 황소처럼 부지런히, 황소처럼 변함없이, 황소처럼 꾸준히, 황소처럼 당당히, 황소처럼 정직하게 인생을 살아왔다. 그리하여 누구나 아는 것처럼 학자로서도, 시인으로서도 큰 족적을 남겼다. 그가 한국의 시학을 이끄는 한국시학회 회장을 이미 역임했고, 현재 한국시인협회 심의위원장과 가톨릭문우회 회장을 맡고 있는 것이 바로 그 산 증거이다. 그러나 그 무엇보다 진정한 조창환은 정결한 가톨릭 신앙인으로서의 그 자신이 말해주듯 주위의 모든 사람들로부터 사랑과 존경을 받는다는 점에서 조창환이다. 이제 그의 남은 여생은 그 황소의 등에 푸른 하늘을 지는 일에 있을 것이다.

온후한 품성, 그리고 시적 깊이와 넓이

이건청 ● 한국시인협회장 · 한양대 명예교수

조창환 시인에게서는 신사의 품격이 느껴진다. 사리 판단의 척도가 묵중하면서도 아주 정확하다. 지근거리에서 그를 보아온 지가 아마도 30년은 족히 넘었을 터인데도 그가 '묵중하면서도 정확한' 품격을 흩트려 보이는 경우를 본 적이 없다. 이런 경우는 인간적인 깊이를 넉넉하게 채우고 있는 지적 교양이 복판에 자리하고 있는 사람에게서만 나타나는 것이라고 나는 생각한다.

조창환 시인은 아주 다복한 생애를 살아가는 시인이다. 시인으로서, 대학의 시학 교수로서, 한 가족의 가장으로서 그렇다. 말하자면 한 인간을 이루는 내적인 면과 외적인 면, 개인적 자기와 사회적 자기를 아우르는 '온전한 자기' 위에서 삶을 영위하고 있다는 말인데, 이런 홍복이 쉽게 와지는 것이 아니란 걸 우리는 너무나 잘 알고 있다. 인간적 품성과 자질이 온후하고 탁월해야 할 것이며, 시대를 앞질러 가며 진로를 찾아가는 선구적 안목을 필요로 하는 능력이다. 조창환 시인이 그런 요소를 두루 겸비한 이웃이라고 나는 생각한다.

조창환 시인은 우리나라 시인들 중에서 한국 시의 가장 핵심적인 자리를 이끌어가고 있는 몇 명시인들 중의 한 사람이다. 그는 우리 시단에서 아주 좋은 시를 지속적으로 써내는 시인이다. 한국의 시인들 중엔

젊은 시절 빛나는 시를 써 보여주던 사람들이 나이 들면서 감각도 열정
도 시들해지는 경우를 많이 볼 수 있다. 조창환 시인처럼 60대 중반, 대
학 정년을 앞둔 지금까지 시에 대한 열정과 감각이 신선하게 살아 있는
경우를 만나기는 어렵다. 아마 이런 선택과 선별 과정을 거치면서 한국
시문학사가 정리되는 것일 게다.

> 풀잎 속을 가만히 들여다보면
> 향기가 드나드는 작은 숨구멍들이 보인다
>
> 숨구멍들은 늘 열려 있기도 하고
> 늘 닫혀 있기도 한 회전문이다
>
> 회전문으로
> 깃털처럼 부드러운 바람이 드나들어
> 바람이 흘리고 간 얼룩이 남아 있다
>
> 가을 잠자리 파르르 떨고 있는
> 풀잎 속을 가만히 들여다보면
> 토마토 국물 같은 눈물 자국이
> 떨고 있는 것도 보인다
> ―「풀잎」 전문

　시인의 '눈'이 미세하기 짝이 없는 풀잎의 '숨구멍 세상'까지도 세세
히 바라보고 있다. 시인은 풀잎의 숨구멍을 통해 거기로 '향기'가 드나
들고 있는 걸 알아내고 있으며, "향기가 드나드는 작은 숨구멍"에는 회
전문이 있어서 그 '숨구멍'을 열기도 하고 닫기도 한다고 한다. 그 '문'

으로 드나드는 바람이 '얼룩'을 남기기도 하는데 바람 따라 그 '문'으로 날아들어 온 잠자리가 "파르르 떨고 있"고, 떨고 있는 잠자리와 함께 "토마토 국물 같은 눈물 자국"도 그 옆에서 떨고 있다고 한다. 사는 일이 상식과 타성으로 이어진 것이라고는 하지만 이런 시를 찬찬히 읽으면 '눈'도 '귀'도 환하게 트이어오는 것을 느낄 수 있다. 심오한 시적 자질이 넘쳐난다.

조창환 시인은 서울대학교 국어국문학과와 같은 대학에서 석사, 박사를 마쳤다. 이른바 엘리트 코스를 거치면서 대학의 시학 교수로 자리를 잡았고, 그렇게 한 생애를 살아온 사람이다. 내 편견인지는 모르겠으나, 엘리트 코스를 거친 사람들에게서 나타나는 어떤 특질 같은 게 보이는 경우도 있다고 생각한다. 지적 오만이나 자기 위주의 주의 주장이 강하게 나타나는 경우 같은 것 말이다. 그런데 조창환 시인에게서는 그런 면을 전혀 찾아볼 수 없다. 오히려 그는 아주 겸손하고 공손하기까지 한 사람이다. 그는 아주대학교에서 학장 등의 보직을 아주 성실히 해낸 사람이다. 『한국 현대시의 운율론적 연구』는 대학교수로서 그가 펴낸 역저다. 운율론에 관한 연구가 희귀한 풍토에서 시학자로서의 그가 이룬 아주 높은 업적이다.

최근에 나는 한국시인협회 회장의 직책을 맡게 되었다. 한국 시를 총괄해야 하는 자리여서 힘에 겨움을 자인하지 않을 수 없다. 도리 없이 보다 능력 있는 시인들을 선택해서 도움을 청해야만 했었다. 시인협회는 그래서 200여 명 정도의 임원을 두고 있고, 네 분의 위원장을 모시고 있다. 심의위원장과 기획위원장, 상임위원장, 교류위원장이 그들인데 그중에서도 심의위원장은 회장과 함께 협회를 이끌고 수시로 운영방안을 논의해야 하는 동반자이다. 박목월 선생께서 시인협회 회장을 하실 때, 심의위원장 박남수 선생과 수시로 머리를 맞대고 논의하곤 하셨었다. 시협 회장과 심의위원장은 어차피 임기 중 하나의 '배'를 몰고

목적지까지 운항해가야 하는 공동 운명체의 동반자이다.

심의위원장은 회장과 가장 지근거리에서 소통할 수 있는 시인이어야 하고, 시적 관심이나 지향점도 함께 공유할 수 있는 분이어야 한다. 그리고 무엇보다도 한국 시 전체를 아우를 수 있는 안목과 추진력을 겸비한 분이어야 한다. 조창환 시인을 심의위원장으로 모시고 도움을 청하기로 했던 것은 그가 그런 필요조건을 온전히 구비한 친구라고 생각했기 때문이었다.

조창환 시인과 멕시코 여행을 함께한 적이 있었다. 일행은 정진규, 김종해, 오세영, 조정권 시인과 나, 그리고 조창환 시인 내외분이었다. 멕시코 과달라하라에서 〈한국 현대시 주간〉 행사가 있었고 그 행사에 참가하는 일행으로 동행하게 된 것이었다. 날씨는 더웠고 일정은 아주 빡빡했다. 행사도 그랬고, 멕시코시티로 칸쿤으로 이어지는 관광 코스도 힘에 버거웠다. 몇 시간씩 황무의 들판을 달려가 선인장 술 '데킬라'를 맛보기도 했고, 역시 숲길을 몇 시간씩 달려가 유적 치첸이트사에 가기도 했었다. 모두들 힘에 겨워했었다. 그때 조창환 시인 곁에는 부군을 지극히 보필하는 미모의 부인이 있었다. 미술 전공의 그의 부인은 탁월한 안목으로 유적지가 보여주는 특질들을 소개하고 안내해주곤 했다.

언젠가 조창환 시인의 초대를 받아 방배동 그의 집엘 간 적이 있다. 오세영 시인과 이화여대 김현자 교수와 함께였다. 그때 나는 서울 시내에 살면서도 이처럼 자연이 어우러진 풍치를 이루어낼 수도 있는 것이구나 하는 생각에 놀랐다. 다가구 주택 1층 로비 바깥의 나뭇가지들이 아름다운 풍취를 이뤄내고 있었다. 그때 나는 생각했었다. 도시 공간에서도 이런 풍취를 창출해낼 수 있는 안목이 조창환의 인품과 능력을 이루는 것일 것이라고. 그날 조창환 시인의 초대에서 만나게 된 그 댁 부인의 요리 솜씨는 아주 섬세하고도 맛깔스런 것이었다. 요리 한 가지한 가지에 정성과 교양이 흠뻑 들어 있었다. 아마 그날 조창환 시인의 부인께서 요리가 즐겁다는 요지의 말을 하신 걸로 기억한다. 조창환 시인은 참 복이 많은 사람이라고 나는 생각한다.

조창환 시인이 오래 몸담았던 대학 강단에서 정년을 맞이한다고 한다. 나는 조창환 시인이 강단의 흔적들이나 미련 같은 것들이 있으면 그것들을 훌훌 털어버리시기를 바란다. 시인에게는 시가 있으니 말이다. 빛나는 조창환 시의 쟁기 날로 저 기름지고 드넓은 시의 밭을 계속 일구어갈 것이라고 믿는다. 대학 강단 때문에 조금쯤 소원했었을 수도 있는 '시'를 지근거리에 불러 앉히고 '전업 시인'의 자리에서 아주 빛나는 시편들을 많이 찾아 보여주시기를 당부드린다.

마음이 따뜻한 사람

이광호 ● 한국학중앙연구원 명예교수

조창환 교수님! 벌써 정년이 되셨다고요? 아직도 청년 같으신데 정년이 되셨다고요? 일단, 정년을 축하합니다.

스승님들이나 선배님들이 정년을 맞으실 때 벌써 정년이 되셨구나 하는 감회를 늘 가지고 있었는데 저도 벌써 정년이 지나 3년이 되었습니다. 그런데 아직 정년이 까마득하게 남아 있을 것으로 생각했던 조 교수님도 이제 정년을 맞으시게 되었다니, 흔히 쓰는 말로 세월이 살같이 빨리 지나가는 것 같습니다. 누구나 '정해진 시간(recorded time)'에 따라 갈 수밖에 없는 것이 우리의 삶이 아니겠습니까? 정년도 그 정해진 시간의 하나이지요.

직간접적으로 인연을 맺고 있던 여러 가지 일이 정년으로 끝나게 되니 마음이 허전하고, 평소에는 그렇게 느끼지 못했던 사소한 일들이 좀 섭섭하게 생각되는 경우도 꽤 있습니다. 그러나 그런 감정을 제쳐두고 정년은 정말 축하하고 기뻐해야 할 일임에 틀림없습니다. 개중에는 정년을 채우지 못하고 세상을 뜨거나 물러나야 하는 사람들도 꽤 많다고 생각되기 때문입니다.

조 교수와 저와의 인연은 제가 1961년 당시 서울대 문리대(현재의 인문대)에 입학하고 조 교수께서 1963년 같은 대학 국문학과에 입학하시면서부터라고 할 수 있겠습니다. 명목상으로는 제가 조 교수보다 2년 앞섰으니 선배가 되겠지요. 지금도 그런 것 같습니다만 당시의 문리대 국문학과의 풍조는 아무리 같은 과라 하여도 국어학, 고전문학, 현대문학 이렇게 세 가지 전공이 뿔뿔이 흩어져 자기 전공이 아니면 서로 소 닭 쳐다보듯 하였으니 학부 시절이나 대학원 과정에서는 특별한 인연을 맺기가 어려웠습니다. 조 교수님과 저도 그런 형편이 아니었겠습니까?

이렇게 된 것은 우리 스승님들께 그 책임이 있다고 생각합니다. 그 까닭은 학부 시절 저는 국어학(한국어 문법)을 전공하기로 작정하고 그 과목 강의를 집중적으로 들었는데, 그때 우리 스승님 한 분이 특히 현대문학, 그 가운데서도 창작 지망생들의 행태를 폄하(?)하여 말씀하시기를 공부는 않고 술이나 마시며 담배 연기 자욱한 다방 구석에 앉아 "내사 모르겠노라"한다고 하셨기 때문입니다. 매우 죄송스럽고 실례되는 말이 되겠습니다만 실제로 그때 저는 현대문학을 '별로(?)'라고 생각하게 되었습니다. 그 뒤 절실히 느끼게 되었습니다만, 현대문학만큼 재미있고 현실적으로 유용한 것은 없다고 할 수 있다는 것을 깨달았지요. 반면에 내가 전공하는 국어학이야말로 객관적으로 보아 재미없고 무미건조한 학문이라고 말할 수 있겠습니다.

학부 시절에 서로 뿔뿔이 흩어져 저만 잘 아는 체했던 것에 반하여, 대학에서 교수로 재직하는 동안에는 서울대 문리대 출신 선후배 사이에는 겉으로 드러내지는 않았지만 서로 긴밀한 관계를 가졌던 것도 사실입니다. 우리 선배 중 한 분은 문리대 출신끼리 드러내 놓고 무슨 단체 같은 것을 갖지 말라고 당부하신 적이 있습니다. 대학으로는 K 대학 교우회, 지역으로는 J 향우회, 군인으로는 H 전우회처럼 그 결속력이 대단한 단체처럼 문리대 출신이 어떤 모임을 갖게 되면 만인의 적이 되기 쉽다는 이유에서였던 것 같습니다.

조 교수와의 비교적 깊은 인연은 1978년의 일이었던 것 같습니다.

경희대학교에서 전국 국어국문학 학술대회가 개최되었었는데, 그때 우연히 만난 자리에서 조 교수는 아직 전공학과나 대학원이 설치되어 있지 않은 울산대학교에 재직하고 있는 것이 불만이라는 말씀을 하셨습니다. 마침 그때 내가 있는 전북대 문리대 국문과에서 현대문학 전공교수를 초빙하던 중이라 "그러면 전북대로 오시는 것이 어떻겠습니까?" 하고 제가 의향을 물었고, 조 교수께서 선뜻 응하여서 1979년 3월 학기에 전북대 문리대 국문과로 옮겨 오시게 되었습니다. 그때 우리 동문인 전광현 교수님은 단국대로 옮겨 가시고 최태영 교수, 홍윤표 교수, 그리고 제가 그곳에 재직하고 있었습니다. 전북대학교에 재직하면서 이심전심으로 뜻이 통하여 우리 선후배 네 사람은 그런대로 보람 있는 시간을 보내지 않았던가 생각됩니다. 그리고 얼마 안 있어 홍윤표 교수님은 단국대학으로 옮겨 가셨습니다.

같은 직장에 재직할 때 우리 모두에게 가슴 아팠던 일은 조 교수께서 건강을 잃으셨던 일입니다. 그때 저는 조 교수님을 전북대로 모셔 온 것을 매우 후회했습니다. 사람들은 누구나 어려운 일을 당하면 과거의 일을 후회하고 안타깝게 생각하듯이, 저도 그때 그러하였습니다. 조 교수님 본인이야 두말할 필요 없이 큰 고통을 당하셨습니다만, 그때 저는 '괜히 조 교수님을 전북대로 모셔 왔구나. 울산대학에 그냥 계셨으면 건강을 잃지 않았을 텐데' 하고 무척 후회하였습니다. 아마 그때 조 교수께서도 저를 무척 원망하셨을 것입니다.

세상 사람들은 누구나 제 잇속을 찾아 처세하듯이 저도 제 잇속을 찾아 1982년에 국민대 국문과로 자리를 옮겼습니다. 마음으로는 늘 조 교수님의 건강을 염려하였습니다만 어디 그렇게 성심을 다하였다고 하겠습니까? 조 교수님, 저는 지금도 그 점에 대하여 무척 죄송스럽게 생각하고 있습니다.

다행히 하느님께서 보살펴 주시고 현숙하신 부인 유소영 여사의 지극한 정성으로 조 교수께서는 건강을 되찾으셨습니다. 참으로 기쁘고 감사드릴 일입니다. 또한 즐거운 일임에 틀림이 없었습니다. 한번 어려움을 당하셨으니 조 교수께서는 앞으로 더욱더 건강하실 것을 굳게 믿습니다.

조 교수께서는 1984년에 아주대 국문과로 자리를 옮기셨으니 그것 또한 기쁘고 즐거운 일입니다. 그 뒤 1986년에는 미국 아이오와 대학의 국제 창작 프로그램에 한국 대표로 체류하였고, 1994년도에는 미국 유타 주의 브리검영 대학에서, 또 2001년도에는 미국 오하이오 주의 볼링그린 대학에서 한국학 관계 강의를 하셨으니 그것도 참 남들이 모두 부러워할 일입니다. 2005년에는 중앙아시아 카자흐스탄 국립 크질오르다 대학에서도 한국학 강의를 하셨고, 2009년에는 체코의 프라하에 있는 카를 대학에 학술진흥재단의 해외 연구 교수로 파견되었으니 참으로 국제적 학술 활동이 활발하셨다고 할 수 있습니다. 이렇게 하느님의 축복이 소나기 퍼붓듯 하셨으니 제 자신이 좀 샘이 나기도 합니다. 저는 이제 다 끝난 처지입니다만, 그저 소망으로나마 나도 그래보았으면 하는 부러운 마음도 갖게 되는군요.

만나기 싫은 사람, 만나도 마음이 무덤덤해서 별다른 감정을 가질 수 없는 사람이 대다수인 반면, 그저 만남 그 자체가 반갑고 즐거운 사람이 있습니다. 제게는 조 교수님이 그저 만나는 것만으로 기쁘고 즐거운 분입니다. 눈부터 웃으며 다가와 반갑게 인사를 나누는 조 교수님은 언제나 다정다감한, 마음이 따뜻한 분이십니다. 이즈음은 자주 만나는 기회가 적어졌습니다만 늘 마음속으로 반갑고 즐거움을 주는 분이십니다.

다정다감하시고 그림을 잘 그리시는 부인 유소영 여사, 일본에서 박사학위를 취득하고 대학의 연구소에서 학술 연구에 몰두하는 장남 규헌 군, 미국에 유학하고 돌아와 대기업의 중견 사원으로 일하는 막내아들 규홍 군, 이렇게 행복한 가정을 꾸리셨으니 이 또한 남의 부러움을

살 만한 일입니다. 조 교수께서 이미 건강을 되찾으셨으니 『장자』의
「도척편盜跖篇」의 하수下壽인 육십은 벌써 지나셨고 이제 정년이 되셔
서 더욱 건강하시니 중수中壽인 팔십은 거뜬히 넘기실 것이 틀림없다고
생각됩니다.

끝으로 조 교수님, 하느님의 축복이 더하여 더 좋은 일, 그리고 주옥
같은 시를 쓰셔서 우리를 기쁘게 해주시길 기원합니다. 그래서 모두의
부러움을 혼자 받으시기 바랍니다.

글을 쓰고 사는 사람

김병구 ● 전 I.A.E.A. 국제협력국장 · 건양대 교수

조창환과 나의 인연

조창환 교수와 나의 인연은 반세기 넘어 서울중학교 2학년 때 같은 반을 했던 시절로 거슬러 올라간다. 당시 우리나라는 전쟁 후 소득이 100불도 안 되는 세계 극빈국 중의 하나였다는데도, 서대문 서울중학교 뒷산에서 뛰놀던 일은 무엇과도 바꿀 수 없는 아름다운 추억으로 가득하다. 당시 서울중고등학교는 일제시대 경성중학교가 해방 후 서울중학교로 개편하여 전국의 수재들이 모인다는 명문 중학이었다. 지금은 서초동으로 이전하여 옛 캠퍼스 자리는 서울시립박물관으로 둔갑을 했지만 본래 그 자리는 인왕산 앞자락 서울의 3대 궁궐 중의 하나인 경희궁을 한일합병 후 일본인들이 의도적으로 민족의 정기를 말살하고 일본 학생 위주의 엘리트 교육기관으로 만들었던 것이니 기구한 역사가 아닐 수 없다. 식민지 정책의 일환으로 서울에 경성중학교와 경성대학교(서울대학교의 전신)를 세우고 한국 학생은 예외적으로 몇몇 받아주었다 하니 요즘 같은 세계화된 시대에 돌이켜보면 격세지감이 든다.

문예신문반 시절

중학교 2학년 때 국어를 가르치신 강신항 선생님(성균관대학교 명예교수)이 우리 담임선생님이셨는데 아마도 조 교수의 글 쓰는 솜씨도 이때부터 두각을 나타내지 않았던가 싶다. 열정과 제자 사랑으로 기억에 남는 스승들이 강 선생님 외에도 여러 분 계셨는데, 그중에도 시인 조병화 선생님께서 국어 시간 중에 멋진 시 한 수를 읊어주시던 기억이 생생하다. 우리말과 글의 멋과 맛을 어렸을 때부터 제대로 배운 덕으로 고등학교 올라가면서 조 교수와 나는 함께 문예신문반에 들어가 학교신문 제작에 열심이었던 시절이 있었다. 조 교수는 그때부터 시 쓰는데 두각을 나타내며 문학 소년의 자질을 보였고 나는 주로 신문기자로 사실을 보도하는 기사를 쓰며 신문 편집하는 일에 열중했었다. 1960년대 당시 신문이라면 일간지를 포함해서 모두 한자 위주로 세로쓰기가 대부분이었는데, 우리는 처음으로 한글 전용 가로쓰기로 신문 편집을 개혁했던 기억이 난다. 당시만 해도 호랑이 담배 먹던 시절이라 200자원고지 신문 기사 원고가 완성되면 서대문에 있는 동아출판사 인쇄소로 넘겨 식자하고, 조판하고 나면 오자, 탈자 교정 보는 것만도 3차를 거쳐 'OK'가 떨어져야 인쇄로 들어갔다. 시각을 다투어 출판해야 하는 신문의 속성으로 인쇄소에서 우리는 밤샘하기를 밥 먹듯 했다(밤 12시 통행금지가 있던 시절이라 밤이 늦어지면 귀가가 불가능했음). 이 시절 가장 기억에 남는 사건은 고등학교 2학년 때(1961년) 우리가 함께 편집해서 출판한 교지 『경희』가 전국교지경연대회에서 우승했던 것이다. 글쓰기와 출판 문화에 정열을 바친 기억이 새롭다. 가로쓰기, 한글 전용의 출판 책자가 처음으로 그 내용의 수준과 외형의 수려함을 인정받은 사건이었다. 이젠 국내 모든 출판물에서 한글 가로쓰기가 표준이 된 지 오래이지만 1960년경만 해도 한자 세로쓰기가 주류를 이루던 시절이었다. 일개 고등학교의 교지가 조그마한 문화혁명을(?) 시도했던 셈이다. 요즘 같은 PC word processor는 꿈도 못 꾸던 시절에 우리 한글의 아름다움을 남달리 일찍 체험할 수 있었으니 고마운 일이다.

문예신문반원들의 후일담

졸업 후 조창환은 서울대학교 문리대 국문과에, 구자홍은 미학과에, 석창일은 정치과에, 나는 공대 조선항공과에, 이병원은 기계과에, 이광영과 김의철은 농대 농학과에, 이문홍은 생물학과에, 이상천은 의대 의예과에 합격했고 우남용은 연세대 수학과를 나왔다. 그중 몇 명은 학과 수석으로도 합격했으니 당시 서울고등학교 문예신문반원들은 학교 성적도 꽤 우수한 학생들이었다고 말할 수 있다. 나는 미국에서 유학하고 귀국하여 한국원자력연구소 부소장직을 맡아 본 후 비엔나의 국제원자력위원회(IAEA)의 국제협력국장 일을 하다 은퇴하여 지금은 건양대학교에서 강의를 하고 있고, 구자홍은 극단 실험극장, 극단 민예 등의 기획을 맡아 보면서 연극계에서 일하다 지금은 명동예술극장장으로 있다. 코카콜라 미국 지사장이었던 석창일과 의사인 이상천은 아주 미국에 영주하였고, 이문홍은 농촌진흥청에서 연구하다 은퇴하였다. 광고회사를 하던 김의철과 개인 사업을 하던 우남용은 이즈음 연락이 뜸하고, 이병원과 이광영은 이미 세상을 떠난 사람이 되었다. 돌이켜보면 각기 서로 다른 길을 걸어 한세상 살아왔지만 맑고 밝고 향기롭던 우리들의 학창 시절은 잊을 수 없는 추억을 남기고 있다.

글을 쓰고 사는 인생

감수성이 예민했던 10대 후반에 좋은 선생님과 문예반과의 인연으로 조 교수는 결국 국문학의 길을 걷는 학자 겸 시인으로 살게 되었다. 한 평생 자기가 원하던 일에만 몰두하여 한 우물을 파고 지내다가 이제 정 년을 맞는다니 복 많은 친구임에 틀림이 없다. 그는 대학에서의 교편을 기반으로 본래 본인의 장기를 살리는 시인으로 국내 문단에서도 중요 한 역할을 하고 있는, 글 쓰며 사는 인생을 즐기는 사람이다. 이제 정년 을 맞아 더더욱 시간과 마음의 여유를 가질 터이니 시인 조창환의 진면 목을 기대해본다. 본래부터 방랑기가 많은 친구라 세계 여러 곳을 두루 여행하기 좋아해 그 특유의 직감과 유머로 세계 속의 여행시가 나옴직 하다. 동양화를 그리는 어부인과 함께 한 폭의 그림 위에 시 한 수를 더 하는 멋으로 훨훨 여행길을 떠나는 모습을 그려본다.

진리를 향한 자기 탐구 미학의 시인

조광호 ● 신부 · 화가 · 인천가톨릭대 조형예술대학장

시인 조창환, 내가 그를 만난 것은 20여 년 전 한국가톨릭문인회의 모임에서였다. 가톨릭문인회 담임 신부로서 나는 모임이 있을 때마다 그를 만났지만 세월이 흐르면서 그와 나는 더 깊은 대화를 나눌 수 있는 친구가 되었다. 심각한 수술을 앞둔 그를 위해 병자성사를 드리며 그를 위해 하느님께 간절한 기도를 드리기도 했고, 다시 살아난 그를 위해 아직 다 회복되지도 않은 상태에서 서둘러 생환의 축하 술잔을 들기도 했다. 그리고 근년에는 그가 가톨릭문인회 회장이 되고부터 나는 그를 더욱 가까이 만나게 되었다.

크지도 작지도 않은 평범한 체구에 낮은 목소리와 온화한 미소의 그는 늘 조용한 몸짓으로 그 어느 것에도 치우침이 없어 보인다. 남들 앞에 적극적으로 나서는 성미도 아니고, 쉽게 자신을 드러내는 사람도 아니지만 소신이 너무나 뚜렷한 이 시대 지식인이다. 그는 늘 한 템포 낮추고, 늘 한 푼 감소함으로써 넘치거나 모자람 없이 자신의 존재를 애써 지키려는 사람임에도 불구하고 때때로 그는 몹시 소심하고 또 때로는 소시민적 조바심을 갖고 괴로워하는 사람이다. 세상에 그런 사람이 몇이나 될까마는 이른바 홀홀 털어버리고 나서는 자유로운 사람도 아니고 또 그런 척하여 허세를 부리는 사람도 아니다. 그래서 그는 인간

냄새가 솔솔 풍기는 지극히 평범한 사람처럼 보인다. 그러나 나는 그를 가까이하면서 그의 평범함과 평온함은 마치 강력한 조류를 물 밑에 감추고 있는 바다처럼 오히려 더 큰 긴장의 표상이 된다는 것을 알게 되었다. 그리고 그가 안간힘을 쓰면서 겉으로 평범과 평온을 유지시키려는 긴장된 에너지가 바로 그의 신앙과 문학의 '미학적 원천'이 된다는 것을 알게 되었다.

그의 시 「항아리」에서 노래하듯 그의 프로필을 조형적으로 표현하자면 적당히 손때가 묻은 질박하고 소담스러운 백자 항아리. 도요지에서 갓 구워낸 번쩍거리는 백자가 아니라 손때가 적당히 묻어 있는 소색의 둥근 백자 항아리 같다고 해야 할 것이다.

오랫동안 나는 항아리에 담긴 것이 어둠인 줄로 알았다

항아리에 귀 대고 들으면
우웅 우웅 울리는 것이
어둠이 내는 소리인 것으로 생각했다
어둠은 깊고 따뜻하고
부드러울 줄로 알았다

가슴속에 항아리 하나 품고
평생을 어루만지며 사는 사람이 되려
나는 얼마나 많은 것을 일찍이 포기했던가

깊고
따뜻하고
부드러운
어둠을 껴안기 위해

나는 번쩍이는 도끼를 버렸다

그런데, 이제, 항아리 속을 들여다보니
거기 담긴 것은 어둠이 아니었다
부서진 꽃, 흩어진 뼈, 몇억 몇천만 년의
고독과 침묵
그런 것들이 그르렁거리며
몸부림치고 있었다

항아리를 차라리
가슴속 깊은 곳으로
밀어 넣고, 오늘부터
내가 항아리가 되었다
―「항아리」 부분

　　조창환, 그는 자기 자화상을 이렇게 시로 그려놓고 있는 듯하다. 항아리의 아름다움은 여러 가지가 있겠지만 그 가운데 눈에 보이지 않는 내면적 아름다움은 바로 '쉽게 깨어질 수 있다'는 데에 있다. 이 불완전성과 유한성은 어쩌면 우리 인생과 너무나 눈물겹게 닮아 있다. 그가 의식했든 의식하지 못했든 간에 그는 자기 자신의 이러한 불완전성을 눈여겨보았기에 항아리를 자기 자신의 '등가물'로 삼을 수 있었을 것이다. 그러나 보통 사람들과는 달리 시인 조창환의 시선은 항아리 외면이 아니라 내면을 향하고 있다. 그리고 그가 어두운 항아리 내면에서 발견한 것은 '어둠'이 아니라 "부서진 꽃, 흩어진 뼈, 몇억 몇천만 년의 / 고독과 침묵"으로 드러나는 '빛의 원형질'이었다. 그냥 비치는 빛이 아니라 어둠으로부터, 그 신비로운 몸부림과 투쟁으로부터 탄생되는 눈부신 빛의 원형질을 발견하기 위해 그는 "번쩍이는 도끼를 버렸다"고 고백한다. 번쩍이는 도끼로 그 어둠을 찍어낼 수 없다는 것을 그 누구보다 일찍 간파해냈기 때문일 것이다.

이러한 내적 발견으로 이어지는 메타노이아(회개)는 그가 무엇을 찾아 무엇을 위해 일생을 살아야 하는지를 예시하고 있다 할 것이다.

마침내 자신과의 대면에서 실존적 확신을 얻기 위해 그는 자기 내면을 탐구하는 시인이 될 수밖에 없었을 것이다. 그렇기에 그는 마침내 "내가 항아리가 되었다"고 고백하고 있는 것이다.

이러한 평범과 평온을 지키며 겉으로 담담한 빛을 띤 조창환의 작업을 굳이 이름 붙인다면 나는 이를 '진리를 향한 자기 탐구 미학'이라 일컬을 수 있을 것이라 생각해본다. 조창환의 "내가 항아리가 되었다"는 선언은 바로 선사 마조馬祖가 "그대는 그대 집의 보물이다"라고 선언한 것과 같은 맥락일 것이다.

사람의 병 중에 가장 큰 병이 바로 '나귀를 타고 나귀를 찾는 병'이라는 것을 그는 일찍 간파한 것이다. 눈을 바깥으로 돌리면 결코 안을 들여다보지 못한다는 것과, 하느님 나라가 우리 안에 있으나 그것을 밖에서만 찾는 것이 이 세상에서의 모든 불행의 원천이 된다.

프랑스의 가톨릭 작가 레옹 블루아(Leon Bloy, 1846~1917)는 이런 현상을 다음과 같이 말했다. "슬픔은 단 한 가지뿐이니 곧 낙원을 잃었다는 것이요, 단 한 가지 희망과 바람이 있다면 그 낙원을 되찾는 일이다. 시인은 자신의 방법으로 낙원을 찾고 있으며, 탕자 또한 그 나름의 방법으로 그것을 찾고 있다. 그러나 비극은 그 낙원이 우리 안에 있다는 것을 깨닫지 못하는 데 있다. 우리는 낙원을 찾으면서 점점 더 **빠른** 속도로 낙원에서 멀어져 가고 있다."

이런 면에서 시인 조창환은 이 시대 그 누구보다도 현명하고 복된 사람이다.

70년대를 위한 추억제 追憶祭
– 조창환 형을 떠올리게 하는 한 편의 시

박시교 ● 시인

1970년대 초 조창환 형과 내가 처음 만났던 곳은 아마 《현대시학》이었을 것이다. 그때 우리는 20대 젊은 시절이었고, 서대문우체국 뒤 좁은 골목 끝자락에 있던 허름한 작은 건물 삐걱거리는 가파른 2층 나무 계단을 오르면 세 평 남짓 좁은 공간이 우리들 출신지 《현대시학》 사무실이었다. 그곳은 70년대 문청文靑들의 아지트였고, 그때 40대의 중견 시인 주간 전봉건 선생이 우리들의 대장이던 시절이었다.

새삼 돌이켜보면, 몇몇 문우들은 하루가 멀다 하고 만나 술집 순례를 하고 시를 이야기하던 그 무렵이 가장 그리운 혈기 방장한 시절이 아니었나 싶다. 그런데 조창환 형에 대한 나의 각별한 기억은 그 무렵보다는 얼마 뒤 80년대 초 《현대시학》에 연작 시 「라자로 마을의 새벽」이 연재되던 때였다.

어느 모임 술자리에서 나는—조창환 형이 참석했었는지는 분명하지 않지만—그의 연재 시 중 「이승의 오줌발」을 낭송했고, 그날 우리 악동들은 실제로 어느 담벼락에 저마다의 그리운 이름을 오줌으로 갈겨쓰는 치기를 서슴지 않았다. 오랜 세월이 흐른 지금에도 그 시 몇 연은 아주 또렷하게 떠올릴 수 있는 것은 당시 그만이 보여줄 수 있었던 아름다운 시의 힘 때문일 것이다.

16년 전 11월
눈 쌓인 도봉산 기슭에 서서
튼튼한 오줌발로 한 여자의 이름을 썼다
끊어진 끝 글자의 나머지 부분은
마른 솔잎 사이로 차갑게 부서지던
햇빛가루가 메꾸어 주었다

(중략)

이 세상 16년은 16분처럼
혹은 안개, 혹은 먼지
혹은 혁명, 혹은 종소리
그런 것들로 변하면서 변하지 않으면서
혹은 항아리에 담긴 어두운 공간처럼
―속절없다. 속절없다 ― 소리치면서
혹은 장대에 널린 오징어 가닥처럼
썩으면서 말라가면서 냄새 풍기면서

(중략)

깨어지지 않는 질그릇이 어디 있으며
찢어지지 않는 꽃그림이 어디 있으랴
(끊어지지 않는 오줌발이 어디 있으랴)
정직한 유행가는 정직하게 소리친다
―희미한 첫사랑의 그림자가 어쩌고
―낙엽 지던 숲 속에서 떨리는 손 저쩌고

지금 내리는 비는 돌팔매로 내린다
눈먼 계산기를 돌팔매로 두들겨도
희한하게도 빈 구멍만 두들긴다
(그런즉, 이승의 사랑이란
귀 빼고 좆 뺀 당나귀 그림 같다)
―「이승의 오줌발」 부분

그리고 「이승의 오줌발」 이후 20여 년이 훌쩍 흐른 2004년이었다.
조창환 형의 시집 『수도원 가는 길』을 반갑게 받아 읽는데 나는 또 어
떤 전율 같은 강한 느낌을 받게 되었다. 한참 동안 골똘한 생각에 빠졌
다가 순간 머리를 스쳐 가는 어떤 기억을 떠올리고 책장을 훑기 시작했
다. 그런 얼마 뒤 시집 『라자로 마을의 새벽』을 찾아 펼치면서 그 전율
의 의미를 나는 비로소 알게 되었다.
　시집 『수도원 가는 길』에 수록된 시 「오줌 누며」는 30여 년의 시인
연륜을 더 보탠 뒤에 새로운 모습을 하고 내 앞에 다시 나타났던 것이
다. 그래서일까, 더 반가웠다.

　(전략)

벌써 칠 년 전이구나
솔트레이크 지나 웬도버 가는 길
소금 벌판 한가운데 자동차를 멈추고
후미진 길가에 아들과 함께
자지를 꺼내들고 나란히 서서
느리게 오줌 누던 눈부신 오후

그리울 땐 오줌 누며 살아왔구나
오줌 누며 하늘 쳐다보면
포도 알처럼 또렷한 새들 박혀 있는
하늘 내려왔다, 와서
어깨를 껴안으며 웃었다

그러나, 이제, 이 안타까운 오줌발로
누구 이름인들 끝까지 쓸 수 있으랴
대양을 건너는 무역풍 같은
내 지나온 길, 돌이켜보면
쓰라려 아름다운 바람 같은 것
녹물 자국 여기저기 묻힌
낡은 벽화 같은 것
함부로 자라다 시든 풀처럼
흩어져 있다, 누구 이름인들
무섭지 않으리

잠시 쉴 때, 팽팽한 오줌통 비우고
황량한 길 바라본다
―「오줌 누며」 부분

　　조창환 형과 나는 해방둥이 동갑이다. 올해가 대학교수 정년인 그의
머리는 물론 나 또한 백설이 분분하다. 그의 또 다른 명편 시 중 한 구
절 "나는 늙으려고 이 세상 끝까지 왔나 보다"라고 이미 시의 화자로서
토로했듯이 어쩔 수 없이 우리는 늙었다. 오줌발도 옛날 같지 않고, 주
량酒量도 신명도 잦아들 나이가 되었다. 세월을 어쩌겠는가. 그러나 나

는 시인 조창환 형에 대한 분명한 믿음이 있다. 앞으로 쓸 형의 시편들은 "저 무명의 캄캄한 살 속에 / 들이붓는 // 독약 같은 / 그리움"처럼 보다 더 명료하고 구체적일 것이라 믿는다. 그래서 그와의 오랜 동행은 물론 내일이 더 기다려진다.

견고한 서정, 따뜻한 엄격주의

유재영 ● 시인

우리들 마음속 《현대시학》 목조 계단의 삐걱대는 소리

충정로에 있던 《현대시학》 2층 계단은 오랜 세월을 산 노인의 관절처럼 삐걱삐걱 소리가 났다. 이 삐걱대는 소리로 동란 중에 영국군이 쓰다 버리고 갔다는 군용 석유난로 곁에 앉아 있던 전봉건 선생은 이미 누가 오고 있다는 것쯤은 짐작하고 있었다.

"어서 오시라우."

과묵을 깨고 문을 밀고 들어오는 이가 누구인가를 알고 있었다. 멀리 박남수, 김구용, 구상, 정한모, 조영서, 이형기 선생의 발소리에서부터 이유경, 오규원, 정진규, 오세영, 이건청, 이수익, 조정권에 이르기까지 참 많고 많은 이들이 계단을 저마다 다른 발소리로 삐걱대며 오르내렸다.

70년대에 들어 부쩍 발걸음이 잦았던 《말》 동인들의 발자국 소리도 그중의 하나였다. 그 당시 우리 문단은 소위 창비와 문지 그룹, 그리고 《현대문학》과 《월간문학》 등이 큰 흐름을 가르고 있었다. 그러나 시대가 시대였던 만큼 참여문학과 순수문학이 뚜렷한 개성으로 존재했으나 많은 부분에서 시대를 보는 관점은 닮아 있었다. 《심상》이 창간되기 전까지 유일한 시 전문지로 존재한 《현대문학》 출신들은 비교적 양 진영 모두에서 활동하고 있었기 때문에 어느 곳에서든지 딱히 구분 지어 네 편이고, 내 편이다 가르지 않았다. 그러나 《반시》를 중심으로 70년대 동인들의 활동이 점차 그 범위를 넓히고 있을 때 대구에서는 조금은 다른 성향을 갖고 《자유시》 동인이 활동하고 있었다. 《말》 동인이 구성된 것도 1975년부터였으니 동인 모두 격랑의 70년대를 문학적 자존 하나로 버텨온 셈이다. 《말》 동인은 《현대문학》을 중심으로 작품을 발표하는 시인들로 구성되었으며 발기 당시에는 예닐곱 사람이었는데 이런저런 사정으로 참여하지 못했고 건축가이며 시인인 김기석 아람건축 대표, 당시 여고 교사였던 시인 한영옥 성신여대 교수, 《현대시학》 편집부에 근무하던 천재순 시인, 그리고 조창환 교수와 나 이렇게 다섯 사람이었다.

조창환 교수는 나보다 세 살 위 내 중형仲兄과 같은 연배로 《말》 동인에 앞서 내가 그를 처음 만난 것은 시조를 쓰는 김현 시인이 지방에서 올라와 광화문 부근에서 잡지사 사무실 개소식을 할 때였다. 그때가 1974년쯤으로 기억되니 벌써 36년의 세월이 흘렀다.

김영태 글씨로 꾸민 《말》 동인지 연둣빛 창간호

《말》 동인 자체가 동시대의 시적 경향이 비슷한 시인들의 모임이었기에 3집을 내는 동안 특별히 이념적 충돌 같은 것은 없었던 것으로 기억된다. 우리는 대부분 서대문 로터리 가까이 있던 커피하우스나 정동 부근(조창환 교수가 서울예고에 근무하고 있었음) 찻집에서 만나서 가까운 맥줏집이나 소줏집으로 갔다.

조창환 교수는 검정색 가죽 가방을 늘 들고 다녔는데 그 가방 속에는 잘 정돈된 습작 노트가 언제나 몇 권씩 가지런히 들어 있었다. 또 그는

《현대시학》에서 시를 추천받기 이전인 1962년 서울고등학교 재학 중에 〈소년한국일보〉 신인문학상에 동시「팽이 치는 아이들」이 당선되었으며 1966년에는 〈한국일보〉 신춘문예에 동화가 입선하는 등 늘 상당한 수준의 역량을 갖춘 문인이었다.

《말》 동인지는 김영태 선생이 쓴 '말'이라는 큰 글자를 표지 전면에 채운 연둣빛 창간호로 시작되었다. 동인 숫자로는 다섯 명이었지만 우리는《현대시학》을 포함하여 동인이 여섯 명이라고 할 만큼 그때나 지금이나《현대시학》과는 언제나 가까운 마음의 거리에 있었다. 그 뒤 70년대 시인들이 망라되는『70년대 사화집』발간 역시《말》 동인들이 중심이 되어 기획하고 편집했다. 누구는 빼고…… 누구는 넣고…… 말도 많고 탈도 많은 이러한 일들 실무 중심에는 언제나 조창환 교수의 지혜로움이 빛났다.

간혹 동인끼리의 의견 조율이 필요할 때에도 조창환 교수는 무리 없는 해결책을 내놓았다. 그리고 그런 결론들은 늦게 오거나 간혹 참석하지 못했던 그의 고등학교와 대학 선배인 김기석 시인도 언제나 말없이 따라주었다. 술을 먹는 자리에서도 조창환 교수는 재미있는 이야기로 분위기를 잡아가곤 했다. 젊은 날 술자리의 말이라는 것이 하면 좋고 안 하면 더 좋다고 할 만큼 분위기 타기가 어렵고 자칫하면 남 욕하기 일쑤고, 돌아설 때 얼굴 붉히는 것이 상례처럼 되곤 하지만 적당한 때 보여주는 조창환 교수의 재치 있는 말솜씨는 별달리 안주 없는 자리에서도 우리로 하여금 우아하게 취기를 오르게 했다. 그런 까닭에 자연히 우리의 모임도 조창환 교수의 참석 여부에 따라 일정을 맞추기 일쑤였다. 한번은 동인지가 나와 조창환 교수와 나는 버스를 갈아타며 청량리에서 종로5가, 광화문에서 영등포에 있는 서점까지 배본을 마치고 늦은 저녁 조선일보 뒷골목에서 저녁 겸 소주를 마시고 나오다 갑자기 쏟아지는 소나기를 만나 쩔쩔매게 되었다. 그때 그가 가방에서 잘 접힌

우산을 꺼내 나한테 건네주고는 빗속으로 뛰어가던 모습이 아직도 눈에 선하다. 《말》 동인지가 오랫동안 지속되지는 못했지만 그 당시 서울에서 제일 큰 서점인 종로서적과 광화문 숭문사 유리창 정면에 베스트셀러들을 제치고 곧잘 진열되곤 했을 정도로 시단 안팎에서 인기가 꽤 있었다.

30년을 훌쩍 넘긴 세월…… 그와 창 밝은 술집에 앉고 싶다

조창환 교수의 문장이 얼마나 정확하고 미문인가는 일지사에서 출간된 『한국 현대시의 운율론적 연구』를 비롯해 그의 논저들을 자세히 읽은 사람들은 짐작하리라. 바른 문법 활용이 이토록 정교한 문장을 만들 수 있다는 사실에 나는 놀라 새로운 저서가 나올 때마다 몇 번 씩 정독하곤 했다. 고백하건대 당시 김현 선생의 『상상력과 인간』 이후의 저서에 주목하던 나는 독서의 허기를 조창환 교수의 미문으로 채웠다. 물론 그의 시에서 나타나는 '부정적 사회에 대한 비판 의식과 내면적으로는 음악의 형이상학적 감동'의 표출에서 오는 아름답고 견고한 많은 시를 즐겨 읽었지만 시나 산문이나 우열을 가리기 어려울 만큼 수월성의 경쟁으로 치닫는 요즘 조창환 교수의 시와 산문들이 주는 진정성의 교훈이 무엇인가 나로 하여금 다시금 생각하게 한다.

정수자, 박지현 시인이 아주대 대학원에서 조창환 교수를 지도교수로 모시고 공부한다는 말을 듣고 나는 조창환 교수를 만난 것만으로도 이미 등록금 본전은 뽑은 셈이라고 기뻐했다. 그만큼 그는 표현과 논리의 엄격성에 일생의 중요한 부분을 남모르게 바쳤는지도 모른다. 얼마 전 정수자 시인에게 그의 문장은 한 번도 비문이거나 어느 경우에도 어긋남이 없었다고 하자 정수자 시인은 교수님은 원고를 쓸 때나 강의를 하실 때나 똑같은 모습이어서 학교에서도 늘 제자들에게 경외의 대상이 된다고 했다. 그 말을 들었을 때, 가까이서 혹은 멀리서 그와의 30년이 참 아름다운 인연이구나 생각했다.

개인적 이야기지만 나는 조창환 교수의 사회로 결혼식을 했다. 지금도 어떤 모임이든지 사회 이야기가 나오면 친구들은 그의 빈틈없는 인문적 정연한 말솜씨를 기억한다. 몇 해 전 결혼해 독일에 사는 딸 다명이가 낳은 외손자 레오의 돌이 지나고, 조창환 교수는 퇴임을 준비하고 있다니……. 봄이 다 가기 전 이 비문非文의 용서도 빌 겸 매화꽃 지는 푸른 밤, 그와 창 밝은 술집에 가 앉고 싶다. 오래 아주 오오래.

'폭풍의 눈' 속에서 누렸던
안온함에 답하며

한영옥 ● 시인·성신여대 교수

한두 번쯤, 선생님께 편지를 썼던 적이 있었을 것입니다. 확실치는 않지만 이번이 세 번째라고 단언해봅니다. 세 번째라는 말이 주는 숙성의 향기를 사고 싶었기 때문입니다. 이십 대부터 선생님을 알고 지내왔지만 아주 느리게 선생님을 알아간 탓에 특별한 상황과 함께 기억되는 추억은 만들지 못했습니다. 그러나 정작 만나 뵀던 모든 순간들이 특별한 것이었다고 내심 고쳐 생각합니다. 어느덧 시간의 탁자 위에 놓인 증류수 한 컵에 서로의 마음을 풀어놓을 수 있는 사이로 숙성되었다고 자부하는 까닭입니다. 생각해보면 무색무취의 마알간 물 한 컵에 함께 생각을 담글 수 있다는 건 느리게 선생님을 알아간 데 대한 축복이었는지도 모르겠습니다.

이번 기회에 가장 아끼실 것으로 생각되는 시집 『수도원 가는 길』을 다시 읽으며 선생님의 "독약 같은 그리움"의 실체를 가늠해보았답니다. 곳곳에서 황홀과 비애로 점철된 뜨거운 생의 열정을 새삼스럽게 만났습니다. 시퍼렇고, 시뻘겋고, 꽉 조여진 그리움의 감각들이 짚어낸 "눈부셨던 슬픔과 / 아릿한 어둠", 그리고 "절반은 황홀"인 삶이 쓸쓸하고 마알갛게 시집 전체에 무지개 서 있었습니다. 선생님은 '황량한 황홀'이라 하셨습니다. 황홀을 수식하는 말이 하필이면 황량이라니요.

그러나 삶이란 그렇게 말할 수밖에 다른 도리가 없지 않으냐 되물으며 울컥할 수밖에 없었습니다.

'독약같이' 치솟아 휘몰아치는 아픈 애련의 폭풍우를 그러나 선생님은 언제나 잘 재워놓고 편안한 얼굴로 마주 앉아주시곤 했습니다. 그러고 보면 선생님과 마주했던 시간들은 '폭풍의 눈' 속이 아니었나 싶네요. 거친 회오리바람을 밀쳐내고 아늑하고 평온한 얼마간의 시간 속으로 달려와 위로의 말들을 나눠 갖곤 했었던 것이라는 생각이 이제야 선명해집니다. 서로에게 특별한 부담을 주지 않고 되도록 공감의 마음을 건네주면서 "다 그런 거지요. 신경 쓰지 마세요" 하는 정도의 잔잔한 소통이 사실은 얼마나 알토란 같은 진정제였던가 비로소 생각합니다. 때로 미리 속내를 짚어주며 따뜻한 목소리를 방석처럼 깔아주시던 인정, 제게는 언제나 가장 적절한 위안이었답니다. 인사동에서 혹은 대학로에서 가라앉은 마음으로 귀가할 수 있었던 그 시간들 속에는 선생님의 부드러운 목소리가 목화솜처럼 퍼져 있었을 것입니다.

「항아리」를 읽자니 그대로 선생님 모습이 그려집니다. "깊고 / 따뜻하고 / 부드러운 / 어둠을 껴안기 위해 / 나는 번쩍이는 도끼를 버렸다"라는 대목에 이르러서는 그 성품의 진면목을 헤아릴 수 있었지요. 그러면서도 사실 선생님은 '번쩍이는 도끼'로 내리치고 싶었던 순간들에 대한 향수에 목말라 하셨으며 그 향수는 언제나 선생님의 여행벽을 부추기곤 했던 것이라 생각됩니다. 덕분에 "누구든 꿈꾸었던 땅은 세상에 없구나 / (중략) 네가 꿈꾸던 땅은 바람 속으로 / 벌써 산발을 하고 지나가 버린 것"을 후련하게 감지하는 한편 "지구의 반대편에 있는 다른 수도원을 향해 속으로, 처연하게, 출렁이는 거칠거칠한 파도 소리"를 들으시며 이 세상의 씨줄과 날줄을 더 멀리 잡아당기실 수 있었습니다. 까닭에 '번쩍이는 도끼'를 더 멀리 버리며 안타까움의 미학을 그토록 생생하게 구현하실 수 있었던 것 아닐까요.

'도끼'를 버린 부드러운 결단이 가져다준 따뜻한 마음과 목소리의 품
격을 많이 누린 사람으로서 부탁이 하나 있습니다. 다름 아니라 내밀하
게 탐사하시는 "나무가 휘청이도록 새를 끌어안는 아찔한 꿈속"의 치
명적인 「포옹」, 그 숨막히는 짓눌림의 블랙홀 속으로 빠지시는 일은 아
예 없으시기 바랍니다.(웃음)

선생님, 이리저리 빙빙 돌아가며 『수도원 가는 길』 주변을 떠나지 못
하고 있네요. 생각을 가다듬으며 처음 뵙던 70년대 언저리의 어느 시간
들을 떠올려 봅니다. 언젠가 함께 《말》 동인을 하던 김기석 시인의 신
혼집에 초대받았던 기억이 납니다. 아마 그날 초대를 파하고 오는 자리
였는지 확실하지는 않지만 당시 미술 교사이시던 사모님을 처음 뵈었
던 적이 있었습니다. 선생님만큼이나 해맑은 인상의 무척 살결이 고운
분이셨습니다. 그리고 그때 사모님을 더없이 사랑스럽게 대하시던 선
생님의 모습을 보며 결혼의 의미를 아주 숭고한 것으로 입력할 수 있었
을 것입니다. 이후로 몹시 드물지만 사모님을 가끔 뵐 때마다 선생님은
정말 복 많은 분이라 생각했습니다. 어쩌다 전화 드리면 사모님께서 받
으실 때가 간혹 있었지요. 그때마다 다정한 안부와 함께 선생님을 바꿔
주시던 기억 새롭습니다. "전화 받으세요. 한영옥 선생님이에요" 하는
또랑또랑한 음성이 선생님 목소리보다 먼저 들리곤 했습니다. 아, 그리
고 저와 약속이 있는 날이면 어서 나가보라고 사모님께서 등 떠미신다
는 그 말씀에 슬며시 웃음이 나왔습니다. 사실 제 남편도 선생님과 약
속이 있는 날에는 늦지 않게 어서 나가라고 성화를 대니까요.(물론 일찍
들어오라는 군말이 붙긴 하지만요.) 그러니 선생님과 저 사이, 이만큼 환
하고 좋은 사이가 없다고 말해도 되지 않을까 싶네요.(웃음)

선생님, 돌이켜보니 시를 붙잡고 있는 사람들로서 우리가 만난 시간
이 40여 년에 육박해가고 있어요. "독약 같은 그리움", 그 지독한 허기
때문에 시를 붙잡고 있으면서도 시로 하여 상처받고 괴로운 나날들에

대해 탄식을 쏟았던 아주 잠깐의 시간이 떠오릅니다. 아마 여수에서 있었던 시협 가을 세미나에서 돌아오던 버스 안에서였을 것입니다. 그때 우리는 70년대를 너무 허망하게 보냈다고, 치열성이 부족했다고 서로 자책했었지요. 그러나 저는 지금 다시 생각합니다. 지난 모든 시간들 속에서 진행된 일들은 제게 합당한 것이었고 제가 수긍해야만 하는 일들이었다고 말입니다. 그런 생각들 탓인지 지금 제 심정은 어느 때보다 잔잔합니다. 잔잔해진 마음으로 보자니 선생님께선 충분히 치열하셨으며 더구나 그 치열함은 순도 높은 것들로만 채워진 것이었기에 더욱 의미 있는 것이었습니다. 때문에 선생님은 "부서진 꽃, 흩어진 뼈, 몇억 몇천만 년의 / 고독과 침묵"을 담은 항아리가 되실 수 있었던 것 아닐는지요. 「항아리」의 마지막 연을 다시 읽으며 편지를 접겠습니다. 건강하세요. 그리고 늘 태풍의 눈 속, 그 안온한 고요 속에서 맞아주셔요. 그럼 또 나중에…….

　　항아리가 된 나를
　　어둠의 깊이와 따뜻함과
　　부드러움을 사랑하는 누가 와서
　　쓰다듬어 다오
　　내가 눈물로 그르렁거릴 때
　　그대는 우웅 우웅 운다고 말하며
　　부드럽게 어루만져 다오

넉넉한 부처님의 미소

윤석산 ●시인·한양대 교수

1

조창환 교수를 만난 지는 오래된다. 시단에 나온 시절부터이니 40년 가까이 된다. 그러나 자주 만나게 된 것은 10여 년 정도이다. 어떤 계기인지는 알 수 없어도 잠시 같이 시 낭송회에 속해 있으며 한 달에 한 번 이상을 만났던 것으로 기억된다. 그래서 급기야는 부부가 가까운 산에 등산도 가고, 또 같이 목욕을 가기도 하며 가깝게 지내게 되었다.

조 교수는 늘 웃는 상을 지니고 있다. 넉넉한 몸매에 웃는 모습이 어찌 보면 부처와도 같다. 그래서 그런지 한때 조 교수가 살았던 수원 지역 일대에는 조 교수와 가까이 지내는 젊은 시인들이 많다. 한때는 조 교수를 필두로 많은 시인이 모이기도 했다. 그래서 수원 가까이 화성에 살고 있는 나도 그 모임에 한두 번 나가서 어울린 적이 있다. 어찌 보면 이들 젊은 시인들에게 있어 조창환 교수는 좋은 선배요, 기대고 싶은 선생님인지도 모른다. 그뿐만은 아니다. 조 교수는 다양한 사람들과 친하게 지낸다. 시단의 젊은 사람들뿐만 아니라 동료 문인, 또 선배가 되는 사람들과도 교류를 잘하고 있는 듯하다.

이렇듯 두루두루 사람들과 잘 지내며 늘 웃는 모습으로 살아가는 조창환 교수를 생각하면, 가장 먼저 떠오르는 것이 '여행'이라는 단어이다. 안식년을 통하여 다른 나라의 대학에 교환교수로 가는가 하면, 이렇듯 외국에 가 있는 동안에도 그곳에서 많은 여행을 하는 것으로 알고 있다. 사는 것이 궁극적으로는 기나긴 여정이라는 철학이라도 지닌 듯 조 교수는 여행을 즐기며 살아간다.

조 교수는 이제 기나긴 여정이었던 학교 생활을 마치고, 새로운 생활로 들어가게 되었다. 퇴임을 하고 나면, 더 많은 여행을 하게 되겠지. 더 많은 여행을 즐길 수 있게끔 오래오래 건강하기를 바랄 뿐이다.

2

내가 사는 경기도 화성시 남양 인근에 사강이라는 지역이 있다. 송산면에 속하는 작은 마을이다. 이 사강에는 생선회를 전문으로 파는 제법 큰 단지가 있다. 사강 시내로 들어서면, 시내 큰길을 가로지르며 생선회를 파는 집들이 마주 보며 나란히 있다. 이렇듯 마주 보며 나열해 있는 집들 중에 내가 잘 가는 아주 오래된 단골집이 있다.

어느 날엔가는 조창환 교수와 사강에서 가까운 제부도 입구 해수탕에 목욕을 다녀오다가 이 횟집에 들러 매운탕을 먹은 적이 있다. 제부도의 유명한 바지락칼국수를 먹을까, 그렇지 않으면 다른 것을 먹을까 하다가, 내가 잘 가는 횟집의 매운탕이 그럴듯하니 그곳을 가자고 해서 우리는 같이 매운탕을 먹었다.

그러고는 얼마의 시간이 지났다. 그 매운탕 맛이 좋았던지 조창환 교수는 나보다도 그 집에 더 자주 가는 단골이 되어 있었다. 혹 지방이나 외국에서 손님이 오시면 이곳 사강까지 와서 같이 맛있는 매운탕이며 조개탕을 먹곤 했다고 한다. 그런가 하면 학교 동료나 제자들과도 어울려 이곳 사강에 와서는 매운탕을 즐겼다고 한다.

한 두어 달 전으로 기억이 된다. 그날은 내가 일이 있어 서울에를 가고 있을 때였다. 조 교수가 전화를 했다. 마침 나도 잘 알고 있는 사람

들과 사강의 매운탕 집으로 가는 중이니 혹 집에 있으면 같이 합류를
하자는 내용이었다. 이런 전화가 그전에도 때때로 오곤 했다. 어느 날
에는 마침 집에 있었기 때문에 합류를 하기도 했지만, 어느 날은 좀 멀
리 있어 합류를 못 하기도 했다.

수원에 살던 때에는 수원이 사강과는 크게 멀지를 않으니 그렇다고
해도, 서울로 이사를 간 이후에도 먼 사강까지 오곤 했던 모양이다.
'맛'을 찾아 이렇듯 오는 조 교수는 어딘가 한번 단골을 정하면 잊지 않
고 찾아오는 사람이다. 이는 사람 사귐에도 마찬가라고 생각한다. 한번
사귐을 갖게 되면, 이를 소중하게 생각하고 늘 그 사람을 챙기고 또 연
락을 하고 만남을 소중하게 여기는 그런 사람이 조창환 교수이다.

3

조 교수는 건강으로 어려운 때가 있었다. 그러나 그 시간을 참으로 굳
건히 이겨낸 사람이다. 어려운 수술을 받으면서도 의연했다. 수술을 받
기 전날쯤으로 기억된다. 병원으로 찾아갔다. 수술의 결과가 좋기를 바
란다고 전했다. 조 교수가 나에게 "천도교에도 기원을 하는 의식이 있
을 것이 아니냐. 수술이 잘되기를 기원해달라"라고 말을 했다.

조 교수는 현재 가톨릭문인회 회장을 맡고 있다. 물론 천주교 신자이
다. 대부분의 천주교 신자가 그렇지만, 조 교수는 참으로 다종교를 인
정하는 마음의 소유자이다. 자기가 신앙하는 종교만이 최고라는 식의
종교적 아집을 전혀 갖고 있지 않은 사람이다.

우리 사회에서 흔히 하는 말이 있다. 종교에 관해서는 서로 말하지
마라, 지방색에 관해서는 말하지 말라는 등 몇 가지 대화 중 지켜야 하
는 금기가 있다. 종교 이야기를 하다 보면 자신이 신앙하는 종교만을
고집하기 때문에 그 이야기는 합의점을 찾지 못하고 끝내 언성을 높이
고 얼굴을 붉히는 결과까지 이르는 경우를 종종 볼 수 있기 때문이다.

　오랫동안 천주교를 신앙으로 신봉했으면서도 조 교수는 이런 아집을 지니지 않은 사람이다. 합리적인 이야기이면 이를 이내 인정한다. 그러나 합리적이지 못한 사실에 대해서는 단호하다. 단호할 뿐만 아니라, 신랄할 정도의 비판도 서슴지 않는다. 조 교수가 혹 까다롭고 또 신랄한 사람이라고 생각하는 사람은 어느 의미에서 조 교수로부터 합리적이지 못하다는 인식을 주었기 때문이 아닌가 생각한다.

　정년을 맞고, 이제 새로운 세계를 맞아하는 조창환 교수. 새로운 여행을 건강하게 시작하기를 바라는 마음 간절하다.

아름다운 추억, 울산 공업탑 로터리

김성춘●시인

제자들로부터 정년이 되어 곧 교직을 떠나신다는 연락을 받았습니다. 벌써 세월이 그렇게 흘렀군요. 사모님께서도 건강하시죠? 사모님께선 요즘도 그림을 많이 그리고 계시죠? 화가이시고 훌륭한 검여 선생님의 따님이시잖아요?

제가 사는 경주는 지금 4월 중순이라 벚꽃과 목련이 눈부십니다. 4월의 웨딩드레스 같습니다. 특히 반월성터 근처와 보문단지의 흐드러진 벚꽃들은 천년 고도의 정취를 더해가고 있습니다. 저 꽃들이나 자연의 풍광은 흘러간 역사와 인간들과는 무관하게 그냥 저들끼리만 아름답습니다. 경주에 살다 보니 틈나면 경주 남산 골짜기를 찾는 즐거움과, 골짜기마다 있는 석불들 구경하는 즐거움도 큽니다.

저는 몇 년 전 교직을 떠난 후, 경주로 옮겼습니다. 경주는 다른 도시와 달리 사계절의 풍경이 뚜렷해 좋습니다. 특히 봄과 가을이 더 그렇습니다. 산 자와 죽은 자가 함께 사는 경주라서 그런가 봐요. 커다란 고분들이 따뜻하게 보입니다. 낯선 고분들이 도시의 풍경 안에 함께 들어와 살고, 역사의 숨결을 가깝게 느낄 수 있어 경주에 점점 정이 듭니다.

조창환 형! 우리가 울산서 만난 그때가 언제였던가요? 기억이 가물가물하기만 합니다. 아마 1970년대 후반 무렵인가요? 조 교수께서 울산대에서 문학을 가르쳤던 그때가……. 그때 우리는 울산 공업탑 부근에서 자주 만나 담소를 나누었죠. 신정동과 공업탑 근처, 조 형께서 사시는 5층 아파트 생각이 납니다. 형께선 언제나 밝고 소탈하셨어요. 클래식 음악에 조예가 깊으셨고, 성당을 열심히 나가셨죠.

울산문협 행사 때 후학들을 격려해주시고, 양명학 교수와 함께 즐거운 추억도 만들었었죠. 그런데 그때 형께서 어떤 술을 잘 마셨는지…… 그 기억은 나지 않습니다. 지금 생각해보니 조 형과 함께했던 울산 시절이 참 행복했던 시절이었습니다. 추억은 언제나 아름답다고는 하지만, 형과의 추억은 더 아름다웠던 것 같습니다. 우리는 그때 젊었고 패기만만(?)했던 시절이 아니었습니까? 그러나 세월이 흐르고 지금 돌이켜보니 그때 내가 왜 좀 더 문학에 치열하지 못했던가, 하는 늦은 후회도 있습니다. 그 이유는, 그 당시 울산에 조창환 시인이라는 시적 에너지가 넘치는 뛰어난 시인이 계셨는데, 더 자주 만나서 형의 좋은 시정신을 한 수 배웠어야 했는데…… 나는 학교 일에 쫓기다 보니, 바쁘다는 핑계로 그만 울산에 온 보배를 놓친 형국이 돼버렸기 때문이지요. 아둔한 나는 늘 이렇게 뒷북만 치지요. 그 버릇은 지금도 여전합니다.

한 해쯤 지난 후 조 형께선 전주의 전북대학으로 옮기느라 울산을 떠났고, 그 후에는 다시 수원의 아주대학으로 직장을 옮기게 되었지요. 참 아쉬웠습니다. 아득한 세월이 먼 곳으로 흘러갔습니다. 그 후 조 형이 떠난 울산 공업탑 로터리는 한참 동안 텅 빈 듯했더랬습니다.

조창환 형! 그때나 지금이나 저는 시를 생각하는 시간들로 세월을 죽이고는 있지만, 솔직히 말해서 아직도 시에 전력투구를 못 하고 있어요. 지지부진, 시를 어떻게 쓸까, 막막하게 암중모색만 하는 어정쩡한 사람이지요. 영영 구제 불능인가 봐요. 그간 조 형의 동정은 지면을 통해 잘 알고 있습니다. 가톨릭문인회 회장직을 맡으시고, 그렇게 바쁜 와중에도 주요 문학 잡지에 여전히 젊고 긴장된 시편들, 좋은 시를 꾸준히 발표하시는 모습, 참 부럽습니다. 창작 열정도 옛날과 조금도 변함없는 것 같아서 더 그렇습니다.

조창환 형! 교직은 정년이 있지만 시인에겐 정년이 없다고 합니다. 이제 교직을 떠나 자유인으로, 전업 시인으로 창작에만 몰입하는 행복한 시간을 누리겠지요. 그래서 더 젊고 사유 깊은 시로, 아름다운 서정으로, 한국 시단에 우뚝 서시길 기원합니다.

바람 좋은 날 틈나시면 사모님과 천년 고도 경주에 한번 오세요. 형의 소탈한 웃음소리도 듣고 싶고 우리의 옛정, 박주일배에 담아 한껏 취하고 싶습니다.

늘 건강하시고, 사모님께도 안부 전해주시길.

'조선의 선비', 기도의 시인

정호승 ● 시인

조창환 형님(오래전부터 나는 조창환 시인을 형님이라고 불러왔다)을 볼 때마다 나는 늘 조선 선비의 모습을 떠올린다. 눈매가 봄 햇살처럼 따스하나 첫얼음처럼 서늘한 기상이 살아 있고, 입매에 늘 미소가 사라지지 않으나 엄격한 침묵의 기운이 서려 있는, 그러면서도 전체적으로 침착 온화하고 섣불리 범접할 수 없는 기개가 엿보이는 그런 조선 선비의 풍모가 떠오른다. 그것은 잊히지 않는 기억의 한 장면 탓이기도 하다.

정확하지는 않지만 아마 1973년 무렵일 것이다. 나는 그때 〈대한일보〉 신춘문예에 시가 당선돼 문단에 막 얼굴을 내밀었을 때였다. 또 그해 《현대시학》에 김요섭 선생님에 의해 막 3회 추천을 끝냈을 때였다. 그 무렵 조창환 형님께서도 《현대시학》에 김요섭 선생님에 의해 추천을 완료하셨었다. 같은 지면에 추천을 받았다는 어떤 동질감에 의해 그 무렵 조정권, 한영옥, 천재순, 김기석, 설의웅 등의 시인과 함께 자연스럽게 서로 만나 김요섭 선생님을 찾아뵙거나 하게 되었다.

그러다가 한번은 조창환 형님 댁에 가서 저녁을 먹게 되었다. 무슨 일이 있어 저녁때까지 함께 있게 되었는지 잘 기억이 나지 않지만, 그때 형님께서는 "우리 집에 가서 저녁이라도 먹고 가지" 그러셨던 것 같다.

제대 후 복학생이었던 나는 아무런 생각 없이 그냥 덜렁덜렁 형님 뒤를 따라갔다. 남의 집에 저녁을 먹으러 간다는 사실이 그 얼마나 어려운 일인지, 또 집에 가서 저녁을 함께하자고 남에게 권하는 일이 그 얼마나 큰 사랑의 마음인지 그때는 잘 모를 때였다. 더구나 그때 형님께서는 신혼 때였다. 신혼집에 저녁 손님이 아무런 사전 예고 없이 들이닥친다는 것이 그 집에 얼마나 불편한 상황을 초래하는 것인지 나는 전혀 모르고 있었다.

지금은 많은 세월이 흘러 얼굴은 기억이 잘 나지 않지만 밝고 환한 신혼의 형수님이 따뜻하게 나를 맞이해주셨던 그 느낌과 정성껏 차려주신 밥상은 아직도 맛있고 따뜻하게 내 가슴속에 생생하게 그대로 남아 있다. 나는 지금도 그 맛있던 미역국은 잊지 못한다.

당시 조창환 형님이 사시던 신혼의 집이 한옥이었는지는 모르지만, 지금도 분명 기억되는 것은 저녁을 먹던 방 안이 한옥처럼 따뜻하고 정갈하고 그윽했다는 것이다. 또 거실인가 어딘가에 형님의 장인이신 검여劍如 유희강柳熙綱 선생의 서예 작품이 걸려 있어 집안 전체가 학문하는 선비의 묵향이 은은히 풍기는 것을 느낄 수 있었다. 더구나 그날 형님은 집에 와서 한복으로 옷을 갈아입으셨는데, 한복을 입은 형님과 겸상의 저녁을 들면서 나는 마치 조선시대의 한 젊은 선비와 겸상을 하고 있다는 느낌이 들었다. 아마 내가 조창환 형님을 조선의 선비로 생각하는 것은 이런 기억의 한 조각 때문만은 아닐 것이다. 실은 그는 지금까지 학자이자 시인으로서 조선 선비처럼 성실하고 기개 있는 삶을 살아왔다. 그런데 세월이 흘러 어느새 정년을 하신다니 새삼 세월의 빠름을 생각하지 않을 수 없다. 그러나 학교를 떠날 뿐 학문의 세계를 떠나는 것은 아니요, 시인 또한 정년이 없으니 이 얼마나 다행한 일인가.

그동안 나는 조창환 형님을 제대로 찾아뵙지 못했다. 비사회적이고 혼자 있기를 좋아하는 외곬의 성격을 지닌 나는 인생의 표상이 되는 그런 형님마저도 가까이하지 않고 지냈으니 이건 전적으로 나의 잘못이다. 내가 학계에서 일해왔거나 문인들의 모임에 자주 나갔다면 그래도 가끔 만나 뵐 수는 있었을 텐데 하는 생각도 해보지만 그것 또한 핑계에 불과하다. 병고로 힘드셨을 때도 제대로 인사 한 번 하지 못했으니 이런 동생이 어디 있는가.(실은 이 글을 쓰면서도 정작 내가 동생 자격이 있는가 반문하지 않을 수 없다.) 지금도 가톨릭문우회를 이끌고 있는 형님에게 사사건건 비적극적이니 나로서는 그저 부끄러울 따름이다.

조창환 형님의 시는 깊은 가톨릭 신앙에 뿌리를 내리고 있다. 그의 시에서는 늘 영성의 향기가 난다. 그의 시의 지향점은 인간이 지닌 영혼의 맑음과 흐림에 대한 성찰이다. 나는 조창환 형님의 시를 통해 동시대를 살아가는 시인으로서 늘 그에게 존경과 경외의 마음을 지닌다. 인간은 태어나면서부터 종교적이라는 말이 있듯이 시 또한 원초적으로 종교성에 뿌리를 내리고 있다고 할 때 그의 시의 방향은 옳다. 나 또한 가톨릭 신앙을 지닌 자로서 가톨릭 정신에 입각해 시를 쓰려고 하나 그게 형님처럼 잘 되지 않는다. 그 까닭은 형님만큼 신앙의 깊이가 없기 때문이다. 신앙의 진정한 깊이 없이 어찌 인간의 영혼을 울리는 투명한 시를 쓸 수 있겠는가.

나는 조창환 형님의 시 중에서 좋아하는 시가 많지만 그중에서 「남루에 대하여」를 가장 좋아한다. "슬픔도 조심스럽지 않은가 / (중략) 아아, 남루란 / 말 함부로 쓰지 않겠다고 다짐한다 나는 / 눈 벌겋게 충혈된 삶 헤쳐 여기까지 / 와 쉬게 하시는 하느님, 이 미어지게 / 쓸쓸한 가슴 안고 / 고마워 울다가 내 세상의 웃음거리 되거든 / 그 남루 받아주시고 (중략)"에서 나는 그의 시의 샘물을 들여다본다.

가끔 가톨릭문우회 모임 때 기도하면서 성호 긋는 그의 모습을 볼 때 나는 그의 기도 속에 이미 시가 있다고 생각한다. 그렇다. 그는 기도의 시인이다. 이제 그의 기도가 더욱 깊어져 우리가 사는 이 어두운 마을에 '라자로 마을의 새벽'이 도래할 수 있게 되기를 간절히 소망해본다.

초승달은 신비로운 미소로

차한수 ●시인·동아대 명예교수

조창환 시인을 대하면 내 고향 마을 동구 밖에 정정하게 서 있는 거대한 느티나무가 생각난다. 조창환 시인은 언제나 의연한 자세로 학문과 문학의 정도를 걸어왔기 때문일 것이다.

몇 해 전 간행한 시선집 『신의 날』의 〈시인의 말〉에서 "또 하나의 망연한 갈림길에 서 있는 느낌이다. 갑년을 맞아 시선집을 엮으면서 나는 내 안에 있는 유령이 긴장하는 것을 느낀다"라고 적고 있다. '망연한 갈림길'에 서서 자신을 확인하면서 긴장을 풀지 않는 자세로 새로움을 추구하는 정신은 오히려 생기가 있다. 신선한 패기가 넘치는가 하면 겸손하면서도 굳은 신념을 굽히지 않는 강인한 정신은 주위를 긴장시키기도 한다. 그런 가운데 얼마 동안 건강 문제가 있었지만, 그때마다 신앙과 강인한 의지로 이를 극복한 것으로 안다. 그리하여 가정과 학문, 그리고 문학의 길을 탄탄하게 다져온 빛나는 성과는 필연적인 귀결이라 생각한다.

조 시인과는 자주 만날 기회가 드물었지만 언제 어디서나 친절하고 꾸밈없는 자세에서 신뢰와 우정을 느끼게 했다. 어느 해였던가, 아시아 시인 대회에 참석하고 이형기 시인과 함께 동석을 하게 되었다. 좁은 골목길에 자리한 소박하고 따뜻한 맥줏집이라 기억된다. 세 사람은 어깨를 나란히 자리를 잡았다. 그날은 다 같이 작은 사양도 하지 않고 하나가 되었다. 이형기 시인의 호방하면서도 날카롭고 예리한 호기는 좌석을 주도하고 있었다. 하지만 조 시인의 은은한 미소와 신중한 대화는 술맛과 더불어 말맛을 진하게 했다. 더구나 이형기 시인은 부산에 있을 때 필자하고는 바둑도 하고 술도 가까이하면서 친근하게 지낸 터라 그날의 만남은 어느 때보다 반가웠을 뿐 아니라 조 시인과 자리를 같이했으니 더욱 시흥이 나는 모양이었다.

이형기 시인의 장광설은 끝이 없었다. 그는 "인간은 한 번밖에 죽지 않는다. 삶의 일회성은 너무나 당연한 귀결이다. 그러나 시인은 열 번은 죽고 백 번도 죽는다"라고 하면서, 시인은 자신의 죽음조차도 허구화할 수 있는 인간이라 하면서 "그들은 죽은 적이 없다. 다만 거짓으로 죽은 척했을 뿐이다. 그러므로 시인의 사망 기사에 속지 마라. 이미 죽었는데도 불구하고 과거의 의미 있는 시인들은 모두 그대의 은밀한 시간 속에 살아 있지 않은가" 하면서도 "모든 존재는 필경 티끌로 돌아간다. 이 사실을 자각하고 있는 존재가 인간이다. 그리고 이 사실을 영광스럽게 노래하는 존재 역시 시인이다"라고 말하는 이형기 시인의 상기된 얼굴에는 자신의 죽음을 예언이나 하듯 순수한 눈빛에 숙연할 수밖에 없었다.

조 시인 또한 따뜻한 미소로 자신의 시에 대한 신중한 소망을 거침없이 펼친다. "나는 안정된 절제의 아름다움에 대해 관심을 가지고 있었다"라는 말을 전제로 비 갠 날의 산정처럼 맑고 선명한 시, 투명한 언어와 정결한 이미지로 단순하면서도 절제된 삶의 호흡을 드러낸 시를 빚고 싶다는 이야기와 함께 풍경이 영혼이 되는 언어, 언어가 풍경이 되는 혼의 고백을 보여주고 싶다고 했다. 또한 너무 예쁘지만은 않은 시, 울음이나 눈물에 관해 말하지 않으면서 가슴 서늘한 아름다움이 깃든 시를 쓰고 싶다는 표현에는 다른 말이 있을 수 없었다.

맥주병은 일렬로 서서 달려오고 거나하게 취기가 오른 이형기 시인의 이야기는 계속된다.

"나에게는 허무주의적인 성향이 있다. 나이가 들수록 강화되어가는 그러한 성향은 물론 내 시를 지탱하는 중요한 지주의 하나가 되어 있다. 그 허무주의가 서 있는 기반은 일체의 가치를 부정하는 정신이다. 그러나 부정은 부정 자체로만 그치지 않는다. 부정하기 때문에 새로운 그 무엇을 찾을 수 있는 가능성의 지평이 열리는 것이다. 그러므로 나의 허무주의는 나로 하여금 새로운 시를 탐구하게 하는 힘의 원천이라 할 수 있는 것이다. 시인은 시를 쓰는 사람이 아니라 찾는 사람이라고 생각한다. 기존의 시를 부정하고 언제나 새로운 시를 찾는 사람이 내가 생각하는 바 참다운 시인이다. 나의 시는 하나의 도달점이자 동시에 떠나야 할 출발점이라는 이중의 의미를 갖는다."

그는 "마지막으로 한 줌 흙이 뿌려진다. 그리고 만사는 끝나버린다"라는 파스칼의 말을 인용하면서 허무를 바탕으로 그가 새로운 시를 찾는다는 것은 허무 그것이 또한 그를 어떤 구속으로부터도 자유로울 수 있게 해준다고 말했다. 끊임없이 시를 찾는 것은 그가 자유로운 인간이고자 하는 몸부림에 다름 아니라는 것이다.

어둠이 기어드는 골목길은 우리의 시흥에 취해 일렁거리고 있었다. 결국 인간의 삶에는 상실만이 확실할 뿐 소유는 아무것도 없다는 말에 수긍할 수밖에 없었다.

서쪽 하늘에 걸린 초승달은 신비로운 미소로 우리를 축복이나 하듯 내려다보고 있었다. 신이 사람을 부러워할 만큼 가슴을 열어놓고 대화를 나눈 그날의 만남은 어느덧 잊을 수 없는 소중한 추억이 되고 말았다. 이미 고인이 된 이형기 시인의 이야기대로 허무는 언제나 새로운 세계를 여는 통로가 아닌가 싶다.

조창환 시인의 첫 시집에 수록된 시 「장미」를 만나면서 추억이 깃든 이야기를 매듭짓고 싶다.

　　타오르는 것은 빛이 아니다
　　가시가 이루는 파도
　　살이 던지는 이슬
　　그대 알몸의 부끄러움이
　　쨍쨍한 대낮을 무너뜨린다
　　그 창틈으로 한 아침이 떨며 서고
　　그 호수 위에 한 핏방울이 깨뜨러진다
　　―「장미」 전문

기대되는 관조와 취미의 삶

박호영 ●한국시학회장 · 한성대 교수

내가 조창환 교수를 알게 된 것은 오래전의 일이다. 수학한 단과대학은 서로 달랐지만, 그가 나보다 몇 년 위의 선배로서 내가 아직 대학 재학 중에 그가 《현대시학》으로 등단하였기에 그 명성을 귀로 들어 익히게 된 것이다. 그 후 내가 문리대 대학원에 조 교수보다 2년 뒤에 입학하면서 주변 대학원생들에게서 간간이 조 교수의 근황을 들었다. 그러나 사실 대학원 시절 한 번도 가까이한 적은 없는 것 같다.

내가 그 이후 조 교수를 다시 뇌리에 간직하게 된 것은 『라자로 마을의 새벽』이란 시집이 나오고 나서였다. 잘 알다시피 라자로 마을은 나병 환자들을 위한 마을이다. 그러나 그렇게만 알고 있을 뿐 가보지도 않았던 터에 시집 제목으로 라자로 마을을 대하니 제목만 보고 그의 시집에 관심을 갖게 되었다. 그 시집이 상재된 1980년대 초는 내가 주위의 권유로 가톨릭에 한 발 디뎌놓은 때였기에 더욱 그랬던 것 같다. 그러나 그 관심은 한순간이요, 얼마 가지 않아 기억에서 사라져버렸다. 그 다음에 또 조 교수를 기억하게 된 것은 음악시의 모음집이라고 할 수 있는 시집 『파랑 눈썹』 때문이었다. 원래 이 시집을 먼저 대한 것은 아니고, 내 친구인 음악 마니아 전영태 교수가 《시와 시학》지에 실은 「언어를 통해 보는 음악의 아름다움」이란 제목의 글을 통해서였다. 『파랑 눈썹』의 서평이었는데, 그 글에 감동을 하여 시집을 찾아 읽었다. 시집에 실린 시들은 대부분 음악이나 음악가와 관련된 것들로 해박한 시인의 음악 지식을 엿보게 하는 것들이었다. 시집 해설 역시 무용과 더불어 음악에도 조예가 깊은 김영태 시인이 맡아 하여 조 시인의 음악시를 이해하는 데 많은 도움을 주었다. 이 시집은 이 외에도 한영옥 시인이 「아름다움과 비극성의 현존」이란 제목으로 서평을 쓰는 등 당시 많은 사람의 관심을 끌었다.

그러나 이때까지만 해도 내가 아는 조 교수는 신앙이 깊고 음악에 일가견이 있는 대학 선배 시인 정도였다. 그러다가 2001년에 나온 시집 『피보다 붉은 오후』에 실린 「닻을 내린 배는 검은 소가 되어」를 읽고서 나는 그가 깊이 있는 시를 쓰는 시인이란 것을 비로소 알아차렸다. 이 시는 화자가 자신의 지나온 삶을 되돌아보고 수행을 위한 새로운 출발을 하려는 줄거리로 되어 있다. 여기서 자신의 지나온 삶의 일단락이 '닻을 내린 배'가 되며, '검은 소'가 아직 깨우치지 못한 화자라고 할 수 있다. 닻을 내리고 막상 지나온 자신을 되돌아보니 '검은 소'에 지나지 않은 사실을 알고, 무명을 벗어나고 미혹을 깨우치기 위해 '나'의 '검은 소'의 고삐를 잡고 수행의 길을 떠나는 것이다. 물론 화자는 그 시를 발표할 당시 중년의 나이를 넘어선 시인 자신이라고 할 수 있다. 시 전문은 다음과 같다.

> 내 집 뜨락에 닻을 내린 배
> 먼 길 돌아와 상처가 깊다
> 달빛 환한 밤, 늙은 느릅나무 아래
> 맑으나 두터운 종소리 울리듯
> 빈 배에 가득, 은행잎 같은
> 빗방울만 담겨 있다

후두둑 비 쏟아지는 소리 들으며

내 집 뜨락이 거문고 소리 내는

연못으로 흔들릴 때

닻을 내린 배는 검은 소가 되어

물끄러미 방 안을 들여다본다

세상의 눈물로는 가두지 못할

흐린 사랑들 연꽃처럼 아득하여

마음의 빈터에 검붉은 바다를 이루었나

검은 소 고삐 잡고 바다를 향해

먼 길 떠나려 할 때

밟아도 부서지지 않는 빗소리

가을날 은행잎 쏟아지듯

천지에 가득하다

　얼마나 나지막하면서도 깊은 울림이 있는 시인가. 대개 주제가 무거우면 시가 어렵고 딱딱해지게 마련인데 이 시는 주제를 잘 전달하면서 전혀 관념적이지 않다. 이 시뿐만 아니라 그의 시에는 서정성을 확보하면서도 유현한 세계를 보여주는 시들이 많다. 그가 시를 잘 쓴다는 사실은 조 시인의 회갑연이라고 할 수 있는 조촐한 모임에서 마종기 시인이 말씀하기도 했다. 확실히 기억이 나지는 않지만 이렇게 시를 잘 쓰는 시인이 누군가 했더니 조창환 시인이었고, 그 이후 두 사람이 인연의 고리를 이어왔다는 얘기였던 것 같다. 시를 잘 쓰는 시인이 시를 잘 쓰는 시인을 알아보는 것이던가. 내가 애송하는 시 중의 하나인 「우화의 강」의 시인께서 그 같은 얘기를 하니 조 교수의 시에 대한 나의 믿음은 더욱 굳어졌다.

　그에 대한 부러움은 음악만이 아니라 한 가지 더 있다. 그가 여행 마니아라는 것이다. 일본·중국·인도 등 동남아는 물론이고, 미국·유럽·남미·아프리카·호주 등 거의 세계 곳곳을 그는 여행했다. 보통 사람은 엄두도 내지 못하는 여정을 그는 즐기며 택했다. 아마도 릴케가 『말테의 수기』에서 밝혔듯 직접적인 체험을 바탕으로 그의 시에 깊이와 넓이를 더하려는 것은 아니었을까.

조 교수와의 만남이 잦아진 것은 한국시학회 일로 인해서이다. 조 교수께서 학회 회장직을 맡아 일할 때 부회장직을 맡아 그를 보필했기 때문이다.

나는 지금 조 교수의 정년퇴임을 기념하기 위해 이 글을 쓰고 있다. 외모로 보아선 넉넉히 십 년은 더 봉직하여도 될 터인데 교단을 떠나야 하는 모양이다. 대개 정년을 맞게 되면 갑자기 찾아온 무료감에 어쩔 줄을 모른다고 한다. 심지어 버릇이 되어 가방을 챙겨 학교로 가려는 분들도 있다고 들었다. 그러나 모르긴 몰라도 조 교수는 이제 비로소 자신의 삶을 즐기는 길로 들어설 것 같다. 학교 강의 때문에 하지 못했던 여행도 사모님하고 실컷 하고(두 분이 더 다니실 곳이 있는지는 모르겠지만), 여유를 갖고 음악 감상에 빠져들기도 할 것이다. 그러면서 더욱 깊은 향내 풍기는 시를 쓰리라 믿는다. 그야말로 김영랑 시인의 삶과도 같은 관조와 취미의 삶을 살 분이 정년퇴임 이후의 조창환 시인일 것 같다.

음악 친구이신 선생님

김병선 ● 한국학중앙연구원 교수

조창환 선생님은 아직 청년이셨다. 아직은 동안을 유지하고 있던 이분은 대부분의 서울 토박이들이 깔끔하면서도 새침데기 분위기인데 반하여, 수더분하면서도 다소간 부드러운 말씨의 소유자였다. 세상이 한참 어수선하던 1970년대의 말에 조 선생님은 전북대 국문과에 부임하셨다. 한 해 전에 부임한 송하춘 교수님은 현역 소설가이셨고, 조 선생님은 현역 시인이기도 하셔서 창작과 학문의 두 마리 토끼를 좇으려던 나 같은 학생에게는 정신적으로 힘이 되었다.

대학원에서는 원로급 선생님들이 강의를 하셔서 선생님의 강의를 들을 기회가 없었지만, 다행히 선생님이 내 석사논문의 심사를 맡아주셨고, 여러모로 자상하게 돌보아주셨다. 석사학위를 받은 후에는 내가 학과 조교로 임명되어 학과의 교수님으로 모시게 되었다.

어느 날 나는 과의 젊은 교수님들의 모임에 따로 부름을 받았다. 뜻밖에도 그 자리에서 조 선생님이 병환으로 힘들어하신다는 것을 듣게 되었다. 늘 여유로우시고 잔잔한 미소를 머금으시던 선생님의 병환 소식은 충격이 아닐 수 없었다. 교수님들께서는 나에게 대강代講을 제안하셨다. 나는 거절할 이유가 없었고, 그보다 더한 일이라도 선생님께 도움이 되고 싶었다. 다만 이제 갓 석사학위를 받은 초년생 학자가 전공 수업을 들어가는 것이 큰 부담일 뿐이었다. 결국 조 선생님께서 학교를 쉬시기로 결정을 하셨고, 그 바람에 대강은 없던 일이 되었다.

선생님이 자신의 손바닥을 보여주시며 자신이 앓고 있는 질환을 아무렇지도 않게 말씀하시던 기억이 생생하다. 정말 그 손바닥은 여느 사람과는 달리 울긋불긋했다. 체내의 호르몬이 잘 걸러지지 않고 혈관을 확장시키는 바람에 생기는 현상이었다. 그래서 나도 가끔씩 손바닥을 살펴보곤 했다. 하지만 내 혈관은 피부 밑에 잘 숨겨져 있었다.

건강을 잃고서 선생님은 신앙심을 더욱 돈독하게 다지시는 한편, 음악에도 관심을 기울이기 시작하셨다. 우선 적지 않은 돈을 들여 집에 장비를 들여놓으셨다. 특히 클래식 음악에 어울리는 따뜻한 음색의 스피커(아마도 BOSE 201로 기억되는)를 잘 선택하셨다는 느낌을 가졌다. 선생님은 가끔 집으로 나를 부르셨다. 바로 음악 때문이었다.

나 역시 음악을 좋아하고 있었기에 선생님과 취미를 나눌 수 있다는 것이 무척 기쁜 일이었다. 어쩌다가 원판(수입산 클래식 음반) 세트를 구입한답시고 한 달분 이상의 조교 봉급을 털어 넣기도 했던, 수집벽만으로도 마니아급에 들 만한 정도였기 때문이다. 다니던 교회의 월간 저널에는 「요한음악실」이라는 음악 관련 칼럼을 연재하였고, 음악 감상회의 해설을 맡기도 했다. CBS가 언론사 통폐합의 소용돌이 가운데 처해 있을 때 자원봉사자로 〈명곡을 찾아서〉라는 클래식 프로그램의 진행을 1년여 동안 맡은 적도 있다. 이런 나를 선생님은 '음악 애호가 선배'로서 대해주셨다.

하지만 선생님과의 음악 인연은 그리 길지 못했다. 내가 조교 임기를 마칠 무렵에 선생님께서 그만 아주대학교로 근무처를 옮기셨던 것이다. 대신 선생님은 큰 선물을 남겨주셨다.

그 선물이란 다름 아닌 모교의 교수직이었다. 당시는 '실험 대학'이라는 교육 정책 가운데서 국문과에 100명 이상의 학생이 몰리는 때였고, 교양 교육으로서 국어에 대한 수요가 많기도 했지만, 나는 조 선생님이 물려주신 자리라고 생각하였다. 옥스퍼드 대학은 아니지만 그래도 지방 국립대학의 시학 교수가 된다는 것은 너무나도 영예로운 일이었다. 학문적으로나 취미 면에서 그리 깊은 인연은 아니었지만, 조 선생님이 나에게 일생일대의 큰 기회를 제공해주셨고, 나는 그 기회를 얻어 오늘날까지 학문 생활을 영위할 수 있게 되었다고 생각한다.

모교에서 10년 가까이 교수 생활을 하고 나서, 나는 1993년 봄에 한국학중앙연구원(당시 한국정신문화연구원)으로 옮기게 되었다. 역시 전북대학교에 계셨던 이광호 교수님께서 제안을 해 오셨고, 교육보다 연구 쪽에 시간이 더 필요했던 나는 감사한 마음으로 그 제안을 받아들였다.

직장을 옮기고 나서는 조 선생님과의 교분을 다시 이어갈 수 있게 되었다. 우선 선생님은 아주대학교 학부와 대학원에 강의를 나와달라고 부탁하셨고, 특히 선생님이 브리검영 대학에 파견 나가셨을 때에는 현대문학 전공과목을 맡겨주시기도 하였다. 대학원에서는 〈문학자료처리론〉이라는 과목을 개설하여 내가 개척하고 있는 분야를 좀 더 다듬어나갈 수 있도록 배려해주셨다.

한편 조 선생님께서는 내가 기획 추진하고 있는 연구 사업에도 많은 도움을 주셨다. 특히 한국 현대시 데이터베이스 구축 사업에는 공동 연구원으로 참여해주셔서, 연구 사업이 방향을 제대로 잡을 수 있었다. 그 결과물인 『한국 현대시어 빈도 사전』(한국문화사, 2007)에 공저자로 선생님을 모시게 된 것은 큰 기쁨이었다. 내가 지도하는 학생들의 논문 심사 때에도 선생님은 많은 도움을 주셨다. 그냥 한 차례 심사만 담당하신 것이 아니라 마치 선생님의 제자라도 되는 것처럼 관심을 가지고 지도해주셨고, 만날 때마다 학생들의 안부를 물으시기도 하셨다.

연구보다도 선생님과 교분을 나누고 싶은 부분은 정작 음악이었다. 그러나 전주를 떠나신 이후의 음악 애호의 역사가 어떻게 전개되었는지, 선생님의 음반 라이브러리가 어떻게 채워져 갔는지를 확인해보지는 못했다. 그런데 선생님이 자신의 음악적 경험과 감수성을 글로 그려내고 계신 것을 알게 되었다. 선생님의 관심은 라이브러리의 앨범이라는 물질로 마무리된 것이 아니라, 시인답게 언어로 승화시키고 계셨던 것이다. 구체적인 음악 작품이 주는 평화와 자유 그리고 해방의 감각을 작품으로 남겼고, 이를 '음악시집'이란 이름으로 묶어 출판하시기도 했다. 회갑을 기념하여 출판한 시선집에는 아예 『신의 날』이란 타이틀을 붙이셨다.

『신의 날』이란 제목을 접하는 순간 나는 그것이 선생님의 신앙과 음악에의 경도를 동시에 말해주는 것임을 눈치챌 수 있었다. 그것은 바로 막스 브루흐의 첼로 환상곡의 제목이었다. 콜 니드라이(Kol Nidrei), 신의 날에 인간 조창환은 어떤 존재이길 원하는 것일까?

같은 제목의 시 작품에서 화자는 이스라엘의 선지자 엘리사를 찾아온 이방의 장군인 나아만을 인용한다. 그의 문둥병도 언급한다. 그것은 나을 수 없는 병이다. 꾸준한 치료와 수술 후에도 병마는 선생님을 떠나지 않았다. 시의 화자는 시인이 아닐 수 없다. 신의 날에 그는 회복되었고, 회복하고 있으며, 회복할 것이다. 그리고 저 첼로의 경건한 보잉이 토해내는 기쁨과 두려움과 흐느낌의 감격의 어조를 화자는 놓치지 않고 표현해내고 있다.

나는 크리스천이고, 음악을 즐기며 시를 공부하는 사람이라는 점에서 선생님과는 많이도 닮아 있다.(좀 다르다면 선생님은 가톨릭인데 나는 프로테스탄트라는 것, 선생님이 인상파 쪽에 관심을 많이 두고 계신다면 나는 바로크나 낭만파 쪽이라는 것일 뿐이다.) 그러나 내가 여전히 컴퓨터 자판을 즐기고, 데이터베이스를 뒤적거리며 쿼리(query) 명령어를 던지고 있는 동안에 선생님은 자신의 예술적 영역을 공고하게 이룩하고 계셨음을 이 작품 한 편으로 확인할 수 있었던 것이다.

　조 선생님은 나에게 또 다른 기회를 주고 계신다. 아니 도전이라고 하는 편이 좋겠다. 음악과 시와 그리고 신앙의 경지에 하나의 목표를 주시는 것이다. 나는 도무지 엄두가 나지 않는 목표다. 하지만 선생님의 여유로움과 너그러움에 의지하여 도움을 청하고 싶다. 외람되게도, 머리만 다소 세어졌을 뿐 아직도 동안을 유지하고 계신 선생님을 여전히 '음악 친구'로 여기고 있기 때문이다.

'이순耳順'과 '종심從心' 사이
–조창환 선생님의 정년에

김익두 ● 전북대 교수

선생님과의 인연은 대학교 2학년 때인 것으로 기억을 한다. 대학에 들어가기 전에 이미 대학을 졸업할 정도의 나이를 먹었던 나는, 그때 '공부'를 좀 하고 싶은 의욕이 막 솟아나, 그 의욕이 샘처럼 차갑고도 강렬했다.

그때 마침 선생님께서 내가 다니던 학과로 부임을 하셨다. 선생님 연세로 30대이셨던 것으로 기억한다. 우리는 선생님이 전주로 이사 오시는 날, 완산칠봉 아래의 '장승백이' 근처 한 아파트로 선생님의 이삿짐을 날랐는데, 그때가 아마 선생님을 처음 뵈었던 만남이었을 것이다. 작달막한 키에 젊고 패기에 찬, 매우 강한 인상의 선생님을 기억한다. 그때부터 선생님과의 인연이 시작되었다.

시론 과목을 선생님께 배웠는데, 당시에 우리는 그 '공부'에 대한 열망이 좀 심해서, 수업을 시작하시기 전에 혹은 시작한 후에도 선생님을 찾아가, 이런 책을 가르쳐달라, 저런 책을 지도해달라는 등 주문이 좀 심했다고 생각이 된다.

그런데도 선생님께서는 그런 우리들의 생각을 '본능적'으로 좋아하셨다. 그래서 그때 우리는 이승훈 교수가 쓴 『시론』 책을 가지고 공부를 했는데, 그 책뿐만이 아니라 김춘수 시인의 『시론』, 다른 외국 사람의 『시론』 등 그 당시에 시중에 나와 있는 거의 모든 『시론』들을 다 총 망라해서 읽고 요약하고 또 나름대로 정리를 한 기억이 난다.

그리고 그것도 양에 차지를 않아 다시 선생님을 중간에 찾아가서, 당시에 우리 학계를 지배하고 있던 이른바 '문학 이론'의 '바이블'이라고 불리던 르네 웰렉과 오스틴 워렌이 공저한 『문학의 이론』까지 가르쳐 달라고 졸랐다. 그래서 그 한 학기 동안에 우리는 이 '바이블'도 전체를 요약하고 공부할 수 있었다.

그 당시 우리 학과에는 선생님뿐만 아니라 젊고 패기에 찬 쟁쟁한 젊은 선생님들이 새로 많이 부임을 하셨다. 지금은 고려대학교 국문과에서 은퇴한 소설가 송하춘 선생님도 계셨고, 나중에 이화여대로 자리를 옮기신 현대소설 학자이신 김상태 선생님, 고전문학을 전공하시는 정하영 선생님, 국어학의 홍윤표, 이광호, 김홍수 선생님 등 그야말로 '백가쟁명'의 젊은 '전국시대'였다.

그렇게 몇 해가 지나고 우리는 '광주항쟁'을 겪던 해에 4학년을 맞게 되었고, 그래서 수업은 하는 둥 마는 둥 그 한 해가 지나가 졸업을 할 무렵이었다. 그때 우리는 학부 졸업논문 제도가 처음 생겨서 그걸 써서 제출했는데, 어느 날 선생님께서 집으로 좀 오라는 연락을 주셨다. 집으로 찾아간 나에게 선생님은 대뜸 "자네, 졸업논문이 아까워. 그걸 그냥 썩히지 말고 신춘문예에 보내도록 하게"라고 말씀하시고는, 손수 그 논문의 제목을 「동화의 시공과 재생에의 언어」라는 제목으로 고쳐주셨다. 그래서 나는 선생님 말씀대로 그것을 그 당시 아직 마감이 안 된 〈경향신문〉 신춘문예에 투고를 했고, 그 후 눈이 심하게 내리고 정신없이 취해서 곯아떨어져 있던 어느 날, 당선 통보를 받았다.

그런데 그렇게 당선 통보를 받은 게 나뿐만이 아니었다. 함께 같은 과에서 공부를 하고 있던 다른 두 사람이 더 있었다. 친구 장형규가 〈중앙일보〉에 「겨울로 가는 꽃상여」라는 소설로, 그리고 같은 과의 이병천이 〈조선일보〉에 「우리의 숲에 놓인 몇 개의 덫에 대한 확인」이란 시로 각각 당선되었다. 그래서 정말 '그해 겨울은 참 따뜻했다'. 같은 학과 재학생이 한 해에 중앙 일간지 3개의 '신춘문예'를 장르를 달리해서 휩쓴 역사는 아마 전무후무할 것이다.

그 후 나는 선생님의 지도로 대학원 공부를 시작해서, 선생님 연구실에서 공부를 계속할 수 있게 되었다. 선생님과 작은 연구실 탁자에서 함께 도시락으로 식사를 하곤 하던 기억이 새롭다. 그리고 당시 다른 젊은 교수님들도 그 방으로 오셔서 함께 도시락을 나누던 기억도.

그러던 어느 날 나는 전공을 '희곡'으로 바꾸겠다고 말씀드렸고, 선생님은 또 흔쾌히 나의 뜻을 허락하셨다. 내 석사학위 과정이 거의 끝나갈 무렵, 선생님은 건강상의 이유 등으로 아주대학으로 전근을 가시게 되었다.

그러나 나는 그 몇 년 동안 선생님께 받은 격려와 지도와 배움으로 계속해서 박사과정을 밟을 수 있었고, 시간강사를 거쳐 선생님이 계시던 학과에 '희곡'을 가르치는 전임이 되었다.

그 후로도 선생님은 나를 잊지 않으시고 꼭 챙기셨다. 내가 연락을 못 드리고 오히려 선생님께서 연락을 먼저 주시곤 하신다. 지금도 선생님 댁에서 먹던 사모님의 비빔밥이 그립다. 내가 사는 전주가 비빔밥으로 유명한 고장인데, 사모님이 만들어주시던 비빔밥이 내가 먹어본 비빔밥 중에는 제일 맛이 있었다.

선생님의 성격은 '칼'이시다. 그런데 그 칼로 다른 사람을 해치신 적은 한 번도 없다. 오히려 선생님 본인이 늘 상처를 입으시곤 하신다. 그런 상처들은 선생님의 시로 승화된다. 선생님의 시에는 그래서 매우 강렬하고 충격적인 이미지들과 대구들이 많이 등장한다. 그런 시의 날카로운 모서리들은 나중에 종교적인 비전의 발견을 통해서 많이 순화되고 평화로워지고, 그래서 화해와 용서와 상생과 구원의 세계에로 전화된다.

선생님 곁에는 늘 사모님이 계신다. 그 '칼' 곁에서 사모님은 늘 '물'이시다. 아마도 "칼로 물 베기"라는 말을 내가 가장 분명하게 느끼곤 했던 곳이 바로 선생님 댁이었다는 생각이 든다. 사모님께서는 원래 선친께서 그 유명한 서예가 검여劍如 선생이시기 때문에, 선생님께 시집 오시기 전부터 이미 그런 '칼을 다루는 방법'(?)을 다 도통하시고서 오신 게 아닌가 하는 생각이 든다.

요즈음은 인생을 말하는 기준이 바뀌었다. '이순(耳順)'을 거쳐 '종심(從心)'에 이르기가 참으로 어려운 시대를 훨씬 지나, 이제는 우리도 보통 사람이면 대부분이 다 이 시기에 이르는 시대가 되었다. 그러나 이 시기에 우리가 어떻게 살아야 하는지에 대해서는 아직도 우리에게 '사표'를 제시하는 분들이 그다지 많지 않은 것으로 안다.

나를 '익구 아저씨'라고 부르던 선생님의 두 아들 '헌이', '홍이'도 다 잘 자랐고, 그 어려운 굽이굽이 골짜기와 고개들을 수없이 지나오신 선생님의 건강도 이젠 '도통'이 되셨다.

이제 두 분께서 더욱더 강건하시고, 새롭고도 멋진 새로운 삶을 이루어 나가시길 빈다. 그래서 우리가 대학 시절에 선생님께 우리 공부의 '사표'를 찾았던 것처럼, 아무쪼록 두 분께서 '제2의 인생'에서도 우리가 따를 '사표'를 반드시 제시해주실 것을 믿고, 또 하느님께 두 분의 그런 앞날을 간절히 기도드린다.

강직하면서도 넉넉한 마음

임한조 ● 아주대 교수

며칠 전 어느 교수님 정년퇴임식 석상에서 조창환 교수님을 만나 언제 정년을 맞는지 서로 소식을 나누면서 같이 보낸 시절을 되돌아보며, 이제는 각자가 정년이 가까워져서 곧 헤어지겠구나 하는 약간은 쓸쓸한 생각에 잠긴 적이 있었다. 돌이켜보니 같은 캠퍼스에서 같이 기뻐하고 슬퍼하고 혹은 불의를 보고 같이 분노하면서 보낸 세월이 대략 25년은 될 것 같다. 필자는 인문학을 전공하시는 조 교수님과는 전공이 먼 물리학, 전자공학을 전공하는 교수이다. 그럼에도 불구하고 비록 지금은 바쁜 세월 탓으로 잘 만나지 못하지만 오랜 기간 동안 친하게 지내왔다고 생각되며 지금도 식당 같은 곳에서 만나게 되면 반가워하면서 장난치기 바쁘다.

조창환 교수님 하면 가장 먼저 생각나는 모습이 자유로우시면서도 강직한 성품이시다. 시인이시니 사유가 자유로운 점은 당연해 보이나 강직한 성품은 만남의 초기에 필자에게 상당히 의외의 모습으로 다가왔다. 조 교수님은 필자보다 3~4년 선배이시기는 하나 타 대학에서 근무하다 본교로 옮기셨기 때문에 필자가 먼저 본교에서 근무하고 있었는데, 조 교수님의 이러한 성품이 필자로 하여금 새로 오신 조 교수님께 스스로 가까이 다가가게 만든 것이 아닌가 생각된다. 필자 생각에는 조 교수님이 수학하신 서울대학교 문리과대학의 학풍이 조 교수님께서 이러한 성품을 형성하시는 데 영향을 미치지 않았나 생각되는데, 지금 생각해보니 필자 역시 같은 대학에서 수학하여 비슷한 성격을 가지고 있을지 모르니 어쩌면 필자가 조 교수님께 끌린 것이 유유상종의 원리가 아닌가 싶기도 하다.

조창환 교수님 하면 생각나는 또 하나의 모습은 그분의 넉넉한 마음 씀씀이다. 조 교수님은 분명히 강직하신데도 마음 씀씀이는 형과 같이 넉넉하게 남을 대하시는 면이 있으셨다. 필자는 물리학과 출신이어서 그런지 모르지만 사실 조 교수님보다는 훨씬 치밀하고 논리적이고 깐깐한 면이 있다. 그러나 넉넉한 품을 싫어할 사람이 어디 있으랴? 그래서 기회만 있으면 조 교수님을 찾아가 바둑을 두면서 놀려드리는 재미를 만끽했던 기억을 가지고 있는데, 그중에서도 가장 기억에 남는 것은 치수 고치기 바둑이다. 사실 필자의 바둑 실력은 꽤 높은 편이라 조 교수님은 석 점 정도 접바둑을 두셔야 했다. 그런데 어떻게 하다 보니 조 교수님께서 넉 점 접바둑을 두시게 된 상황이 꽤 오랫동안 지속되었고, 필자가 바둑을 두면서 계속 놀려대니 약이 오르신 조 교수님이 여섯 점 접바둑까지 두시게 되었다. 이에 조 교수님께서 어느 날 한 판에 한 점씩 치수 고치기를 제안하셔서 여름방학의 이틀 동안을 만사 제쳐두고 치수 고치기 바둑만 둔 기억이 난다. 이 자리를 빌려 자주 놀려드려서 죄송하다는 말씀과 항상 너그럽게 받아주셔서 고마웠다는 말씀을 꼭 드리고 싶다.

사실은 한 10여 년 전부터 두 사람 모두 너무 바빠서 자주 만나지 못하고 있다. 그러니 10년 전쯤에 인도를 10여 일 같이 여행한 것이 아마 내가 조창환 교수님과 가까이한 마지막 추억일 것이다. 이 여행은 국어 국문학자들이 조직해서 떠난 부부 여행인데 필자가 조 교수님을 졸라 우리 부부도 참가하게 되었다. 물론 다른 분들에게서도 인문학을 하시는 분들의 취향을 느끼고 즐길 수 있었지만 조 교수님은 나름대로의 독특한 인품을 보이셨으니 내가 보기에 그것은, 미안하게도, 전혀 시간에 구애받지 않으시는 모습이었다. 여럿이 같이 다니니 일정에 주의도 하련마는 조 교수님은 일정이 무엇이 그리 중요하냐, 진척되는 대로 하는 것이 일정이지 하는 식이셨다. 그래서 처음 하루, 이틀에는 필자의 이과 체질에 맞지 않아 투덜댔으나, 며칠 지나니 오히려 '나는 왜 이 양반 같이 살지 못할까' 하는 부러움을 느끼지 않을 수 없었다. 필자에게 인생을 가르쳐주신 조 교수님, 부디 그 일탈을 즐기시는 넉넉한 모습을 잃지 마시기 바랍니다.

이렇게 웃고 장난치면서 일에서 오는 부담을 해소하며 보낸 시간이 엊그제 같은데 벌써 20여 년의 세월이 흘러 조창환 교수님께서 정년퇴임을 하실 시기가 가까이 되었다니 마음이 자꾸만 쓸쓸해지는 것을 어찌할 도리가 없다. 아주대학교 교정이 비교적 넓지 않아 조창환 교수님을 가까이할 행복을 가졌으나 이제 우리의 만남도 어느덧 오래되어 세월이 지남에 따라 뜸해질 테니 부디 건강하셔서 그 강직하시면서도 넉넉한 마음 씀씀이가 주변에 행복을 불러다 주는 세월이 오래 지속되시길 바라 마지않는다. 한 가지 더 바람이 있다면 필자도 빨리 일에 묻혀 있는 일상에서 벗어나 다시 한번 조 교수님을 놀려드리며 한가로이 바둑을 둘 수 있는 날이 오기를 기대하는 것이다.

순수한 영혼의 소유자
-내가 본 조창환 선생님

송현호 ● 아주대 교수

함덕지후 비어적자含德之厚 比於赤子(『도덕경』 55장)

아주대 사택에 이사하여 조창환 선생님 댁을 왕래하던 일이 엊그제 같은데 벌써 25년의 세월이 흘렀다. 선생님과 그렇게 오랜 세월을 같은 직장에서 지낼 수 있었던 게 내게는 행운이었다. 선생님께서는 우리 학계와 문단에서 훌륭한 업적을 남기셨고, 지닌 덕이 지극하여 어린아이처럼 순수한 분이다. 선생님과 같이 지내면서 어떻게 살아가는 것이 올바른 길이고 바람직한 길인지를 깨달았다. 돌이켜보면 고마운 일이지만 겉으로 내 마음을 드러내 본 적은 없다.

아주대에서의 25년의 삶이 원만하고 무난했던 것은 선생님의 공맹지도孔孟之道에 영향받은 바 크다. 선생님은 길이 아니면 가지 않으려 했다. 도리에 어긋나는 일에는 상대가 누구든지 시비를 가려서 도리를 지키려고 했다. 모름지기 학자의 길은 약과 같아서 달다고 삼키고 쓰다고 뱉을 수는 없다. 몸에 좋은 약은 입에 쓰지 않던가.

쭈그러진 빨랫줄을 끌어당기는 비(「팽팽한 비」)

선생님을 처음 뵌 것은 1981년이었던 것 같다. 서울대에 교환교수로 오셨는지 가끔 1동 3층에 있는 학과 사무실과 교수 연구실을 오고 가다 복도에서 선생님을 뵙곤 했다. 당시 선생님의 모습은 조금은 수척하고 활기가 없어 보였다. 그럼에도 강한 생명력이 느껴진 것은 선생님께서 당시 연재하고 있던 연작 시 「라자로 마을의 새벽」에서 본 강력한 재생의 의지와 부활의 이미지를 떠올렸기 때문인지 모른다.

1984년 아주대에서 강의를 하면서 선생님을 뵐 기회가 빈번해졌다. 그해 선생님께서는 아주대에 전임으로 부임하셨고, 나는 시간강사로 발령을 받았다. 아주대에서 강의할 때면 선생님의 연구실을 들르곤 했다. 당시 국어국문과 교수실은 원천관 2층 남쪽에 나란히 자리 잡고 있었다. 선생님은 전주에서 수원으로 이사한 지 얼마 되지 않아 신경 쓸 일이 많았고, 시집을 준비하고 계셨다. 연구실로 찾아뵐 때마다 분주한 가운데서도 시간을 내어 좋은 이야기를 많이 해주셨다. 서울대에서 뵈었을 때에 비해 건강은 많이 좋아진 편이었다. 그때 선생님으로부터 대학 교수가 지녀야 할 덕목들을 하나둘 배울 수 있었다. 그해 말 공채 공고가 났고 선생님과 김상대 선생님의 추천으로 아주대에 자리를 잡았다.

전임으로 발령을 받고 아주대 교수 사택으로 이사를 했다. 당시 선생님께서도 교수 사택에 살고 계셨다. 우리 집은 나동에 있었고, 선생님 댁은 가동에 있었다. 직장과 주거지가 같은 곳에 있어서 선생님과 만날 기회는 더욱 늘어났다. 선생님의 연구실과 선생님 댁에 들르는 기회가 많아졌다. 연구실에는 문학 서적들이 쌓여 있었고, 댁에는 고급 오디오와 수많은 LP판들이 가지런히 정리되어 있었다. 당시 선생님은 연구실에서는 논문을 열심히 쓰시고, 댁에서는 몸과 마음을 추스르기 위해 시와 음악에 몰입하고 계셨다.

아주대에 부임했을 당시 국어국문학과에는 세 분의 선생님들이 계셨다. 김상대 선생님은 반포의 주공아파트에 사셨고, 천병식 선생님은 방배동의 저택에 사셨다. 당시 네 가족이 함께 모일 기회가 유난히 많았다. 대중교통이 원활하지 않던 시절이라 모임이 있을 때마다 선생님의 차를 이용해서 반포나 방배동엘 갔다. 원천유원지에 가서 야경을 즐기며 저녁을 먹거나 풍광 좋은 곳에 놀러 갈 때도 선생님의 차를 이용했다. 선생님과 함께했던 시간들은 혈기만 왕성하고 앞뒤 가리지 못하고 설쳐대던 30대의 젊은 교수가 그 험하고 거친 1980년대의 풍랑을 헤치고 슬기롭게 살아갈 수 있는 방법을 배워가는 소중한 시간들이었다.

쓰러져 빛나는 한 줌의 침묵으로 / 이 땅의 새벽이슬, 길들이고 있음이냐
(「아가雅歌」)

1985년 여름 아주대 학보사에서 기획한 〈이호철 작가를 만나다〉의 대담을 정리한 글로 교내외가 발칵 뒤집혔을 때 선생님은 당시의 분위기와 파장을 비껴가는 방법을 일러주셨다. 학보사 편집장의 부탁을 뿌리칠 수 없어서 그 무덥던 8월 이호철 작가와 대담을 한 것이 문제가 되었다. 파고다공원 부근의 허름한 지하 다방에는 선풍기 바람이 시원치 않아 연방 땀을 훔쳐가며 두세 시간은 고생을 했다. 대담 내용은 학보사 편집장 김성호 군이 정리했고, 내용상 문제 될 것은 없었다. 단지 작가가 실천문인협회장이라는 게 문제라면 문제였다. 서슬 퍼런 군사정부 시절이라 원고는 물론 조판까지도 외부 검열을 받은 모양이었다. 원고 수정을 요청해서 그렇게 했는데, 조판에 들어간 것을 또 수정하라고 했다. 짜증스러웠지만 수정하지 않으면 대담 내용을 게재할 수 없다고 하여 작가에게 예의도 지킬 겸 원하는 대로 수정을 했다. 그런데도 계속해서 문제를 삼았다. 급기야 학과 교수 회의가 열렸다. 게재하지 않는 것이 좋겠다는 학교 당국의 의견을 두고 회의가 진행되었다. 젊은 혈기에 이런 법이 어디 있느냐고 항의했지만, 당시의 분위기는 아주 심각했다.

선생님께서 학교 측의 요구를 수용하고 다음 기회를 보라고 하셨다. 작가에게는 미안하기 짝이 없었다. 어른을 무더운 찜통에서 몇 시간씩 고생시켜놓고 원고료 한 푼 주지 않았으니 마음에 짐을 지지 않을 수 없었다. 그 짐은 상당히 오래갔고 다음 정권이 들어서서야 덜 수 있었다. 6월항쟁으로 우리 사회와 대학가에 봄이 오면서 학보사에서 초청 강연을 하는 것으로 일을 마무리했다.

당시 선생님의 조언과 가르침에 고맙게 생각했음에도 마음 한편에서는 선생님은 세상 풍파에 무심하고 순수하게만 살아오신 분이라고 생각했다. 20년이 지나고 회갑연에 가서야 선생님의 시가 운동권의 노래로 불렸음을 알았다. 선생님인들 당시의 상황이 달가웠겠는가? 80년대 중반의 어수선하고 험난했던 시기를 슬기롭게 살아갈 수 있도록 지혜를 주신 선생님께 이 자리를 빌려서 진심으로 감사드린다.

삶은 그 자체가 은총

조광국 ●아주대 교수

올봄은 유난히도 봄 같지가 않았다. 봄바람 불던 하늘 눈발이 날리고, 개나리꽃 피우다 다시금 움츠리곤……. 오늘은 이천십년 오월 아흐레. 봄날을 느끼려다 여름날을 맞이했다. 여름은 그래도 하지를 지나야지. 1년 365일 중 낮이 가장 긴긴 날. 내 시선도 그날만은 세상을 향한다. 나 말고 또 한 사람이 그랬나 보다.

담쟁이덩굴이 벽이 끝나는 곳에서
물끄러미 하늘을 올려다보고 있다

빈 하늘이 보송보송하다

병아리 솜털 같은 바람이 불다 말고
새들이 만든 길을 가만가만 지운다

조창환 선생님의 「하지」라는 시이다. 시인은 하짓날에 많은 것을 보았다. 이리저리 바라보다 저기 벽을 쳐다봤고, 벽에서 기어오르던 담쟁이덩굴을 보았다. 그것으로 그냥 끝내지 않았다. 담쟁이덩굴 그 끝에서

114

하늘까지 바라봤다. 보송보송한 하늘을 보고 새삼 좋았나 싶기도 하다. 그런 시인을 그려보노라니 웃음이 살짝 내 얼굴에 어린다. 시인이 본 것을 나도 평소 보곤 했으니⋯⋯. 하늘이 아름답고, 인생도 아름답다. 그래서 나는 좋고도 기쁘다.

시인은 살그머니 본 것이 또 있었다. 나에게 물어본다. 하늘은 왜 비었게? 하늘은 왜, 보송보송? 시인은 조용히 나에게 말해준다. 병아리 솜털 같은 실바람이 불어서야. 시인은 남모르게 본 것이 더 있었다. 이번에 시인은 내 귀에 속삭인다. 하늘이 비어 있고 보송보송한 까닭은 날던 새가 만든 길을 바람이 지워서이지, 그것도 가만가만, 매우 조심스럽게. 여름날로 들어서려니 봄바람이 시샘했지⋯⋯.

조 교수님은 끈적대고 울적한 것보다 밝고 보송한 것을 더 좋아하셨다. 평소에도 그렇게 말씀하곤 하셨다. 담배를 피우면 안 되는데 하시고는 담배 연기를 살그머니 뱉으시면서⋯⋯. 상쾌함을 좋아하는 분, 조 교수님이 그렇다. 저「하지」를 대하기 전에 나는 다른 시를 먼저 대했었다.

절벽에서 절벽 사이
밑에는 푸른 강물 흐르고
달려와 두 발 모아
허공에 솟구치면
맞은편 바위 위에 우뚝 서리라

이제부터 한 순간
허공에 솟구쳤다
맞은편 바위 위에 서기만 하면
허공에서 하느님 저를 붙드사

거기에 내려놓은 줄 알겠사오니

절벽 건너서 길을 찾거든
쓰임새 있는 곳에 쓰시옵소서

조 교수님의 시 작품 「절벽 앞에서」다. 수업 시간에 이 시를 소개한 적이 있다. 어렵고 힘들었던 고비의 그 순간, 생명을 주시는 절대자 앞에서 솔직하고 담백하게 심정을 토로한 것이 마음에 들어서였다. 절벽에서 절벽 사이 푸른 강물 흐르고, 허공에 솟구쳐서 저리 우뚝 서리라고 강한 의지 품었을 때, 그 의지는 오히려 상쾌하고 명징했다. '하지' 그날에 빈 하늘과 솜털 바람을 볼 수 있었던 것도 그 때문이리라.

삶은 그 자체가 은총이라는 것을 새삼 느껴본다, 조창환 교수님의 두 편의 시에서.

정년을 맞으시는 이번 하지엔 무엇을 바라보실까…….

‘우주’를 품은 ‘소년’

고정희 ● 서울대 교수

‘조창환 선생님’ 하면 나는 항상 ‘소년’이라는 단어를 떠올리게 된다. 그러나 다른 사람들도 다 그렇게 느꼈을 것이니, ‘소년’을 테마로 해서는 도무지 독창적인 회고담이 나오지 않을 듯하다.

다음으로 내가 떠올려 본 단어는 ‘탐미주의’였다. 어느 해 겨울, 눈이 아주 많이 내린 다음 날이었다. 아주대 국문과 교수들은 그날도 선생님의 안내로 제부도에 있는 폭포횟집에서 맛있는 점심을 먹었다. 막 돌아오려던 참이었는데, 선생님은 굳이 바다를 보셔야겠다고 하셨다. 눈길이 몹시 위험해 보여 망설이는 우리들에게 선생님은, “이렇게 바다를 보러 가다가 죽더라도 그 또한 아름답지 않은가”라고 말씀하셨다.

‘아름다움’을 위해서 모든 것을 희생할 수 있다는 말을 하는 사람들은 종종 있지만, 선생님은 정말로 그러실 태세셨다. 몇 년 전 대한민국 최초로 이소연 씨가 우주여행을 다녀왔을 때 선생님은 진심으로 부러운 눈치셨다. 선생님 방에서 차를 마실 때, 한참이나 연소年少한 나는 우주인이 감수해야 할 생리적 고통 때문에 우주여행을 하고 싶지 않다고 말씀드렸다. 선생님은 “단 한 번만이라도 그 아름다운 우주를 볼 수 있다면, 무엇을 못 참겠느냐”라고 말씀하셔서 나를 숙연케 하셨다.

매년 봄이면 벚꽃이 ‘화르르’ 지는 것에 안타까워하셨던 선생님을 곁에서 지켜본 사람들은 누구나 선생님이 탐미주의자라는 사실을 눈치챘을 것이다. 그러므로 '탐미주의'를 테마로 해서도 독창적인 회고담은 쓰지 못할 공산이 크다.

도무지, 생각해보니, 나만 안다고 자신할 만한 조창환 선생님의 진면목은 뭘까 머리를 싸매고 연구해도 답이 나오지 않는다. 그만큼 선생님은 투명하셨다. 당신 마음의 작은 흔들림도 느껴질 만큼 선생님은 누구 앞에서도 숨기거나 감추는 것이 없으셨으니, 내가 느낀 그대로를 다른 사람들도 느끼는 것은 지극히 당연한 일이다.

고민 끝에 나는 선생님의 시와 인품이 내게 어떤 감동을 주었는지를 회고하기로 했다. 나는 2003년 3월에 아주대 국문과에 부임하여 2009년 8월까지 근무하였을 뿐이지만, 다행히 나와 선생님의 연구실이 나란히 붙어 있어서 선생님과 무척 가깝게 지냈다고 자부한다.

나는 아주대학이 첫 직장이었고, 선생님은 나보다 26년이나 연상이신 학과의 원로 교수셨다. 선생님은 첫 대면부터 인자한 인상이셨지만, 아무것도 모르는 신참내기 교수로서는 한동안 뒷목이 뻣뻣할 정도로 선생님 앞에서 처신하는 것이 어렵게 느껴졌다. 그 후 6년 반 동안 동료 교수로 지내면서 어려운 일이 있을 때마다 나는 옆방으로 건너가 선생님과 의논하는 것을 꺼리지 않게 되었다.

그럴 수 있었던 것은 순전히 선생님 덕분이었다. 선생님은 언제나 생각이 젊으셨고, 어린 사람이라 해서 무시하지도 않으셨을 뿐 아니라 늘 사리 판단이 정확하고 반듯하셨다. 혼자서는 판단하기 힘든 일이 생겼을 때, 선생님의 조언은 캄캄한 바다의 등대처럼 갈 길을 인도해주셨다. 그러면서도 내가 학과장을 할 때는 전적으로 나를 믿고 지지해주셨다. 어떤 사안에 대해 의견을 여쭐 때마다 선생님은 거꾸로 "학과장은 어떻게 생각하세요? 나는 학과장의 의견에 따를게요"라고 말씀하셨던 기억이 난다.

선생님은 어떻게 당신보다 한참 어리고 지혜가 부족한 사람에게도 몸을 낮추실 수 있었을까. 내가 하는 일이 어떻게 모두 마음에 흡족하실 수 있었겠는가. 그러나 선생님은 학과장을 맡은 사람이 '그 일을 맡아서 한다'는 자체만으로도 신뢰하시려고 노력하셨다. 잘하기 때문에 믿으신 것이 아니라 믿으셨기 때문에 때론 실수하더라도 큰 문제가 아니라고 덮어주셨던 것 같다. 언제나 소년 같기만 한 선생님은 이처럼 범인凡人들이 헤아리기 힘든 포용력을 마음속에 품고 있었다고 나는 기억한다.

보통 이러한 인품을 가리켜 '하해河海' 같은 마음이라는 비유를 쓰지만, 나는 '하해'라는 단어 대신 '우주'라는 단어를 쓰려고 한다. 이소연 씨를 화제로 올렸을 때 '우주'를 동경하던 선생님의 진지한 눈빛을 잊을 수 없기도 하거니와, 선생님의 포용력은 인간의 지경地境을 넘어가는 남다른 데가 있었음을 표 나게 밝히고 싶기 때문이다.

선생님은 비교적 젊으셨을 때 큰 병을 만나서 인간적, 육체적 죽음을 경험하셨다고 한다. 그 후 선생님은 시詩에서도 삶에서도 신神의 마음을 닮아가기 위해 부단히 애쓰셨던 것 같다. 나는 선생님의 시집 중에서도 마종기 시인과 함께 낸 묵상 시집 『나를 사랑하시는 분의 손길』을 가장 좋아하여, 낮 시간 동안 시달리고 지쳐서 돌아온 날 밤에 이 시집에 실린 시들을 읽으면서 커다란 위안을 받곤 하였다. 거기에는 다음과 같은 시도 있었다.

아름다운 목숨 하나 그늘에 쉬며
거저 얻은 하늘과 땅 눈부셔 하네
그분 그늘에서 자유를 얻고
그분 품 안에서 아쉬움 얻네
아름다운 목숨 하나 그늘에 쉴 때

일으켜진 그분께서 내려다보네
　　　―「그늘 좋아서」

  이 시를 보면 선생님이 겨울 바다를, 우주를, 벚꽃을 왜 그렇게 아름
답다고 경탄하시는지 이해가 된다. 창조주의 마음과 우리 마음을 서로
비추어보면 우리들의 목숨, 거저 얻은 하늘과 땅, 어느 하나 눈부시게
아름답지 않은 것이 없다. 죽음에서 "일으켜진" 한 사람이 "아름다운
목숨"을 얻고 "그늘에 쉬"는 모습을 떠올려 보면서 나는 눈이 시리도록
아름다운 감동을 느낀다. 그러나 살다 보면 미운 사람, 미운 세상 어떻
게 안 만나겠는가. 선생님은 그래서 다음과 같이 쓰시기도 하셨다.

　　안 보이는 하느님은 사랑하기 갑갑하고
　　재수 없는 저 얼굴은 사랑하기 끔찍하네
　　하느님 매일 만나고 저 화상 멀리 사라지기
　　바라고 빌고 꿈꾸었더니
　　매일 보는 저 사람 속에 하느님 깃드셨네
　　쉽고도 어려운 길 하느님 만나는 길
　　　―「소원 성취」

  이 시는 나로 하여금 선생님의 위트 있는 평소 말투를 떠올리며 저절
로 미소 짓게 만든다. 그런데 미소를 짓다가도 문득 이 시 속에 담긴 고
통과 희열이 동시에 느껴져서 뭐라 말할 수 없는 감동을 느끼게 된다.
그토록 찐하게 하느님을 만나고도 선생님은 여전히 하느님 만나는 길
이 쉽고도 어렵다고 고백한다. "저 화상" 속에 깃든 "하느님"을 보고자
하니 그 길이 어려울 수밖에 없을 것이다. 「소원 성취」라는 이 시의 제
목은 생각할수록 묘하다. "저 화상" 사라지기는커녕 매일 보고도 모자

라 그 안에 하느님이 깃드신 것까지 인정해야 하는 고통을 '소원 성취'라고 했으니 반어도 이런 반어가 없다.

'저 화상' 속에서도 곰곰이 하느님을 찾아보는 선생님이셨기에 당신 앞에서 조금만 예쁜 짓을 해도, 심지어는 가만히 있기만 해도 분에 넘치는 찬사를 보내주셨다. 선생님은 젊은 교수들이 '얼굴이 맑다'고 기뻐하시고 좋아하셨다. 그 외에도 '공부를 잘한다'고, '명랑하게 잘 논다'고, '보신탕도 잘 먹는다'고 예뻐하시면서 후배 교수들을 '드림팀'이라고 부르셨다. 지금 생각해보니 우리 안에서 그런 모습을 쏙쏙 뽑아내셨던 선생님이야말로 '꿈'의 원로 교수가 아니셨나 싶다.

신神이 정하신 인연이 짧아서 나는 선생님의 정년 전에 학교를 옮기게 되었다. 그러나 내가 앞으로 조금이라도 나은 인품을 갖추게 된다면 그것은 아마도 첫 직장에서 '우주를 품은 소년'을 만났던 기억 때문일 것이다. 신 앞에서는 영원한 '소년'으로 수줍게 고개를 숙이고, 사람 앞에서는 그 사람 속에 있는 아름다운 '우주'를 볼 수 있는 그런 선생님의 인품을 닮고 싶은 마음이 간절해진다.

아직 이른 봄 속에서 만화萬花의 향기를 느끼고 계실 선생님을 생각하며

최형용 ● 이화여대 교수

2003년 9월의 어느 날이었다고 기억된다. 필자가 아주대학교에 전임이 되어 처음으로 조창환 선생님의 연구실에 인사를 드리러 갔다. 선생님 께서는 최종 면접에서 있었던 대화 내용에 대해 말씀하시며 이런저런 말씀과 함께 환영해주셨다. 사실 최종 면접 때는 총장을 비롯하여 교수 경력 수십 년의 주요 보직자들이 면접자이기 때문에 피면접자는 재판 정에 선 피의자보다도 수세에 몰릴 수밖에 없는 것이 보통이다. 이미 직장이 있어서 자리를 옮기는 것이 아니면서도 면접위원이 낸 의견을 반박한 것이 중대 사건일 수 있었는데 선생님께서는 이런 필자를 그리 나쁘게 보지 않으셨던 것 같다. 이것이 조창환 선생님과 가진 인연의 시작이었다.

선생님께서는 1972년에 결혼하시고 1973년에 첫째 아들을 보셨으니 1971년생인 필자도 아들 또래로 보였을 법한데 필자가 2007년 봄에 아 주대를 떠나기 전까지 단 한 번도 말을 놓으신 적이 없다. 선생님과의 세대 차이에 신경을 쓴 것은 오히려 필자 측에서인데, 언젠가는 함께 식당까지 걸어가면서 이런 불편함을 해소해보려는 필자에게 선생님께 서는 "내가 문법에 대해 모르는 것이 있으면 최 선생에게 물어보아야 하는 것처럼 각각의 영역에서의 전문가에게 무언가를 가르치려 한다거나 나이가 적다고 쉽게 대하는 것은 옳지 않다"라고 잘라 말하셨다. 이 일로 선생님이 다른 사람을 대하는 태도에 늘 정중함이 묻어나는 것은 그 사람을 멀리하고 싶어서가 아니라 그 사람을 존중하는 데서 우러나는 것임을 알 수 있었다. 필자는 이 일을 통해 다른 사람에게 존중받기 위해서는 다른 사람을 존중하는 것이 먼저라는, 쉽지만 어려운 삶의 지혜를 배울 수 있었다.

조창환 선생님은 필자가 만나본 사람 가운데 가장 낙천적인 인품을 지닌 분이시다. 선생님께서 사시던 수원의 동네 근처에서 식사를 한 적이 몇 번 있었는데 그때마다 선생님께서는 "나는 여기처럼 살기 좋은 동네를 본 적이 없다"라고 강조하곤 하셨다. 그러나 죄송하지만 필자는 그 동네가 그리 썩 좋은 동네라는 생각을 하지 못하였다. 그 몇 년 후 지금 계시는 곳으로 이사하셨는데 집들이 겸 찾아뵌 날에 "나는 여기처럼 살기 좋은 동네를 본 적이 없다"라고 또 자랑하셨다. 그러나 그때에도 필자는 그 말씀에 마음속으로 쉽게 동의하지 못하였다. 사람 사는 곳에 특별히 더 좋은 곳이나 특별히 나쁜 곳은 별로 없다는 생각에서였다. 그런데 나중에야 이것은 단순히 선생님이 사시는 곳이 좋다는 자랑이 아니라는 것을 깨달았다. 선생님은 동네뿐만이 아니라 선생님을 둘러싼 세상에 대해 남다른 애정을 가지고 계셨고 이것이 나타난 한 방식이 "우리 동네는 세상에서 가장 살기 좋은 동네다" 하는 자랑으로 이어진 것이었다. 2005년 봄에 갑년을 맞아 내신 시선집의 후기에 나오는 "내가 누리는 시간의 눈부심", "내가 지닌 폐허의 아름다움", "내가 겪은 기쁨과 감사, 아쉬움과 그리움 속에 존재의 신령스러움" 등의 구절은 선생님의 세계에 대한 시선이 단적으로 드러난 것이라 생각했다. 필자를 둘러싼 세상에 늘 만족하지 못하고 무언가에 쫓기듯이 허겁지겁 사는 필자의 모습이 한없이 작게 느껴졌던 기억이 난다.

다른 무엇보다도, 선생님의 여행 경험은 문자 그대로 편력遍歷이라

할 만한 것으로 필자로서는 늘 부러움의 대상이었다. 국내에도 안 가본 곳이 넘치는 필자로서는 선생님이 말씀하시는 나탈, 치첸이트사, 칸쿤, 프리토리아, 케치칸, 체스키크룸로프, 에페수스, 아우랑가바드 등의 도시명(이들을 필자가 지금까지 기억하고 있는 것은 물론 아니다. 앞에서 말한 시선집의 후기에 적혀 있는 것을 가져온 것임을 실토하지 않을 수 없는 대목이다)은 그 당시에 들었을 텐데도 바로 잊어버릴 만큼 필자에게는 낯선 것이었다. 필자가 아주대학교에 몸을 담았던 것은 3년 반이지만 선생님께로부터 전해 들은 간접 경험은 그 몇 배의 시간을 쏟아야만 알 수 있는 그런 것이었다. 선생님의 여행담이 부러웠던 것은 단순히 필자가 가보지 못한 많은 곳을 선생님이 직접 가보았기 때문만은 아니다. 국내든 국외든 여행을 통해 얻게 되는 정신적 수확이 적지 않다는 것을 몸소 알고 있는 필자로서는 그 많은 곳을 통해 얻게 되었을 식견을 감히 넘보기 어려웠기 때문일 것이다. 이런 차원에서 보면 조창환 선생님 개인으로시는 정년을 맞으신 것이 오히려 더 반가운 것인지도 모르겠다는 생각을 하게 되는 것은 필자만의 억측일까?

사모님과의 금슬도 부러움의 대상이다. 아는 사람은 다 알지만 필자도 만만치 않은 러브 스토리(?)를 가지고 있다. 그러나 그것을 풀어내는 서사敍事 능력의 부재로 사실조차 제대로 전달하지 못하는 필자에 비해 선생님께서는 단순한 사실도 한 편의 영화로 만드는 재주를 가지셨다. 사모님은 당연히 그 영화의 여주인공이셨고 그 얘기를 듣는 필자는 어느새 몰입한 관객의 입장으로 화하곤 하였다. 사모님을 뵐 때마다 부부는 닮는다는 지극히 흔한 말이 가슴에 와 닿았다. 부부동반으로 모여 식사를 함께하며 지냈던 몇 번의 경험은 다른 곳에서는 쉽게 접하기 어려운 경험이 아니었던가 싶다. 선생님 댁 근처에서 식사를 하는 날이면 으레 선생님 댁에 가서 마무리를 하는 것이 기본이었다. 사모님께서는 그때마다 반갑게 맞아주셨을 뿐만 아니라 진심에서 우러나오는 환영의 뜻을 늘 온몸으로 담아내셨다. 한번은 사모님이 계시지 않을 때에 선생님 댁을 방문한 적이 있었는데 왠지 허전하다는 생각이 들 정도였다. 필자가 아주대학교를 떠나게 되었다는 말씀을 드리러 방문하였을 때는 누구보다 섭섭한 마음을 드러내시어 며칠 동안 마음이 무거웠던 기억이 있다. 집사람도 아주대학교의 화기애애한 분위기가 그리워질 것 같다며 못내 아쉬워했다.

인연은 함께 만드는 것이지만 추억은 회상하는 사람의 특권이 아닐까 한다. 똑같은 3년 반이라는 시간이지만 군대에서의 기간이 온통 잿빛이어서 늘 지우고 싶었던 데 비해 아주대학교에서 보냈던 기간은 늘 아쉽고 그리움으로 변하는 것을 느끼곤 한다. 이 중심에 조창환 선생님이 계셨다는 것을 인정하지 않을 수 없다. 숨 가쁘게 살아가는 필자 같은 사람들에게 늘 여유를 갖고 살라고 말씀해주시고 몸소 그 모습을 보여주셨던 선생님을 생각하며 보잘것없는 이 글로나마 선생님의 정년 맞으심을 진심으로 축하드리고 싶다. 정년을 맞아 더 자유롭게 세상을 향유하실 선생님이 한편으로 부러워지는 것은 비단 필자만의 생각은 아닐 듯싶다.

단 한 번의 만남

김현 ●아주대 교수

아, 하는 묵음의 탄성과 함께 인터넷을 뒤지기 시작했습니다. 제 차의 라디오에 저장된 주파수였다면 분명히 기독교 방송이었을 것이라는 생각에 검색창에 "CBS 라디오 시 소개"라고 쳐보았습니다. 그리고 몇 번의 클릭을 통해 제가 그날 들은 것이 〈저녁 스케치 939〉라는 프로그램이었다는 것을 알게 되었습니다. 이 방송은 저녁 여섯 시부터 두 시간을 하는데, '길에게 길을 묻다'라는 코너에서 시를 소개해준다고 하데요. 학교를 나와 월드컵경기장 사거리에서 우회전을 하던 그때는 분명히 해가 미처 지기 전이었던 것 같은데 시간이 안 맞나? 하며 조금 더 찾아보니, 제가 그 방송을 들은 날이 2005년의 7월 31일, 한여름이었음을 알게 되었습니다. 그날 그 시간 즈음이 바로 제가 조창환 선생님을 시인으로 처음이자 지금까지는 마지막으로 만나게 된 순간입니다. 시와는 담 쌓고 사는 무지렁이 운전자의 가슴을 콩콩대게 하는 시를 들으며 감상에 반쯤 잠겼을 때 툭하니 듣게 된 선생님의 성함에 저는 깜짝 놀랐습니다. 2004년 봄에 선생님을 처음 뵙고 1년 반이 지나고 나서야 아, 선생님이 진짜로 시인이셨구나! 하고 깨닫게 된 것이죠.

　제가 시인을 처음 본 것은 2004년 학교에서였습니다. 시인은 과연 어떤 사람일까, 얼마나 곱고 고운 사람일까, 말은 얼마나 자분자분 잘

할까. 예전에 국립국어연구원에서 최명희 작가의 강연을 들은 적이 있는데, 음성이며 말투며 내용이며 어찌나 좋던지, 아, 문예 창작하시는 분들이 다르긴 다르구나, 하는 생각을 한 적이 있습니다. 그런데 이번에는 시인이라니. 인문과학연구소의 초청으로 오시는 김춘수 시인의 강연을 저는 잔뜩 기대하고 있었습니다.

그분의 말씀을 듣고는 음, 기대했던 모습은 아니었지만 역시 시 그대로로군, 하고 고개를 끄덕였던 기억이 납니다. 하지만 시인에 대하여 제게 강한 인상을 남겼던 것은 그 뒤풀이 자리였습니다. 해물탕 집에서 김춘수 시인의 주위에 자리하셨던 많은 시인분들을 뵙고, 정말 죄송합니다만, 시인이 그렇게 '거친' 분들일 줄은 정말 꿈에도 몰랐습니다. 옆에 있던, 문학 전공하던 선생한테 물었죠. 시인들이 원래 이러시냐고. 그렇다고, 처음 보냐고 하더군요. 자리가 파하고 김춘수 선생님은 먼저 가시고 남은 분들은 2차에 가신다는데, 제 나름대로는 모임을 꾸린 대학에 있는 사람이었음에도 불구하고 도저히 따라갈 수가 없었습니다. 깨진 환상 조각에 발까지 베일까 봐 못 가겠더군요.

그런데 조창환 선생님은, 적어도 제게 보여주신 모습으로는 그분들과 많이 달랐습니다. 가끔 선생님과 나누던 대화 중에 제가 듣던 단골 메뉴는 이런 것이었습니다.

"'세 잔'이 뭐야, '세 잔'이. '석 잔'이지. 국어학자들이 이러고들 있으니 우리말이 엉망이지."

예전과는 달리 요즘의 국어학은 어문 규정과 그렇게 깊은 관계에 있지도 않고, 저는 저 개인적으로 그런 데에 누군가를 매거나 스스로도 매이고 싶어 하지 않는 편이라 그런 말씀이 듣기에 그렇게 편하지만은 않았습니다. 그리고 그때마다 든 생각은, 이분이 시인이시라는데……왜 이렇게 사람을 어떤 틀 속에, 그것도 사람이 만들어놓은 틀 속에 가두어두려고 하실까 하는 것이었습니다.

하지만 연구자로서, 교수로서 어쩌면 그런 모습은 당연한 것인지도 모르겠습니다. 학교에서 뵙는 조창환 선생님은 문학 연구에 있어서 자료의 중요성, 분석의 엄정성을 강조하시던 분이었으니까요. 국문과에 들어온 학생들 중 상당수가 시를 좋아한다지만 정작 학교에서의 시란 감상의 대상이라기보다는 연구의 대상임을 모르고 있다고 한탄하시던 말씀도 기억이 납니다. 이렇게 학교에서의 조창환 선생님께서는 철저하게 학자이셨고 무서운 훈장님이셨습니다.

그러던 어느 날 저녁노을 속에서 「항아리」의 시인으로서 선생님을 만났으니 제가 얼마나 놀랐겠습니까. 감히 조금만 옮기겠습니다.

내가 눈물로 그르렁거릴 때
그대는 우웅 우웅 운다고 말하며
부드럽게 어루만져다오

아, 이건 말이죠, 이곳 다산관에서 만날 수 있는 선생님이 아니었습니다. 학교 밖에서, 광교산 밑자락으로 전골 먹으러 가자시던 때에도, 과천―의왕 간 고속도로 저 앞쪽에서 갓길로 마구 달리시던 때에도, 선생님 댁의 노천 테이블에서 저한테 노래를 시키시던 때에도 만나 뵐 수 없던 선생님이었습니다.

아쉬운 건 그 이후로 그때처럼 벅차고 흥분되면서도 설레고, 그러면서도 푸근해지는 심리 상태에서 조창환 시인을 뵌 적이 없다는 겁니다. 시집으로는 그때 그 느낌이 나지 않데요. 참…….

선생님! 다음 학기부터는, 선생님을 시인으로서 자주 뵐 수 있을까요? 그런데 왜 이렇게 기운이 빠지죠? 배울 것도 많고 먹고 싶은 것도 많은데.

선생님과의 즐거운 추억들

박재연 ● 아주대 교수

선생님께서 보실 글을 쓰려니 여간 떨리지 않습니다. 국어학 전공자로서 말에 대해서는 남들보다 조금은 많이 안다고 생각하지만 시인이신 선생님께서는 한층 더 높은 수준의 언어 감각으로 우리들의 언어 생활을 관찰하시기 때문입니다. 어느 자리에서 누군가가 생선 '대가리'를 '머리'라고 했다가 선생님께 꾸중을 듣는 장면을 목격한 이후로는 선생님 앞에서 단어를 고르고 문장을 엮어 이야기하는 것조차 진땀 나는 일이었는데, 하물며 실수였다고 발뺌하거나 잘못 들으신 거라고 우길 수도 없는 글이라니요!

이렇게 쓰고 나니 제가 선생님을 무척이나 어려워하여 감히 선생님과 눈 마주치고 대화도 못 할 사람이 된 것 같습니다. 학과의 막내로서 학과의 최고 원로이신 선생님을 어려워해야 하는 것은 마땅한 일이기도 할 것입니다만, 솔직히 말씀드리면 아주대학교에서 선생님과 함께하는 시간이 그리 어렵지만은 않았습니다. 선생님께서는 젊은 사람들보다 더 젊은 정신을 가진 분이셨고, 저는 종종 선생님이 저에게 아버지뻘이 되신다는 사실을 잊어먹기조차 했습니다. 마음이 젊으시기로는 사모님께서 더 젊으셨습니다. 깜짝 놀랄 만큼 고운 피부와 밝고 예쁜 음성을 가지신, 소녀 같은 사모님께서는 감동하기 잘하시고 잘 웃으시고 젊은이들과 이야기하기 좋아하는 분이셨습니다. 2009년 다녀오셨던 동유럽 여행(제 생각엔 여행이라기보다는 모험에 가까웠던 것 같습니다) 이야기는 대학생 커플이나 신혼부부의 배낭여행담보다 더 흥미진진하고 박진감이 넘쳤습니다.

선생님 곁에 있는 것이 실제로 무서웠던 순간도 있었습니다. 제가 아주대학교에 취직한 후 학과의 선생님들께서 저를 환영하는 자리를 베풀어주실 때였습니다. 조창환 선생님과 고정희 선생님 차에 나눠 타고 수원에서 방배동으로 이동을 하게 되었는데 저는 조창환 선생님의 차를 탔습니다. 바짝 긴장하며 탄 선생님의 차 안에는 비발디의 〈사계四季〉가 흐르고 있었던 것으로 기억됩니다. 〈사계〉는 이무지치의 연주가 최고다, 하는 말씀도 하셨던 것 같습니다. 퇴근길 과천—봉담 간 고속화도로는 극심한 정체 상태였습니다. 진도가 좀처럼 안 나간다 싶을 때 선생님께서는 베테랑 시외버스 기사들보다도 훨씬 더 능숙한 솜씨로 차선 바꾸기를 시작하셨습니다. 갓길 운전도 불사하셨습니다. 난폭 운전에 일가견이 있는 남편을 둔 탓에 "인명人命은 재천在天"의 정신으로 살고 있던 저로서도 에버랜드에서 새로 나온 롤러코스터를 탄 것만 같은 아찔한 순간이었습니다. 선생님의 신기에 가까운 질주가 어느 정도였냐 하면 함께 출발한 고정희 선생님 일행이 방배동 식당에 도착한 것이 저희가 도착하고도 거의 40분이 지나서였습니다.

선생님께서는 호오好惡가 분명하신 분이셨고 선생님의 판결은 언제나 단호하셨습니다. 그리고 듣는 사람으로 하여금 선생님의 판단에 즉시 찬동하게 만드는 힘을 가지고 계셨습니다. 선생님을 뵙는 것이 즐거웠던 것은 세상의 모든 무거운 걱정거리들이 선생님의 생각과 말씀으로 한번 걸러지는 순간 그 무게가 갑자기 가벼워졌기 때문입니다. 주절주절 걱정거리를 말씀드리면 "그게 웃기는 일이지, 뭘 그걸 갖고 고민을 해?" 한 말씀으로 왠지 시름을 덜었다는 느낌을 받고 또다시 생각해보면 그리 걱정할 일도 아니었다는 새 마음을 먹곤 했습니다. 어느 자리에서 구상具常 시인의 시 구절 "하꼬방 유리 딱지에 애새끼들 얼굴이 불타는 해바라기마냥 걸려 있다(「초토焦土의 시詩 1」)"를 인용하시며 "'아이들 얼굴'보다 '애새끼들 얼굴'이 얼마나 더 좋습니까?" 하시며 정말 아이처럼 좋아하시는 것을 뵈었는데, 그 말씀을 듣는 순간 '하꼬방 유리 딱지의 애새끼들 얼굴'이 갑자기 좋아지는 경험을 한 것도 아마 이러한 선생님의 면모 덕분일 것입니다.

먹는 것에 비중을 두는 편인 저로서는 선생님께서 맛난 음식을 좋아하시는 것도 은근히 반가운 일이었습니다. 사강의 폭포횟집까지 한달음에 달려가 서해바다의 달고 시원한 조개탕과 싱싱한 회를 맛볼 수 있었던 것도 선생님의 덕택이었습니다. 그런데 선생님께서는 의외로 취향이 아이스러우셔서(?) 시간이 없어 다산관 매점의 간이식당에서 국수나 비빔밥으로 끼니를 때울 때마다 이걸 먹을 바에야 버거킹 햄버거를 먹는 게 낫겠다 하는 불평을 하기도 하셨습니다.(아주대병원 지하에 있는 버거킹에 선생님을 모시고 간다, 간다 한 지가 1년은 됐는데 아직도 못 가고 있습니다.) 커피집에서 다들 아메리카노나 카페라테를 시킬 때 캐러멜 마키아토나 팥빙수를 시킨 분이 누구신가 하고 보면 선생님이셨습니다. 선생님께서는 조금 몸에 덜 좋더라도 달고 맛있는 것을 좋아하셨고, 누군가 몸 생각을 해서 이것저것 음식을 가린다는 말을 하면 "가끔 그런 거 먹는 재미도 없이 어떻게 사나?" 하는 말씀을 하셔서 평소 떡볶이, 오뎅, 순대 등 소위 불량식품 쪽으로 미각이 발달한 저를 안심시켜주셨습니다. 누가 돈이 굉장히 많다더라, 누구는 땅이 많다더라 하는 얘기를 하며 부러워할 때 "그럼 뭐해? 젤 많이 쓰고 죽은 사람이 이긴 것이여!" 하는 명쾌한 판결로 단박에 좌중을 압도하시던 선생님. 선생님과 사모님께서 앞으로도 계속 건강하셔서 돈 쓰실 재미난 일들을 많이 만드시면서 오래오래 다복하셨으면 좋겠습니다.

지구별에서 만난 어린 왕자
-바간에서 쓰는 편지

김인자 ● 시인

인연이 닿아야만 가능한 일이겠지요. 아직도 많은 부분 베일에 가려져 있는 불국정토, 불교는 종교가 아니라 생활인 곳, 저는 지금 인도차이나와 인도 대륙 사이에 있는 나라 미얀마(Myanmar, 버마)의 오래된 도시 바간(Bagan)에 머물고 있습니다. 이곳은 한마디로 세상의 불탑이 모두 집합해 있는 듯한 고풍스런 도시랍니다.

인구는 우리와 비슷하나 면적은 한반도의 다섯 배에 해당하는 미얀마는 전국에 약 400만 개의 파고다가 있다고 합니다. 특히 세계적인 유적지 이곳 바간은 천여 년 전부터 세우기 시작한 파고다가 약 3,500여 개나 한 구역에 있다는 사실을 이곳에 발을 딛는 순간 의심치 않게 되었습니다. 파고다에 모셔진 부처상과 부조들, 희미하게 남아 있는 프레스코화는 물론 모든 탑들이 저마다 뛰어난 조형미를 보여주고 있는데 신비롭게도 단 하나도 같은 것이 없어 매 순간 탄성을 누를 길이 없습니다. 아직 여행은 반도 더 남았지만 아마 이곳이 이번 여행의 하이라이트가 되지 않을까 싶습니다. 중세 귀족처럼 마차를 타고 다니며 탑에 올라가 아름다운 실루엣에 겹쳐진 수많은 파고다를 감상하는 일은 다른 여행에선 맛볼 수 없는 매혹 그 자체입니다. 이 도시를 가로지르는 이라와디 강에서의 선셋 크루즈는 또 어떻고요.

나의 전용 마부는 마음씨 착한 아저씨 '윙윙'이랍니다. 저는 세상에서 가장 많은 파고다가 집합해 있는 올드 바간을 나흘 밤낮 마차로 돌아보았는데 마부는 늙은 말이 속력을 내지 못하는 걸 안타까워했지만 저는 이 속도가 마음에 듭니다.

지난가을 네 번째 아프리카 여행에서 돌아와 여독을 풀고 있을 때였죠. 그것도 이른 시간에 전화가 울려 받아보니 선생님이셨어요. "지금 통영이거든요. 아침 바다가, 잔잔한 섬마을이, 혼자 보기엔 너무 아깝네." 그곳이 얼마나 매혹적이었으면, 저는 선생님의 기분을 너무 잘 알 것 같아 어떤 답도 선뜻 할 수 없었답니다. 반은 묘사였고 반은 침묵이었던 통화는 한동안 이어졌지요. 전화 속 목소리는 선물 상자를 받은 아이처럼 상기되어 있었고 답이 궁색해진 저는 "알 것 같아요. 조금은 아니 충분히……"라며 고개를 끄덕이는 것으로 공감했지요. 선생님은 삶과 문학, 풍경과 여행, 사람과 분위기에 사심 없이 취할 줄 아는 분이시지요. 그렇지 않았다면 전화를 끊고 나서 더 깊이 그곳 풍경에 도취하지는 못했을 겁니다.

"이렇게 숨 막히도록 아름다운 곳에 왜 혼자 있어야 하지? 왜 매번 혼자 있는 거지?" 가끔은 자신도 모르게 이런 탄식을 할 때 있지 않던가요. 세상 저편에 있는 누군가에게 고래고래 소리를 지르거나 목을 놓아버리고 싶을 만큼 아름다운 풍경 앞에서 우린 얼마나 먹먹한 충격을 경험했던가요. 그곳이 우리의 땅이든 지구 끝이든 진정으로 좋은 곳에서 혼자 겪는 황홀한 절망을 절절히 품어보지 않은 사람은 결코 알 수 없는 거잖아요. 그건 여행을 멈출 수 없는 이유이기도 하죠. 제 여행 이야기에 늘 공감하셨듯 선생님의 여행 이야기에 저만큼 공감해주는 사람도 많지 않을걸요. 이렇게 말하면 웃으실까요.

지난해 프라하에 머물다 오신 선생님. 늘 그랬듯 김윤배 시인과 함께 단골 식당에서 만났었지요. 모두 가까운 곳에 살지만 실로 오랜만의 재회였잖아요. 세 사람은 그간의 소식을 이야기로 풀었고 식사가 끝난 후 헤어지기가 아쉬워 만추의 용주사로 산책을 나갔더랬지요. 그날도 사춘기 소년 소녀처럼 다른 사람들 눈치에도 아랑곳 않고 얼마나 깔깔댔던가요. 언제부턴가 무슨 소재가 등장해도 우린 유쾌해지잖아요. 초등학교 동창생처럼 말이에요.

엄격히 말하면 선생님은 제가 시 쓰는 사람으로 살아갈 수 있도록 첫자리를 마련해주신 분이시지만 저는 선생님을 교수님, 시인, 혹은 인생의 대선배님으로서 존경스러워하기엔 너무 천진난만한 인간미를 소유하고 있다는 사실을 간과할 수 없었거든요. 그래서일까요. 선생님 앞에서 엄숙한 문학을 논하기엔 늘 좀 그랬습니다.

제가 아는 선생님은 먼 별에서 지구에 떨어지는 순간 머리가 하얗게 센 어린 왕자랍니다. 어린 왕자의 능력은 정말로 어렵고 힘든 철학을 쉽게 듣고 가볍게 말한다는 것인데, 남들이 보면 천진하다 못해 바보스러울 때도 있다는 거 신생님은 아실까요. 정년을 눈앞에 두고서도 끝까지 균형을 잃지 않는 기발함과 엉뚱함. 이렇게 말하면 혹자는 이렇게 버릇없는 자를 봤나 호통이라도 치고 싶겠지만 저로서는 시인 조창환을 표현할 수 있는 가장 정직한 답인 걸 어쩌라고요.

학문적인 것을 떠나 저는 선생님께서 삶의 텍스트로 삼고 있는 문학과 여행을 존중하고 지지합니다. 무엇보다 과장되거나 미화되기 쉽다지만 저로서는 어떤 악조건에서도 잃을 게 없다고 생각하는 것이 여행이거든요. 진부하나 인생을 문학과 여행에 비유하는 것도 이런 연유가 아닐까요.

제가 아는 선생님은 탐미주의자로서 지독한 음치에 속하지만 클래식 음악 애호가이자 미식가에 바람처럼 여행을 즐기시는, 그러나 어린아이처럼 삶과 문학을 사랑하시는 분, 실로 다양한 것을 희망하시지만 문학만큼 지속적으로 깊이 있게 접근하는 걸 저는 본 적이 없거든요. 그래서 신神만이 붙일 수 있다는 이름 시인詩人인지도 모르겠군요.

앞에서 언급했듯 선생님과 저의 공통점을 찾는다면 문학과 여행이겠지요. 저 역시 호기심 가득한 아이처럼 시로 등단을 했지만 이제는 일상이 되어버린 여행의 길, 저의 이 딴짓(?)을 나무랄 때도 되었지만 여전히 지지해주시는 것 고맙습니다.

이제 곧 선생님께선 자유인이 되시겠네요. 자유는 소비가 아니라 창조라지요. 다시 지구별 여행자가 되어 세상 어디에서 소식을 전해 오더라도 저는 선생님의 감동을 공감해줄 만반의 준비가 되어 있답니다.

아 참, 사흘 밤낮 제 손발이 되어준 마부 윙윙은 오늘 마지막으로 폰지(스님)가 된 아우를 찾아가 기도로 남은 제 삶과 여행을 축원해달라는 부탁을 하더군요. 선생님께서 많은 제자들을 두고 학교를 떠나는 마음도 작별을 눈앞에 둔 지금 마부의 심정과 흡사하지 않을까 생각해봅니다.

등단으로 선생님과 연을 맺은 것도 어느새 22년이나 흘렀습니다. 하루가 1년처럼 더디게 흐르는 날도 많은데 10년, 아니 20년은 왜 이리 빠른지요. 그동안 정말 철없는 아이처럼 제가 많이 까불었습니다. 어떤 경우에도 눈높이에 맞춰 지지해주신 것, 그리고 제 문학에 영향을 주신 부인할 수 없는 사실 역시 깊이 머리 숙여 감사드립니다.

맥박은 빨랐지만 그래도 평화로움으로 충만했던 오늘도 쉐산도 퍼야에서 저 평원에 펼쳐져 있는 수천 개의 파고다와 더불어 태어나 드물게 찾아오는 감동적인 석양과 보름달을 동시에 보았습니다. 제가 '감동'이라고 했나요? 이럴 때 감동이라는 단어는 얼마나 상투적이고 아마추어 냄새가 나는지요.

이제 자유인이 되시면 선생님은 문학과 여행에 있어 진정한 프로가 되실 거죠? 어린 왕자와 문학인으로서 새로운 차원의 프로가 되는 것, 제가 너무 큰 것을 바라는 건 아니겠죠. 하면 이 편지는 원고 청탁을 받

고 수학여행 와서 친구들 몰래 시험공부나 숙제를 하는 기분으로 쓰는
글이 아니란 것도 아시겠네요.

　언제부턴가 저만의 시간이 주어지면 일상이든 여행이든 완전한 자유
를 희망했습니다. 제 상상이 번번이 실패하는 것 따윈 이제 두렵지 않
습니다. 저는 아직도 여행을 생각하면 가슴 뛰거든요. 그리고 새로운
길에 설 때마다 느낍니다. 제 삶은 조금씩 나아지고 있으며 앞으로도
그럴 거라고요. 떠나지 않으면 결코 만날 수 없는 오래된 도시 바간에
서 선생님 제2의 삶을 축원드리며 바람 같은 자유와 안부를 전합니다.

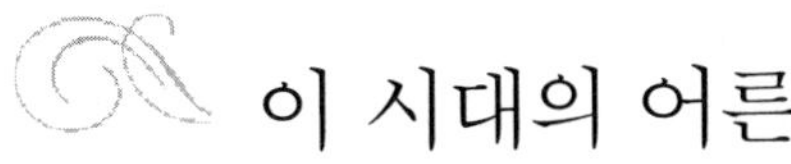

이 시대의 어른

김왕노 ● 시인

우리가 살아가면서 흔히 어른이라고 부르고 싶은 분들이 있다. 그리고 어른을 만나기가 무척 힘든 시대이기도 하다. 그러나 어른으로 부르다가도 결국 내가 잘못 불렀구나, 실망하여 뒤돌아설 때가 있다. 나 역시 누구에게 인간적으로 실망을 주거나 상처를 주기 쉬운 면면이 있을 것이다. 그런데 언제나 일관성 있게 우리를 대해주는 조창환 교수님은 내가 잘은 못 모셔왔지만 이 시대의 한 어른으로 가슴에 새기며 살아가고 있다. 난 일찍이 조창환 교수님을 시인으로서가 아니라 스승으로 모신 적이 있다. 개나리가 교정에 아름답게 피는 아주대학교의 대학원을 다니면서 2년 동안 모셨다. 그리고 수원에는 조창환 교수님을 위시하여 여러 시인이 모여 모임을 가져왔으므로 그 전후 연장 선상에서 교수님을 모시고 공부하게 되었다. 함께하면서 실은 나도 말을 그리 많이 하지 않는 편이고 교수님도 과묵에 가까운 편이므로 그렇게 다정다감했던 시간이 거의 없었으나 난 항상 기분 좋게 대학원을 다녔고 마쳤다. 그것은 말이 없으나 나를 아껴주고 가르쳐주는 스승의 참사랑 때문이 아니었을까 생각한다. 그리고 조창환 교수님의 시 세계를 생생하게 기억나게 하는 것은 내가 《현대시학》에 「신들의 집에 이르는 여정」이란 제목으로 쓴 짧은 글, 조창환 시인의 연재 시에 대한 평론을 쓰면서이다. 다시 읽어보며 교수님을 추억하고자 한다.

　　길이란 영원한 글의 주제이며 삶이 운명적으로 움켜쥐어야 할 도구
다. 길은 검열과 허용과 자유란 복합적 의미를 가지고 다양하게 다가온
다. 가지 말아야 할 길을 간 사람은 그 대가로 모든 것이 통제된 형벌의
시간 속에 갇혀 있으며 또 다른 길을 갈구한다. 목구멍 깊이 두부 밀어
넣으며 햇빛 쏟아지는 거리로 휘청거리며 걸어 나오기도 한다. 가고 싶
은 길은 목숨을 지불하고서라도 간다. 체 게바라는 자신의 피를 바쳐 라
틴아메리카의 혁명의 길을 가다 1967년 10월 9일 볼리비아의 이름 없는
작은 촌락 라이게라(La Higuera)에서 수 발의 총성으로 쓰러졌다. 하나
그가 걷던 길은 끝나도 더 많은 길이 분신처럼 젊은이의 가슴속에 꿈틀
거리며 뻗쳐나간다. 그러나 모순적이게도 문명이 발달된 곳일수록 가야
할 길보다 가지 말아야 할 길이 많으므로 끝없이 길에 대한 갈등이 있다.
산다는 것은 길을 가고자 하는 의욕 그 자체나 막상 가고자 하는 길이 앞
에 주어진다면 많은 기대와 함께 불안에 휩싸이게 된다. 여정에 있는 시
인에게 길은 미지의 세계를 열어주고 새로운 서정에 접하게 한다. 시인
은 시를 쓰며 그 시를 나침반 삼아 길을 간다. 그렇지만 모든 길은 부메
랑인 듯 원점으로 돌아가고자 하는 몸짓이 숨겨져 있다. 모태로 회귀하
려는 본성이 내재되어 있다. 조창환 시인이 오하이오 여행 중 쓰고 있는
《현대시학》의 연재 시「수도원 가는 길」속엔 어떤 몸짓이 숨겨져 있나
살펴본다. 먼저 2월호에 실린 붉은 밤 속으로 가본다. "시뻘건 달이 한
아름 넘는 / 지평선 앞에 서서 / 평원을 가로지르는 고속도로를 / 트럭들
이 폭포처럼 쏟아져 달려가는 / 저녁 무렵, 동녘 하늘 바라보며 / 소스라
친다. / 이곳이 내가 꿈꾸었던 땅인가 / 눈 흡뜬 나무들 늘어선 길 끝에 /
그리움, 꽉 조인 청바지처럼 뻣뻣하다 / 왈칵 고꾸라지는, 총 맞은 병사
같은 / 붉은 밤 속으로 / 고개를 깊이 꺾으며 / 무너진다. / 이제 알겠니?

/ 네가 꿈꾸던 땅은 바람 속으로 / 벌써 산발을 하고 지나가 버린 것을"
시인이 이르는 곳이 꿈꾸는 땅인 줄 알았더니 낯설다. 낯섦을 절묘하게
나타낸다. 스스로 선택한 순응의 길이든 아니든 간에 풍경이 시인에게
부정적으로 다가옴을 말한다. 잘 익은 호박 같은 달이 아니라 시뻘건 달,
환한 불을 켜고 꿈길을 가듯 가는 트럭이 아니라 폭포처럼 달려가는 트
럭, 머루 빛으로 스며드는 밤이 아니라 총 맞은 병사 같은 붉은 밤…….
"내가 꿈꾸었던 땅"이란 주관적 시각에서 "이제 알겠니? / 네가 꿈꾸던
땅은 바람 속으로 / 벌써 산발을 하고 지나가 버린 것을"이라며 동의를
구한다. 그렇게 객관적 세계로 모색해나간다. 생경한 풍경 속에 시인의
스펀지 같은 시선을 담가 숨겨진 시흥을 흡수한다. 그리고 시란 산물을
만들어낸다. 그의 여행은 결국 시를 찾아가는 여행이고 시를 낳기 위한
산고의 길인 것이다. 시인은 길이란 시에서 여행지에서 잠깐 안도하며
쉬는 듯하다. "돌아보면 시커먼 구름 기둥 / 저 무참한 폭우를 뚫고 / 지
나왔구나. 삶은 한 가닥 / 바람인 것을 / 번개 자욱한 구름 속의 길을 /
헤치고 여기까지 왔구나. / 잠깐 숨 돌린 후 / 군청색 햇살 맞으며 까마
득한 / 길 돌아본다, 여기서 보면 / 멀 다 / 최루 가스 자욱한 날 / 피에
젖은 태극기 펄럭이던 / 서대문, 광화문 / 효자동, 삼청동 / 길은 없고,
다만 시커먼 구름 기둥 / 하나로 남은 시간뿐……" 그러나 뒤돌아보면
군청색 햇살 시커먼 구름 기둥 하나로 남은 시간뿐, 시인은 결국 자신을
짓이기고 간 역사의 수레바퀴 자국이 아직도 남아 있음을 말한다. 아물
지 않은 상처로 남아 있어 여행으로써도 치유될 수 없는 이 땅의 소유가
된 절망의 살붙이임을 말한다. 그러나 그는 여행지에서 뒤돌아봄으로써
자기가 걸어온 길이 어떤 것이었나를 깨달아간다. 어쩌면 그 모든 것이
자신을 강하게 지탱시켜온 힘이라 여긴다. 결국 수도원으로 자신을 데려
갈 길의 원동력이라 여긴다. 「염소」에서 "이리 호수 한가운데 배스 섬으
로 들어가며 / 호수 저편을 본다, 막막하다 / 호수와 바다가 다른 것은

물결 모양일 뿐 / 수평선, / 수평선, 갈매기 몇 날개를 펴고 따라온다. /
왜 이 섬엔 염소가 없을까……”라고 밝히고 있듯이 시인이 수도원 가는
길에서 만나기를 바라는 것은 염소다. 염소란 과거와의 조우이다. 이 땅
에서 마주쳤던 질박한 시간이고 자연의 시간이다. 그러므로 그는 낯선
풍경 속으로 자꾸 파고들어 간다. 그 안에 본질처럼 숨어 있는 자연적인
시간과 만나려고 한다. 3월호에서는 「길 없는 물」, 「남루에 대하여」, 「나
는 늙으려고」, 「눕는 호수」, 「물의 침묵」이란 길이 은유하는 것을 파헤치
며 오르막길을 내리막길을 끝없이 뻗은 길을 간다. 그가 가는 길은 소실
점을 향한 길이 아니라 생명의 종소리가 있는 수도원이다. 수도원 가는
길이 뫼비우스 띠처럼 순환과 반복의 연속일지라도 시인이 가면서 불씨
처럼 숨겨두려는 것은 이 땅의 숨결이다. 가슴에서 고통과 절망으로 익
혀낸 진주 같은 시를 궤도 삼아 노스탤지어의 진원지를 찾아가는 작업이
다. 시인은 무성한 향수의 숲을 시의 숲을 거쳐 마침내 이 땅에 있는 수
도원으로 입성할 것이다. 4월호에 연재된 「이슬」, 「서향장 1」, 「서향창
2」, 「거울」, 「새」를 접하며 나는 전율한다. 시인은 온몸이 한 방울의 공
기만 닿아도 터질 듯한 미세한 표면장력을 가지고 안개에도 흠뻑 젖어버
리는 소녀의 머리카락 같은 감각을 가지고 이슬을 본다, 새를 본다, 새와
아이들을 본다, 지구 저편까지 풀어진 물감 같은 음악을 본다, 사라지는
눈물을 본다, 귀순하고 싶은 얼굴을 본다, 맑아서 슬픈 얼굴을 본다, 울
림통이 큰 슬픔을 본다, 시인은 그렇게 잡스러움 없이 사물을 스쳐 가며
자기 성찰이 끝난 후 그 맑은 눈으로 가장 승화되고 맑은 의식의 세계까
지 읽는 사람을 안내한다. 읽는 사람은 거부감 없이 설득당한다. 시의 내
면으로 빠져든다. 그리고 시인의 시에서는 젊고 힘찬 긴장감이 감돈다.
읽는 즐거움을 준다. 그것이 시가 지향해가는 쪽이고 그의 시가 항간에
잘 읽히게 하는 이유이기도 하다. 시인은 5월호에서는 「포옹」, 「누에」,
「감나무」, 「망루」, 「얼음낚시」라는 시를 빚었다. 엄청나게 폭발하는 상상

력에 놀란다. 만 마리도 넘는 새를 껴안는 나무, 나무가 휘청하도록 새를 끌어안는 아찔한 꿈속에서, 감나무가 안 보이는 나라, 흐린 유리 같은 시간이 자욱이 퍼져 있다,가 신선하게 다가오다 결국은 「얼음낚시」에서 "지구 저편에서 누가 / 얼음낚시를 하나 보다 / 잎들이 파르르 흔들릴 때 / 아주 가느다란 / 숨구멍들이 파닥거린다. / 팽팽한 빛이 / 빙판에 튕겨 오르는 허공 / 붉은 은어 비늘 몇 조각이 / 손바닥에 떨어진다. / 아아 지구 저편에서 누가 / 얼음낚시를 하나 보다"라며 절창에 이른다. 특히 이 시의 제2연에서 "잎들이 파르르 흔들릴 때 / 아주 가느다란 / 숨구멍들이 파닥거린다"라는 표현을 통해서는 생명의 경외감을 느끼게 해준다. 여기서 시인은 지구 저편에서 하는 얼음낚시까지를 눈치챈다. 시각을 통해 보이지 않는 세계 속으로 유영해가는 시인의 유연성이 놀랍다. 우주를 수놓는 미세한 생명의 바느질까지 일일이 읽고 있는 시인의 눈이 날카롭다. 6월호에는 「말씀」, 「남극을 그리며」, 「독약 같은」, 「신들의 집」, 「하늘과 땅 사이에」라는 영혼의 편린들이 실려 있다. '알전구', '참매미 껍질', '질탕하게', '무르익은', '고꾸라지게', '썩둑 그어버린', '바스라진', '홍시', '아릿한 산하', '참대'라는 시어를 통해 시인이 가고자 하는 곳이 어딘지를 짐작게 한다. 그러한 표현에 익숙한 풀들이 나부끼고 순풍이 불고 새털구름이 하늘을 비질하고 개암 잎 같은 손을 흔드는 차가 오가고 낯익은 별이 뜨는 곳, 시인이 가고자 하는 수도원이 바로 이 땅이 아닌가라는 생각도 든다. 오하이오 주에서 빚어져서 요즈음 젊은 시인들에게 자각을 주고 새로운 지평을 열어가고 있는 시인의 시는 청동의 발자국처럼 단단하다. 거역할 수 없는 연륜의 무게를 오늘도 깊게 받아들이게 한다. -《현대시학》, 2002년 8월호

이른 봄 저녁의 일몰처럼

이덕규 ● 시인

시를 쓰지 않았다면 당신과 나는 평생 만날 일이 없었겠지요. 시를 쓰지 않았다면 서로가 만날 수 없는 먼 일에 파묻혀 살았겠지요. 시를 쓰지 않았다면 길거리에서 마주쳐도 그냥 무심히 지나쳤겠지요. 식당에서 술집에서 서로 다른 패거리로 등 돌리고 앉아 이해 안 되는 세상일로 각자 떠들다가 각자의 집으로 돌아서 갔겠지요. 시를 쓰지 않았다면 당신과 나는 서로 이 세상에 왔는지조차 모르고 살았겠지요.

내가 시를 쓰는 사람이 아니었다면 나는 언제까지 당신 시를 몰랐을 것이고 몸담았던 학교도 모르고 당신이 아끼는 시 쓰는 제자들과 열심히 공부하는 학생들도 몰랐겠지요. 내가 시를 쓰는 사람이 아니었다면 당신의 그 아름다운 제자들과 학교 근처에서 밥 먹고 술 먹으며 재미있게 놀지도 못했겠지요. 내가 시 쓰는 사람 근처에도 가보지 않은 시의 문외한이었다면 그 사랑스런 제자들과 명절에 댁에 가서 그 큰누님 같은 사모님도 만나지 못했겠지요. 그 맛난 온갖 음식 솜씨와 동생들 뒤치다꺼리 다 하고 시집간 누이 같은 다정다감을 느껴보지 못했겠지요. 당신보다 훨씬 인간적으로 다가오는 주량과 쉽게 자리를 털고 일어서지 못하게 하는 그 담백한 어조와 윷놀이로 왁자하게 즐거운 한때를 보내지 못했겠지요. 그리고 은은하게 향을 머금은 안주인의 정갈한 글씨

142

체들이 침착하게 벽에 걸려 지조를 뽐내는 걸 보지도 못했겠지요. 그리고 당신이 언젠가 호되게 앓고 난 뒤 부부가 열심히 먼 여행을 다니며 모았다는 그 많은 머그컵도 보지 못했겠지요. 내가 시를 쓰는 사람이 아니었다면 나는 당신 주변의 그 아름다운 사람들을 모르고 조금 움츠린 어깨 같은 당신 시의 고집도 모르고 애당초 몰랐던 당신의 학문의 깊이는 끝까지 몰랐겠지요.

또 만약 반대로 당신이 시 쓰는 사람이 아니었다면 내 거친 글도 몰랐겠지요. 촌스럽고 조금은 건달스런, 어쩌면 샌님의 정서와는 반대편에 서 있는, 실제로 알고 보면 근본적으로 성분 자체가 다를 것 같은 나라는 인간은 더더욱 몰랐을 것이고 몇 차례의 내 서먹한 시골 행사에 참석하지도 않았겠지요. 당신께서 시를 쓰는 사람이 아니었다면 아마 조금은 귀족풍의 대학 선생처럼 먼지 쌓인 지식의 창고에 앉아 알량한 권위의 높이나 아슬아슬 쌓으며 살았겠지요. 그러니까 만약에 시 쓰는 일 이외에 다른 일을 했다면 당신은 무슨 일을 했을까요. 아무리 생각해봐도 딱히 어울리거나 할 줄 아는 게 전혀 없을 것 같은, 그려지지 않는 그림을 그리며 나는 엉뚱하게 노숙자나 뒷골목의 어두운 인생 따위까지 생각해보지만 그마저 어울리는 그림이 없습니다. 다른 일로 전혀 그림이 그려지지 않는 사람은 오직 한 가지 일밖에 할 줄 모른다는 말이고 그 말은 일생 동안 오직 하나를 지키기 위해 모든 것을 버렸다는 이야기와도 같습니다. 그 오직 하나에 매달려 평생을 산 사람의 내면이 또 얼마나 황량한지 나는 알기에 그 마른 벌판 같은 시인의 내면에 부는 사나운 바람에 사소하게 흩날리는 생의 또 다른 파편들을 봅니다.

그리하여 세상에 당신과 내가 태어나 그 많은 사람 중에 시 쓰는 사람으로 만났다는 건 기적 같은 일입니다. 닮은 구석이라곤 시 쓰는 것 이외에 아무것도 없다는 건, 선천적으로 똑같은 부위에 장애를 가지고 태어난 일종의 불구성의 동병상련이지요. 그렇다고 시인들이 그런 동병상련의 아픔이나 외로움 따위를 서로 나누며 위로하고 위로받는 족속들은 더더욱 아니란 걸 우리는 잘 알고 있습니다. 시인들이란 상처 입은 고양이처럼 절룩거리며 음습한 인식의 뒷골목을 배회하는 단독자들이기 때문입니다. 그러니까 굳이 시인인 당신의 성분 함량을 분석하자면 최소한 굶어 죽어도 쓰레기통 따위는 뒤지지 않는 자존이 강한 단독자가 아닐까 싶습니다. 그리하여 발톱을 세우고 낮게 몸을 웅크렸다가 한순간 몸을 날려 먹이를 낚아채는 당신은 훌륭한 야생의 이미지 사냥꾼이지요.

당신과 나는 시를 쓰는 사람입니다. 지금 시를 쓰고 있는 중인 사람들은 문득 같은 곳을 보며 같은 생각을 하는 사람들이지요. 아니, 같은 사물을 보며 전혀 다른 생각을 하는 사람들이라고 해야 더 맞는 표현이겠네요. 그 생각의 막다른 끝에서 우리 수원 시인들은 가끔 만나 가볍게 식사를 하고 긴 술을 마셨지요. 그리고 시간이 늦기 전에 늘 먼저 자리를 뜨는 당신의 뒷모습은 늘 당당했습니다. 그것은 매사에 정확한 자기 관리에서 나오는 자신감이 아닐까 싶은데, 시인이라고 일부 면제받을 것 같은 생활의 분방함이나 객기나 치기 따위를 즐기지도 않거니와 마땅치 않게 생각하는 당신의 반듯함이 처음엔 좀 답답하기도 했습니다. 그러나 당신 시의 곧고도 비장한 결이 만들어내는 이미지와 겹치면서 그 속에서 고집스런 단독자의 쓸쓸함 같은 걸 발견합니다. 그러니까, 사람들이 만나서 모두들 즐겁고 재미있다고 생각하는 자리를 적당히 즐기다가 어느 순간 벌떡 일어서 "이제 나는 갈게" 하면서 정말 혼자만의 재미있는 일을 숨겨놓고 온 것처럼 조금 일찍 일어서 돌아가는 당신의 미련 없는 뒷모습은 이른 봄 저녁의 일몰처럼 싸늘하게 아름답습니다.

그리하여 이제는 시와 여행에 전념할 수 있겠습니다. 그리고 그동안 학교를 핑계로 나가지 못했던 모임에 더러 기웃거릴지도 모르지요. 그러면서 그동안 지켜온 자신만의 엄격을 다시 다잡기도 하겠지만, 그러나 세상에서 가장 재미없는 일에 목숨 걸었듯이 이제 한낮의 열정과 여유로움을 지나 따분함을 지나 어느 저녁의 먼, 첫 불빛 같은 시의 등불을 향해 내딛는 첫걸음에 행운이 함께하시길 기원합니다.

제2부

내가 읽은 시 한 편

휴머니즘의 언어적 형상
-「애인 둘」

박윤우 ● 서경대 교수

지하철 4호선, 사당역에서 미아삼거리까지
벙어리 애인 둘이 쉴 새 없이 지껄인다

꽃병 든 손 모양 만들었다가
파도 안은 물새 모양 만들었다가
검정 저고리 입고 강 건너편에서 손짓하는
관음보살 닮은
처녀가 말간 암죽 떠먹는 시늉을 한다

트럼펫 부는 소년 모양이다가
얼룩소 따라가며 쟁기질하는 모양이다가
까치밥 파먹는 가을 하늘
까마귀 닮은
청년이
체인 감긴 야생 노루처럼 헐떡인다

좀벌레 같고

앵두꽃 같고
비눗방울 같고
떫디떫은
풋감 같은

말랑말랑한 어둠이
벙어리 애인 둘을 커피포트 속의
알칼리수처럼
따끈하게 데우다가 끓이다가
식히다가 다시 데운다

뭐 도와줄 일 없을까 하고 기웃대던
자루옷 입은 천사는
늘어지게 하품 한 번 한 후
먼저 내린다

애인 둘,
불쏘시개 같은 가로등 따라
날아오르겠지? 오늘 밤
　　　—「애인 둘」 전문

　　우울한 청년기 70년대의 끝자락에서 나는 굳게 닫힌 대학 문을 뒤로
하고 소주 마시기에 열중했다. 그때 그 어느 선술집 흐린 탁자 위에서
나를 위무해준 것은 손바닥만 한 시집들이었다. 대학의 상아탑이 도서
관 위에서 눈꽃처럼 흩날리는 독재 타도의 외침과 함께 무너질 때 나는
양성우 시인의 「꽃상여 타고」를 읊조렸고, 어느 추운 겨울날 자취방 아

랫목에서 붉은 눈시울로 군대 간 친구의 빈자리를 덥힐 때면 정호승 시인의 「맹인 부부 가수」를 펼쳐 들었다. 감정 이입된 화자의 성찰의 시선과 과잉된 감정의 투사가 어느 청년 문학도의 감성적 동화를 가능케 했다면, 그런 의미에서 그 시절 그 시편들은 일종의 낭만적 비가悲歌 혹은 송가頌歌였음을 부인할 수 없다.

하지만 세월은 우리를 붙잡아놓지 않아, 이제 나의 노래 역시 한갓 OB들의 추억 만들기에서나 불릴 법한 '청춘 송가'가 되어버렸지만, 그래도 우리는 그 노래가 그저 시류에 젖는 자위에, 혹은 먼지 몇 톨이 튀어오르며 불러일으키는 LP판의 향수에 머물지 않음을 믿는다. 그것은 시 속에 스며 있는 이념의 숭엄한 무게 때문만도 아니며, 시적 언어가 품어내는 자유를 향한 현란한 몸짓의 영원성 때문만도 아니다. 이들 시편 속에 사람살이에 대한 따뜻한 애정이 녹아 흐르기 때문이다.

조창환 시인은 모두가 익히 알고 있듯이 이 시대 대표적인 가톨릭 시인 중 한 분이다. 그런데 그의 시편들은 대체로 종교적이라 하기에는 너무나 인간적이다. 글은 사람을 대신한다 하지만, 그의 시와 언어들은 시인의 인간적 면모를 대신하기에 또한 너무도 '현실적'으로 살아 움직인다. 신앙심 없는 자가 신앙을 말하는 일이 주제넘는 것일는지는 모르나, 최소한 그의 시가 삶과 인간에 대한 애정과 마음의 평화를 말하고자 한다는 점에 있어서는 가장 솔직한 개인적 내면의 고백으로서의 순연한 시 세계를 구축하고 있다고 말할 수 있다.

내게 조창환 시인은 시인이기 이전에 학계의 대선배이시다. 지방에서의 학회 때, 당시 한국시학회의 회장을 맡고 계셨던 선생님과 한방에서 숙박을 한 적이 있다. 과음하지 않으시는 선생님께서 야심한 새벽 심심함을 핑계로 함께 바람도 쐴 겸 역 앞의 오락실을 '순례'한 일이 생각난다. 감히 천진함을 보게 된 순간이었다. 선생님께서는 그렇게 사람들 사이에서 스스럼없이 함께하기를 즐겨 하신다. 넉넉한 마음이란 자연스럽게 분출되기 마련이다.

　시 속에 관념을 펼쳐놓기는 쉽지만 마음을 그려내기는 말처럼 그리 용이한 일이 아니다. 내게는 「애인 둘」이 쏟아낸 언어의 세계가 그저 장애자에 대한 화자의 따뜻한 관찰의 시선에 의해 채색된 것으로만 보이지는 않는다. 쉴 새 없는 수화의 움직임을 아름답고도 생생하게 묘사한 언어들은 모두 '관음의 미소'를 닮은 환한 꽃의 이미지로 피어나 있지만, 난 그 '모양'들로부터 서로가 어울려 내는 소리의 화음을 듣는다.

　그러기에 그의 시어들이 만들어내는 이미지의 형상들은 결코 관념의 대체어들이 아니다. 숨이 턱밑까지 차오르는 것을 자신의 사랑으로 육화하는 순수 청년의 모습은 그 몸짓을 형상하는 그 많은 '모양'들을 넘어서 나의 코앞에 서 있다. '좀벌레'나 '앵두꽃', '비누방울'과 '풋감'도 그러므로 '모양'이기에 앞서 그들의 언어 자체이자 살아 있음을 증거하는 실체가 된다.

　이처럼 「애인 둘」의 감각은 마음을 전하는 손길과도 같이 존재한다. 시인은 다만 그들의 마음을 대신 읽어주고 그들에게 따뜻한 눈길을 보냈을 뿐일지 모르나, 그가 형상한 언어들은 그들로 하여금 이 가파른 세상에서 서로 가장 따뜻한 사랑을 주고받으며 그들만의 행복과 평화를 꾸려가는 몹시도 경건하고 아름다운 마음의 동산을 보여주고 있는 것이다.

　'맹인 부부 가수'의 시절, 우리는 눈 덮인 광야에 나서 '눈사람'을 꿈꾸었지만, 이제는 새삼 삶이란 언제나 구성적이어야 함을 깨닫는다. '내 안에 부는 바람'을 느끼기 위해 우리에게 사람이란, 그리고 사랑이란 그 일을 완수하기 위한 힘이 된다.

은은한 웃음의 역설
– 「웃고 있네」

유성호 ● 한양대 교수

그동안 조창환 시인은 삶을 경이롭고 아름답게 보려는 근원적 시선을 줄곧 유지해왔다. 그 세목으로 시인은 생명 현상에 대한 경이와 감사, 근원(origin)을 향한 열망, 겸허한 자기 성찰, 신앙적 구도와 고독 등을 특징으로 하는 시 세계를 구현해왔다. 그것은 인생론적 성찰과 함께 종교적 속성이 알맞게 공존하는 세계였다고 할 수 있다. 아닌 게 아니라 조창환 시인은 생의 심연에 내려가 아름다운 상상적 성소聖所를 마련하려는 구도자求道者의 모습과 함께, 그 과정에서 느끼는 황홀과 경이 그리고 쓸쓸함과 허무의 정서를 오랫동안 보여주었다.

하지만 그 가장 깊은 곳에서, 그의 시편들은 우리들 생의 비극적 형식을 풍부하게 보여주는 데 바쳐지기도 하였다. 경이의 이면에 엄연히 존재하는 생의 고독과 쓸쓸함이 바로 조창환 시편의 실질적 힘이었던 것이다. 그러나 그의 시에 은은한 웃음이 없는 것은 아니다. 비극적 형식을 '웃음'으로 바꾸어 성찰하고 표현하는 역설의 태도가 반짝이는 경우가 적지 않기 때문이다. 다음 시편에서 우리는 그 '웃음'의 역설을 반갑게 만나게 된다.

웃고 있네, 저 얼굴

흰 국화 가지런히 꽂힌 노 없는 뱃전에 앉아
목탁 소리, 연도 소리, 찬송가 소리
양재동 꽃시장 튤립 다발 같은
삼성병원 영안실 복도
바라보며 웃고 있네, 저 얼굴

한때 인화성 칼날이었다가
한때 간절한 서리꽃이었다가
한때 눈 내린 까치집이었다가
한때 부항 뜬 등판이었다가
지금은 암벽화 같은, 황태 덕장 같은
저 얼굴, 웃고 있네

칼레의 시민인 양 공손하고 근엄한
친구들 바라보며
백야처럼 멎어 있는
저 웃음, 절 두 번씩 받는
낙선사례 써 붙인 전봇대 같은

얼굴 내려놓고 웃음 혼자 일어나
돌아다보네
물병아리 한 마리
봄 강물 휘젓듯

목탁 소리, 연도 소리, 찬송가 소리
양재동 꽃시장 튤립 다발 같은

삼성병원 영안실 복도를
　　―「웃고 있네」 전문

　이 시는 조창환 특유의 '웃음'의 역설을 드러내 보여준다. 시편이 비롯되는 장소는 '삼성병원 영안실'이다. 그런데 '웃음'의 주인공은 정작 영정 안에서 웃고 있는 망자亡者 자신이다. 아마도 문상을 갔을 화자는, 그 영정의 얼굴이 시종 '웃음'을 발하고 있다고 표현한다. 사진 속에서 넉넉하게 웃고 있을 그 얼굴은 "흰 국화 가지런히 꽂힌 노 없는 뱃전"에서 종교적 의례가 행해지는 소리를 들으면서, 마지막 자신이 떠나게 될 영안실 복도를 바라보며 웃고 있다. 오랜 시간 동안 '칼날'의 젊음과, '서리꽃'이나 '까치집'의 중년을 지나, 어쩌면 "부항 뜬 등판"의 노경老境을 지났을 그는, 이제 "암벽화 같은, 황태 덕장 같은" 얼굴을 하고서 천연스럽게 웃고 있다. 친구들의 조문을 은은한 웃음으로 받던 그는 자신의 얼굴을 내려놓고, 이제는 "웃음 혼자 일어나"서 주위를 돌아다본다. 그것은 영안실 공간을 돌아보는 것이기도 하고, 자신이 지내온 시간을 "물병아리 한 마리 / 봄 강물 휘젓듯" 돌아다보는 것이기도 하다. 울음소리로 가득해야 할 영안실은 그의 웃음으로 하여, 물병아리 같은, 봄 강물 같은 신생의 기운까지 띠게 된다.

　원래 진리를 표상하는 두 가지 대립항을 하나로 통합해내는 양식을 우리는 '역설逆說'이라고 한다. 역설은 동서양을 막론하고 높은 정신들이 한결같이 도달한 세계 구성 원리이자 실재實在의 형식에 대한 표현법이기도 하다. 신비평을 굳이 원용하지 않더라도, 역설은 한 편의 시에서 매우 적합하고 불가피한 형식으로 작용할 때가 많다. 그것은 시적 정황 자체가 하나의 역설적 상황이 되어 나타나는 경우도 있지만, 언어적 표현이 역설을 띨 경우도 있다. 어느 경우든 시인은 철저하게 자신의 언어를 간접화하는 것인데, 이러한 '간접화'는 일종의 '아이러니'를 지향하게 된다. 그만큼 역설은 언어의 확장일 뿐 오용誤用은 아니다. 조창환의 「웃고 있네」는 이러한 역설의 태도와 어법을 통해 죽음과 삶, 울음과 웃음, 소멸과 생성의 부드러운 공존과 결속을 아름답게 노래한다. 문상 온 이들을 오히려 위로하면서 웃고 있는 그 얼굴은, '죽음'과 '삶'을 바꾸어버리는 '웃음'을 통해, 세상의 원리를 유머러스하게 뒤집어 보인다. 이러한 방법과 태도가 조창환 시편으로 하여금 절묘한 균형 감각을 가지게 하는 궁극적 힘일 것이다.

그동안 조창환 시인은 삶에 대한 황홀과 허무를 불가피한 자신의 태도로 견지해왔다. 또한 인간 생명의 근원과 침묵하는 신성神聖에 대한 심도 있는 질문을 이어왔다. 그 질문의 행간에 '죽음'을 사유하는 힘을 섬세하게 저며 넣으면서 그는, 신神의 은총과 침묵을 경이와 쓸쓸함으로 내면화해왔다. 삶의 황홀에 반응하면서 동시에 삶이 필연적으로 거느리는 허무의 아름다움을 노래하면서 말이다.

「웃고 있네」는 언뜻 보아서는 대립형질일 수밖에 없는 '울음'과 '웃음' 그리고 '죽음'과 '삶'의 의미를, 가벼운 탄력으로 뒤집어 생의 어떤 비의秘義로 치환해낸 가편이다. 미학적 근시近視로는 도저히 바라볼 수 없는 '죽음' 너머의 평화롭고 은은한 '웃음'의 역설이 거기에는 있다.

첨언 하나. 조창환 시인은 은은한 '웃음'의 소유자다. 얼마 동안 가까이서 뵐 수 있었던 그의 품은 넉넉하고 따뜻하였다. 신성에 대한 가없는 열망과 스스로의 완성을 위한 고독의 깊이를 마다하지 않는 그의 시적 열정이, 넉넉하고 따뜻한 품과 결속하여 우리에게 아름다운 언어로 남게 되기를, 마음 깊이 희원해본다.

자본주의적 욕망 생산의
메커니즘에 대한 비판적 인식
―「마네킹」

김유중 ● 서울대 교수

마드모아젤 양장점 앞을 십 년 넘게 지나다녔어도
쇼윈도 안의 마네킹 셋이 서로 흘끗거리는 건
오늘 아침 출근길에 처음 보았다

툴루즈 로트렉의 「물랭루즈」에 나오는
빨간 스타킹의 비뚤어진 무희 같은
키 큰 마네킹이 돌아 서 있고

「7년 만의 외출」의 마릴린 먼로 같은
젖가슴 늘어지고, 음탕하고
맨종아리 허벅지까지 드러낸, 백치 같은
거품 많은 마네킹이 마주 서 있다

은사시나무, 여름 달빛에 흔들리는
잎맥 가늘고 여린
바비 인형 같은 마네킹은 고개를 숙이고

안 보는 척하면서 눈길을 주고 있다

입술 삐쭉 내밀며 아랫도리 오므리는
저것들이 구미호 다 된 줄을
오늘 처음 알았다

퇴근길엔
학교 운동장에 세워둔 내 늙은 자동차도
너무 오래 쓸쓸한 어둠 속에 떨었노라고
암내 맡은 나귀처럼 툴툴거렸다
―「마네킹」전문

　현대사회에서 인간은 소비의 주체이자 객체이다. 고도화된 자본주의의 전략은 끊임없이 소비를 조장한다. 소비를 통한 생산의 극대화와 그러한 생산을 뒷받침해주는 지속적인 소비의 창조야말로 자본주의가 스스로의 발전을 유지하기 위한 전략이다. 문제는 그것이 인간에게 필요 이상의 소비를 강요한다는 데 있다. 그런 자신의 전략을 현실화하기 위해서 자본주의는 인간을 끊임없이 결핍의 상태로 몰아간다. 페니아(빈곤의 여신)의 부활은 자본주의가 인간을 교묘하게 통제해나가기 위한 하나의 흉계이자 음모인 셈이다.

　보들리야르(J. Baudrillard)와 같은 학자는 이 점과 관련하여, 현대사회에서 소비자는 자신의 관점이 부재한다고 설명한다. 그들의 소비 기준은 자본주의 권력이 생산해낸 수많은 이미지, 예컨대 브랜드와 광고, 그리고 쇼윈도에 진열된 상품들의 이미지들에 의해 좌우된다. 인간은 합리적인 소비를 위해 굳이 사고하려 들지 않는다. 그 대신 쇄도해 들어오는 이러한 상품과 기호들의 이미지로 그것의 수고로움을 대체하는 경향이 있다.

이런 사회에서 낭비(과소비)는 경제 발전을 위한 필수 요소요, 덕목으로 인식된다. 조작된 상품 기호들 속에서 넘쳐나는 조작된 욕망의 이미지들은 지금 이 순간에도 인간에게 '낭비하라', '낭비하라'고 명령한다. 그러나 그런 낭비에의 명령은 강압적이라기보다는 오히려 매력적이다. 도저히 거부할 수 없는 유혹으로 다가온다는 점에서 더욱 문제적이다.

조창환의 시 「마네킹」에는 이와 같은 자본주의의 전략에 대한 비판적 인식이 살아 숨 쉬고 있다. 어느 날 출근길에 뜻하지 않게 마주치게 된 것은 양장점 쇼윈도에 진열된 마네킹이다. 평소 그런 것에는 별 관심을 둘 이유도 필요도 느끼지 못했던 그로서는 그들의 요염한 자태는 색다른 발견이었으리라. 그런 그들의 모습에서 그는 자본주의 상품 미학이 조작해낸 여러 형태의 이미지를 발견한다. 그것들은 "로트렉의 「물랭루즈」에 나오는 / 빨간 스타킹의 비뚤어진 무희 같은" 모습으로, "「7년 만의 외출」의 마릴린 먼로"처럼 "백치 같은" 모습으로, 그리고 "바비 인형 같은" 육감적인 모습으로 그에게 다가온다.

소비의 가장 아름다운 대상은 바로 육체가 아니던가. "입술 삐쭉 내밀며 아랫도리 오므리는" 그들의 모습은 충분히 선정적이고 유혹적이라 할 만하다. 그러나 그런 선정성과 유혹적인 모습이야말로 어쩌면 현대사회가 조작해낸 자본주의적인 결핍의 전략과 맥락이 맞닿아 있는 것인지도 모른다. 그 속에서 인간은 자신의 주체적인 판단마저 상실한 채, 조작된 욕망의 이미지들에 둘러싸여 무분별한 소비의 세계 속으로 편입되어 휩쓸려 들어가는 것인지도 모른다. 인간을 홀리는 이런 이미지들은 시인에게 '구미호'와 같은 의미로 이해된다.

인간의 욕망을 유발시키는 이런 이미지들은 사실상 내용적인 측면이 제거된 텅 빈 기표라는 점에서 더욱 문제적이다. 요컨대 자본주의적 욕망의 근원은 우리 주변에 흘러넘치는 이와 같은 텅 빈 기표들이다. 텅 빈 기표임에도 불구하고 그들은 인간의 욕망을 자극한다. 이 자극적인 기표들의 연쇄 속에서 인간은 끊임없이 자신을 망각한 채 낭비를 일삼는다. 그러면서도 그것을 낭비라고 인식하지 못한다. 이 기표들, 이 이미지들이 '구미호'일 수밖에 없는 이유, 그것이 비판받아야 할 실질적인 이유가 바로 여기에 있다.

이런 낭비적인 모습, 비주체적인 태도 속에서 시인은 또한 현대사회의 대중의 속물적인 근성과 그것의 특징을 발견한다. 명품이나 유행을 대하는 사람들의 태도는 이중적이다. 평소에는 그런 것들에 별 관심이 없는 척, 그런 것들로 치장한 속물들과 자신은 별개인 척, 자신만큼은 속물들과는 멀찍이 떨어진 예외적인 존재인 척하는 버릇들이 있다. 그러나 그런 그들의 모습은 어차피 가식적인 것일 수밖에 없다. 그들의 모습이 가식적인 이유는 다른 사람의 모습을 보고 "서로 흘끗거리"고, 그것도 모자라 남들이 어떤 스타일의 옷을 입고 어떤 브랜드의 가방을 들었는지, 또 어떤 차를 타고 나타나는지 "안 보는 척하면서 눈길을" 준다는 데 있다.

그런 사실을 발견하는 순간, 시인은 새삼스레 자신의 오래된 자동차에 눈길이 가는 것을 느낀다. 그 눈길에는 진한 애정이 어려 있다. 이 낭비적인 욕망의 시대에 지금까지 그가 타온 자동차란 얼마나 소중한 존재인가. 비록 세상 사람들은 고물 자동차라고 무시할지 몰라도, 그에게 그것은 각별한 의미로 다가온다. 그로서는 자신의 손때가 묻어 있는 그 "늙은 자동차"를 굳이 새 차로 바꿀 이유를 찾을 수 없는 것이다. 여기서 그가 말하고자 하는 바가 비로소 선명히 드러난다. 남에게 보이기 위한 삶, 과시하기 위한 삶이야말로 진정으로 우리 자신을 낭비하게 만드는 근본적인 이유일 것이라고.

# 청결한 정신의 순정함을 위한
어떤 비밀스런 회전문
―「풀잎」

류순태 ●서울시립대 교수

「풀잎」은 조창환 시인이 2001년에 발간했던 시집 『피보다 붉은 오후』에 실려 있는 작품이다. 시인은 이 시집의 '자서自序'에서 "비 갠 날의 산정처럼 맑고 선명한 시를 쓰고 싶었다. 투명한 언어와 정결한 이미지로 단순하면서도 절제된 호흡을 나누는 시를 빚고 싶었다", "청결한 정신의 순정함만이 남아 있으면 좋겠다"라고 언급한 바 있다. 그래서 그런 것일까? 「풀잎」은 유달리 투명하면서도 정결하고, 단순하면서도 절제된 가운데 시인 특유의 청결한 정신의 순정함을 담아내고 있다.

시인이 시집 『피보다 붉은 오후』에서 청결한 정신의 순정함을 강조하게 된 것은, 아무래도 그가 "내 두 번째 생일이 있는 달"이라고 칭한 1999년 2월 때문이 아닌가 싶다. 그의 시선집 『신의 날』(2005)에 첨부되어 있는 '연보'를 살펴보니, "2월에 간암 수술을 받고 회복한 후 생의 신비와 신의 은총에 대하여 새로이 눈뜨는 계기를 만나다. 이후, 생명의 비의를 순수 서정과 내면의 울림으로 표현하는 시를 쓰다"라는 대목이 눈에 띈다. 아하, 그랬구나. 시인은 생과 사의 갈림길에서 다시 한 번 자신에게 주어진 생에 대해 무한히 감사하면서 「풀잎」을 비롯한 시들에서 생의 신비와 신의 은총을 투명하면서도 정결하고, 단순하면서도 절제된 방식으로 노래하였던 것이구나!

160

풀잎 속을 가만히 들여다보면
향기가 드나드는 작은 숨구멍들이 보인다

숨구멍들은 늘 열려 있기도 하고
늘 닫혀 있기도 한 회전문이다

회전문으로
깃털처럼 부드러운 바람이 드나들어
바람이 흘리고 간 얼룩이 남아 있다

가을 잠자리 파르르 떨고 있는
풀잎 속을 가만히 들여다보면
토마토 국물 같은 눈물 자국이
떨고 있는 것도 보인다
―「풀잎」 전문

「풀잎」에서 화자는 "풀잎"의 "작은 숨구멍들"을 "들여다보"고 있다. 그런데 바로 그 "작은 숨구멍들"을 통해 "향기"나 "깃털처럼 부드러운 바람이 드나들"고 있다. 그러니까 화자에게 '풀잎'은 무엇인가가 드나들 수 있는 '작은 숨구멍들'로 주목되고 있는 것이다. 화자의 이런 태도가 일상적인 차원에서 쉽게 볼 수 있는 것이 아님은 물론이다. '풀잎'을 바라보면서 그 색깔이나 향기, 또는 그 위를 스쳐 가는 바람에 주목하는 경우는 많다. 풀잎이 푸르다든지, 풀잎에서 어떤 향기가 난다든지, 또는 그 풀잎이 바람에 흔들리고 있다든지 노래하는 경우가 바로 그런 것일 게다. 하지만 화자처럼 '풀잎'을 두고서 '향기'나 '바람'이 드나드는 '작은 숨구멍들'을 바라보기란 일상적인 차원에서는 결코 쉽지 않은 일일 것이다. 이것은 시인의 시선이 생의 내밀함을 향하고 있고, 그래서 그 내밀한 시선으로 사물을 대할 수 있을 때에라야 비로소 가능한 차원이라고 할 수 있기 때문이다.

　그렇다면 시인에게 생이란 과연 어떤 내밀함을 지니고 있는 것일까? 이 물음에 대한 대답의 단서는 바로 '회전문'에 들어 있다. 제2연에서 화자는 "숨구멍들"을 "늘 열려 있기도 하고 / 늘 닫혀 있기도 한 회전문"이라고 말하고 있는데, '숨구멍들'에 대한 화자의 이런 인식은 열림과 닫힘이라는 명확한 구분을 바탕으로 그 역할을 인식해왔던 문에 대한 여느 인식과는 다르다. 우리에게 익숙한 것으로서의 문이란 닫혀 있기에 열어야 하는 것이고, 열려 있기에 닫아야 하는 것이 아니었던가! 그런데 화자는 바로 그 문을 열림과 닫힘을 동시적으로 갖고 있는 '회전문'으로 인식하고 있는 것이다. 열려 있는 듯이 보이면서도 닫혀 있기도 하고, 그 반대로 닫혀 있는 듯이 보이면서도 열려 있는 것, 그래서 항상 열려 있기도 하고, 항상 닫혀 있기도 한 회전문! 생이란 어쩌면 바로 이 회전문과 같은 것이 아니겠는가?

　제3연에서는 생의 내밀한 것으로서의 '회전문'이 지닌 속성이 어떤 절대자의 은총과 관련하여 드러난다. 여기에서 화자는 "회전문"에 "얼룩"이 남아 있음을 본다. 그런데 그 '얼룩'은 다른 것이 아니라 "깃털처럼 부드러운 바람"이 "흘리고 간" 것이다. 그런 점에서, 화자가 바라보고 있는 그 '얼룩'은 어떤 절대자가 생의 내밀한 '회전문'에 남겨놓은 흔적과도 같은 것이라고도 할 수 있다. 그렇다! 생의 내밀한 것으로서의 '회전문'에서는 연방 "깃털처럼 부드러운 바람", 즉 어떤 절대자의 은총이 드나들고 있었고, 화자는 그 사실을 인식하고 있는 것이다. 만일 그 '얼룩'을 보지 못했더라면, 화자는 분명히 그 '회전문'에 어떤 절대자의 은총이 함께하고 있다는 생의 내밀한 면모를 깨닫지 못했을지도 모른다.

그렇다고 해서 생의 내밀한 것으로서의 '회전문'에 어떤 절대자의 은총만이 깃들어 있다고 말할 수는 없다. "늘 열려 있기도 하고 / 늘 닫혀 있기도 한 회전문"에는 '회전문'이 필연적으로 지니고 있을 수밖에 없는 속성인 닫힘에 대한 인간적인 두려움 또한 깃들어 있을 수밖에 없다. 「풀잎」의 제4연에서 화자가 "가을 잠자리"가 "파르르 떨고 있는 / 풀잎 속"에 "토마토 국물 같은 눈물 자국"이 "떨고 있"음을 보는 것도 바로 그 때문이다. 화자가 '눈물 자국'의 '떨림'을 바라본다는 것은 '회전문'이 "늘 닫혀 있기도 한" 것이기 때문이다. 마치 '가을 잠자리'의 떨림이 "토마토 국물 같은 눈물 자국"의 떨림으로 이어지는 것과도 같이, 화자 또한 열림과 함께하고 있는 닫힘과 그로 인한 두려움을 완전히 떨쳐낼 수는 없는 것이다. 아, 생의 회전문에서 펼쳐지는 이 미묘한 내밀함이여!

「풀잎」은 이처럼 생의 내밀함에 대한 매우 투명하면서도 정결하고, 단순하면서도 절제된 노래이다. 그러면서도 「풀잎」은 생의 내밀함을 다른 어떤 시보다도 선명하게 담아낸다. 결코 어렵지 않으면서도 구체적으로 펼쳐지고 있는 시어들이 그러하고, 그 시어들이 서로 어우러지면서 자아내는 분위기도 그러하고, 사물에 대한 신선한 감각까지도 그러하다. 이것은 아마도 생과 사의 갈림길이라는 고통스런 순간을 이겨낸 시인이 시에 청결한 정신의 순정함을 담아내려고 했기 때문에 가능했던 경지일 것이다. 그렇다. 「풀잎」에는 청결한 정신의 순정함을 위한 어떤 비밀스런 회전문이 지금 돌아가고 있다. 늘 열려 있기도 하고 늘 닫혀 있기도 한 회전문이. 그리고 그 회전문은 계속해서 돌아가리라, 시인이 세상에 내놓는 시들에서도.

삶의 축복과 고통에 대한 성찰
—「남루에 대하여」

전봉관 ● 카이스트 교수

저 물빛, 맑아서 속 보이지 않는

바다 바라보며 한나절 흔들거린다

그물침대 위에서 발바닥의 밀가루 같은 모래

쓰다듬으며 바람 받는다, 시간이

풀어진 잉크빛으로 수평선 저쪽을 향해

운다, 쓸쓸해서 우는 것일까

그럴지도 모르지

너무 맑아서 잔혹한 정적만 남고

아무것도 없다 비췻빛 앞바다와

남빛 먼바다 사이에는 이상한 침묵, 이승과

저승 사이 같은 정적만 남아 있다

슬픔도 조심스럽지 않은가 함부로 삶을

비아냥거린 죄 어찌 갚으려고 내 여기까지

와서 쉬는가

바람 앞에 남루하지 않은 생이 있겠는가

라고 씌어 있는 시집 읽으면서, 아아, 남루란

말 함부로 쓰지 않겠다고 다짐한다 나는

　　눈 벌겋게 충혈된 삶 헤쳐 여기까지

　　와 쉬게 하시는 하느님, 이 미어지게

　　쓸쓸한 가슴 안고

　　고마워 울다가 나 세상의 웃음거리 되거든

　　그 남루 받아주시고, 저 물빛

　　맑아서 속 보이지 않는

　　바다 그냥 남겨주소서

　　　―「남루에 대하여」 전문

　시인은 지금 이국異國 휴양지 해변에 누워 있다. 맑아서 속 보이지 않는 물빛을 바라보며, 하루 종일 그물침대 위에 누워 발바닥에 묻은 밀가루 같은 모래를 털고, 바람을 받는다. 여유롭고 평화로운 풍경이다. 그러나 시인은 그러한 생의 축복을 온전히 누리지 못한다. 아무 때고 일상의 얽매임에서 벗어나 바람 따라, 발길 따라 마음 닿는 대로 떠돌 수 있다는 것이 시인의 특권이라면, 숨 막히게 아름다운 풍경을 만나도 그것을 있는 그대로 즐길 수 없다는 것은, 시인이기 때문에 치러야만 하는 그 특권의 대가일까.

　시인은 한나절 잘 쉬고, 한나절 잘 놀고 나서는 풀어진 잉크빛으로 수평선 저쪽을 향해 우는 시간을 생각한다. 시간이 왜 우는지 시인 자신도 모른다. 단지 쓸쓸해서 우는 것일 수도 있다고 추측할 뿐. 물빛은 너무 맑아서 속 보이지 않더니, 이제는 너무 맑아서 잔혹한 정적만 남고 아무것도 없다. 비취빛 앞바다와 남빛 먼바다 사이, 아름다우나 미묘한 빛깔 차이가 있는 그 몽환적 공간에서 시인은 이상한 침묵, 이승과 저승 사이 같은 정적을 발견한다.

　시인은 말하고 싶다. 삶은 쓸쓸하고 슬프고, 그래서 남루한 법이라고. 하지만 이국 휴양지 해변 그물침대 위에서 바다와 바닷바람과 벗하며 한나절 흔들거린 시인은 스스로에게 되묻는다.

"쓸쓸하네, 슬프네 하며 삶을 비아냥거리더니, 지금 네가 즐기는 여유와 평화가 쓸쓸하고 슬픈 것이더냐?"

이국 휴양지 해변에서 시인의 삶은 쓸쓸해서도, 슬퍼서도, 그래서 남루해서도 안 된다. 진짜 쓸쓸하고, 슬프고, 그래서 남루한 사람은 이국 휴양지 해변 그물침대 위에서 흔들거리며 한나절 궁싯거리지 않는다. 그러나 시인은 진실로 쓸쓸하고, 슬프고, 그래서 남루하다. 시인은 누구에게라도 인생이란 쓸쓸하고, 슬프고, 그래서 남루하다는 것을 안다. 그러나 시인은 "바람 앞에 남루하지 않은 생이 있겠는가"라는 시구詩句가 경박하다고 생각하고, 남루란 말을 함부로 쓰지 않겠다고 다짐할 만큼 하느님께서 설계하고 또 하느님께서 주신 인생이 일개 시인이 비아냥거릴 만큼 경박하지 않다는 것 또한 안다.

시인은 삶의 축복과 고통을 함께 인식하며, 그 속에서 삶의 의미를 발견한다. 시인에게 눈이 벌겋게 충혈되도록 삶을 헤쳐나가게 하신 하느님은 또한 숨 막히게 아름다운 풍경과 그 속에서 휴식을 주시기도 하셨다. 그러므로 가슴은 미어지게 쓸쓸하더라도 삶은 눈물 나도록 고마운 것이다.

「남루에 대하여」에는 삶에 대한 조창환의 태도가 잘 드러나 있다. 그는 교육자로서 시인으로서 성공적인 삶을 살았고 행복하고 모범적인 가족을 꾸려나갔지만, 뒤돌아보면 자신의 삶은 한없이 쓸쓸하고 슬프고 남루하다. 그러나 그가 말하는 쓸쓸함과 슬픔과 남루함은 특정한 정서적 상태라기보다는 인간의 삶이 지닌 보편적 조건에 가깝다. 삶은 그것이 누구의 것이든 쓸쓸하고 슬프고 남루하다. 그렇기 때문에 그 누구도 감히 자신의 삶이 쓸쓸하고 슬프고 남루하다고 말할 자격이 없다. 심지어 시인조차도.

물론 그가 "바람 앞에 남루하지 않은 생이 있겠는가?"라고 쓴 시인에게 반론을 제기하는 이유는 단지 그 누구도 그 자신보다 더 남루한 사람이 있기 때문만은 아니다. 오히려 그보다는 삶은 남루하지만, '단지' 남루하지만은 않다는 것이 더 정확한 이유일 것이다. 삶이 남루하다는 말은 아무나 할 수 있는 말이지만, 남루함 속에 숨겨져 있는 삶의 의미를 발견할 수 있는 사람은 흔치 않다.

「남루에 대하여」는 삶은 누구에게든 허무한 것이라는 인식을 밑바탕에 깔고 있지만, 그래서 아무렇게나 살자는 것으로 이어지지는 않는다. 오히려 아무렇게나 살면 삶의 허무에서 벗어날 수 없기 때문에 쓸쓸함, 슬픔, 남루함 같은 것과 적극적으로 싸워야 한다고 지적한다. 그에게 삶은 눈이 벌겋게 될 정도로 헤쳐나가야 할 대상이지만, 눈물 날 만큼 고마운 대상이기도 하다.

조창환은 시와 음악만큼이나 여행을 즐긴다. 그에게 여행은 일상으로부터의 일탈이라기보다는 정례화된 또 다른 일상처럼 보인다.「남루에 대하여」에는 이국의 휴양지 해변이 배경으로 등장한다. 그러나 그 아름다운 곳에서조차 그는 삶과 자신의 내면을 들여다본다. 반평생을 지구 곳곳을 떠돌아다녔지만, 어쩌면 지금까지 그는 자신의 내면 속에서 맴돌았을지도 모른다. 시인으로서 삶도 좋지만, 가끔은 아름다운 것을 아름다운 대로 즐길 수 있는 것도 나쁘지 않겠다는 생각이 든다.

은총의 길 위에서 사색하는 시인
-「늙는 소년」

장순금 ● 시인

평원을 가로지르는 이국의 고속도로, 낯선 풍경과 지평선에 쏟아지는 햇살, 대자연의 신비로운 경이감과 다른 세상 다른 나라의 흙과 역사와 문화, 질곡의 적나라한 삶의 뒷골목까지 만나는 설렘으로 광활한 대지를 달리는 시인, 조창환 선생님.

여행 중에 만나는 풍광 속에는 시가 있고 그림과 음악이 있다. 인종의 구별 없이 지구 상의 한식구로, 때로는 이방인이 되어 걷는 낯섦이 즐겁고 흥미로운 거리에서, 방목된 상상력이 사물과 만나 언어 공간에 착상되어 허무 의식과 잎을 틔워 세계와 소통하고, 존재의 진동으로 사물의 뒷면까지도 무한히 열려 있음을 보는 시인의 생이, 지상의 여행과 다름 아니란 생각을 갖고 계실 터이다.

시간의 눈부심과 폐허의 아름다움, 나그네로서의 고행과 외로움의 궤적이 투영된 시를 쓰고자 밖에서 만나는 세계를 내적 용광로에서 뜨겁게 달구어 다시 시의 질그릇에 옮겨 담는 작업을 평생 하신 것 같다.

평화를 좋아하고 음악을 사랑하고 순례자처럼 떠다니며 자유와 해방을 느끼고 신에 대한 감사와 생명의 신비를 통해 세계와 화해하는, 생에 대한 정결한 시선과 부드러움의 힘, 이 모두가 조창환 선생님의 시에 고스란히 담겨 있다.

168

상처를 어루만지는 손길 같은 시, 읽으면 가슴에 고요히 눈물이 괴어 오르는, 영혼의 향기로 홀로 우는 이의 눈물을 닦아주는, 절제되고 단정한 그런 시를 갖고 싶다는 것은 시인이라면 누구나 다 갖는 바람이기도 하지만 선생님은 이 문제를 절실하게 고민하고 자기 탐색을 끝없이 반복하는 시인이시다.

뜻밖의 수술로 인한 육신의 고통 체험이 문학으로 옮겨 와 삶과 죽음의 세계에 천착하게 했고, 생의 비의에 대한 새로운 인식과 생명의 신비와 신의 은총, 숨 쉬는 일의 이 평범한 기적의 깨달음에 자연의 아름다움을 놀라운 눈으로 바라볼 수 있었던 그는 시 세계도 자연스럽게 가톨리시즘(시집 『피보다 붉은 오후』, 『수도원 가는 길』)과 음악(시집 『파랑 눈썹』) 쪽으로 시선을 따라갔다.

선생님은 한국가톨릭문인회 회장을 맡아 보며 침체해 있던 단체의 구심점이 되어 회원들의 관심을 끌어올렸고, 신앙과 문학을 접목한 몇 차례의 세미나와 피정, 성지순례를 통해 가톨릭 정신에 따뜻한 사랑을 덧입히는 데 단단한 몫을 하시었다. 또한 대단한 추진력으로 사무실 없이 셋방을 떠돌던 단체가 새 집을 마련하는 데 견인차 역할을 하여 명실공히 〈한국가톨릭문인회〉라는 집의 문패를 걸게 되었다.

조창환 선생님은 신의 존재를 통해 겸손해지려고 노력하시는 분이시다. 선생님은 본시 그리 겸손하신 분은 아닌 것 같아 보였다. 따뜻하고 정확한 발음의 목소리는 다정하고, 미소 지으며 반가이 대해주시는 모습은 인간애가 느껴지지만, 그의 내면은 다소간의 자만심 또는 우월감이 고집스레 자리 잡고 있다는 생각이 들 때가 종종 있다. 대단한 자존심의 다른 모습이기도 하겠지만, 선생님 당신도 그걸 아시는 듯했다. 그런 모습이 때로는 불같은 성정으로 나타나기도 하지만, 때로는 소년 같은 모습으로 비춰질 때도 있다. 그는 그렇게 고뇌하며 늙는 소년이 되어가고 있었다.

한때 그는 포근포근한 꽃을 보고 자지러졌다
자지러지면서 다음과 같이 말한 것을 기억한다

—자귀나무에 진분홍 솜털 가득 내려앉은 걸 좀 보아 공작새 깃털처
럼 가벼웁고 포근포근한 꽃송이들 더운 숨 후우 불면 그대로 떠오겠네
자잘한 이파리들 허공에 떠서 홀린 듯 힘 풀어버렸네 분홍색 바깥에는
희디흰 빛 무리져 있어 아득히 가득하네 나무는 둥글게 허리를 굽혀 공
기를 끌어안고 부끄러워하네 바람 없이 그윽한 날 자귀나무에 진분홍 솜
털 가득 내려앉은 걸 보면 멀리 있는 사람 이름 부를 수 없네 부르면 가
벼이 떠올라 흔적 없이 사라질까 봐 거기 그냥 그대로 있게 하네.

지금, 노을 붉은 지중해 저편 하늘로
진분홍 입김 후우 떠올라 속절없이 사라져가는 것을 보며

아아, 그는 소년으로 늙어간다
—「늙는 소년」 전문

시간과 함께 지상의 모든 것은 흘러가고 변화한다. 그리고 소멸한다.
"진분홍 입김 후우 떠올라 속절없이 사라져가는 것을 보며" 그런 약속
된 허망은 생성과 소멸의 법칙으로 늙어갈 수밖에 없는 소년의 의식 속
에는 삶과 문학에 있어서도 관념의 굴레를 벗고 여유를 갖는 자유로움
을 추구한다.
　조창환 선생님은 교단의 교수이기 이전에 시인이시다.
　학문적인 업적과 성과로 많은 후진을 양성하시기도 했지만 그의 생
의 도달점은 학문으로 머물지 않고 더 멀리 더 높이 떠 있는 예술에 시
문학의 언어가 숨 쉬는 나라라는 생각이 든다.

시에게 더 큰 날개를 달아주어 우주를 넘나드는 큰 울림통으로 사람의 마음에 북처럼 둥둥둥, 멀리 오래 울림이 가는 시를 쓰고 싶어 하시며 작은 풀포기에서도 환희와 신비를 느끼며 영혼의 고백 같은 시를 쓰고자 큰 꿈을 꾸는 시인이시다. 그러나 또한, 내면 저 깊은 바닥에서 홀로 신을 만나는 시간이면 한없이 작아져 당신이 받은 은총을 눈물겹도록 감사하는 작은 인간이시다.

이제 교단에서 천천히 내려오시어 시간의 중심으로 들어가 시간과 공간의 경계를 허물고 지구 상의 이름 모를 작은 섬나라까지 훌훌 날아다니시며 넉넉한 품으로, 눈물도 황홀한 이 세상의 사물에 시의 이름을 하나씩 걸어주시며, 아름다운 언어의 밭을 푸른 호미로 싱싱하게 일구어 나가시길 바랍니다.

고요와 적막에 대한 이야기들
-「유월의 시」

이규리 ● 시인

작은 테이블을 가운데 두고 그들은 앉아 있었다

테라스에는 보라색 페츄니아가 가득 차 있었고

사납지 않은 바람이 깊고 먼 곳에서

쉬고 있었다 흰 창틀에는 부리로 햇빛을 쪼는

새 몇 마리도 앉아 있었다

타히티 섬의 고갱처럼 외딴 곳에서

라흐마니노프의 보칼리스가 들려오고 있었다

가사 없는 성악곡이라니! 그는

말하지 않으려 하고 다만 누구인가

멀리 걸어가는 사람의 뒷모습만 보고 있었다

신기루 같은 미소를 지으며 시간이 갔다

나무들이 조용히 몸을 흔들 때

새소리가 맑은 유리창 속으로 스며들었다

눈부셔 투명한 유리창이 공기처럼 부풀어졌다

그는 말하지 않으려 하고 다만 누구인가

다가오는 사람의 앞모습만 보고 있었다

덜 구운 항아리에 꽂힌 황토 빛 침묵이

침묵이라 말하면 깨어질까 봐

안개 속의 상형문자를 그리고 있었다

작은 테이블을 가운데 두고 그들은 보고 있었다

모래 구름 가득한 지평선 저쪽에서

신기루 같은 미소를 지으며 시간이 가는 것을

말하지 않으려 하고 다만 보고 있었다

　　―「유월의 시」 전문

　그해 유월이 그러했다. '에드워드 호퍼'의 그림처럼 시간이 느리게 흐르고 아직 오지 않은 사람, 끝내 올 리도 없는 사람을 기다린 적이 있었다. 커피숍은 고요했고 유리창으로 들어온 햇살의 명암이 호퍼의 방을 연상케 했다. 표정 없는 여자가 침대에 걸터앉아 하염없이 창밖을 보던 풍경처럼 나도 길게 한 곳을 보고 있었다. 기다림은 원래 기다릴 때는 오지 않는다. 꼼짝 않고 앉아 혹독한 시간을 지나며 한 세상을 닫아걸고 있었다. 그립지 않아서가 아니라 너무 오래 떠나와 있어서 가고 싶어도 돌아갈 수 없게 된 탕자의 마음도 그럴 것이다. 그런 유월이었다. 날씨는 점점 더워지기 시작했고 종내 기다린 것이 무언지도 잊어버리고 만 그런 날이 있었다.

　작은 테이블을 사이에 두고 시인에게도 절박한 시간이 지나고 있었나 보다. 곧 헤어질 사람, 이별이 예정된 공간에서 시인이 홀로 페츄니아를 흔들고 새 몇 마리를 부르고 성악곡을 들은 일, 낮은 구름 한쪽 끄트머리를 당겨 주르륵 허무를 쏟던 유월, 읽지 않은 책들과 마감 지난 약속들이 유월과 함께 어지럽게 흔들리고 있었을 것이다. 적막이 홀을 가득 메우지 않았을까. "작은 테이블을 가운데 두고" 앉아 아무 말도 하지 않고 다만 바라보고만 있는 사람들은 누구인가. 투명한 유리창이 깨질 듯 부푸는 불안 가운데 속수무책 침묵해야 하는 시간들은 무언가.

"가사 없는 성악곡"은 결별의 또 다른 변주일 것이다. 사랑이 어긋난 일은 온기 없는 몸을 더듬는 일처럼 안개 속에서 만난 낯선 상형문자와 다름없었을 터이니.

언젠가 어느 자리에서 시인으로부터 육신의 적막에 대해 들은 적이 있다. 여행 중 아무것도 할 수 없는 무력함과 절박함이 몸을 통해 왔었 다고. 비행기에 실려 오는 동안 시인을 지배했던 것은 무엇이었을까. 그걸 나는 적막이란 말 외에 달리 찾을 수가 없다. 그때가 혹 유월은 아 니었을까. 그리고 그 낭떠러지의 한때를 떠올릴 수 있을까. 아마 그때 부터 그에게 시간이란 것은 '살아내야 하는 때'라는 절실함의 의미로 다가왔을 테지만 잔인하게도 시인은 그 고통을 찍어 시를 쓰고 있었다. 잔혹한 것은 인간이 아니라 삶이었다.

다시 말해서 잔혹으로 시인을 유인한 것, 다시 살아 시로 이끈 것은 다름 아닌 질병이었을 테니 고통과 시, 삶과 죽음은 다른 몸이 아니었 음을 시인이 말하고 싶었을까. 그리하여 살아 또 다른 질병 중의 질병 인 '그리움'을 안게 되었던 것, 그리고 그리움을 다시 보내기에 이르면 서 그는 침묵으로 말하고 있다. 그는 이제 다시 아프다 말하지 않을 것 이다. 그리움은 가장 치명적이어서 버려도 다시 돌아와 슬그머니 뒤를 노릴 것이므로. 시인은 이제 그 질병들과 함께 한몸으로 갈 것을 수락 한 듯하다. 어느 날은 식탁에서, 또 어느 날은 낯선 횡단보도 앞에서 시 인이 격렬함을 다스리기 위해 "모래 구름 가득한 지평선 저쪽"과 "신기 루"를 동시에 보고자 하는지도 모른다.

"말하지 않으려 하고 다만 보고"자 하는 침묵과 초월의 의미가 이 시 의 핵심이자 시인이 선택한 시공간이다. 다시 찾아온다 해도 달리 어떻 게 할 수 없는 생의 불길들은 에드워드 호퍼의 색채와 더불어 고요하고 평화롭다. 또한 한 차례 생을 소진한 이후 선택한 침묵의 의미는 삶이 나 고통까지도 원래 있던 자리로 되돌려주는 긍정의 절차일 것이다. 그리하여 피와 살을 다 발라내고 뼈만 남은 그리움을 유약도 바르지 않은 (덜 구운) 항아리에 담아두고 이따금 말없이 들여다보게 되는 일. 저 멀리 "나무들이 조용히 몸을 흔들 때"나, "새소리가 맑은 유리창 속으로 스며들" 때 그 항아리 속에서 사라져간 시간의 "뒷모습"이나 건져 올리는 일은 참혹하지만 또 얼마나 아름다운가.

산다는 것은 평화로운 집 짓기
-「집」

진순애 ●평론가 · 성균관대 강사

하늘과 내통하는 지붕을 갖고 싶다

지붕에 창을 뚫어
메밀꽃밭 같은 별빛 쏟아질 때
자지러지는 새소리와 함께
첫잠을 깨고 싶다

첫잠 깨어 창밖을 올려다보면
미친년 숫돌 갈듯이 마구 흔들리는
나무 그림자 그늘도 만나겠지

하늘에 푸른 늪이 있어
서걱이는 갈대숲 함께 바람에 쓸려 갈 때
저리 애틋한 이승의 사랑
초롱꽃 하나 밝혀 아득하려나

지붕에 창을 뚫어

시퍼런 달이 날 세워 번득이는
하늘 쳐다보며 소스라치고

소금 기둥 같은 길을 밤새 더듬어
그대 찾아오는 날을 기다리면서
초롱꽃 하나 밝혀 아득하리라

하늘과 내통하는 집을 지어서
아찔한 이승의 사랑 하나를
목숨처럼 끼어안고 잠들고 싶다
—「집」 전문

'집'은 산다는 것이 무엇인지 생각하라고 한다. 물론 청자인 우리를 향해 그렇게 지시하고 있는 것은 아니다. 외형적으로는 단지 자신의 소원을 빌고 있을 뿐이다. 그렇다고 시인이 그렇게 생각하라고 지시하는 것도 아니다. 시인에게서 탄생했으나 시인으로부터 떨어져 저 혼자의 힘으로 살아 있는 '집'은 아무도 없는 빈 공간에서 자신을 향해 독백하고 있을 뿐이나 청자인 우리가 혹은 필자가 그렇게 받아들이고 있는 것이다. "갖고 싶다", "깨고 싶다", "잠들고 싶다"는 '집'의 소원 속에서 이상과 같은 수용태를 부인할 「집」의 독자는 없을 것이다.

우선 "하늘과 내통하는 지붕을 갖고 싶다"는 말에서 '집'의 구체적인 소원을 확인하게 된다. 동시에 현재 「집」의 집에는 '하늘과 내통하는 지붕이 없다'는 사실도 확인된다. 이때 우리는 지붕에는 '하늘과 내통하는 지붕'과 '하늘과 내통하지 못하는 지붕'인 두 종류의 지붕이 있다는 생각도 하게 된다. 그러면서 '우리 집의 지붕'은 이 두 종류의 지붕

중 어느 쪽에 속하는가 또한 떠올리지 않을 수 없다. 이 지점에서 보다 엄밀히 '집'이 우리를 향해 '생각하라'고 한다는 사실도 확인하게 된다. 우리의 소원이 '집'의 소원과 같은가 아닌가는 현재 우리 집의 지붕의 구조에 따라 결정짓게 될 일이다.

'집'의 소원은 계속된다. "하늘과 내통하는 지붕을 갖고 싶다"던 '집'의 소원을 따라가다 보면 "지붕에 창을 뚫"고자 하는 데 이르는 것을 확인하면서, 그리고 우리도 우리의 소원이 이와 같은가를 떠올리면서 '집'과 함께 생각의 이동을 계속 이어간다. '창이 있는 벽'이 아니라 '창이 있는 지붕'이라는 발상의 신선함에 매료되어 우리도 이와 같은 '집'의 소원에 합류하기에 이른다. 때문에 우리도 '집'의 소원처럼 "지붕에 창을 뚫어 / 메밀꽃밭 같은 별빛 쏟아질 때 / 자지러지는 새소리와 함께 / 첫잠을 깨고 싶"고, "지붕에 창을 뚫어 / 시퍼런 달이 날 세워 번득이는 / 하늘 쳐다보며 소스라치"는 낮과 밤을 꿈꾸기에 이르게 된다.

"첫잠 깨어 창밖을 올려다보면" "나무 그림자 그늘도 만나"고 "하늘의 푸른 늪도 만나", "서걱이는 갈대숲 함께 바람에 쓸려 갈 때 / 저리 애틋한 이승의 사랑 / 초롱꽃 하나 밝혀 아득하려나"라고, 사랑 노래를 할 수도 있으리라는 꿈을 꾸는 것이다. 또한 "소금 기둥 같은 길을 밤새 더듬어 / 그대 찾아오는 날을 기다리면서 / 초롱꽃 하나 밝혀 아득하리라"는 사랑의 꿈을 꾸는 데도 무리가 없을 것이다. 그 꿈은 궁극에는 "하늘과 내통하는 집을 지어서 / 아찔한 이승의 사랑 하나를 / 목숨처럼 끼어안고 잠들고 싶다"는 데 있으므로 그러하다.

'하늘과 내통하는 지붕이 있는 집'을 짓고자 하는 목적은 "아찔한 이승의 사랑 하나를 / 목숨처럼 끼어안고 잠들고 싶"은, 곧 평화에 이르는 길에 있다. 나의 평화는 네가 있어서 비로소 가능하며, 대립할 수도 있는 너와 나는 사랑이 있어서, 대립하는 것이 아니라 평화에 이르게 된다. 나의 사랑이 네게 이르거나 너의 사랑이 내게 이르거나 그 사랑의 순서는 무관하겠지만, 중요한 것은 "지붕에 창을 뚫어 / 메밀꽃밭 같은 별빛 쏟아질 때 / 자지러지는 새소리와 함께 첫잠을 깨고 싶"고, "지붕에 창을 뚫어 / 시퍼런 달이 날 세워 번득이는 / 하늘 쳐다보며 소스라치"는 꿈꾸기가 가능한 사랑이라는 데 있다. 이때에야 비로소 "아찔한 이승의 사랑 하나를 / 목숨처럼 끼어안고 잠들" 수 있게 되므로 그러하다.

집은 평화를 은유하고 사랑을 은유한다. 그리고 집은 평화와 사랑을 향한 우리의 꿈을 은유하며 우리 자신을 은유한다. 우리의 집은 우리 자신이자 우리의 꿈과 다르지 않으므로 그러하며, 사랑이 곧 평화이므로 그러하다. 또한 평화의 공간에는 하늘, 별빛, 달빛, 메밀꽃밭, 새소리, 나무 그림자, 갈대숲, 바람 소리, 초롱꽃, 그리고 사랑이 함께하는 공간이므로 그러하다. 이와 같은 평화의 집은 우리의 꿈으로 만들어지는 집인 까닭에 집과 평화와 사랑과 우리의 꿈과 우리는 각각이면서도 하나이다.

나아가 집은 삶에 대한 은유로 확장된다. 집이 삶일 때 우리의 삶은 평화로운 집을 향한 경과라고 할 수 있다. 집이 사랑이기 때문에 그러하며, 사랑이 평화이자 우리의 꿈이므로 그러하다. 삶이란 "그대 찾아오는 날을 기다리"는 시간의 경과인 까닭에 그러하다. 이때 우리는 '집'이 "산다는 것은 평화로운 집 짓기에 이르는 길"이라는 명제를 우리에게 선사한다는 사실을 확인하기에 이른다. 길 끝에 평화가 있다는 명제이다.

현絃을 건드리며 당신께 가까이
–「항아리」

허금주 ● 시인 · 한양대 강사

오랫동안 나는 항아리에 담긴 것이 어둠인 줄로 알았다

항아리에 귀 대고 들으면
우웅 우웅 울리는 것이
어둠이 내는 소리인 것으로 생각했다
어둠은 깊고 따뜻하고
부드러울 줄로 알았다

가슴속에 항아리 하나 품고
평생을 어루만지며 사는 사람이 되려
나는 얼마나 많은 것을 일찍이 포기했던가

깊고
따뜻하고
부드러운
어둠을 껴안기 위해
나는 번쩍이는 도끼를 버렸다

그런데, 이제, 항아리 속을 들여다보니
거기 담긴 것은 어둠이 아니었다
부서진 꽃, 흩어진 뼈, 몇억 몇천만 년의
고독과 침묵
그런 것들이 그르렁거리며
몸부림치고 있었다

항아리를 차라리
가슴속 깊은 곳으로
밀어 넣고, 오늘부터
내가 항아리가 되었다

항아리가 된 나를
어둠의 깊이와 따뜻함과
부드러움을 사랑하는 누가 와서
쓰다듬어 다오
내가 눈물로 그르렁거릴 때
그대는 우웅 우웅 운다고 말하며
부드럽게 어루만져 다오
　―「항아리」 전문

　나는 조창환 시인의 「항아리」를 좋아한다. 시 「항아리」가 매혹적인 것은 항아리가 되어버린 시인의 비밀이 환기하는 관념들 때문이기도 하다.
　1990년대 초 성신여대 대학원에서 국문학 석사과정을 이수 중이었던 나는 『한국 현대시의 운율론적 연구』의 저자인 조창환 교수님과 책을 통해서 첫 대면을 했다. 이후 20여 년이 흐르는 동안 나는 시인으로 평론가로 등단함은 물론이려니와 한양대 대학원에서 문학박사 학위를 취득하였고, 십수 년째 후학들을 가르치는 대학 강사로 있다. 지금 교수님과 나는 학문과 시의 까마득한 선후배로서 서로의 책을 주고받으며 시단詩壇 안팎에서 살뜰한 지인이 되어 있다.

교수님께서 벙거지 모자를 눌러쓰고 컬러풀한 점퍼를 입고 오시면 내 마음도 어딘가를 여행하고 싶어지고, 교수님께서 양복 정장 차림을 하고 큰 가방과 책을 안고 오시면 내 마음도 대학 도서관을 향하고 싶어지며, 교수님께서 강의와 관련한 학생들 얘기를 들려주실라치면 내 마음도 나의 강좌를 수강하는 우리 학생들을 다독이며 멋진 사제 간의 정을 실천하고 싶도록 물들곤 하는데 어느새 정년퇴임을 맞으신단다.

내 서재에 있는 『안서 김억 시 연구』의 석사학위 논문을 펼쳐보며 교수님의 존함 앞에서 돌아보는 삶의 감회가 새롭다.

생각해보건대 5년 전 환갑 기념 시선집 『신의 날』을 받아 들고선 시 「항아리」야말로 시인 조창환을 말한다고 탄성을 지었다.

깊고
따듯하고
부드러운
어둠을 껴안기 위해
나는 번쩍이는 도끼를 버렸다

번쩍이는 도끼를 버려서일까? 조창환 시인은 온화한 표정과 미소를 지으며 다정다감하고 따뜻하게 말씀하신다. 하지만 혼자 가만히 앉아 계실 때는 얼굴의 온 신경이 살아 있는 듯하여 가까이 다가서기 어려운 분위기를 형성하기도 한다. 현재 가톨릭문인회 회장을 맡고 계신데

2008년 가을 피정 때 내가 제출한 입회 원서를 간사분이 잃어버렸다. 그 사실도 몇 개월이 지난 후 다른 분으로부터 듣게 되면서 나는 적잖이 실망하였다. 그런데 조창환 회장님께서 담당자 대신 정중히 사과를 하는 것이 아닌가. 나는 시비是非를 가리려는 날 선 태도를 버리지 않을 수 없었다. 입회 원서는 다시 작성하여 제출하였고, 조창환 시인의 모습은 회장으로서의 덕목으로 오랫동안 머리에서 지워지지 않고 있다. 삶의 부드러움을 갖기까지 시인이 어떠했는지는 항아리를 통해서 설명되고 있다.

> 그런데, 이제, 항아리 속을 들여다보니
> 거기 담긴 것은 어둠이 아니었다
> 부서진 꽃, 흩어진 뼈, 몇억 몇천만 년의
> 고독과 침묵
> 그런 것들이 그르렁거리며
> 몸부림치고 있었다

현玄은 어둠 속에서 촛불을 켰을 때 사물의 모습이 나타나 보이는 경이로운 탄생의 의미를 가진다. 고대 상형문자에서 현玄 자는 줄에 매달린 실뭉치를 의미했었다. 바람과 먼지 속에서 흰색이 점차 흐려지고 점점 더 검은색에 가까워지면서 세월과 자연이 만들어낸, 검정에 가깝지만 완전한 검정이 아닌 현玄이란 단어는 조창환 시인의 항아리를 가장 아름답게 상징할 수 있다. 항아리가 갖는 현玄의 깊이에는 삶과 사랑과 체험과 고난이 아무리 메워도 메워지지 않는 메아리가 되어 풍경으로 들어가 있다. 그래서 그의 연륜과 서정적 긴장이 어우러져 항아리에 각인되어 있는 시간의 흔적들—부서진 꽃, 흩어진 뼈, 몇억 몇천만 년의 고독과 침묵—을 불러내고 묻고 탐색하는 것이다.

언젠가 나는 조창환 시인에게서 단단한 흑암 앞에서 맞닥뜨린 은하수 자욱한 밤하늘의 별들과 캄캄한 밤을 배경으로 강렬한 들불이 펼쳐진 땅의 황홀한 이미지를 그 특유의 음성으로 들은 적이 있다. 영롱하고 맑은 음성에는 아스라한 그리움의 영역에 유폐되어 있을 법한 감각적 실체를 넘어선 어떤 근원적 권역을 어루만지는 인간의 경험이 담겨 있었다. 같은 내용을 말씀하셔도 어설픈 감정에 치우치거나 이지적인 논리에 의해서 건조해지지 않으면서 듣는 이에게 울림을 안겨주신다. 세상에 수많은 사물이 있지만 항아리가 되고자 하는 데서 시인의 향토적인 토속성이 친근감을 형성시켜준다. 거기서 시인의 에로티시즘이 태어난다.

항아리를 차라리
가슴속 깊은 곳으로
밀어 넣고, 오늘부터
내가 항아리가 되었다

항아리가 된 나를
어둠의 깊이와 따뜻함과
부드러움을 사랑하는 누가 와서
쓰다듬어 다오
내가 눈물로 그르렁거릴 때
그대는 우웅 우웅 운다고 말하며
부드럽게 어루만져 다오

"우웅 우웅" 맑은 소리의 여운을 간직한 항아리의 모습은 고혹적이다. 누군들 이 항아리를 지나쳐 갈 수 있으랴. 지난 1990년 전 세계를 눈물바다로 만들었던 20세기 최고의 판타지 멜로 영화 〈사랑과 영혼〉의 주제가 〈Unchained Melody〉를 틀어놓고 항아리의 어둠에 내 목소리를 섞어 새로운 어둠의 옷을 입어본다. 영화에서는 남녀 주인공이 함께 도자기를 빚는 장면이 나오는데 조창환 시인의 「항아리」를 보면 어쩐지 영화의 주제가—"오— 나의 사랑 난 당신의 손길에 굶주려 있었어요. 길고 외로운 시간들 (중략) 난 당신의 사랑이 필요해요. 난 당신의 사랑이 필요해요. 나에 대한 당신의 사랑이 지속되길"—와 그 장면이 오버랩되는 것이다. 1990년대 후반, 간암 수술을 받고 난 후 생의 신비와 신의 은총에 새로이 눈뜨면서 아무것도 영원할 수 없는 이 땅 위의 세계에서 불가능한 마지막 풍경에까지 이르고자 애쓴 그의 시는 언어와 언어 사이에서 끊임없이 영성을 추구한다. '가슴속에 항아리를 품고 평생을 어루만지며 사는 사람'이 되려 했지만 '내가 항아리가 되어' 깊은 세계에 대한 또 다른 깨우침을 주는 것이다. 나는 언어 하나에 삶의 서사적 메타포를 거느리는 조창환 시인의 시를 좋아하지만 대학의 시론 교수이신 그가 참으로 시인임을 느끼게 해주는 「항아리」에 오면 조용한 탄성이 새어 나옴과 함께 가슴이 데워진다.

현효을 건드리니 정년을 맞이하시는 조창환 교수님께도 벚꽃 잎 하르르 쏟아지는 어느 꿈같은 봄날이 있었음을 살짝 펼쳐 보이며 이내 「항아리」의 깊은 어둠을 메운다.

수직과 섬광
－「동지」

김영미 ●공주대 교수

(1) 소스라치게 깊은 하늘 속으로
풀잎 같은 초승달 걸려 있다

(2) 참대 숲이 우수수 흔들리고
작은 새 하나 빠르게 솟구친다

(3) 날 선 바람이, 흐윽, 스쳐 가고
핏자국 같은 비명 쏟아진다.

(4) 살아야겠다 칼 맞은 정신으로
－「동지」 전문

겨울의 가장 깊고 내밀한 끝, 동지 그 안에 시인은 들어 있다. 모든 것들이 숨죽여 숨은 음산함에서 그는 살아 있는 것들－'초승달', '참대 숲', '작은 새', '바람'을 불러낸다. 이들은 작고 여리다. 동시에 이들이 살아 있다는 것은 슬픔이고 아픔이며, 황홀함이다.

시인의 의식은 겨울에서, 그리고 동지에서 더욱 살아나고 있다. 팽팽하고 선명한 그 긴장은 (1)의 "소스라치게"에서 단적으로 드러난다. 이는 시적 직립의 순간을 가능케 하는 시간이다. '동지'는 이 시의 배경이 되는 시간이며 동시에 시인의 시가 배태되는 상징적 우주이기도 하다. 아리도록 추운 고독의 정점에서 이 시인의 시는 태어나고 있다.

거기에서는 사실상 아무것도 존재하지 않는다. 오로지 스스로의 힘으로 세계와 마주하고 있어야 하는 고독하고 치열한 싸움뿐이다. 그의 다른 시들에 보이는 '피', '칼', '창', '번개' 등은 그러한 싸움의 상관물이다. 이들은 무서움이나 공격성을 드러내는 것이 아니다. 고독의 깊이로부터 솟아나는 내적 긴장의 발현물들이다. 하지만 시인이 홀로 보고 있는 세계는 참담하거나 어둡지 않다. 밀도 높은 고독에서 그가 찾아내는 세계는 오히려 아름답고 매혹적이다. 이는 언표된 것의 배후에 여러 비밀들을 숨기고 있기 때문이다.

(1)에서 "소스라치게 깊은 하늘"이란 진술은 두 개의 대상을 전제로 가능해진다. '소스라치게'라는 인식 주체와 '하늘'이다. '하늘'이 중립적인 무감각한 대상이라면, 그 '깊음'을 발견하는 것은 '소스라치는' 의식의 주체이다. 동지는 일상적인 하늘을 버리고 문득 '하늘의 깊음'을 발견하는 시간이다. 그것은 '소스라치다'에서처럼 계시와도 같이 순간적으로 이루어지고 있다. 여기서 간과하지 말아야 할 것은 "깊은 하늘"이란 명명이다. 그것은 우물처럼 가득 차고 고요한 세계이며, 동시에 많은 것을 담고 있는 죽음과 탄생의 공간이다. '소스라침'은 겨울 하늘을 문득 바라보고 그 비의를 깨닫는 순간이기도 하다. 그 하늘에 걸려 있는 '초승달'은 '깊다 / 작다', '어둡다 / 밝다'라는 극단의 대비를 통하여 분명하게 드러난다. 이는 "풀잎 같은"이란 신선한 비유로 제시된다. 이로써 초승달은 "깊은 하늘"에 대비되는 '살아 있음', '작음', '연둣빛', '부드러움'의 의미를 부여받는다. 초승달은 "걸려 있"으므로 아슬아슬하고 위태롭다. 하지만 깊고 검은 거대한 하늘에 걸린 작고 여린

풀잎 같은 초승달은 황홀할 수밖에 없다.

이 황홀함은 (2)에서 "작은 새"로 이어진다. '우수수 흔들리는 참대 숲'은 삭막한 겨울의 공포를 환기한다. 그 안에서 "작은 새 하나"는 빠르게 솟구치고 있다. 참대의 직립성과 작은 새의 솟구침은 동일한 궤적을 보여준다. 그것들은 누워서 겨울을 피하는 대상들이 아니다. 생생하게 살아 있음은 (3)의 "핏자국"으로 강화되고 있다. 날이 서서 재빨리 스쳐 가는 바람의 흐느낌은 비명으로 쏟아진다. 그 비명은 "핏자국 같은"에 의하여 공포에 앞서 살아 있는 자의 생명력을 불러일으킨다. 한겨울을 나는 바람이 "날 선" 까닭이다.

풀잎처럼 돋아 자라나는 초승달, 솟구쳐 오르는 작은 새, 피가 도는 날 세운 바람 속에서 시인은 마침내 "살아야겠다"라고 짧게 그리고 단호하게 말하고 있다. (1)의 '소스라치다'로 놀라움과 긴장에서 비로소 가능한 새로운 삶에 대한 언표이다. 여기서 이전의 삶은 부정되고 새로운 삶이 다시 시작된다. 동지를 나는 초승달과 작은 새, 바람과 같은 모습의 삶이다. "칼 맞은 정신"은 그 치열성에 대한 직접적 표현이며 그 안에는 가혹한 현실에의 피학적 적의가 숨어 있다.

동지는 겨울의 극점이면서 동시에 살아 있는 황홀을 다시 절감하는 상징이다. 시인이 바라보는 황홀의 세계는 수직과 섬광의 그것이다.

이 시의 여러 층위에서 수직성은 반복적으로 찾아진다. 공간의 수직적 배치에 따라 시는 전개되고 있다. '하늘(1) → 작은 새(2) → 바람(3) → (나)(4)'로 옮겨지면서 천상에서 지상으로 하강하는 시선을 따르고 있다. 동시에 하늘은 "깊은"으로 지속적인 상향성을 보여준다. 이는 다시 '깊다(1)—솟구치다(2)—서다·쏟아지다(3)—맞다(4)'로 연속되는 수직의 서술어들과 결합하면서 병렬하고 있다. '풀잎', '참대 숲', '칼' 등 시의 중요 대상들도 수직 이미지를 지닌 것임은 물론이다.

수직성은 세계에 대한 엄숙성이 시의 중심축임을 의미한다. 동지는 수직성이 최고조에 이르는 차갑고 긴장된 절정이다. 수직성은 빛나는 섬광을 동반하고 있다. 그 섬광은 금속성으로 강렬하게 빛난다. 풀잎도 유연함 대신 단단한 금속성으로 변화하고 있다. 반짝이는 참대 숲의 흔들림, 빠르게 솟구치는 작은 새 역시 빠른 빛의 이미지를 갖는다. 이러한 점은 '날 서다'와 '칼' 같은 금속 이미지들에 의해 강화된다. 금속성의 섬광은 "걸려 있다", "솟구친다", "쏟아진다"라는 현재의 순간으로 발화되면서 리얼리티를 확보한다.

　수직과 섬광의 세계는 거추장스러운 장식과 수식을 거부하는 데에서 오는 '도달'이다. 그것은 극도로 모든 것을 배제한 다음에야 획득되는 절대적인 경지이다. 일체의 수식이 배제된 견고한 세계로의 이입을 그는 꿈꾼다. 거기서 절대의 아름다움이, 절대의 매혹이 가능해지기 때문이다. '동지'는 수직과 섬광이 찰나에 만나는 날카롭고 고독한 시간의 환유이다. '바람이 분다. 살아야겠다'라는 발레리류의 것과 차원을 달리하는 이유이다.

시와 음악으로 바친 헌사
―「어느 시인의 추억―차이콥스키, 〈피아노 트리오 A단조〉에 부침」

한명희 ● 시인·강원대 교수

서대문구 충정로 2가 75번지

좁은 우체국 뒷골목을 더듬어 올라가면 삐걱거리는 낡은 나무 계단이 침침했다 손바닥으로 움켜쥘 만한 햇빛을 펼쳐놓고 손가락 매디 하나가 없는 메마른 사람이 그림자같이 앉아 있었다 옆모습은 늘 흑백의 교정지 속에 희미하게 파묻혀 있었다 꺼밋했다 조금 굽혀진 그의 음성에선 언제나 쓴 커피 냄새가 묻어 있었다 북의 고향을 바라보는지 그의 시린 어깨는 목벌리 어둠을 닦는 낮은 비탈이었다 말없는 날개였다 부서지는 바다의 잠이었다

그의 무덤에 가지 않았다 그의 흰 뼈는 차가운 바람 속에 시든 나뭇잎 밑에 거친 흙더미 안에 삭아지지 않을 것이었다 어느덧 서쪽 바스락거리는 플라타너스 잎들이 흩어지는 십일월 오후 겹쳐지며 기울어지는 빛과 그림자들의 긴 뿌리를 밟으면서 서대문 우체국 뒷골목을 지나 어둠한 굽은 계단을 올라가 보았다 검은 볼펜 자국과 흐린 낮달 조각과 함께 어디선가 아주 낮은 음악 소리가 따라왔다

차이콥스키의 피아노 트리오 A단조……. '어느 위대한……'의 눈물

겨운 서주부가 시인의 오른손 검지의 잘려진 매디에서 검은 피 흘리다
주저앉은 피리 소리와 아득하게 흙먼지 자욱한 1950년의 참호 속 M—1
소총 소리와 박격포성과 군번 0157584의 유효사거리권 안에 뒤섞여 있
는 멧비둘기의 똥 냄새와 장밋빛 핏방울과 먹장 어둠과 미사리 돌밭의
수없이 많은 검은 새 떼들이 한꺼번에 솟구쳐 날아오르는 날갯소리와 함
께 흐릿한 장밋빛 어둠의 그림자 하나로 책상 앞에 앉아 있었다.
　　—「어느 시인*의 추억—차이콥스키, 〈피아노 트리오 A단조〉에 부침」 전문

　조창환 선생의 「어느 시인의 추억」을 읽는 재미는 무척 다중적이다.
첫 번째는 말할 것도 없이 이 시의 대상이 된 시인 ‘전봉건’을 추억하는
재미이다. 나는 전봉건을 ‘소문’으로만 들었을 뿐 그를 직접 뵌 적이 없
다. 전봉건 시인은 나에겐 충격적이리만치 참신한 이미지를 보여준 시
「피아노」의 시인이고, 월간 시지《현대시학》의 주간을 오랫동안 한 시
인이다. 그러나 조창환 선생의 이 시를 읽고 있노라면 전봉건 시인이
어떤 사람이었는지 알 수 있을 것만 같다. 가끔씩 선배 시인들로부터
엿듣던 전봉건 시인의 면모가 하나하나 되살아나는 것 같다. 어떤 이유
에서인지 선배 시인들은 충정로에《현대시학》이 있던 시절을 자주 애
기한다. 그리고 하나같이 삐걱거리던 나무 계단을 얘기하고, 또 그곳에
서 교정을 보던 전봉건 시인을 얘기하는 것이다. 조창환 선생도 먼저
《현대시학》에서 교정을 보는 얘기로부터 전봉건에 대한 추억을 끄집어
낸다. 그리고 그것은 곧장 전봉건 시인의 음성과 커피 얘기로 이어지
고, 또 북에 두고 온 고향 이야기로 연결된다. “목벌리 어둠”은 전봉건
시인이 수석에 대단히 조예가 깊었다는 것과 연관된 것일 터이다.
　3연으로 된 이 시에서 조창환 선생은 전봉건 시인의 생애와 시 세계

---

　* 시인 전봉건

까지를 요령 있게 압축하고 있다고 해도 좋을 것 같다. 전봉건 시인의 시 세계에 한 축을 긋는 것은 역시 전쟁시이다. 그는 직접 한국전쟁에 참전했고, 거기서 부상을 당하기도 했는데 전쟁 체험은 그가 펜을 놓을 때까지 지속적으로 시로 형상화된다. 조창환 선생이 "군번 0157584의 유효사거리권 안에 뒤섞여 있는 멧비둘기의 똥 냄새와 장밋빛 핏방울과 먹장 어둠과 미사리 돌밭의 수없이 많은 검은 새 떼들이 한꺼번에 솟구쳐 날아오르는 날갯소리와 함께"라고 전봉건을 회억할 때, 여기에는 전봉건 시인에 대한 전기적 기록과 함께 시 세계가 언급되고 있는 것이다. 전봉건은 시 속에서 "산허리에 반사하는 일광 / BAR의 연사 / 비둘기의 똥 냄새 중동부 전선 / 나는 유효 사정거리 내에 있다"라고 노래한 바 있는데, 이것이 「어느 시인의 추억」에서 다시 되살아나고 있다고 보아도 좋다.

「어느 시인의 추억」을 읽는 두 번째 재미는 음악과 관계된 것이다. 조창환 선생은 음악에도 무척 조예가 깊은 듯, 음악을 모티브로 하여 쓴 시를 수십 편 발표하였다. 그 시들이 모아져 『파랑 눈썹』이라는 시집이 탄생하기도 했다. 이 시에는 '차이콥스키의 〈피아노 트리오 A단조〉에 부침'이라는 부제가 붙어 있다. 전봉건 시인에 대해 잘 모르는 것보다도 더 정도가 심하게 나는 차이코프스키의 음악에 대해서 잘 모른다. 그리하여 〈피아노 트리오 A단조〉와 조창환 선생의 이 시 「어느 시인의 추억」을 비교해가며 읽는 재미는 포기할 수밖에 없다. 그러면서도 이 시는 시 속에 배음으로 깔린 차이코프스키의 〈피아노 트리오 A단조〉를 상상하게 한다. 〈피아노 트리오 A단조〉가 '어느 위대한 예술가를 추모하며'란 부제를 달고 있다고 하니 그 상상의 정도가 더 커질 수밖에 없다. 그러니까 이 시는 조창환 시인이 '위대한 예술가 전봉건을 추모하며' 쓴 것이라고 보아도 좋을 것이다. 추모하는 마음에는 조창환 시인이 《현대시학》을 통해 등단했다는 인연 이상의 존경이 담겨 있을 것임

192

이 틀림없다. 더구나 너무나 절묘하게도 전봉건은 「피아노」의 시인이다. 한국전쟁의 체험을 다룬 시도 좋지만 아무래도 전봉건 시인의 대표작은 「피아노」가 되어야 하는 것이 아닐까? 여기서 잠깐 「피아노」의 1연을 인용해보자. "피아노에 앉은 / 여자의 두 손에서는 / 끊임없이 / 열 마리씩 / 스무 마리씩 / 신선한 물고기가 / 뛰는 빛의 꼬리를 물고 / 쏟아진다."

전봉건 시인을 추억하면서 차이콥스키 음악을 들려주고, 차이콥스키 음악을 들려주면서 전봉건 시인을 추억하는 것이 이 시의 매력이지만, 내가 느끼는 이 시의 또 다른 재미는 이런 것이다. 조창환 선생의 조근조근한 음성과 분위기를 떠올리면서 시를 음미하는 재미이다. 내게 조창환 선생은 언제나 따뜻하고 부드러웠던 사람으로 기억된다. 처음 만났을 때부터 오래 만났던 것처럼 편안했던 그런 사람으로도 기억된다. 물론 그 따뜻함과 부드러움 속에 불같고 얼음 같은 열정과 냉정이 숨어 있으리라. 그러기에 「피보다 붉은 오후」라는 시도 나올 수 있었을 것이고 말이다. 그러나 「어느 시인의 추억」을 읽고 있으면 선생이 사람을 대하는 정을 고스란히 느낄 수가 있다. 다시 선생의 부드럽고 따뜻한 목소리가 듣고 싶다.

폭죽처럼 터지는 생명의 향연
―「달과 고래」

한수영 ● 이화여대 강의교수

달 많이 뜬 하늘
출렁이며 깊어진다
환한 세상, 살결이
매끄럽다
자작나무 몸피가
탱글탱글하다
출렁이는 하늘에
화악,
고래 솟구쳐
박하 냄새 뿌린다
―「달과 고래」 전문

조창환 시인은 "이 세상 풀 길 없는 소금밭"(「염전에서」), "시퍼런 대
낮"(「창」)으로 상징되는 날이 선 초기 시의 세계에서 출발하여, 생의 신
비로 가득한 "캄캄한 궁륭"(「허무에 기대어」)을 품은 "밤바다"에 이르는
머나먼 길을 걸어왔다. 땡볕에 말라붙은 염전에서 일구어낸 굵은소금
같이 형형하게 빛나던 청춘의 시는, 이제 물기 잃은 태양과 먼바다에서

돌아온 지친 배를 감싸는 아늑한 품과 폭을 갖게 되었다.

이 긴 여정에서 '달'은 항상 특별한 동반자였다. 차오르고 기울며 밤을 지키는 달은, 기쁨과 슬픔, 생명과 죽음, 환희와 허무 사이를 가파르게 오가며 '생의 황홀'을 발견하는 그의 시 세계와 닮아 있다. 그래서 "붉게 늙었다 / 저 괴물 같은 아름다운 달"(「나는 늙으려고」)이라고 시인은 달에게 특별한 이름을 붙여준다.

이 "괴물 같은" 달의 마력이 한껏 발휘된 시가 「달과 고래」이다. 달은 태양처럼 밝은 빛을 뿜어내지는 못하지만, 시인에게 특별한 힘을 부여해 태양 아래에서는 결코 볼 수 없는 세계를 불러내게 한다. 달빛 아래서 시인은 환한 세상의 살결을 느끼고, 탱글탱글하게 빛나는 자작나무를 발견한다. 달빛은 하늘을 숨 쉬게 하고, 땅을 생명으로 출렁이게 하며, 드디어는 바다를 불러낸다. 마술의 절정은 달빛이 빚어낸 대우주의 공간에 고래 한 마리가 솟구치는 순간이다. '화악'은 일상의 공간을 깨트리는 마력의 파열음이며, 시인이 새롭게 창조한 세계에 생명의 불꽃이 불붙는 소리이기도 하다.

이처럼 '달'은 새로운 세계를 여는 매개자이다. 달리 표현해보면, 달은 시적 비유의 세계를 여는 '둥근 문'의 역할을 한다. 비유는 익숙한 '이것'을 새로운 '저것'으로 전이轉移하는 힘으로, 대대로 시인들이 전유해온 마술이다. 눈에 보이는 '이것'만으로 삶의 비의를 엿볼 수 없고, 일상이 강요하는 '이것'만으로는 한 줌 꿈조차 꿀 수 없다. 그래서 항상 시인들은 비유를 무기 삼아 '이곳'을 넘어 '저곳'으로 우리를 건너가게 한다.

땅과 하늘이 바다가 되고 자작나무의 탱글탱글한 몸이 고래로 변전하는 비유는 일상의 밤을 낯선 시공간으로 옮겨놓는다. 고래는 깊은 바다를 누비는 신비한 생명체이다. "바다가 신령스러운 것은 고래가 살기 때문일까"라고 시인이 다른 시에서 묻고 있는 것처럼, 고래는 바다의 원형적인 생명력을 허파 깊숙이 품고 있는 바다의 전령사이다. 수면으로 떠오른 고래가 몸 가득히 축적한 그 생명을 뿜어 올리는 순간에 바다는 지상의 모든 생명과 교신한다. 따라서 '화악'은 고래가 솟구쳐 올라 대기를 향해 뿜어내는 큰 물기둥이며, 바다가 간직한 생명의 에너지가 우주 공간으로 힘차게 분출되는 순간이기도 하다. 달밤에 땅과 하늘과 자작나무가 힘을 합쳐 찬란한 생명의 향연을 벌인다. 달은 참 많은 것을 불러냈다.

개인적인 기억을 하나 덧붙이자면, 이 시를 보니 시인의 자택에 있는 머그컵들이 생각이 났다. 아시아, 유럽, 아프리카 등 평생 세계의 곳곳을 여행하며 모았다는 머그컵들이 조촐한 전용 나무 책장에 정리되어 있었다. 다정다감한 사모님의 솜씨이려니 하고 무심히 지나쳤었는데, 새삼스럽게 그 컵마다 도대체 어떤 세상이 담겨 있었을까라는 의문이 문득 들었다. 텅 빈 손으로도 커다란 고래를 길어 올리는 시인이니, 컵으로는 세상사의 우여곡절을 다 담고도 남았으리라. 컵들이 담고 있는 세상을 하나씩 찬찬히 들여다보고 싶어진다.

시인의 길이란 "검은 바다 갈라 흰 물살 일구"는 투지로 지난하게 열어온 것이면서도, 동시에 "빈 곳 하나 없는 바다가 제 몸 열어주는 틈새로 잠시 헤쳤다가 잊혀지"고 마는 허무한 환상의 길이라고 시인은 「길 없는 물」에서 고백하고 있다. 시적 비유의 마술이 펼치는 세계는 밤하늘로 솟구쳐 오른 고래처럼 우리 앞에 강렬하게 열렸다가 금방 사라져간다. 하지만 그 고래가 남긴 박하 향기는 폭죽처럼 세상으로 퍼져나간다. 일상을 강타하는 이 맑고 상쾌한 향기. 어둠을 역전시키는 생명의 기운. 보이지는 않지만 느껴지고, 만질 수 없지만 온몸에 이미 강렬하게 배어든 이 향기. 시인이 아니면 누가 이런 마법의 향기를 만들어낼 수 있을까.

시인의 길은 허무하지만, 그래서 더욱 영원하고 아름답다.

'적멸'을 향한 길
–「길 없는 물」

간호배 ● 시인·신구대 강사

바다가 배를 띄우는 것은

홀로 설레기 부끄러워서일까

검은 바다 갈라 흰 물살 일구며

배는 춘향이 그네 타듯이 너울거린다

길은 앞에 보이는 것이 아니라

지워질 물살 헤쳐 길게 이랑 일구는

뒤편에 있구나, 저렇게, 우리 살아온

흔적 지워가며, 길 만드는 것을

알면서, 간다, 길 없는 물

가득하여 빈 곳 하나 없는

바다가 제 몸 열어주는 틈새로

잠시 헤쳤다 잊혀지는 캄캄함

황금 화살 같은 노을 쏟아지는

설레는 물 한복판에서

감히 적멸에 관하여 생각하느니

눈 비비고 불러도 들리지 않을

잿간의 먼지 같은 한 생이여

　덧없어 평안하고 부질없어 고마운
　살아온 날들 잘 지워진다
　　―「길 없는 물」 전문

　우리는 전혀 예상치 못한 일을 겪게 되었을 때, 삶과 죽음이 한몸이
라고 느낄 때, 모든 경계가 허물어져 버렸다는 생각이 들 때, 순간순간
맥을 놓는다. 아니, 맥을 놓는 것이 아니라 길을 잃는다고 해야 옳을 것
이다.
　그렇기 때문에 삶은 매 순간 선택의 연속이고 그 선택 역시 길 위에
서 길 찾기이다. 그리고 그 길이 무언가 뚜렷한 형상체로 존재하길 바
라지만 운무雲霧처럼 흐릿하기만 하다. 결국 수많은 길을 만들고 지우
며 가지만 길은 "구름 속의 길"(「길」), "한량없는 길"(「혼」)일 뿐이다.
　삶의 중턱에서 쉼표를 찍고 계시는 조창환 선생님의 '길'은 여전히
다양한 형상으로 시 세계의 중심을 관통하고 있다.
　길은 검은 바다에서 너울거리는 "흰 물살" 위에 있고, 흰 물살이 헤
쳐져 만들어지는 긴 "이랑" 속에 있고, 바다가 스스로 몸을 열어주는
"틈새" 사이로 순간순간 왔다 사라진다. 이 사라짐 때문에 우리는 물리
적인 길에 더 집착하는지도 모른다.

　사람의 길을 가기 질기고 애틋하여
　믿기 어렵네, 이 몸 버리라는
　두려운 말씀
　　―「사람의 길」 부분

　이처럼 물리적인 길은 애착과 욕망으로 인해 퇴색되기 쉽다. 따라서
선생님은 사람의 길을 버려야 영원한 생명의 길을 얻을 수 있음을 역설

하고 있다. 선생님께서 다른 지면을 통해 "육체를 따르는 사람의 길은 질기고 애착이 깊어 그것을 버리라는 말씀을 따르기가 참으로 어렵습니다. 그러나 사람의 길을 버리지 않으면 영원한 생명을 얻을 수 없습니다"라고 말한 적이 있듯이 선생님에게 있어서의 길이라는 것은 '지워야 할 것', '버려야 할 것'이다. 선생님을 처음 뵌 지 15년이 지난 지금 내가 넉넉한 마음으로 서 있을 수 있는 이유는 바로 선생님께서 보여주셨던 겸허한 무욕의 삶의 영향이다. 따라서 길은 그저 그림자처럼 등 뒤에 달라붙어 있을 뿐, 길을 만들고 가는 것이 아니다.

길은 앞에 보이는 것이 아니라
지워질 물살 헤쳐 길게 이랑 일구는
뒤편에 있구나

이처럼 길은 긴긴 추억처럼 돌아서야만 보이는 것과 같이 생의 뒤에 얼룩처럼 묻어 있다 지워진다. 어찌 보면 길이라는 것은 하나의 관념에 불과하기 때문에 앞을 바라보고 서 있을 때는 뵈지 않는 것이 당연할지도 모른다. 선생님과 십오 년 동안의 인연의 길이 이제야 보이는 것처럼……

설레는 물 한복판에서
감히 적멸에 관하여 생각하느니

지우고 버려야 한다는 생각 자체도 길에 대한 집착이기 때문에 결국은 순간을 넘나드는 캄캄한 "길 없는 물"에 이끌려 그 "물 한복판"에서 "적멸"의 경지를 생각하게 된다. 따라서 산다는 것은 새로운 길을 만들고 지나온 길을 돌아보며 걸어가는 것이 아니라, 선생님께서 몸으로 보여주셨던 것처럼 '적멸'을 향해 가는 것이 아닐까.

　　잿간의 먼지 같은 한 생이여
　　덧없어 평안하고 부질없어 고마운
　　살아온 날들 잘 지워진다

　적멸을 향한 길이 "잿간의 먼지 같은 한 생", 그 가운데에서 우리를 영원한 생명의 길로 이끌게 된다.

　평안한 배 위에서 닻을 내리고, 흰 물살에 지워지는 길들을 여여如如한 마음으로 바라보고 서 계시는 선생님의 모습이 하얗게 흔들거린다.

따뜻한 손길, 큰 포옹
－「포옹」

김은영 ●아주대 강사

저녁마다 만 마리도 넘는 새들이 날아와

까맣게 하늘을 뒤덮고 서로 몸 부비다가

와아 와아 얼음 풀리는 소리 울리며

저 어마어마하게 큰 나무 속으로

깃을 내린다

나무가 휘청이도록 새를 끌어안으며

밤 깊도록 제 안의 강물 품어 올려

그 체온으로 덥히는 보금자리

곁에 펼쳐진 풀밭, 맨발로 밟으며

나는 힘찬 잠 속으로 들어간다

나무가 휘청이도록 새를 끌어안는

아찔한 꿈속으로

－「포옹」 전문

선생님의 시 「포옹」은 어마어마하게 큰 나무 속으로 수많은 새가 깃을 내리고 보금자리를 만드는 모습을 인상적으로 묘사하고 있다. 선생님은 그 큰 나무 안으로 들어가 쉬는 새의 모습에 자신을 비유하셨고 아마도 그 큰 나무는 선생님이 의지하고 위안받을 거대한 존재이겠지만, 나는 그 큰 나무가 곧 선생님이고 나를 포함한 제자들이 그 그늘 아래 평화와 안정을 누리는 새들이라는 상상을 하게 된다. 넉넉하고 푸근한 선생님의 품은 학문적 엄격함 속에서도 인간적으로는 늘 따뜻한 그늘이 되었고, "나무가 휘청이도록 새를 끌어안으며 / 밤 깊도록 제 안의 강물 품어 올려 / 그 체온으로 덥히는 보금자리"라는 시 구절은 곧 선생님 자신의 내면의 모습에 대입시켜도 좋을 것 같다. 사랑의 힘에 의한 휴식과 명상의 보금자리를 노래한 이 시를 읽으며 나는 선생님과의 오랜 인연을 돌이켜본다.

저 연구실 안에 계신 국어국문학과 학과장님은 어떤 모습의 교수님이실까? 좋지 않은 나의 교양국어 성적을 보고 혹시 사회대 행정학과에서 인문대 국문과로 전과轉科가 불가능하다고 말씀하시는 것은 아닐까?

1989년 10월 어느 날 성호관 3층 – 똑똑똑……

말없이 굳은 표정에 약간은 무서운 인상으로 앉아 계신 선생님을 뵌 순간, 그토록 원했던 내 전과의 꿈은 물거품이 되어버리는 줄 알았다. 엄격하고 완고하게 느껴지는 선생님의 첫 인상. 분명 나 같은 열등생에게 전과의 기회를 주실 리 없다고 생각했다. 하지만 내 이야기를 모두 들으신 선생님의 응답은 예상 밖이었다.

"그래, 자네의 마음과 결심이 그렇다면 들어와서 열심히 해보게."

무섭게만 느껴졌던 선생님께서 굳은 표정을 거두시고 웃음 지으며 해주셨던 첫 말씀이었다. 긴장해 떨고 있는 나를 다독여주시며 격려해주셨던 선생님의 따뜻한 손길. 아주대학교 국문과 조창환 교수님과의 인연은 그렇게 시작됐다.

학교 다닐 때 내 별명은 '종합반'이었다. 1학년에 영역 및 전공 필수 과목이 유달리 많았던 국문과의 학사 일정상 나는 매 학기 남들보다 더 많은 과목을 공부하고 학점을 이수해야만 했다. 선생님과는 4학년 마지막 학기 때 들었던 '한국현대시인론' 수업에서야 자주 뵐 수 있게 됐다. 오규원의 작품을 주제로 발표했을 때 칭찬을 받았던 일이 기억이 난다. 이후 선생님은 내게 대학원 진학을 권유하셨다. 당시 시 창작을 멀리하고 있었던 나는 대학원에 진학한다면 막연히 소설을 전공할 것이라고만 생각했었다. 지금도 그렇지만 그때도 역시 같은 이유의 고민을 했다. 창작도 하지 않으면서 대학원을 진학한다는 것이 가능할까 하는 점에서였다. 그때 선생님은 "시 창작과 문학 연구는 엄연히 다르다"라고 힘주어 말씀해주시며 대학원 입학을 추천해주셨다. 평생 본업은 시인이셨지만, 강단에서는 냉철한 문학 연구자의 모습으로 자신을 엄격히 구분 지으셨던 선생님의 삶의 모습이 담긴 말씀이셨다.

그 말씀에 힘을 얻어 이듬해 봄, 나는 현대시 전공으로 대학원에 진학했고 이후 창작에 대한 아무런 가책(?) 없이 행복하게 시를 접하고 문학 연구자로서 대학원 공부에 몰두할 수 있었다. 지금 생각해보면 '다름'에 대한 견해도 결국은 당신이 '창작'에 대한 경험이 있으셨기에 철저히 인식될 수 있었던 것은 아닐까 생각해보지만 어쨌든 당시 어린 나이에, 그리고 뒤이어 시 창작의 경험과 수련을 염두에 두고 대학원에 입학한 많은 시 전공자 속에서 내가 버틸 수 있는 유일한 힘이었다. 석사를 마치고 박사과정에 들어가 학위를 마치기까지 선생님은 두 번의 연구년을 맞이하셨다. 나는 때로는 대학원생으로, 때로는 연구실 조교가 되어 선생님을 가까이에서 뵙게 되었다. 공부하기로 뜻을 두었으면 쉬지 말고 바로 이어서 공부하는 것이 좋겠다는 선생님의 말씀에 힘입어 곧바로 박사과정에 진학을 했다. 당시 나의 바람은 선생님 밑에서 수학한 제자 시인으로 이름을 날리지는 못할지라도 선생님의 학풍을 이어받은 성공한 문학 연구자가 되고 싶었다. 뜻이 분명하면서도 간결한 문체와, 구체적이고 실증적인 자료, 명징한 논리들로 전개되고 있는 선생님의 논문과 저서들을 읽고 또 읽으며 선생님의 발끝이라도 너무 너무 닮고 싶었다. 하지만 이듬해 결혼과 함께 나의 꿈도, 학교생활 성 적표도 그리 좋지 못했다. 이제 끝끝내 풀지 못한 숙제가 되어버렸다. 선생님의 사랑과 관심을 가장 많이 받았으면서 가장 성공하지 못한 제 자가 된 것 같아 너무 부끄럽다.

그러고 보니 나는 선생님께 한결같이 모자라고 부족한 제자였던 것 같다. 학문 연구자로도, 시인으로도, 생활인으로도 20년 넘게 선생님을 가까이서 뵙고 모셨으면서도 선생님을 닮은 구석이 하나도 없는 것 같 다. 한때 닮아지지도 않고, 따라가기도 어렵고, 맞추기는 더 힘든 선생 님을 가까이서 뵙는 것이 너무 죄송스럽고 힘들게 느껴져 제자 역할을 그만두고 싶었던 적이 있었다. 박사과정 중에 진행된 결혼과 출산, 언 제 통과될지 모르는 학위 논문, 두 아이의 엄마는 되었지만 이런저런 중압감 때문에 학교 생활이 버겁고 부담스럽기만 했었다. 그 무렵 나의 이런 생각을 선생님도 아마 알고 계셨으리라. 그런데 선생님은 그런 나 를 한 번도 채근하시거나 꾸짖지 않으셨다. 제자의 철없는 고민을 아셨 을 테지만 책하지 않고 변함없이 기다려주셨던 것이다.

선생님은 내게 이렇게 늘 같은 모습이셨다. 어려운 일이 있을 때 상 의드리면 부모님처럼 함께 염려해주시고 누구보다 앞장서 해결해주셨 다. 간혹 선생님을 처음 대하는 사람들은 선생님이 무섭고 어렵다고 하 지만 20년 동안 내가 뵌 선생님은 누구보다도 인간적이고 따뜻한 분이 셨다. 부족하고 모자란 제자를 가장 믿어주시고, 힘이 되어주셨던 선생 님은 언제나 내게 어마어마하게 큰 나무셨다. 학업을 마치기까지 선생 님이라는 가장 든든하고 따뜻한 보금자리가 있었기에 시도해볼 수 있 었고 가능했던 일들이 참으로 많았다. 그 과정 속에서 한 해, 한 해 난 어른이 되어갔던 것 같다.

원칙과 본질 앞에서는 엄격하셨으면서도 제자의 부족함을 언제나 포용해주시고 감싸주셨던 선생님. 지금도 난 선생님 앞에 서면 20년 전 스무 살의 전과 지망생처럼 긴장되고 떨린다. 아직도 배울 것이 많고 부족하기 때문인 것 같다. 그렇기 때문에 선생님은 언제나 '나의 조창환 선생님'이시다. 또한 그렇기 때문에 나는 언제나 선생님의 '부족한 제자'일 것 같다.

황홀한 소름
―「여백」

정수자 ● 시인 · 아주대 강사

감나무 가지 끝에 빨간 홍시 몇 알

푸른 하늘에서 마른번개를 맞고 있다

새들이 다닌 길은 금세 지워지고

눈부신 적멸만이 바다보다 깊다

저런 기다림은 옥양목 빛이다

이 차갑고 명징한 여백 앞에서는

천사들도 목덜미에 소름이 돋는다
―「여백」 전문

여백은 무無의 사막 같다. 서역도 만 리쯤은 되는…… 말로 다 할 수 없는 무엇으로 도저한 세계. 그곳엔 버리고, 쳐내고, 비운 끝에서 오롯

206

이 번지는 침묵의 여진이 있다. 무언의 서늘한 비약이 있다. '텅 빈 충만'으로 팽창하는 그림자들이 있다.

이 시는 그런 여백의 청정한 표백이다. 비움에의 탐닉처럼, 시행 안팎에는 단절과 긴장이 가득하다. 여백을 위한 생략으로 행간이 팽팽하다. 시에서 비움의 계절인 가을은 "감나무 가지 끝에 빨간 홍시 몇 알"로 다시 온전히 비워진다. "새들이 다닌 길"도 "금세 지워지고" 하늘은 점점 넓어진다. 그 천지간에서는 "눈부신 적멸만이" 있을 뿐이다. 깨끗한 소멸, 빛나는 적멸의 부조다. 그런 사라짐이 "바다보다 깊"으니, 위아래를 역전한, 아니 지워버린 비움으로 여백이 더 넓게 확장된다.

그런데 "저런 기다림은 옥양목 빛이다". 왜 하필 "옥양목 빛"일까. 시 속의 정경과 비슷한 기억을 지닌 사람에겐 그 빛깔이 매우 선연하다. 청명한 가을날 바지랑대에 높다랗게 받쳐진 밝고 은은한 흰빛의 옥양목. 특히 풀 잘 먹인 옥양목 이불 홑청이 가을 하늘에 펄럭이는 모습은 눈이 시릴 정도다. 게다가 "빨간 홍시 몇 알"과 빈 가지 사이의 푸른 하늘에 펼쳐진 "옥양목"의 흰 빛깔이니, 정갈하기 짝이 없는 배치다. 세 가지 색깔의 선도와 명도를 확 높이는 구도가 비워놓은 곳을 한결 투명하게 만든다.

이 기다림을 받는 시행이 "이 차갑고 명징한 여백 앞에서"다. 여기서 "이"라는 지시대명사는 일차적으로 그 앞의 행을 가리키는 것으로 보인다. 하지만 도입부터 끌고 온 이미지 전체를 지시하는 표현으로 볼 수도 있다. 그렇게 볼 때 "차갑고 명징한 여백"은 새로운 부피를 얻는다. 아무것도 없는 빈 곳인 여백에 "차갑고 명징한" 공간의 느낌이 부여되는 것이다. "차갑고"와 "명징한" 또한 허술히 지나칠 수 없는 표현이다. 투명, 선명, 간명, 그래서 명징한 것을 선호하는 시인의 취향과 시관을 잘 보여주기 때문이다. 그래서인지 "차갑고 명징한 여백" 자체가 맑은 도약 같다.

그 앞에서는 "천사들도 목덜미에 소름이 돋는다"! 이 구절은 독자의 목덜미에도 소름을 한소끔씩 얹는다. 소름은 한순간에 쫙 끼치는 즉물적 감각, 뭔가 느끼는 순간 몸에 이미 돋아 있는 생리적 표현이다. 그것은 공포나 체온의 급강하에서도 돋고, 영혼의 고양 혹은 인식의 충격 앞에서도 돋는다. 시 속의 "소름"도 그런 전율의 어느 순간을 환기한다. 시, 그림, 음악 등의 충격 앞에서 돋는 황홀한 소름 같은 것. 너무나 아름다워서 말문이 꽉 막히는, 극치의 순간에 솟는 그런 소름 말이다.

시에는 "이 차갑고 명징한 여백 앞에서"가 제시되어 있다. 그 앞에서 "천사들도 목덜미에 소름이 돋는"다면 더 말할 나위가 없는 상황이겠다. 그야말로 미루어 짐작하게 하는 여백의 여운에서 "천사"로 생각이 다시 몰린다. 이는 가톨릭 신앙을 갖고 계신 선생님의 신학적 해석이 더 깊이 담긴 이미지겠다(댁에서 본 아름다운 천사 인형이 떠오른다). 하지만 천사에 대한 형이상학적 해석을 괄호 치고 읽어도 "천사"는 그 자체로 신선한 매혹이다. 우리 시에 자주 나오지 않는 동화적 발상 같은 천사 이미지가 시의 뒤편을 더 낯설게, 더 길게 남긴다.

앞의 이미지 모두를 확장하는 여백. 그렇다면 "천사"마저 "소름이 돋"게 하는 것은 과연 무엇일까. "눈부신 적멸"의 아름다움인가, 여백이 너무 "차갑고 명징한" 때문인가, 그것을 이루는 이 세계의 한 순간이 너무 눈부셔서인가. 어쩌면 이 모두를 이루는 생의 지극한 아름다움 때문이 아닐까 싶다. 이 대목은 선생님의 모습과 묘하게 겹쳐진다. 유미주의적인 면도 그렇지만, 언젠가 연둣빛 새잎들 앞에서 흑, 눈물을 훔치시던 모습 때문이다. 당시가 큰 수술 직후라 새잎들의 연둣빛 행진에 더 눈부신 전율을 느끼신 듯하다. 그날 이후 연둣빛 신록에는 선생님의 맑은 눈물이 얼핏 스치곤 한다.

선생님은 예술 전반에 대한 애호며 미감이 남다른 분이다. 그런 미감의 음악적 진경을 『파랑 눈썹』에서 만날 수 있다. 무엇에든 호불호가 분명하시고, 그만큼 과잉에 대한 경계도 맵다. 언어의 명도나 밀도를 거의 폭력적일 정도로 구하신다고 할까. 그렇듯 견고한 구조와 정밀한 이미지들에서 순도 높은 유미주의의 현현을 본다. 그 안팎으로의 산책은 늘 긴장을 요하지만 기꺼이 느꺼운 일이다.

「여백」의 높은 비움. 그 세계는 표리부동을 혐오하는 선생님의 성정처럼 "차갑고 명징"하다. 하지만 어느 섶엔가는 따스한 눈물이 배어 있다. "천사들도 목덜미에 소름이 돋는" 황홀한 전율─. 그 앞에서 늦가을 한때가 더없이 명명하다.

물고기의 혁명
―「시인」

윤의섭 ● 시인 · 아주대 연구교수

선생님을 처음 뵙고 벌써 24년이 흘렀다. 시인이 되기를 꿈꿨던 대학 시절부터 지금까지 선생님과의 인연은 계속 이어지고 있다. 돌이켜보면 갓 입학한 내게 시가 무엇인지, 적어도 시를 어떤 방향으로 써야 하는지를 가르쳐주신 분도 선생님이고 학문 연구의 길을 안내해주신 분도 선생님이다. 내 인생의 절반 이상을 선생님의 가르침 속에 살아왔으니 그만큼 감사하고 그만큼 선생님을 많이 알고 있다고 생각한다. 그런데 막상 선생님에 대해 내가 얼마만큼을 알고 있냐고 자문해보면 나는 도무지 그 깊은 내면을 다 들여다본 적이 없다는 결론에 도달한다. 다른 무엇보다 시인으로서의 선생님의 면모는 내가 모르는 다른 차원에 있는 것이다. 선생님의 시 세계는 보면 볼수록, 가까이 다가갈수록 내가 미처 생각하지 못한 깊이와 새로움으로 무장하고 있다. 선생님의 시는 늘 신선한 언어의 묘를 보여주고, 세상에 대한 날카로우면서도 딱 들어맞는, 그래서 누구나 공감해 마지않는 사상을 품고 있다. 시인으로서의 선생님은 오직 시인만이 가질 수 있는 넉넉한 세계를 펼치고 있는 중이다. 내겐 엄격한 스승이자 학자이지만 시인으로 다가올 때 선생님은 같이 고뇌하며 같이 웃고 같이 헤쳐 나가고자 전력을 다하는 인간미를 간직한 분이다. 그러한 시인으로서의 면모를 다음의 시가 잘 보여주

210

고 있으니, 무릇 시인이면 누구나 이런 생각 한 번쯤은 해야 되지 않겠
는가.

　　물고기가 진흙 속에 헤엄칠 수 있을까?

　　날개옷 속에 폭탄을 감추고
　　문 안에 벽을 잠그고

　　사랑하고, 술 마시고
　　시를 쓰는 사람

　　헬리콥터가 망치로 보이고
　　기차를 유령이라 말하는 사람

　　황금 거품 위에서 춤추고
　　거울 속에서 혁명을 꿈꾸며

　　식충이들! 하고 비웃고
　　빈 화분으로 하늘을 가리는 사람

　　제 손으로 제 목을 졸라
　　눈 부릅뜨고 갈채를 그리는 사람

　　진흙 그물 속에서
　　물고기는 울까?
　　―「시인」 전문

위 시에서 드러나는 시인이란, 도발적이고 혁명적이면서 고통을 가진 자이다. 그러나 시인에 대한 모든 규정은 사실 역설적인 이면을 전제해야 한다. 그러니까 "날개옷 속에 폭탄을 감추고" 있는 시인은 현실 너머를 꿈꾸는 이상주의자이면서 현실을 변혁시키려는 낭만주의자이지만 그 이면에는 "사랑하고, 술 마시고 / 시를 쓰는" 지극히 인간적인 감각과 감성을 함께 갖춘 자이기도 한 것이다. 말하자면 시인은 휴머니스트이기도 하다. 시인이란 이러한 다중 지향성을 함께 갖추지 않고서는 도저히 될 수가 없는 것이다. 그래서 시인은 '헬리콥터'를 '망치'로 변성시키고 '기차'를 '유령'이라 가치 전도시키며 단단한 '황금'의 쉬 사라져버리는 '거품' 위에서 그 덧없음을 온몸으로, '춤'을 출 줄 아는 사람이 될 수 있는 것이다. 문명의 이기인 '헬리콥터'와 비가시적인 영적 세계의 '유령'은 어떤 지점에서는 서로 통하고 만나기도 한다. 비록 현실 세계에서는 이루어질 수 없지만 자신만의 세계인 '거울' 속에서는 완성시킬 수 있는 '혁명'을 시인은 이미 겪고 있다. 이 견고한 은유가 전달하는 메시지는 그리 단순하지 않다. 시인은 결국 '혁명'을 꿈꾸면서도 '혁명'의 불가능성을 아는 사람이다. 그러나 '시인' 자신에겐 그렇지 않다. 시인은 이미 제 안의 '혁명'을 완성한 자이며 그렇지 않고서는 이 '진흙' 세상을 헤엄쳐 나갈 수 없기 때문이다.

'시인'은 그러므로 이 세계와 저 세계를 함께 넘나드는 자이며 제 안에서 불가능과 가능의 차이가 무화된 존재이며 현재와 미래의 경계를 겹쳐놓는 자이다. 여기서 중요한 것은 이 두 가지의 항목들이 늘 같은 쌍으로 묶여 있어야 한다는 것이다. 어느 하나라도 없어서는 안 된다. 위 시에는 이러한 '시인'에 대한 정의, '시인'이 가지고 있는 속성이 담겨 있다. 시인이 이런 존재니 시인은 참으로 복잡다단한 존재이다. 그래서 시인은 "제 손으로 제 목을 졸라" 그 고통으로 "갈채를 그"릴 수밖에 없는 것이다. 시인으로서의 운명은 아픔과 꿈으로 점철된다. 시인은 필연적으로 자기애를 가질 수밖에 없다. 이 시점에서 위 시는 우리에게 반문을 한다. "물고기가 진흙 속에 헤엄칠 수 있을까?" 헤엄치기 힘들 것 같다. 또 하나의 반문, "진흙 그물 속에서 / 물고기는 울까?" 울지 않을 것 같다. 정리하면 위 시에 이미 드러난 질문에 대한 답은 "물고기는 진흙 속에서 헤엄치기 힘들지만 울지는 않는다"이다. 자고로 시인은 진흙 같은 세상을 헤쳐 나가는 물고기이다. 물을 찾아, 먹이를 찾아, 광활한 바다를 찾아 시인은 나아간다. 그것이 힘든 항해이지만 시인은 결코 울지 않는다. 왜냐하면 시인은 앞서 말한 대로 이상주의자이며 낭만주의자이며 휴머니스트이기 때문이다. 이 모든 면모를 함께 갖춘 '인간'이기 때문이다. 그러한 '인간'은 혁명을 위해 결코 좌절하지 않는다.

위 시는 시인이란 어떤 사람이어야 하는가에 대한 선생님의 사상이 가득 담겨 있다. 요즘 시인은 과연 이런 고민을 얼마나 할까 되돌아볼 일이다. 시인이라면, 시라면, 그리고 시에 대해서라면 이래야 한다는 위 시의 전언은 그 한없이 깊은 시인으로서의 세계에 머물러 있기에 다 알 수 없는 선생님의 또 다른 영혼을 조금이나마 느낄 수 있게 한다.

살아 들릴 듯한 숨결
-「결에 관하여」

박혜숙 ● 아주대 강사

나무에만 결이 있는 게 아니라

돌에도 결이 있는 걸 알고 난 후

오래된 비석을 보면 손으로

쓰다듬는 버릇이 생겼다

돌의 결에 맞추어 잘 쪼아낸

글씨를 보면

돌을 파서 글자를 새긴 것이 아니라

글자를 끌어안고 돌의 결이

몸부림친 흔적이라는 생각이 든다

지나간 기억들, 거미줄에 걸린

잠자리 같은

파르르 떨다 파득거리다

이제사 먼지 속에 가라앉은 것들

목숨이 제 결을 따라

고꾸라진 흔적이라는 생각이 든다

어느 무거운 밤 내 앞에 있는 목숨

마주 보며 나는

혹 한 번쯤 더 고꾸라질 수 있을까를

생각한다

어느 무거운 밤, 어둠 속에서

오래된 비석 같은

흔적, 결 따라 파인, 쓰다듬을 때

지나간 시간들, 큰 결 따라

흔들리는 무늬였음을 깨닫는다

　　　　　　─「결에 관하여」 전문

때는 1998년으로 거슬러 올라간다. 주전자에 물이 끓듯, 내 마음이 열망의 비등점을 향하고 있었다. 뜨겁고 간절하면 용기가 생기는 것일까? 문학이 그렇게 다가와, 오랜 공백에 늦었다 싶었지만 대학원을 진학했다.

1인 다역의 지친 몸을 이끌고 듣는 조창환 선생님 수업은 즐거운 고통이었다. 과제물을 발표할 때, 외연과 내포를 지적하시는 선생님의 카리스마에 나는 한없이 작아지곤 했는데……. 가을이 깊어가면서 선생님을 뵐 수 없었다. 평소 소심하고 소극적인 나는 내색하지 않았지만 건강이 악화되어 큰 수술을 하셨다고 뒤늦게 들었을 때 쿵 주저앉는 느낌이란!

많은 시간이 흐른 뒤, 시 「결에 관하여」를 다시 음미하니, 그 시절이 오버랩된다. 무수한 사념들이 나누어지고 모이며 강물처럼 흘러간다. 굽이도는 사연들이 세월의 하구에 가서 결 곱게 퇴적하였으면.

'결'이라는 순수 우리말을 발음해본다. 혀끝을 잇몸에 가볍게 대었다가 떼어본다. 또 혀끝을 잇몸에 댄 채 날숨을 그 양옆으로 흘려보내 본다. 입가에 여운이 생기며 유음의 감칠맛이 난다.

선생님의 시집 『수도원 가는 길』에서 나는 「결에 관하여」와 「항아리」란 시를 제일 좋아한다. 자필 사인이 들어간 시집을 읽으며 ☆표를 해둔 걸 선생님은 아마 모르실 테지.

비문을 보면 거기에 새겨진 이름이며 생몰 시기에서 손때 묻은 기억과 이력들로 어디선가 살아 들릴 듯한 숨결이 느껴지고 한 편의 그림이 떠오르기도 한다. 그래서 2연의 "글자를 끌어안고 돌의 결이 / 몸부림친 흔적이라는 생각이 든다"라는 새로운 발견에 공감한다.

주지하듯 시인은 자기가 하고 싶은 말을 직접 하지 않는다. 사물을 데려와서 사물이 대신 하게 한다. 그러니까 시를 읽는 것은 비유한 속뜻을 찾아내는 일이다. 하나의 사물도 보는 방향에 따라 당연히 의미가 달라진다. 사물에는 다양한 의미가 깃들어 있기 때문이다. 비석 글씨에 담긴 뜻을 선생님은 남다르게 바라보고 독자에게 그 '결'을 유심히 살펴보게 한다.

대상의 비의를 주의 깊게 풀어내고 있는 이 시는 작고 미세한 사물의 세계에 취한 넋이 후반부로 갈수록 거시적이며 의미심장해진다. 3연에 결이 "목숨이 제 결을 따라 / 고꾸라진 흔적이라는 생각이 든다"라든가 4연의 "어느 무거운 밤 내 앞에 있는 목숨 / 마주 보며 나는 / 혹 한 번쯤 더 고꾸라질 수 있을까를 / 생각한다"에서 삶과 죽음 사이 관념으로서가 아니라 체험 우러난 뼈아픈 성찰이 읽힌다.

또한 마지막 연에 반점으로 연결된 단어들이 자주 눈에 띄는 것으로 보아 내면이 상징적으로 드러난다. 쉼표에 숨이 덜컥하기도 하고, 한 호흡씩 늦추어 읽게 하는 의도성에서 시가 깊이를 더한다.

수업 시간에 선생님은 냉철하고 차가웠지만 시를 쓸 때는 섬세하고 여리다. 다시금 외연과 내포를 생각해본다. 이 시에 빗대어 봐도 선생님은 감정과 감각이 날카롭고 뜨거우며 고뇌에 진정성이 묻어난다.

급변하는 요즘, 이리저리 밥벌이에 쫓기며 사는 우리는 현대판 유목민일지라도 선생님의 가르침과 글에서 배운 정신은 삭막하지 않을 것이다. "오늘 걷는 나의 발자국은 반드시 뒷사람의 이정표가 될 것이라" 했듯이 조창환 선생님의 행보는 나에게 힘이 된다. 선생님! 진심으로 고맙습니다. 부디 건강하시고 행복하시길 빕니다.

시간과 허무 인식
-「허무에 기대어」

박해림 ● 시인

시간은 삶과 뗄 수 없는 운명적 관계에 놓여 있다. 무의식의 한가운데에서도 시간은 나를 응시한다. 내가 의식하든 하지 않든 시간은 항상 지각되고 있으며 삶이 지속되는 한 시간은 결코 나를 벗어날 수 없다고 말한다. 하지만 문제는 시간이 아니라 '나'이다. 시간이 나를 벗어나느냐의 문제가 아니라 내가 시간을 벗어날 수 없다는 게 문제다. 움켜쥐었다 싶으면 어느 새 손가락 사이로 빠져 달아나는 모래알처럼 순식간에 나를 빠져 달아나는 시간을 의식하는 순간 현재의 나는 허탈에 빠지게 된다.

시간과 함께 시간 안에서 시간을 느끼고 허무를 느끼는 것은 시인의 소명일 터이다. 나에게서 멀어져 간 현재적 시간을 탐색하는 일은 지극히 자연스럽다. 시간 자체의 존재 유무와 별개로 시인의 시간의 탐색은 생래적으로 불가피한 일일지도 모른다. 시의 화자는 허무의 시선으로 현재의 시간을 넘어 시간의 저쪽을 기웃거리고 있다. 새에 명명된 존재의 위의에 과거, 현재, 미래가 동시에 입혀진다. 그런 의미에서 아래의 시는 불안한 현실의 시간을 반영한다. 그러나 시간은 공간 속에 놓이면서 특별한 의미를 부여받는다.

218

(1) 새들이 눈보라처럼 까맣게 솟구쳐 올라

허공 깊은 곳으로 사라졌다

(2) 밤바다는 느리고 무겁게 가라앉았다

흐려져, 아주 캄캄해진 수평선 저쪽에

눈부셨던 흰 침묵들 스러진다

(3) 허무는 검다

검은 허무는 황홀하여

나비 눈썹 같은 지난 시간들

끌어안고 캄캄한 곳으로

가라앉는다

(4) 허무? 아득한 흐림

에 기대어 캄캄한 궁륭穹窿을

들여다본다
—「허무에 기대어」 전문

　길지 않은 한 편의 시를 네 쪽으로 갈라서 살펴본다. 전체적으로 일관성 있지만 화자가 인식한 상황과 시간의 마디가 각각 다르기 때문이다. (1)에서 화자는 '새'를 응시하고 있다. 수많은 새가 하늘 높이 솟구쳐 올랐다가 아득한 공간 너머 사라지고 있는 것을 무연히 바라보고 있다. 여기서 주시할 부분은 첫 행의 "새들이 눈보라처럼 까맣게 솟구쳐 올라"라는 표현이다. 눈보라는 하늘에서 땅으로 내려오는 강림인데, 오히려 까맣게 높이 하늘로 오르고 싶다는 것으로 읽힌다. 이는 역설(paradox)적인 표현이다. 이 세상에서 만나는 것들은 황홀하기도 하지만 그것은 절대자 앞에서는 허무할 뿐이고 그 허무에 기대는 일은 높은 곳의 그분과 만나는 일이다. 또한 "눈보라처럼 솟구쳐" 오르는 새를 명사 '눈보라'를 끌어와 '~처럼'의 직유와 결합하고 '까맣게'라는 형용사를 '솟구쳐 올라'의 동사 사이에 낯설게 배치함으로써 새의 역동성에 힘을 실어주는 이중적 효과를 노리고 있다. 역동적이면서 거친 눈보라로 각인된 새 떼가 지향하는 방향은 가늠하기 매우 어렵다는 데서 '까맣게'라는 색깔의 의미는 특별한 무게를 가진다. 화자의 불안한 심리적 기저가 파악되고 특별한 시간이 느껴진다. 현재의 시간은 솟구치고 사라지며 '허공'이라는 공간에서 미지의 저쪽에 놓인다.

　(2)는 앞의 (1)과는 사뭇 다르다. (1)에서 역동적인 시간과 '허공'을 보았다면 (2)에서는 가라앉은 '밤바다'의 시간을 본다. 이 시간은 매우 고독하며 을씨년스럽다. (1)에서 '솟구치고 사라지는' 시간을 인식했다면 (2)에서는 '느리고 무겁고, 가라앉으며 스러지는' 시간이다. '허공'의 또 다른 이름인 "수평선 저쪽"의 시간이다. 앞에서 화자가 인식한 새가 저 너머의 세계와 만날 수 있는 매체가 되고 있듯 "눈부셨던 흰 침묵" 역시 그러하다. 그렇다면 사라지고 스러지는 '새'의 존재는 화자의 시간과 어떤 상관이 있는 것인가.

　(3)에서 그 관계를 파악할 수 있다. 화려했던 과거와의 조우다. 화자

가 인식한 "나비 눈썹 같은 지난 시간들"이 맥없이 가라앉는 것을 깨달으며 남은 것은 '허무'임을 인식한다. 지난 시간을 '나비 눈썹'에 비유하여 무거운 시가 잠깐 밝아진다. 과거의 즐겁고 화려한 시간의 이미지가 아름답게 느껴진다. 여기서 '허무'의 의미가 어떤 것인지 파악할 필요가 있다. 전체적으로 매우 가라앉아 있으며 무겁기까지 한 이 시가 '허무'의 진면목을 발견하면서 반전을 가져오고 있기 때문이다. 허무의 색깔 인식은 시인마다 개성적일 것이나 화자의 인식은 색을 넘어 초월적 인식에 도달해 있다.

허무를 황홀하게 본 것이 그것이다.

(4)에서는 '허무'가 강조된다. "허무? 아득한 흐림 / 에 기대어 캄캄한 궁륭穹窿을 / 들여다본다"를 통해 이미 (3)에서 허무를 '검다'로, 다시 '황홀'로 단정 지었는데 물음표가 달려 "아득한 흐림"으로 규정한다. 관념어인 '허무'가 색깔을 가질 수 없겠지만 화자의 심상은 그렇지 않다. 일면 초월적 공간으로도 기능하고 있다. 화자가 허무를 반복적으로 표출한 것은 비중이 그만큼 크다는 것을 의미한다. 또한 내면 의식 한가운데 커다란 공간이 형성되었을 것으로 짐작한다. 허무를 받아들일 공간인 것이다. 깊고 아득한 궁륭과 일치되는 허무, 제목이 「허무에 기대어」라는 것을 환기하면 대상적, 공간적 기능과 더불어 시간적 의미 또한 포괄되어 있음을 알 수 있다.

따라서 이 시의 매 종결이 '사라졌다 → 가라앉았다 → 스러진다 → 검다 → 가라앉는다 → 들여다본다'로 설정되었는데 이는 '허무'가 하강이 아니라 '상승'임을 보이고자 함이다. 모든 하강 이미지들이 '들여다본다'의 상승을 향해 달리고 있다. 여기서 시간과 공간을 동시에 집약시키고 있는 화자의 긍정적 인식은 궁극적인 도달점이 내 몸을 기댈 허무임을 강조하기 위함이다. (1), (2), (3)의 수동적인 관조의 이미지에서 (4)에서 능동적 행위의 이미지로 바뀌어 있는 것이 그렇다.

시간은 공간과 함께 동전의 양면처럼 달라붙어 있거나 마주한다. 시간이라는 원형적 공간은 언제나 우리의 출발점이자 도착점이기도 하다. 경험했던 과거의 시간과 현재진행형의 시간, 그리고 아직 오지 않은 미래의 시간은 각기 따로 존재하는 것이 아니며 항상 함께 붙어 있다. 과거와 현재와 미래가 시인의 의식 세계에서, 순환의 과정에서 그 어떤 상황일지라도 절대적인 구원자를 인식할 수 있는 원동력이 된다. 시인의 "허무에 대한 인식이란 은총에 대한 인식의 다른 이름이다"의 고백을 통해 이 시인의 시간과 허무에 대한 인식이 확인된다.

# 존재에 대한 끝없는 질문
−「떠도는 먼지」

이진숙●시인

수원의 어느 고등학교에서 근무하던 무렵이다. 시를 쓰는 것도 아이들을 가르치는 것도 갑갑하기만 해서 문득 공부를 좀 해야 하지 않을까 하는 생각이 들었다. 생각이 떠오르자마자 인근 대학의 대학원 홈페이지를 뒤지기 시작했다. K대, S대와 더불어 가장 가까운 위치에 있는 아주대학교의 홈페이지를 탐색하다가 교수진 명단에서 조창환 선생님의 이름을 발견했다. 바로 이 학교다 하는 생각이 들었다. 선생님께서 시인이니 뭔가 잘 통할 것 같다는 단순한 이유 때문이었다.

그러나 잘 통할 것 같았던 내 예감은 그다지 맞아떨어지지 않았다. 선생님께서는 그다지 친절하지도 않았고 내가 입학하고 겨우 한 학기만에 간신히 얼굴만 익힐 정도의 상황에서 해외에 교환교수로 나가셨다가 마지막 학기쯤에 돌아오셨다. 재학 기간 중에 안부 전화 한 번 한 적이 없을 정도로 붙임성 없는 맹물 같은 성격인 터라 선생님과 변변한 대화를 나눈 기억도 없다. 그리고 벌써 10년이 흘렀다.

때로는 철없는 소년 같기도 하고, 때로는 세상을 달관한 듯 초연한 철학자 같기도 하던 선생님, 그러나 선생님의 시를 접할 때만큼은 그 가슴에 뜨거운 것이 뭉쳐 있음을 느끼게 된다. 여리고 섬세한 감성의 그릇에 뜨거운 인간애가 넘치고 있음을 느끼게 되는 것이다.

맞은편 병실에서 라자로가 울었다
새벽 다섯 시에 그는 울었다

— 엘리, 엘리, 혹은
— 엄마, 엄마, 혹은
— 여보, 여보

울면서, 그는, 갇혀 있었다
— 무엇이 너희를 자유케 하랴

청소부 아줌마가 말했다
— 나병이래요, 저 사람

알량한 간호원이 말했다
— 음성이에요, 괜찮아요

이년차 레지던트가 말했다
— 심장 수술 했댔어요, 경과가 나빠요

오늘, 맞은편 병실은 비어 있고
간막이 쳐진 침상도 비어 있다

옆방에서는 김득구金得九 권투를 보고
이 방에서는 F.M. 상송을 들었다

청소부 아줌마가 말했다

　　— 소독해야지, 저 방

순진한 아내가 말했다
　　— 들여다보지 말아요, 저 방

늦은 시각 크레졸 냄새 사이로 무슨 소리가 들렸다
　　— 라자로야, 라자로야
　　　일어나 네 요를 들고 돌아가라

그리고 더 늦은 시각
빈방의 먼지들이 꼿꼿이 일어서서
어둠한 종소리로 떠도는 것을
낡은 모기장 사이로 나는 보았다
　　—「떠도는 먼지」 전문

　시인의 두 번째 시집 『라자로 마을의 새벽』 연작 시의 첫 번째 시다.
기대와 갈망으로 마지막 끈을 붙잡고 있던 맞은편 병실은 비어 있다.
시인은 세상의 모든 죄를 대속하고 십자가에 매달린 예수가 그랬던 것
처럼 약하고 병든 이들의 고통을 외면하지 못한다. 그리고 그러한 시인
의 인간에 대한 사랑은 라자로로 표상된 병들고 무기력한 존재의 모습
을 통해 인간 존재의 근원적 허무를 자각함으로써 고통의 나락에 빠진
다. 그리고 "일어나 네 요를 들고 돌아가라"는 신의 음성을 듣는다. 신
인 동시에 인간인 예수의 음성은 인간이 가야 할 길을 분명히 제시해주
는 것이지만, 그러한 신의 음성은 시인에게 완벽한 확신을 주지는 못한
다. 베드로와 예수의 제자들이 예수를 부인하고 믿지 못했던 것처럼 시
인도 인간적인 나약함으로 신의 목소리와 현실의 고통 사이에서 고뇌

하며 홀로 들끓고 있는 것이다. "엘리엘리 라마 사박다니(나의 하느님, 나의 하느님 어찌하여 나를 버리시나이까?)"의 절규를 듣게 되는 것이다. 이러한 고뇌의 모습은 '꼿꼿이 일어서 어둠한 종소리로 떠도는 먼지'의 모습으로 드러난다. 시인의 고통은 인간에 대한 지극한 사랑에서 비롯되는 것이기도 하지만 궁극적으로는 인간 존재에 대한 끝없는 의문으로 인한 것이기 때문이다. 인간과 존재에 대한 지극한 사랑과 회의로 시인은 고뇌하며 처절하게 몸부림하고 있는 것이다.

「떠도는 먼지」를 통해 우리는 존재의 나약함과 그에 비례하는 무한한 사랑의 크기를 함께 깨닫게 된다. 스스로에게 갇혀 자유롭지 못한 우리들의 라자로는 "무엇이 너희를 자유케 하랴"라는 신의 목소리에 지금도 영혼의 자유를 찾아 헤매고 있는 중인지 모른다. 시집 『라자로 마을의 새벽』의 '독자를 위하여'에서 "다시 태어나고 싶었고, 회복되고 싶었고, 깨끗해지고 싶었으며―요컨대 젖어 있음과 씻겨짐 속에서 나를 건져 올려줄 그 무엇을 기대하고 기도하고 갈망하고 있었음에 틀림없다"라고 말한 시인의 목소리는 그가 얼마나 인간과 자신을 깊이 사랑하고 있는지 보여준다.

비교적 초기 시인 「떠도는 먼지」에서 보여준 이러한 시인의 들끓는 사랑의 고뇌는 이후 아름다운 관조와 차분한 감성으로 발효되어, 시집 『수도원 가는 길』의 「붉은 밤」에서 "누구든 꿈꾸었던 땅은 세상에 없구나"라든지 「결에 관하여」의 "지나간 시간들, 큰 결 따라 / 흔들리는 무늬였음을 깨닫는다"와 같은 깨달음을 통해 결 고운 삶의 무늬를 그려 보여준다. 이숭원이 같은 시집의 해설에서 말한 것처럼 "침침하고 우울한 색조가 주조를 이루는 우리 현대 시단에 맑고 은은한 색조의 생명적 감성의 시"를 선보임으로써 시적 완숙의 경지에 다다른 것이다.

교수와 시인의 길을 훌륭하게 걸어오신 선생님, 이제 거목의 시인으로 우리 문학사에 뚜렷한 족적을 남기시기를 기원한다.

조화와 균형을 위한 잠연한 물의 진행
-「물의 침묵」

김광기 ● 시인·아주대 강사

태초에 리듬이 있었다는 뷜로의 말을 인용하지 않더라도 태초에 음성이 있었다는 말씀을 익히 들어 알고 있다. 우리는 천지상간을 움직이는 소리로 세상이 시작되었다는 것을 전제로 천지상간의 울림과 소리, 공명, 나아가서는 '우주율'이라는 의미들을 살피기도 한다. 하늘의 울림과 땅의 울림이 조응하며 공명하는 소리는 공간적 의미인 천지간의 범주를 감지하게도 하지만 천지간에 있어서의 그 시초를 알리는 울림으로서의 의미성을 갖기도 한다. 그렇기 때문에 '소리'는 천지창조의 서막을 인식게 하는 요인으로 작용하고 있기도 하다.

조창환 시인의 시「물의 침묵」에는 이러한 천지창조 간의 울림이 내재되어 있다. 일찍이 사언고시四言古詩 250구句 1,000자字로 시詩를 지은 중국 남조 양나라의 주흥사가 여덟 번째로 제시한 율려조양律呂調陽(율려律呂가 천지간의 양기를 고르게 하니 율律은 양이요, 려呂는 음이다)에서 말한 것처럼「물의 침묵」에서도 십이율을 통해 천지간의 균형과 음양의 조화가 유지되고 있는 것 같은 침묵의 소리를 듣게 된다. 이것은 다분히 역설적이기도 하지만 우주율의 균형과 조화를 꾀하는 깊은 울림을 감지하게 한다.

침묵하는 것이 어찌 물뿐이랴

나뭇잎 하나마다 우주가 담겨 있어
침묵은 가을 숲길에도 가득하다
촛불 같은 말간 열매까지 다 떨구고
몸의 물기들 털어버린 나무들
벌건 아가미 벌름거리는 비린
물고기 되어 퍼덕거린다
뻘밭에 기어다니던 소금기 많은
바람, 부풀어
여기까지 왔구나, 와서
고단한 이마를 기댄다
저 아득한 가을 숲길 끝에 머문
이상한 호수, 녹색 그늘이 풀어지는
그곳에 물의 침묵이 기다린다
느리고 긴 어둠을 향하여
오래된 악기를 가라앉히는
물, 침묵하는

아주 낯익은 친구처럼
나는 쉴 수 있다
―「물의 침묵」 전문

먼저 "나뭇잎 하나마다 우주가 담겨 있"다는 시행에서 시인의 우주론
을 접하게 된다. 그리고 다음으로 연상되는 '낙엽'과 '소리 없는 침묵'
이 자연적인 소멸의 전주곡처럼 깔린다. 낙엽의 소멸을 위한 전주곡이

마치 레퀴엠을 듣는 것처럼 무겁지만 그 가운데에서는 삶의 내밀한 소통이 이루어지며 생의 물결을 따라서 그 흐름이 진행되고 있는 것 같다.

물은 재생 또는 소생 등의 상징적 의미를 갖고 있다. 하지만 "몸의 물기들 털어버린 나무들 / 벌건 아가미 벌름거리는 비린 / 물고기 되어 퍼덕거"리고 있다. 물로써 산소를 취해야 하는 물고기에게 물기가 없다는 것은 죽음에 임박해 있다는 것 이상의 것을 짐작지 못하게 한다. 그러나 이것은 생명의 단절과 종말을 예시하는 것이 아니라 곤고한 삶의 형태가 굳어져 자연의 한 층으로 쌓이는 과정의 극화된 현상이라 할 수 있다. 그것은 고단한 생이 삶의 균형과 조화를 이루기 위한 수단으로서, 다음에 오는 '소금'의 의미를 생각하면 그러한 진행과정으로 인식되는 것이 쉽게 가늠되기도 한다.

소금은 인체 내에서 삼투압으로 알칼리성의 유지와 평형을 갖추는 중요한 구실을 한다. 사람뿐만 아니라 동물의 몸에서 소금이 부족하게 되면 무기력으로 인한 각종 질병을 초래함은 물론 생명 유지 자체가 어렵게 된다. 하지만 소금이 많게 되면 과잉 삼투압의 작용으로 고혈압 등의 각종 문제를 일으켜 생명의 위험을 초래하게 된다. 그러므로 사람이나 동물이 건강하게 생명유지가 되려면 소금기의 조정과 균형이 이루어져야만 한다. 위 시의 「물의 침묵」에서는 그러한 균형과 조화 내지는 소멸되어가는 세대와 다음으로 이어지는 후세의 생존자들에게 있어서의 조화와 균형은 무엇인지 '소금'이란 의미를 함유한 '소금기 많은 바람'의 의미로 제시되고 있다.

또한 이 시에 있어서의 '물'은 단순하게 재생 혹은 소생의 의미만을 나타내고 있는 것이 아니라 공간과 시간의 세계에서 조화와 균형을 이룰 수 있는 삼투압의 요소로 존재하고 있는 것으로 보인다. 그리고 어쩌면 우주율을 울리는 것은 물의 정령으로 인식되는 모든 생명들이 아닌가 하는 짐작을 하게 한다. '오래된 악기'가 되어 물속에 가라앉는 것

은 삶의 혼이며, 이러한 모든 영혼이 '물'이라는 의미망에서 만나고 있
는 것이다.

　물에 가라앉은 영혼은 그냥 소멸되는 것이 아니라 다시 소생되어 삶
이 연속적으로 윤회되는 의미이다. 이 가운데에서 물은 침묵하고 있다.
그렇게 물은 침묵하고 있지만 잠연한 물의 진행으로 삶과 영혼이 한데
어우러져 리듬을 타고 있는 듯하다. 화자는 그 리듬 속에서 "아주 낯익
은 친구"와 함께 있는 것처럼 편안함을 느낀다.

황홀경 속에 타오르는 빛, 장미
—「장미」

박현솔 ● 시인·아주대 강사

짧지만 강렬한 느낌을 갖게 하는 조창환 시인의 시 「장미」를 읽는다. 타오르는 것은 빛이다. 하지만 "빛이 아니"라고 말한다. 활활 타오르는 불빛 같은 색감에 부딪친 화자는 그 황홀경을 그냥 평범한 빛이라고 말하고 싶지 않은 것이다. 담장 혹은 창가 어디쯤에인가 있음 직한 장미, 그 꽃의 군락이 화자의 넋을 빼앗고 있는 듯하다. 릴케의 영혼까지도 상처를 냈음 직한 가시를 보며 화자의 시선은 멈칫거린다. 누구도 범접하지 못했을 것 같은 가시덩굴의 틈에 곱디고운 알몸으로 그 황홀한 색을 뿌리고 있는 것에 차마 부끄러운 대낮이 무너지고 창틈에 남아 있었던 아침이 아직까지 떨고 있음을 알게 된 것이다. 그것은 릴케의 혼을 찌른 적의의 아찔함으로 서 있기 때문이라고 말하고 있는 듯하다.

> 타오르는 것은 빛이 아니다
> 가시가 이루는 파도
> 살이 던지는 이슬
> 그대 알몸의 부끄러움이
> 쨍쨍한 대낮을 무너뜨린다
> 그 창틈으로 한 아침이 떨며 서고

그 호수 위에 한 핏방울이 깨뜨려진다
　　　　　　　　　　　　　　　　　　　　　─「장미」 전문

　전술한 의미로 위의 시 「장미」를 보면 시인이 추구해온 자연과의 합
일, 생명 추구의 시선이 이 시에서는 드러나지 않음을 엿볼 수 있다. 첫
시집 『빈집을 지키며』에 수록된 이 시에서는 대상과의 합일보다는 대
상의 위엄을 인식하고 대상에 대한 분리와 적의의 태도를 엿볼 수 있
다. 이 시에서 주체의 의미를 선명하게 부각시키는 시간은 '대낮'이지
만 그 수직적인 공간에 '장미'의 날카로움이 존재하고 있기 때문이다.
대립적인 시간으로서 '아침' 그리고 주체가 존재하는 곳으로 '창'이 있
는 닫힌 공간과 '호수'라는 열린 공간을 대립적으로 설정하고 있다.
　또한 '그대'로 호명되는 '장미'의 존재는 타자들과 소통하려 하지 않
는다. 그것은 파괴적인 것들로 '무너뜨린다', '깨뜨려진다'와 같은 표현
들에서도 드러나고 있듯이 위험한 요소들로 보이며, 타자들과 소통하
지 못하는 존재가 지닌 '가시'는 타자들과의 소통에서 합일점을 찾지
못하게 하고 관계들을 어긋나게 하는 역할을 한다. 하지만 이런 것들은
표면적으로 보이는 구도일 뿐이며 사실은 장미의 완전무결한 순결성,
그 결백함으로 깨트려지는 혼미한 황홀경일 수 있다.
　그렇기 때문에 미적인 것에 대한 시적 화자의 추구는 완전하지 못하
고 불완전함을 내포하고 있다. 타자와의 관계에서 어긋나 버린 소통은
세계와의 소통으로 나아가지 못하고 자기소외적인 현상을 보이게 된
다. 주체와 대상, 대상과 주체의 온전한 소통 의지는 '아침'과 '대낮'이
떨거나 무너짐으로 온전한 상태가 아님으로써 단절되기에 이른다. 서
로가 서로를 이질적으로 인식하는 시간과 공간에서 시적 화자의 인식
과 합일의 의지는 거부되고 부정된다. 또한 대낮과 아침이라는 이중적
인 시간의 교차적 설정에서도 통합 혹은 일체성으로 나아가지 못하면

서 대상을 향한 화자의 의지가 확장되지 못하는 상황에 이르고 있는 것처럼 보인다. 하지만 화자는 황홀경을 제공하는 대상과 적절한 합의로 일체감을 갖고자 하는 것은 아니다. 아침이 떨고 대낮이 무너지는 것처럼 화자 자신도 온몸을 투신하여 그 황홀경 속에 빠지고 싶은 것이다. 이 시「장미」에 표현된 미학적 태도는 조창환 초기 시의 관능적 탐미주의를 대표한다.

꽃잎의 비행
—「벚꽃 잎 하르르 쏟아질 때」

조명숙 ● 아주대 강사

4월 어느 저녁, 만개한 벚나무에서

벚꽃 잎 하르르 쏟아지는 것을 보면

어둠이 오기 전의 짧은 시간

꽃나무가 제 몸의 살아 있음을 확인하며

그 놀라움 때문에

기절할 듯 몸서리치는 몸짓을 본다

붉은 해가 하늘 서쪽에 둥두렷이 걸려 있는 시간

흰 벚꽃 터널이 한순간에 무너지며

눈사태 지듯 꽃 이파리들 흩어지며 소리칠 때

어디선가 장작 활활 타는 소리 들리고

살아 있는 모든 존재의 비늘들 흰빛으로 소스라친다

이제 곧 어둠이 오면

어둠에 묻어 서로의 몸 캄캄해진 꼴 보이느니, 차라리

하르르 하르르 아우성치며

나비처럼 가볍게 아득한 봄 속으로

추락해가는 꽃잎들 보라

벚나무에서 벚꽃 잎 쏟아질 때
흰 피 뿌리며 진저리 치는 목숨들, 안타깝게
다투어 바람 속으로 투신하는
봄날
아찔한
어지럼증 못 이겨 눈 감을밖에
―「벚꽃 잎 하르르 쏟아질 때」 전문

　선생님의 시를 처음 접한 때는 2002년 봄이었던 것으로 기억된다. 대학원에 처음 들어왔을 때 선생님께서 외국에 계셔서 직접 뵐 수 없었기에, 선생님에 대한 궁금증을 나름대로 해결하기 위해 그즈음 가장 신간이었던 시집을 사서 읽어보았다. 그때 읽었던 시집이 『피보다 붉은 오후』였는데, 이 시가 그 시집에 수록되어 있다는 것은 나중에서야 알았다. 해마다 학교 도서관 앞에 벚꽃이 만개하고 여기저기 벚꽃 축제로 인산인해를 이룬다지만 그 아름다움을 단 한 번도 제대로 느껴보지 못할 정도로 마음의 여유가 없었던 내게 이 시는 특별한 경험으로 다가왔다.

　『피보다 붉은 오후』의 서두에서 언급하신 것처럼 선생님의 시에서는 주로 시적 대상을 투명한 언어와 정결한 이미지로 형상화하고 있다. 대상에 대한 감각적인 이미지화는 선생님의 시 전반에 흐르는 음악과도 같은 것이라 생각한다. 시에서 이미지는 관념과 사물이 만나는 지점으로, 감각에 호소하고 사물에 대한 감각적 경험을 깨닫게 해주는 역할을 한다. 이 시에서 화자는 "하르르" 쏟아지는 벚꽃 잎을 바라본다. 그리고 "제 몸의 살아 있음"을 확인하면서 자신의 존재를 드러내고자 하는 꽃잎의 "몸짓"이 "봄 속으로 / 추락"하고 "바람 속으로 투신"하는 모습을 보면서 "아찔한 / 어지럼증"을 경험한다. 그러한 꽃잎의 "몸짓"에 화자는 "어지럼증"을 못 이겨 "눈 감을밖에" 다른 도리가 없다. 버클리에 의하면 존재하는 것은 모두 지각된 것이라고 한다. "살아 있는 모든 존재의 비늘들"이 "소스라치"고 "아우성치"는 봄날 저녁, 시적 화자는 어둠이 오기 전 스스로 사라져가는 것에 대해 탄식하고, 그러한 안타까움은 "쏟아지는" 꽃잎의 "투신"을 통해 지각된다. 이는 생명에 대한 경이로움 또한 몸소 깨닫는 것과 동시에 소멸하는 존재에 대한 무한한 고민과 번뇌를 승화시키고자 하는 시적 화자의 자각과 성찰로 볼 수 있다.

선생님께서는 평소에도 아름다움이 빨리 사라져버리는 것에 대한 안타까움을 토로하시는 유미주의자이시다. "하르르 하르르 아우성치"는 꽃잎의 작은 "몸짓"과 "나비처럼 가볍게", 그렇지만 "추락해가는 꽃잎들"을 바라보면서 선생님은 속절없이 마음앓이를 하시진 않았을까. 선생님은 아름다움이 사라져가는 것에 대한 안타까운 마음을 "하르르"라는 감탄사에 모두 담고자 하신 듯하다. 또한 꽃잎 날리는 모습을 "쏟아지는"으로 표현하신 것도 선생님의 시에서 언어에 대한 남다른 감각을 엿볼 수 있는 부분이다. '떨어지다'와 '쏟아지다'는 아주 다른 느낌의 표현이다. 사람들은 흔히 꽃잎이 '떨어진다'라거나 꽃비가 '온다'라는 표현을 즐겨 쓰지만 나는 꽃잎이 '쏟아진다'라고 쓰신 선생님의 의도를 조금은 알 수 있을 것 같다. 연구실에서 가끔 선생님께서 쓰신 시를 보여주시면서 시의 전체적인 이미지에 잘 어울리는 시어를 선택하기 위한 고민을 잠깐이나마 내비치실 때처럼 시인으로서의 선생님의 마음이 한층 더 가깝게 느껴지기 때문이다.

선생님께서는 언제나 작고 사소한 것에도 무한한 애정을 담으신다. 잊을 수 없는 것은 석사 2학기 때 연구실 청소를 하던 중 선생님의 오래된 책 먼지를 닦던 내 모습이 보기 좋으셨다고 말씀하신 것이다. 어찌 보면 별것 아니지만 선생님께서는 그런 사소한 것 하나도 그냥 지나치시는 적이 없었다. 돌이켜보면 선생님께서는 내게서 좋은 모습만을 보려고 하신 듯하다. 이런저런 잘못도 많이 하고, 부족한 모습을 보인 적도 많았지만 처음 뵈었을 때부터 지금까지 선생님은 항상 든든한 버팀목이 되어주셨다. 다른 전공 학생들은 대부분 선생님에 대한 막연한 무서움을 토로하기도 하지만 나는 늘 따뜻하고 자상한 '우리 선생님'의 제자임을 아무런 망설임 없이 드러낸다. 그러나 학문에는 더더욱 엄격하신 선생님께 학문적인 것과는 조금 거리가 먼 제자로 남겨진 것 같아 늘 죄송한 마음만 가득하다. 그럼에도 늘 한결같은 마음으로 아껴주시고 다독여주시는 선생님께 더 많은 것을 해드리지 못하고 정년을 맞이하시게 한 것은 내가 두고두고 해야 할 숙제라고 생각한다.

변신 이야기
—「창槍」

김경은 ● 아주대 박사 수료

태초에 기억이 있었다. 신은 무한하고 과거와 현재와 미래를 아우르는 시간의 응축이었으며 거대한 우주의 공간을 채우는 에너지 자체였다. 인간은 한 세기도 살지 못하면서 그 짧은 시간 속에서 희로애락과 오욕칠정의 연민과 고통의 기억들로 혼돈이었다. 시작을 모르는 존재이므로 끝을 알 수 없었다. 스스로의 테두리에서 목 놓아 울거나 어린아이처럼 기뻐했고 설레었다. 벗어날 수 없었기에 회복되기를 갈망했고 폐허의 언저리를 목도했음으로 인간이었다. 피와 살과 뼈를 지니고서 들숨과 날숨은 절망과 좌절 속에 있었다. 한 번이 아니었다. 벼락과 같은 충격과 공포는 인간에 대한 배려를 갖추지 않은 채 저의 무질서 속에서 운동하고 있었다. 인간은 기억인 의식으로부터 그것의 기저층으로 추락해간다. 그러나 생의 에너지는 나약하고 어리석은 행동의 파문으로부터 영향받지 않고 도저하게 삶을 관통해 흘러가고 있었다.

태초에 기억은 없었다. 인간이라는 유한자의 시간 또한 무의미하게 흩어져 버렸다. 한계와 그것을 빚어내는 감정들로부터 자유로워진 의식은 또 한 번 버려진 세계의 끝을 목도한다. 생에 대한 강렬한 충동이 분열된 삶의 의식을 형상화하는 방향으로 이끌어간다. 진지하고 엄밀

하게 자기소멸과 자기해체의 과정이 진행되고 역설적으로 삶의 회복이
이루어진다. 처절하게 나락으로 떨어지는 하강의 운동성으로부터 세속
을 벗어나 발견되어지는 신성함에 대한 겸허한 수렴이 이루어진다. 전
율이 온다. 세속적인 삶의 모습과 그릇된 현실의 파편과 그러한 분열상
을 바라보는 무의식의 분노로서 번개와 같이 우렛소리와 같이 이제 처
음 벌거벗은 생의 대지 위로 쏟아지는 빗줄기…….

　　이 시퍼런 대낮 위에 던져진 풀밭

　　무한천공에 웅성거리던 먼지와 눈물,
　　살 깊은 속의 뱀 떼들 창에 꿰어 쏟아진다

　　쏟아지는 풀밭 위에 장미가 드러눕고,
　　불길 속의 프리즘이 풀무를 저어
　　피로 물든 흙더미에 소금이 튄다

　　메마른 하늘에서 쪼개지는 벽력,
　　대낮과 이온과 음전기들 창에 꿰어

　　풀밭이 쏟아지고, 폭포가 쏟아지고
　　가시가 쏟아지고, 벼락이 쏟아지고
　　시퍼런 풀밭 위에 쏟아지는 창들

　　*

　　쏟아지는 창은 피리를 꿰어

쏟아지는 창은 늑골을 꿰어
쏟아지는 창은 터럭을 꿰어
쏟아지는 창은 여왕을 꿰어

폭풍의 풀밭에는 살생이 가득하다

쏟아지는 창은 바다에 쏟아져 번쩍이고
쏟아지는 창은 언덕에 쏟아져 몸부림치고
쏟아지는 창은 콘크리트에 쏟아져 부서지고
쏟아지는 창은 헬메트에 쏟아져 폭발하고

변신의 풀밭에는 섬광이 가득하다

풀밭에 쏟아진 창들은 운다
창은 뱀 되어 본다
창은 종 되어 종을 두들긴다
창은 눈 되어 겨눈다
창은 창 되어 창을 찌른다

이 시퍼런 대낮 속에 던져진 풀밭
—「창槍」 전문

　인도 신화 속의 칼리 여신이 위대한 창조의 날을 위해 의식을 행하듯
이 단호하고 엄숙하고 맹렬하게 의식의 껍질을 파괴하며 내리는 빗줄
기는 인간의 영혼을 향해 내리꽂는 신의 창槍이다. 그 에너지의 강렬도
는 신성함을 부른다. 이 흐름 속에서 분열된 무의식의 분자들은 새로운

240

영토를 획득한다. 새로운 종이 탄생한다. 칼날처럼 "시퍼런" 생의 에너지가 가득 찬 대기에, 정신이 그것의 그림자조차 드리우지 않는 정오의 시각인 "대낮"에 펼쳐진 "풀밭"은 순수한 의식의 지평이다. 내리꽂는 신神의 창槍으로 인해 '풀밭'은 새로운 몸으로 탈바꿈한다. 무시무시한 변신이다. 그런데 "풀밭에 쏟아진 창들"은 왜 우는 것일까. 이 지점에서 존재는 새로운 몸으로 바뀌었기 때문이다. 창은 "뱀"이 되고 "종"이 되고 "눈"이 되고 다시 "창"이 되어 완전한 변신을 이룬다.

조창환 선생님의 시 「창槍」이 보여주는 세계는 이렇듯 실존적이며 존재와 생에 대한 깊은 각성과 깨달음에 대한 도발적인 감각들로 가득 채워져 있다. 이 시에서 전달되는 비의에 독자로서의 감각을 열어 접촉하는 순간 또한 즐겁다. 선생님께는 한없이 모자란 제자의 나약한 정신이 이 시를 접촉함으로써 정화되는 느낌이 들기 때문이다. 선생님을 곁에서 뵐 때는 언제나 이유 없이 감사하는 마음이 들곤 한다. 이런 마음을 열어주시는 에너지는 어디에서 나오는 것일까 항상 신기하고 궁금한 마음이 있었는데 이 시를 읽으면서 다시 생각해보게 된다. 이 시는 선생님의 첫 시집 『빈집을 지키며』(심상사, 1980)에 수록된 시 중 단연 빼어난 시다. 그래서 허락도 없이 어리석게도 감히 이렇게 말하고 싶다. "태초에 어린아이와 같은 깨끗하고 순결한 영혼이 있었다. 그리고 그의 정신성은 벼락과 같고 뇌우와 같이 강렬하게 내내 깨어 있다."

긴장의 시학
—「단식 광대」

김상혁 ● 시인

시가 무엇인지 통 모르던 영문학 전공자에게 '긴장감'이라는 단어는 스릴러 영화에나, 혹은 청춘 남녀의 연애사戀愛事에나 어울릴 법한 단어였다. 소설이라면 또 모를까, 대체로 종이 한 바닥 분량이나 될까 말까 한 시 한 편에서 긴장감이라니. 조창환 선생님은 그런데 시적 이미지 간의 거리에서, 연과 행의 운용에서, 또 단어와 문장부호의 활용에서 '긴장감'을 중요하게 언급하시곤 했다.

시에서 긴장감이란 단순히 이미지의 민첩한 전개나 시상의 조밀한 배치를 통하여 얻어질 수 있는 게 아님을 나는 한참이 지나서야 알았다. 느리고 평이한 듯 진행되는 시에도, 성긴 구조에 담긴 시에도 긴장감은 얼마든지 존재했다. 그것은 또한 단순히 시라는 작품 자체에만 국한되는 문제도 아니었다.

또다시 망연한 갈림길에 서 있는 느낌이다.

갑년을 맞아 시선집을 엮으면서 나는, 내 안에 있는 유령이 긴장하는 것을 느낀다.

위는 조창환 시인의 시선집 『신의 날』 서문이다. 예순을 넘어서도

"또다시 망연한 갈림길에 서 있는", 그리고 자기 내면에 존재하는 "유령이 긴장하는 것을" 감지하는 시인의 자세가 바로 '긴장감'의 진짜 정체인 것이다. 개인적으로는 시의 질이 시인의 물리적인 나이에 영향을 받는다고 생각한다. 반면 그러한 물리적인 나이를 극복하는 시인들도 분명히 존재한다고 믿는다. 조창환 시인의 시 「단식 광대」에서 '단식'이라는 행위가 내포하는 지향은 '예술적 노화'에 대한 거부이다.

한때 내 안에 살고 있는 단식 광대를 사랑한 적이 있었다
그림자며 눈물인
혹은 마른 갈치며 독사인
단식 광대는 목마른 들개처럼 짖었다

저수지에 담긴 의자처럼
단식 광대는 오래 참고 단단해졌다

내가 그를 굶긴 것인지, 그가 식사를 거부한 것인지
구분할 수 없는 지경에 이르도록
나는 내 안의 타인과 맞서 눈 부릅뜨고 지냈다

니은 자로 길게 파인 복부의 상처에 소금 문지르듯
독을 품고 이 악물고
광대가 굶을 때
나는 유령도 긴장한다는 것을 알았다

석탄층 속의 삼엽충 혹은 암모나이트처럼
단식 광대가 단단한 화석으로 굳어져

나를 지배하기까지 나는 내 안의 유령을 끌어안고
살았다 그것은 나의 썩지 않는 추억이다

나는 지금도 내 안의 광대를 사랑하지만
단식 광대는 석탄이 되어 있다

가끔 내 속을 들여다보면
고래가 다녀간 흔적이 남아 있다 알래스카의
바다, 팽팽하고 차가운 휘장을 찢고
가라앉은 부챗살 같은 탄식이 남아 있다
―「단식 광대」 전문

시에서 '광대'가 '단식'하는 이유는 명확하지 않은데, 이러한 불명확성은 시인이 의도한 바이다. 광대에게는 누군가가 "그를 굶긴 것인지" 혹은 광대 스스로 "식사를 거부한 것인지"도 중요하지 않다. '단식'이라는 행동 자체가 그의 목적이기 때문이다. 어떤 행위가 행위 자체의 실현을 지향하는 합목적성을 획득하게 되면, 그 행위는 능동성이나 피동성조차 "구분할 수 없는 지경에" 이른다. 흡사 예술이 심미적 목표를 달성하는 것만으로도 그 가치를 다 하듯이, '광대의 단식'은 '단식' 그 자체로서 가치 있다.

물론 광대의 단식이 위와 같은 합목적성에 이르는 과정은 만만치 않다. 광대는 "저수지에 담긴 의자처럼" 고독의 무게를 "오래 참고" 견딘 끝에 비로소 "단단해"질 수 있었다. "니은 자로 길게 파인 복부의 상처에 소금 문지르듯 / 독을 품고 이 악물"던 시간이 없었다면, 시인은 결코 "썩지 않는" 예술혼이 담긴 거대한 화석을 자기 내부에 지니지 못했으리라.

카프카의 소설 「단식 광대」에 등장하는 광대는 죽은 뒤 짚과 함께 땅 속에 묻혔다. 조창환 시인의 단식 광대는 가슴속에서 "석탄이 되어" 있다. 시인의 광대는 "고래가 다녀간 흔적"처럼 치열하였던 시정신의 과거적 상징일 뿐 아니라, 여전히 불의 성질을 간직한 채, 그리하여 유령조차 긴장시키는, 노쇠를 잊은 시정신의 현재적 표상이기도 하다.

제3부

시와 인간

 # 음악의 행간과 언어의 도장

김영태 ●시인·음악평론가

1

《현대시학》(1990년 10월호) 「시인의 초상」 난에 나는 조창환에 대해 짧은 글을 쓴 적이 있다. 제목이 「뜬쇠와 음악 요리 책」이었다. 요리 책은 많아도 아마 음악 요리 책은 없을 것이다. 음악을 가지고 요리를 하는 음악 요리사가 누구냐 하면 음악을 경청하는, 경청하고 나서 '자기 것'으로 소화하는 전문가를 말한다. 우리나라에 음악을 경청하는 시인들은 많다. 전봉건 같은 시인은 피란지에서 문을 연 〈르네상스〉에서 플레이어를 맡은 적도 있다. 그러나 음악을 소화시키고, 걸러서 언어로 재생시키는 그런 전문가는 그리 많지 않다. 요리 책 앞에 '뜬쇠'라고 못을 박은 건 조창환의 인격을 폄하한 게 아니라 멋스러움을 주장하는 내 취향 탓이었다. 잘난 놈들이 판을 잡은 세상일수록 세상에서 비켜서 있는 뜬쇠의 가치도 그런 면에서 소중한 것이다.

「시인의 초상」에서 나는 음악회에서 만난 그의 모습을 이렇게 적었다.

조창환 형은 실내악의 밤, 소나타의 밤, 듀오 연주회 때 공연장에 나타난다. 시간이 남아 담배를 뻑뻑 피우고 있는 예술의전당 로비 의자 뒤로 그가 가을 나무 그림자처럼 문득 출몰한다.

「시인의 초상」에 내가 인용한 시는 모리스 라벨의 〈밤의 가스파르〉였다. 이 곡은 19세기 프랑스 낭만주의 시인이었던 알루이시우스 베르트랑의 산문시집을 라벨이 읽고, 영감을 얻어 오선지에 옮긴 곡이다. 렘브란트와 카로풍의 환상시집이란 말을 그 시대 라벨 친구들은 얘기했다. "기이한 미의 침전은 모로의 그림과 비슷하다"라는 평도 들린다. 환각·환상의 미로迷路를 라벨은 그 이상의 것까지 표현하고 있는데 1곡은 〈물의 요정妖精〉이며, 2곡은 〈교수대〉, 3곡은 〈스카보로〉이다.

춤추는 빛의 반지
호수 위의 작은 동그라미들

(……)
달
안개의 발들

그는 〈밤의 가스파르〉를 이렇게 해석했다. 〈물의 요정〉에서 빛의 반지, 안개의 속삭이는 발가락들을 손으로 어루만지듯(피아니스트 마르타 아르헤리치는 이 단음單音 묘사를 레시터티브로 끌고 갔다)—아니, 시인은 가슴에 안는다.

조창환은 샤논과 미첼이 2인무를 춘 알비노니의 〈아다지오〉를 '정지된 시간의 무게'로 수용한다.

흐르는
섬
하나

길고
따뜻한
평행선

끝과
끝
사이
—「수평선」부분

"내가 서향 창을 바라보았을 때……"(음악 산문집에 게재된 「서향 창」
을 여기 재인용하면 다음과 같다.)

스크리야빈의 피아노 소나타 7번과 9번에는 각각 표제가 붙어 있다.
7번은 〈하얀 미사〉, 9번은 〈검은 미사〉이다. 해가 바뀐다, 시간은 물결
같다. 스크리야빈을 듣는 서향 창은 그러나 아무것도 바뀐 게 없다. 해가
바뀌어도 정적은 숨을 곳이 없다. 정적은 나와 함께 살아야 한다. 나는
〈하얀 미사〉 때는 흰옷을 입고, 〈검은 미사〉 때는 흑의黑衣를 입고 미사
에 참석하리라.

깊이 잠들지 못하는 밤은 혼자서 헝겊 조각만 한 서향 창을 향해 앉아
있곤 한다.(「음의 풍경화가들」, p.217)

……조창환은 서쪽을, 〈4성부聲部를 위한 미사〉 곡을 듣고 있다.

출렁거리는 황금빛
눈물

> 점토로 구운 한 채의 성당을
>
> 두들기면서 서쪽으로 향한다
>
> (후략)

서향 창을 바라보기, 적막을 끌어안기다. 4성부를 위한 미사곡을 듣는 조창환의 골방도 적막감을 이겨내기는 마찬가지가 아닐까.

그가 "점토로 구운 성당"이라고 언덕에 있는 집(성당이 아니면 어떠랴, 지오폰티의『건축예찬』을 읽으면 언덕 위에는 늘 집 한 채가 서 있다)을 가리켰을 때 나는 피렌체에 가서 보았던 납작한 두부 모양의 두오모 성당을 떠올리게 되는 것을.

2

조창환이 드뷔시보다 라벨을 더 선호하는 것은 나와 비슷하다. 모리스 베자르가 61년에 안무해서 발레의 고전이 된 〈볼레로〉가 그렇고(〈볼레로〉는 지난 12월에 타계한 조르주 동, 그리고 실비 기엠이란 무용가들을 세계 무대에 배출했다), 〈물의 희롱〉이 여기에 해당된다.

드뷔시와 라벨의 차이점은 무엇일까. 드뷔시는 대상 그 자체가 아닌 이미지를 음악으로 만들었다면, 라벨은 대상이 거울에 비치듯 객관적이며 투명하게 그려낸 게 다른 점이다. 라벨이 좋아한 시인 베르트랑은 디종 출신인데(서정기, 「프랑스 산문시의 발달과 미학」, 《현대시학》, 1993. 1, p.116) 디종은 중세 유적이 남아 있는 고도, 요술쟁이나 요정이 등장하는 환상적인 전설이 그대로 전해 내려오고 있었던 곳이다.

조르주 동과 실비 기엠이 솔로를 춤추었던 〈볼레로〉 원탁의 붉은 무대(그들은 원탁 무대에서 기진할 때까지 춤춘다)를

> 희미한 공기 덩어리가 걸어온다

안개를 헤치고, 피리 소리들이 걸어온다
푸른 스카프를 걸친, 홰나무들이 걸어온다
열린 문들에서, 구름의 신발들이
─「볼레로」부분

걸어온다고 조창환은 쓰고 있다. 원탁 밖에는 40여 명의 군무가 솔로를 뒷받침하고 있는 강렬한 춤이다. 조창환은 '젖은 전류', '불과 파도' 때로는 '수증기', 그리고 '깃발'로 죽음의 무도를 비유하고 있다.

조창환이 만난 드뷔시는 전주곡 1집에 나오는 〈벌판의 바람〉일 수도 있고, 유리 킬리얀이 안무한 〈침묵된 사원寺院〉이기도 하다. 아니, 전주곡 2집에 나오는 〈안개〉가 아니던가. 드뷔시도 라벨과 같이 〈온디느(물의 정精)〉를 물의 궁정에서 만났지만.

〈물의 정〉은 누구나 만날 수 있는 대상은 아니다. 안개에 서려 있는 매혹적인 나체를 보는 것은 작곡가만의 특권이다. 조창환은 〈안개〉를

부딪치면서 어루만져지는
물방울들의 탄력
─「드뷔시」부분

이라고 적고 있다.

아무튼 인상파 회화에서도 도입된 두 음악가의 개성이, 드뷔시가 감성적, 분석적이라면 라벨은 이지적이며 조형적이고 정교하다. 그런데 두 사람 선생으로 에릭 사티가 있다. 〈짐노페디〉와 〈그노시엔느〉를 작곡한 괴짜 스승 사티, 사티는 누구인가?

3

사티를 말할 때 나는 〈구석의 아름다움〉을 제창한 이 독신자의 얼굴이 떠오른다. 나는 사티에 대한 꽤 많은 분량의 「사티론論」을, 「에릭 사티를 주제로 한 다섯 개의 소품」 등을 쓴 적이 있다. 내가 들은 〈그노시엔느〉 선율은

> 엉김(느리게……)
> 살이 살에 닿는
> 놀람
> 다시 엉김(천천히 풀기……)
> 놀람
> 다시 엉김(천천히 풀기……)
> 검은 풀이
> 괴어 있는 샘이
> 복숭아 둘레
> 벙글어지는 타액唾液이

였다. 칼푸니의 2인무를 본 소감.

조창환이 만난 사티는 「차가운 소곡」이다. 인간들 사이에서 겉도는, 작은 성城처럼 숲 속에 고립된, 아무도 돌보지 않는 구석을 편애하는, 그래서 '가구 음악家具音樂'을 자신의 혼 속에 숨겨놓고 있는 이방인. 아니, 친구 피카소를 끌어들이고, 콕토 대본으로 〈파라드〉를 작곡해 다다이즘 발레 테이프를 끊은 조표와 매딧줄을 폐지한 몽상가 사티.

> 소곡 한 소절이
> 저만치 흔들린다

미행을 그치고 잠깐 침묵한다
(······)
소리의 틈서리에
하나씩의 은빛 못을 박으면서
―「차가운 소곡」 부분

은빛 못을 박는 사티.
그가 쓴 〈짐노페디〉에 나오는 중늙은이는 조창환만큼 사티를 편애하는 50대 후반의 '나'는 아닌지? 그 증거는,

그의 시를 공연했던 발레 무대

가 등장하고, 조창환이 어느 날 내게 와서 발레 포스터를 얻어 간 적이 있기 때문이다.
중늙은이, 까치 머리, 빌어먹을 사티 병자, 그렇다면 조창환이나 나나 사티의 덤덤함, 모자라는 듯한 예리함을 발견한 건 우연에 그치지 않는다. 사티의 소리, 그 틈서리는 이런 거다.

무엇이 지나가는 것 같기도 하고,
대상의 윤곽이 다가오는 듯한
어떤 예감
그게 사티 곡이 아닌가?

4

조창환은 이생강의 〈대금 산조〉를 듣고, 난蘭을 떠올린다. 난이라면······? 폭군 대원군의 난은 그의 성격과는 다른 일면의 고고함으로

회자되고 있다. 명필가 추사秋史의 난은 그런 면에서 '어떤 경지'이다.

　　휘어진 칼이다
　　허공에 던져진
　　눈썹 몇 금
　　—「난蘭」 부분

　난으로 오버랩되는 대금 소리는 그가 말했듯이 '단선율의 여운'으로 허공을 가르고 있다. 난이 있는 동양의 여백은 무엇인가. 그것은 눈썹 몇 금이란 절묘한 붓 자국의 농담으로 우리 시각 앞에 인화된다.
　나는 음악 팬클럽 친구들인 강석희의 〈부르〉를, 백병동의 〈9월에〉를, 황병기의 〈산조〉를 듣고 언어로 옮긴 적이 있다. 황병기는 '영혼이 목욕할 때' 그것은 음악이라고 말했다. 조창환은 김정길金正吉 작곡 〈추초문秋草文〉을 듣고 이렇게 썼다.

　　가라앉으면서 스며드는
　　무늬

　그것은 〈추초문秋草文〉에서 얻는 음 문양의 미세한 심줄 같은 것이다. 조창환이 듣는 〈수제천壽齊天〉의 복고 취향은

　　학이 날아오른 자리
　　궁성宮城의 뜰에 패옥佩玉이 흔들린다

　　천하의 뜬구름들이 머물어

이다. 그런 정경 뒤에, "아청鴉靑빛 옥음玉音에 가슴 설레"는 한지 위에 먹물을 배게 한다. 그가 만난 〈산조〉 연주가 김죽파는 세상을 떠났지만

　　항라 치마자락
　　스치는
　　소리

로 귓가를 맴돈다. 명창 임방울의 소리는 〈쑥대머리〉 한 대목에서

　　소리는 소리로써 떠돌아
　　흔적 없이 흩어짐이
　　─「임방울」 부분

제격임을 그는 체험하고 있다. 뜬쇠의 음악 요리 책에서 이 부분은 소중한 우리 음악의 견본들이다.

5

조창환의 음악시들을 읽으며, 그리고 음미하며, 나는 내가 만났던 음악가들의 작품과 비교하는 공생의 삶, 그 자리에 빠져든다. 나는 아예 눈을 감고 있는 초개草介지만, 그는 나보다 조금 동공을 음악 쪽에 열고 있다. 어쨌든 그의 시에 나오듯 나도 그가 언급한 대상(작곡가)에 대해 지금도 공부 중이다.

　새소리를 채집했던 메시앙이 그렇고(〈시간의 종말을 위한 4중주〉), 바흐(〈무반주 플루트 소나타〉), 헨델,

은빛 유리종을 매단 마차들의 행렬

이 곡은 〈하프와 오케스트라를 위한 협주곡〉인데 헨델의 〈수상음악〉
으로 안무가 빈센트 네브라다는 〈헨델 예찬〉(지안니니 의상)이란 걸작을
남기지 않았던가.
　조창환의 시 「시타틀러」에는 모차르트의 〈클라리넷 5중주〉가 나온다.

　실안개 흐르는 바다의 여명을
　향하여 물에 섞인 살을 녹이면서
　(……)
　비어 있는 껴안음을 완성하면서

모차르트의 〈클라리넷 5중주〉는 아네스 바르다(여류 영화감독)가 만
든 〈행복〉(부인을 둔 남자가 우체국 여직원을 사랑하는 얘기, 부인은 자살한
다)에서 우리의 심금을 울려주었다.

　철로변의 해바라기들……

그리고 브람스 현악 6중주, 1번 2악장의 저 도입부 주제, 그런가 하
면 카살스 옹은 조창환의 막간 수첩 속에 흐린 오후의 역광을 받으며,
비스듬히 앉아 있다.
　〈눈물〉을 작곡했던 타레가, 브루흐의 〈신의 날〉, "은어 떼들이 튀어오
르는" 쇼팽의 소나타 등 조창환의 음악 요리 책을 일일이 열거하기에는
지면이 좁다.
　나는 이 글을 쓰기로 하면서 조창환 형에게 시집 발문이 아닌, 산문
체 에세이식이라고 못을 박았었다. 딱딱함, 형식적인 틀을 나는 벗어나

고 싶었으며 그러므로 그와 내가 만난 음악의 여백이 '더 잡힐 수 있지 않을까' 하는 가능성 때문이었는데 써놓고 보니 '쓸모없는 작문'에 불과한 글이 되어버렸다.

뜬쇠와 음악 요리 책

김영태 ●시인·음악평론가

조창환은 맥주를 한 컵 정도 마신다. 나와 같은 주량이다. 조창환은 세계 유수의 굵직한 교향악단, 황금 배역의 오페라단 공연에는 어쩌다 나타난다. 나는 일 때문에 거기 가는데 이 점은 나와 닮지 않았다. 그러나 창환 형은 실내악의 밤, 소나타의 밤, 듀오 연주회 때는 어김없이 공연장에 나타난다. 시간이 남아 담배를 뻑뻑 피우고 있는 예술의전당 로비 의자 뒤로 그가 가을 나무 그림자처럼 문득 출몰한다. 맥주는 한 컵 주량이지만 체인스모커 기질은 나와 닮았다. 우리는 반갑다고 잡소리를 늘어놓다 잡소리도 한계에 오면 다시 담배를 뻑뻑 빤다.

하루는 조창환과 화식집 '은지銀池'에서 만나기로 했는데 12시 10분 전에 먼저 온 나는 카운터 앞 식탁에 등을 돌리고 앉아 있었고(제가 들어오면 까치 머릴 보겠지……), 그는 5분 전에 와서 화식집 문가 쪽을 바라보고 꼼짝 안 했다. 각자가 등을 돌리고 20분쯤 앉아 있다 투덜대다가, 각자가 점심을 시켜 먹고 화식집을 나온 적도 있다. 조창환과 나는 등을 돌리고 꼼짝 안 하는 소 죽은 귀신에 쇠심줄, 어디가 막혀도 단단히 막힌 것도 같다.(옛날 지붕 위를 타는 굴뚝 소제부가 있다면 이 막힘을 뚫을 수 있을 텐데…….)

그러나 조창환은 콩나물시루에서 콩이 자라는 것을 본다.(그 콩 중에는 야무진 놈, 별 볼일 없는 놈, 끼가 있는 놈, 맹탕인 놈이 있다. 시 소설 희곡 지망생들인 그 콩 중에서는 돌연변이 제자가 문단에 얼굴을 내밀기도 한다.)

아이오와에 가서 한 6개월 세계 각지로부터 모인 글쟁이들과 토론도 하고, 돌아올 때는 (그의 프로그램에 의하면 음악 여행) 뉴욕에서 푹 묵으면서 피셔 홀에 나타난 레코드 재킷 사진보다 늙어 보이는 바렌보임 피아노 독주에 귀를 기울인다. 조창환은 또 제법 행사 규모가 큰 세계시인대회 시 낭송 저녁에 긴즈버그가 숙달된 배우처럼 시를 입체적으로 읽을 때 진행을 맡기도 했다. 조창환과 나는 실내악의 밤에서 부딪히는 것 말고는 닮지 않은 점도 많다.

〈1879년, 그리고 우리들〉에서 어릿광대로 나왔던 조르주 동이 〈볼레로〉를 춤추었을 때, 김정길의 〈추초문秋草文〉을 들었을 때, 라벨의 〈밤의 가스파르〉(이 피아노 곡의 원문은 알루이시우스 베르트랑의 시였고, 베르트랑의 기이한 미의 침전은 모로의 그림과 비슷한……)

춤추는 빛의 반지
호수 위의 작은 동그라미들

달
안개의 발들

조창환은 〈온디느〉(물의 정精)에서 빛의 반지, 안개의 속삭이는 발가락들을 손으로 어루만지듯(피아니스트 아르게리치는 이 단음單音 묘사를 레치타티보로 끌고 갔다) 아니, 가슴에 안는다. 그는 샤논과 미첼이 춤춘 알비노니의 2인무 〈아다지오〉를 '정지된 시간의 무게'로 수용한다. 조창환과 나는 어디를 바라보고 있는 것일까. 내가 서향 창을 바라보았을 때 그는 서쪽……. 〈4성부聲部를 위한 미사〉 곡을 듣고 있다. '은지'에

서 공친 날 이후 나는 그를 '한성'(한식집)에서 만났는데 그의 남방셔츠
에는 물고기들이 놀고 있었다.

　　－《현대시학》 1990년 10월호

황홀하여라, 검은 허무여

우대식 ● 시인

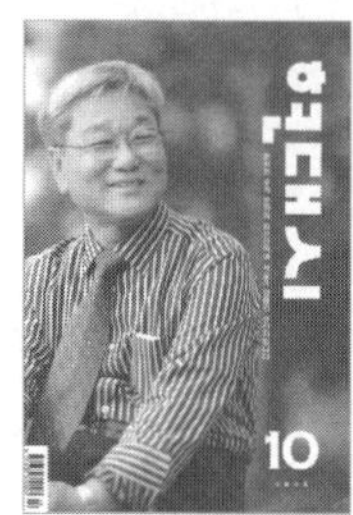

저 달을 보라
달은 아무 원한도 없다
달은 기억을 잃어버렸다
—T. S. 엘리엇

　조창환 선생님은 내게 목소리로 각인되어 있다. 이순이 지난 나이에도 선생님의 목소리는 몽돌이 서로 마주치듯 낭랑하게 울려온다. 소위 수원파 시인들(수원을 중심으로 경기 남부권에 사는 시인들)은 시집을 낼 때마다 모여 저녁을 먹고 술을 마시고 하나의 의식처럼 시를 한 편 씩 낭송한다. 조창환, 김윤배, 김인자, 정수자, 김왕노, 이윤훈, 김광기, 이덕규, 배용제, 윤의섭, 박해람 시인 등등이 그들인데 좌장 격인 조창환 시인이 시를 낭송하고 나면 다른 시인들의 낭송은 김이 빠지기 일쑤이다. 선생님의 낭랑하고도 따뜻한 목소리는 시 낭송의 격조를 높여주며 좌중을 압도하기 때문이다.

　개인적으로 선생님과의 첫 만남은 1990년대 중반이었다. 평택에서 교사로 근무하던 나는 대학원 공부를 더 할 작정이었으나 거리나 시간상으로 서울이 너무 멀어 수원으로 진학하리라 마음먹고 아주대학교로 선생님을 찾아갔다. 대학원 박사과정의 뜻을 알리자 단도직입의 질문이 들어왔다. 석사 논문은 무엇을 썼는가와 그 요지를 설명해보라는 것이었다. 석사 논문을 발로 쓴 까닭에 어렵지 않게 그 의의와 요지를 말하자 당장 곧 시작할 가을 학기 시험에 응시하라고 하여 약간은 얼떨결에 그의 문하에 들게 되었다. 개인적으로는 참 자상하신 분이구나 생각하며 지냈다. 이러한 편안한 관계에 대하여 학부 때부터 공부하던 후배들은 조창환 선생님과 어떻게 그리 편하게 지낼 수 있느냐고 부러워하기도 하였다. 아마 불같은 성격이 있었나 보다 짐작만 할 뿐 오늘까지도 나는 아직 그러한 모습을 뵌 적이 없다.

조창환 선생님은 해방둥이다. 해방되던 해 봄 막바지에 이른 2차 대전의 전운을 피해 서울 영등포에 살던 선생님의 가족은 소달구지를 타고 경기도 군포로 소개했다. 그러니까 정확하게 말하면 선생님의 출생지는 경기도 군포의 외딴 마을이었다. 해방 이후 선생님의 부친께서는 대한석탄공사 제1, 2 공장장을 거쳐 총지배인의 자리에 있었다. 선생님이 여섯 살 때 6·25전쟁이 터졌다. 다른 해방둥이들과 마찬가지로 현대사의 비운을 몸으로 받아들여야 했던 것이다. 경기도 화성군 봉담면으로 피난, 다시 서울로 입성, 또 다시 1·4후퇴로 부산으로 피난을 떠나야 하는 고단한 어린 시절을 보냈다. 어린 시절의 고단함은 그가 초등학교 6년을 각각 다른 학교 건물에서 수학해야 했던 사연을 통해서도 잘 알 수 있다.

문학에 대한 본격적인 관심은 아마도 서울중학교 때 비롯되었던 듯하다. 그때 작문 선생님이 조병화 시인이었다. 무엇보다도 큰 영향을 미친 것은 도서관이었다. 당시로서는 꽤 괜찮은 수준의 도서를 보유했던 학교 도서관에서 그는 세계 문학 전집을 읽었다. 책을 읽은 뒤의 흐뭇한 느낌에 사로잡혀 그는 독서의 세계로 끊임없이 빠져들었다. 고등학교로 진학할 무렵 부친의 사업 실패로 인하여 가산이 기울기 시작했고 어머니의 바느질로 생계를 이어가야 하는 삶의 굴곡을 겪게 된다. 어쩌면 그러한 요인들이 선생님을 더욱 책의 세계로 몰입시켰는지 모를 일이다. 서울고등학교에 입학한 선생님은 문예 신문반에서 활동하며 소년 문사로 적극 활동하게 된다. 소년 문사의 가슴 깊이 새겨진 또 하나의 사건은 4·19혁명이다. 시위대들의 피에 젖은 태극기를 쫓아 서대문을 거쳐 종로로 따라가던 여정은 말 그대로 파란만장한 한국의 현대사 그것이었다. 고등학교 2학년 때 선생님께서는 〈소년한국일보〉 신인문학상에 「팽이 치는 아이들」이라는 동시가 당선되어 당당한 아동문학가가 되었다. 서울대 국문과에 입학한 후 다시 동화 「신의 오른손과 사랑에 관한 이야기」가 〈한국일보〉 신춘문예에 입선됨으로써 본격적인 아동문학가로서 등단하게 되었다. 엄격한 윤리적 생의 태도를 견지하면서도 늘 해사한 웃음을 머금던 조창환 선생님의 내면에는 한 아이가 살고 있었던 것이다. 그 아이는 순진하지만 생각이 많은 아이였을 것이다. 그 아이는 오늘도 그에게 응석을 부리며 어디 먼 곳으로 놀러 가자고, 친구들과 만나 조곤조곤 이야기하고 싶다고 조르고 있는 것은 아닌지. 선생님의 다정다감함에는 그런 아이의 마음이 고스란히 녹아 있을 터였다.

20대 전반, 습작 시절의 선생님은 시, 희곡, 동화 가운데 어떤 장르의 글을 쓸 것인가 많은 고민을 했던 것으로 보인다. 그것은 뒤집어 생각해보면 여러 종류의 글을 습작했다는 것을 뜻하기도 하며 다양하고 오랜 습작기를 보냈다는 말도 될 것이다. 시에 몰두하게 된 것은 전봉건 시인이 주간으로 있던 《현대시학》에 김요섭 시인이 시를 추천해주면서부터였다. 3회 추천을 끝마친 것은 1973년이었다.

대학을 졸업하고 대학원 입학하기 전, 홍익중학교에 근무할 무렵 만난 분이 지금의 사모님이신 유소영柳小英 여사이다. 홍대 미대를 졸업하고 막 부임한 미술 교사와의 인연은 사실 대학 시절 활동했던 가톨릭

264

학생회로 거슬러 올라간다. 요즘도 사모님의 수줍어하시는 풍모와 음식 솜씨는 언제나 집을 찾는 사람들의 마음을 따뜻하게 해준다. 사실 사모님의 아버님께서는 서예가 검여劍如 유희강柳熙綱 선생으로 명절 때만 되면 으레 며칠간 음식상을 차려내야 했고 그때 배운 음식 솜씨가 아직 남아 있다고 하였다.

구정을 전후하여 조창환 선생님과 인연이 있는 제자들과 수원권의 시인들은 선생님의 집에 빠지지 않고 모인다. 언제나 후덕한 인심과 정갈한 음식을 맛보고 인간에 대한 예의를 배우는 까닭에 은근히 그날이 기다려지기도 한다. 떡국을 먹고 나면 으레 집에 있는 가장 좋은 술을 종류별로 내놓고 맛보기를 권하는 것도 조창환 선생님의 특기이다. 그날만은 반드시 차를 가지고 가지 않는 이유도 바로 그 술 맛보기에 있다. 그리고 또 하나 빠트릴 수 없는 그날의 행사는 약간의 내기 돈을 건 윷놀이다. 내기판인지라 모두가 얼마나 열중하는지 무아지경의 상태에서 막을 내리기가 일쑤이다. 언제나 사려 깊고 조용하신 사모님의 안타까운 탄성을 들을 수 있는 것도 바로 윷놀이 장면 때이다. 아마 찾아온 손님들을 좀 더 편하게 해주려는 배려가 그 속에 숨어 있으리라.

음식을 먹을 때면 술을 청하고 권하는 조창환 선생님은 아이러니컬하게도 술을 거의 드시지 않는다. 건강에 문제가 있기 때문이다. 30대 후반 전북대 조교수 시절 선생님께서는 간염을 심하게 앓았다. 그 이후 평생 만성화된 간 질환 계통의 병을 끌어안고 살아야 했다. 병마와의 질긴 인연은 계속 이어져 1999년 2월 간암 수술을 받기에 이른다.

병문안 갔을 때를 기억해본다. 마로니에 공원을 지나 서울대병원의 어두운 가로등 길을 걸어 올라갔다. 병실에 들어선 순간 사모님은 병원의 미사에 참석하신 까닭으로 혼자 병실에 누워 있던 선생님의 얼굴은 오히려 맑고 해사한 그것이었다. 선생님께서 스스로 말한 바 있듯이 병은 생의 신비와 신의 은총에 대하여 새로이 눈뜨게 해준 것처럼 보였다.

흰 죽 한 숟갈
맑은 눈물 한 줄기
드릴 것은 이것뿐
ㅡ「기도」 전문

다형 김현승 시인의 「눈물」을 떠올리게 하는 수일한 이 한 편의 시에
서 생명의 시학을 발견할 수 있다. 죽음 앞에서 인간의 오만함을 버리
고 생의 본질에 다가가려고 하는 조용하지만 지난한 몸짓이 시로 다가
왔던 것이다.

선생님의 첫 시집은 『빈집을 지키며』로 심상사에서 발간하였다. 사
실 시인 스스로 밝히고 있듯이 원래 붙이고 싶던 제목은 '창槍'이었다.
두 번째 시집 『라자로 마을의 새벽』에서는 비와 물의 이미지를 통하여
죽음과 재생의 문제를 다루었다. 이 시집으로 선생님은 한국시인협회
상을 수상한다. 그 뒤로 사회 상황을 풍자한 시집 『그때도 그랬을 거
다』와 음악을 주제로 한 시집 『파랑 눈썹』을 상자한다.

특히 『파랑 눈썹』은 음악이 주는 영감을 절대 이미지로 드러내는 작
업의 성과물이다. 지금도 선생님 댁 거실에는 수백 장의 CD와 단정한
오디오가 놓여 있다. 음악에 문외한인 나도 선생님이 음악 감상의 고수
라는 사실은 어렵지 않게 알 수 있다. 그렇게 판단하는 내 나름의 기준
은 설치된 앰프와 오디오 시스템이 간명하다는 것이다. 간혹 현란하고
복잡한 오디오 시스템을 소유한 주인이 입에 침이 튀도록 오디오의 가
격과 성능을 자랑하고 정작 음악을 듣는 일에는 등한히 하는 경우를 종
종 본 적이 있는 탓에 진정한 음악 감상의 고수는 음악을 생활화할 수
있는 사람이라고 생각해왔다. 전북대 전임강사 시절, 음반 사는 데 한
달 봉급의 반 정도를 투자한 적도 여러 번 있었다는 말을 들은 적이 있
다. 아마 선생님은 어린아이처럼 천진하게 집을 향했을 것이다. 두 팔

가득 무거운 LP판을 안고. 그러면 젊은 날의 아내는 눈총을 주면서도 싫지 않은 내색을 하고 저녁을 먹고 작은 거실에서 라벨과 에릭 사티, 브람스와 베토벤을 들었을 것이다. 긴 겨울밤이었을 것이다.

　한 시인이 평생을 시를 쓰면서 나름의 변화를 겪는 것은 자연스러운 일일 뿐 아니라 어쩌면 꼭 필요한 일이기도 할 터이다. 조창환 선생님께도 몇 번의 변화가 있었다. 첫 시집을 낸 얼마 후, 돌아가신 구상 선생으로부터 시에서 아어체雅語體를 버리는 것이 좋지 않겠느냐는 충고를 듣고 깨달은 바 있어 그동안 발표하지 않은 서정시를 모두 버리고 새로운 방법론에 입각하여 창작에 임하게 된다. 선생님은 1999년의 큰 수술 이후 또 한 번 시와 인생을 대하는 관점의 전환을 맞는다. 그동안의 발표하지 않은 시작 노트를 버렸을 뿐만 아니라 『그때도 그랬을 거다』와 같은 시집은 아예 버리고 싶은 강렬한 충동에 휩싸인다.

　이즈음 선생님은 가톨리시즘을 바탕으로 한 생명에 대한 외경과 신성성의 세계가 자신이 가야 할 시적 지향이라는 사실을 깨닫는다. 병실에서 선생님은 죽음에 맞서는 치열한 싸움을 하는 동시에 보다 근원적인 문제에 직면한다. 우주, 생명, 신성 같은 시적 테마들이 대지에 흔적을 남기는 섬광처럼 자신의 내면에 깊은 상처를 남겨놓은 것이다. 이 같은 정신적 고뇌를 생명의 시학으로 풀어내지만 선생님의 시적 아우라는 첨예한 칼날과 같이 곤두서 있었다. 그 흔적이 시집 『피보다 붉은 오후』라 할 것이다.

　　소스라치게 깊은 하늘 속으로
　　풀잎 같은 초승달 걸려 있다

　　참대 숲이 우수수 흔들리고
　　작은 새 하나 빠르게 솟구친다

날 선 바람이, 흐윽, 스쳐 가고
핏자국 같은 비명 쏟아진다

살아야겠다, 칼 맞은 정신으로
―「동지」 전문

　조창환 선생님이 추구하는 생명의 시학은 살아 있는 작은 것들, 여리고 연하고 부드러운 것들을 대상으로 하는 경우가 많다. 그 작고 여린 생명 속에 깃든 질기고 강한 힘을 보면서 생명의 신비를 느끼는 것이다. 그러나 정작 시인 자신은 세계에 대해 정면으로 맞서 응전하는 강인한 칼날을 세우고 있다. "칼 맞은 정신으로" 살겠다는 각성은 시에 대한 그의 지배적인 인식을 담고 있다고 보아도 좋을 터이다.

　"우주에 깔려 있는 삶의 의지가 내 안에 모여들고 그래서 내가 사람이 된다는 것을 알게 될 것이다. 생각하는 존재에게 그 순간보다 더 중요한 순간이 또 있을까?"와 같은 테이야르 드 샤르댕의 말을 조창환 선생님의 시와 관련지어 떠올리는 것은 선생님의 독창적인 시론이 샤르댕의 논리를 원용하고 있는 때문이기도 하지만 우주관에서도 그 유사성을 찾을 수 있기 때문이다. 조창환 선생님은 자신의 시론을 샤르댕의 비등점이라는 개념을 빌려 설명한다. 얼음에서 물로, 물에서 수증기로, 수증기에서 다시 비로 전이해가는 과정에는 사물의 형태를 근본적으로 변하게 하는 비등점이 있다. 끓어서 다른 물질로 변이되는 비등점이 있듯이 시에도 고뇌의 비등점이 있다는 것이다. 고뇌의 비등점을 거쳤느냐 그렇지 못한가가 시를 보는 한 기준으로 작동하게 된다. 이 비등점의 순간이 한 편의 시가 되어 더 이상 손댈 수 없는 경지에 이르렀을 때 진정한 의미의 자유시가 완성된다는 것이 시에 대한 조창환 선생님의 믿음이라 할 수 있다.

그의 시를 이해하는 데 중요한 또 하나의 요소는 바로 허무라는 개념이다. "허무를 직시하고 싶다"라는 그의 발언은 그의 시를 이해하는 데 매우 중요하다. 생명의 끝은 허무일 터이며 그 끝의 아름다운 경지를 보고 싶다는 바람일 터이다. 결국 허무는 무가치한 것이며 따라서 세속적 가치로는 잴 수 없는 자유로움이라 명할 수 있다. 이러한 면에서 몇 해 전 조창환 선생님의 시 세계에 대해 《현대시학》에 언급한 김명인 시인의 아래와 같은 짧은 글은 탁견이라 아니할 수 없다.

헐떡거리는 생의 숨소리를 죽이고, 무한천공을 진 비루먹은 '당나귀'로 찾아 나서는 그의 '수도원'이야말로 우주의 대자유가 의식되고 마침내 존재를 번뇌에서 해방시키는 '생의 본향'에 해당할 것이다. 그러므로 생명의 살가움이 생생하게 발현될 그곳은 아마도 이 지상에서는 찾을 수 없는 장소이기도 하다. 마침내 없는 수도원이 생의 근원적인 희구가 되고 시간의 은유 앞에서도 정결하게 세워지는 것을 우리는 본다. 그렇다면 조창환 시인이야말로 없는 경계를 넘어서려는 허무의 구도자가 아닌가.

조창환 선생님의 시를 설명할 만한 '세속적 신비'라는 개념도 지상과 천상의 중간 개념이며, 비등점에 관한 논의도 이곳에서 저곳으로의 경계를 의미한다는 점에서 "없는 경계를 넘어서려는 허무의 구도자"라는 명명은 우리에게 서늘한 결의와 슬픔을 동시에 선사한다. 2004년에 상자한 『수도원 가는 길』은 바로 한 유미주의자가 걸어간 허무의 발걸음이자 사랑의 흔적이라 할 수 있다.

새들이 눈보라처럼 까맣게 솟구쳐 올라
허공 깊은 곳으로 사라졌다
밤바다는 느리고 무겁게 가라앉았다

흐려져, 아주 캄캄해진 수평선 저쪽에
눈부셨던 흰 침묵들 스러진다
허무는 검다
검은 허무는 황홀하여
나비 눈썹 같은 지난 시간들
끌어안고 캄캄한 곳으로
가라앉는다
허무? 아득한 흐림
에 기대어 캄캄한 궁륭穹窿을
들여다본다
　―「허무에 기대어」 전문

　수평선 저쪽으로 사라진 시간들의 흔적(허무)은 검고 황홀하다. 그것은 심연의 시간과도 같아서 어둡고 캄캄한 미지의 세계이다. 따라서 육신의 눈으로는 아무것도 보이지 않는 세계이다. 이 아득한 세계에서 시인은 폐허 이미지를 노래한다. 들끓는 소멸의 고통을 넘어 소멸의 즐거움에 대해 신전에서 부르는 노래가 『수도원 가는 길』의 시편들이다.
　조창환 선생님을 이야기할 때 빼놓지 말아야 할 다른 하나는 여행이다. 조창환 선생님의 여행 편력은 북미와 남미를 거쳐 동서 유럽은 물론 인도, 아프리카, 중앙아시아와 동유럽, 아랍권의 나라들로 이어지는 길고 긴 여정이다. 언젠가 선생님께 여행의 의미에 대해 물은 적이 있다. 선생님은 "여행은 잃어버린 시간을 찾아가는 일"이라고 대답했다. 삭막한 시나이 광야를 지나가며 마주치는 낯선 풍광 속에서 한 사람의 일생, 즉 자신의 과거를 돌이켜 보는 것이 시인이 꿈꾸고 체험한 여행이었던 것이다. 그러므로 여행이란 늙어서 하는 것. 그러나 조창환 선생님의 여행 체험이 생짜로 시가 되는 경우는 거의 없다. 선생님의 시

여기저기에 육화된 흔적으로 스며 있을 뿐이며 시인의 시를 풍요롭고 깊게 하는 충격과 자극으로 작용할 뿐이다.

조창환 선생님과 함께 잘 가는 횟집이 있다. 화성시 사강면에 있는 폭포횟집이 그곳이다. 작고 서민적인 식당이지만, 우리나라에서 가장 맛있는 조개탕과 풍성한 상차림, 싱싱한 자연산 우럭이나 도다리회가 나오는 곳이다. 선생님은 그곳에서 우리를 취하게 만든 후 조용조용 자신이 쓰고 싶은 시에 대하여 말한다. '깔끔하고 정갈할 것, 감각은 살아 있을 것, 무겁지 않으면서 영적인 세계가 그려져 있을 것' 등이 선생님께서 도달하고 싶어 하는 시의 세계이다.

얼마 전 선생님은 서울로 이사를 하였다. 직장과 건강을 고려하여 평촌, 수원을 전전하다가 다시 고향인 서울로 돌아간 것이다. 명절이 오면 늘 기억나는 집. 그곳은 언제나 넉넉한 공간이다. 맛있는 술과 음식이 있는 곳, 그리고 참 좋으신 분들이 계신 곳, 조금 더 놀다 가라고 따뜻하게 선생님과 사모님이 손을 잡을 것이다. 다음 명절에도 좋은 술을 모두 마시고 오리라. 월남뽕을 치며 시시덕거리다 막차를 놓칠지도 모를 일이다.

당나귀는 늘 허무의 저쪽으로 따스한 시선을 보낸다.

－월간 《현대시》, 2006년 10월호 커버스토리

양지 리조트와 라자로 마을
사이의 조창환 시인

김윤배 ● 시인

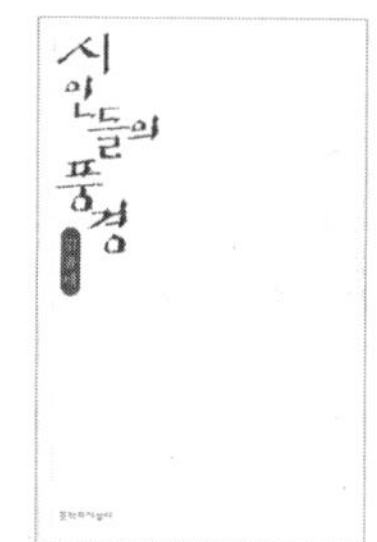

오월, 늦봄의 밤 숲은 안개에 덮여 숨소리를 죽이고 있다. 밤안개는 계곡을 느리게 흘러 가문비나무 숲을 지우고 영산홍 붉은 꽃무덤을 지우며 잘 다듬어진 양지 리조트로 드는 포도로 내려서고 있다. 희디흰 나신들, 속살을 슬쩍슬쩍 보이며 보드라운 안개가 걸어오고 있다. 오월의 달콤한 밤이 걸어오고 있다. 서산에 걸려 있던 눈썹 달이 홰나무 숲을 향해 걸어오고 있다. 나는 봄밤에, 안개에, 숲에 취한다. 나를 취하게 하는 것들이 나를 향해 걸어오고 있다.

어디서 라벨의 볼레로가 속삭임처럼 들려온다. 아니다. 함성처럼 비명처럼 들려온다. 조창환 시인은 오월의 밤안개 속에서 라벨을 들었을 것이다. 모든 것들이 그를 향해 걸어온다. 처음에는 "희미한 공기 덩어리가 걸어온다 / 안개를 스치고, 피리 소리들이 걸어온다 / 푸른 스카프를 걸친, 홰나무들이 걸어온다" 조용하고 가벼운 것들이, 깊고 아늑한 것들이 시인을 향해 걸어온다. 소리로 이루어진 그것들은 더없이 부드러워져 시인을 감싼다. 부드러운 오월의 밤은 시인을 향해 모든 문을 연다. "열린 문들에서, 구름의 신발들이 걸어온다 / 닭털 모자들이 걸어온다" 시인은 부드러운 것들을 향해 걸어간다. 부드러운 소리들 속으로 들어간다. 부드러운 소리들은 시인을 부드럽게 감전시킨다. 전류가 시인의 감성을 관통하며 흐른다. 전류가 시인의 몸을 흐르자 조용하고 부드러운 것들이 단단해지며 날카로워지며 뜨거워진다. 그가 소리에 젖어 심하게 요동친다. 요동치며 그것들을 본다. "젖은 전류들이 걸어온다 / 강철로 된, 비탈이 걸어온다 / 유황硫黃과, 산酸이 걸어온다 / 황금빛, 기관차가 걸어온다 / 불과, 파도와 수증기와 / 깃발들이 걸어온다" 시인을 향해 걸어오는 저것들, 저 빛나는 것들, 저 무겁고 단단하고 격렬한 것들을 나는 양지 리조트 입구를 걸어 들어가며 만난다. 조창환 시인의 음악 시집『파랑 눈썹』속의「볼레로」, 그 부드럽고 따뜻하며 강하고 격렬한 느낌을 만난 것이다.

　수원의 시인들이 만나는 자리가 마련된 양지 리조트는 안개에 싸여 그 모습을 쉬이 드러내지 않는다. 오월 밤은 달콤하게 깊어가고 계곡을 채우며 잠들어 있는 소나무 숲은 조용한 숨소리를 수줍게 밀어낸다. 솔잎 향이 안개보다 진하게 밀려든다. 나는 안개를 차며 리조트의 불빛을 따라 걷는다. 소쩍새의 울음이 조용하던 계곡을 찌른다. 밤안개 속으로 핏금이 그어진다. 다시 소쩍새의 울음이 터진다. 잠들어 있던 소나무 숲이 깨고 밤이 흔들린다. 안개가 황급히 계곡 쪽으로 달아난다. 달빛이 흐려지고 소쩍새 울음이 다시 터진다. 목쉰 울음이다. 임방울의 껵쉰 목소리가 검은 소나무 숲에서 솟아오른다. 리조트로 오르는 안개 길이 임방울의 껵쉰 소리에 흔들린다. 흔들리는 길 위에 문득 조창환 시인이 서 있다. 그가 임방울을 부르고 있었던 것이다. 임방울을 흙는 바람 소릴 부르며 헛된 이름으로 떠돌 시인의 부질없는 노래를, 어지러운 세상 떠도는 혼들을 아파하고 있었던 것이다. 시인의 노래가 낡아갈 때 우리들 세상도 낡아갈 것을 나는 안다. 나는 소리 내어 조창환 시인의「임방울」을 읊조린다.

　그대 껵쉰 목청을 찾아

쑥대머리 한 대목을 더듬어 눈 감아도

들리지 않는다, 다만 찍걱대는

바람 소리뿐, 어지럽던 세상에

헛된 이름만, 낡은 소리로써 떠도는구나

어쩌랴, 소리는 소리로써 떠돌아

흔적 없이 흩어짐이 제격인 것을

피멍 들어 맺힌 울한 소리로 풀고

헛되이 헤매는 혼 부질없구나

　　　―「임방울」 부분

소쩍새 울음을 두고 모든 문이 닫힐 때 나는 리조트의 현관을 들어선
다. 방 안에는 술병들이 어지럽다. 이미 취기가 오른 시인도 있고 술의
힘을 빌려 떠들어대는 시인도 있다. 젊은 시인도 있고 낯선 여류 시인
도 있다. 조창환 시인은 좌불처럼 묵묵히 앉아 있다. 술을 못하는 그는
분위기에 취해 있었다. 그러므로 그의 말은 도도했으며 도도한 말은 좌
중을 압도하고 있었다.

"시에 있어서 경계해야 할 것은 아마추어리즘입니다. 이 시는 왠지
불편하고 겉멋이 느껴지고 치기가 보입니다."

"저는 제 작품이 아마추어 냄새가 난다고 하신 말씀에 승복할 수 없
습니다."

젊은 시인은 얼굴이 붉으락푸르락이다. 그는 빙그레 웃는다.

"한 시인의 시를 온전히 이해한다는 것은 쉽지 않지요. 그러나 시인
은 표현된 시에 대한 책임만 지면 되는 것이지 이해된 시에 대한 책임
까지를 질 필요는 없는 겁니다. 시가 상상력의 소산이라는 신념은 자칫
시를 난해하게 만들거나 자기만의 기호 체계에 빠지게 할 위험이 있다

274

는 말이며 그것이 사소한 개인의 경험에 머물 때에는 이해할 수 없는 말들의 혼란을 부릅니다.”

“선생님의 말씀을 이해 못 하는 게 아닙니다. 저는 제 시가 왜 아마추어의 작품인지를 이해 못 하는 겁니다.”

“내가 그것을 이해시킬 의무는 없다고 생각하는데…… 그러나 관념의 늪을 헤매고 있다든지 현학취가 보인다든지 지나치게 격정적이라든지 중첩 이미지의 억지스러움이 보인다든지 더 심한 경우 자신이 하고 있는 말이 어떤 이미지를 형성하고 있는지 간파하고 있지 못하다든지 하는 것은 아마추어리즘의 전형입니다.”

“너무 심한 말씀 아닙니까?”

젊은 시인은 자존심이 상한 게 분명하다. 조창환 시인은 빙그레 웃을 뿐이다. 분위기를 살리기 위해 김인자 시인이 진화에 나선다.

“이제 토론은 그만해요. 술 좀 드시고 고스톱도 하시고 그러세요.”

모임 때마다 술을 챙기고 안주를 장만하고 분위기를 돋우는 일을 맡아온 김인자 시인이다. 김인자 시인은 89년 〈경인일보〉 신춘문예에 「겨울 여행」이 당선된 후 《현대시학》으로 등단한 시인이다. 《현대시학》에 추천사를 쓴 이가 조창환 시인이었다. 그런 인연으로 김인자 시인의 첫 시집 『겨울 판화』의 발문을 조창환 시인이 썼다. 그녀는 사색과 격정의 시인이며 뜨거움과 차가움을 함께 지니고 있는 시인이다.

술잔이 다시 돌고 시인들 모두 흥취 도도하다. 몇몇은 쓰러져 잠이 들고 몇몇은 노래 부르고 몇몇은 화투장을 돌린다. 나는 조창환 시인과 화투 패거리에 앉는다. 도리짓고땡이, 화투쪽이 빠르게 돌고 작은 판돈이 급류를 탄다. 조창환 시인은 연신 패스포드를 뒤져 돈을 꺼낸다. 잃어도 재미있는 도리짓고땡, 시는 패의 뒤쪽에 숨고 이미지는 끗발을 부른다. 이매조와 칠흑싸리가 어떻게 한몸을 이루는 화해의 이미지가 되는지, 그리하여 가보의 탱탱한 끗발이 어떻게 지전으로 환원되는지를 시인들은 체험으로 느낀다. 백송과 팔공의 환한 이미지를, 그 회심의 미소를 이매조 두 장의 중첩 이미지로 박살 내면 한숨과 탄성이 함께 터진다.

새벽의 영혼을 부르는 소쩍새의 울음이 가문비나무 숲을 뚫고 계곡 물에 번진다. 우리들은 오월 밤이 별밭을 지나가는 소리를 듣고 있었다. 누군가 창문을 연다. 새벽안개가 꽃향기처럼 스며든다. 시인들은 영혼의 창을 열어 새벽안개를 맞는다. 새벽안개는 시인들의 서정과 맞물리면서 여러 이미지로 변환된다. 강물로, 리듬으로, 성애로, 시간으로, 혼돈으로, 아우성으로, 소멸로, 드디어 죽음으로 치환되는 안개를 헤치며 우리들은 새벽 산을 오른다. 안개의 부드러운 옷자락을 차며 이슬의 잠든 가슴을 차며 오르는 산길에서 나는 조창환 시인의 목소리를 듣는다.

현대시의 방향 모색이라는 관점에서 한국적 전통 리듬의 계승과 문학적 수용이 중요하다고 봅니다. 시 작품의 창작 주체인 시인의 입장에서는 모국어의 리듬을 체질적으로 구사할 능력이 필수적일 것입니다. 모국어의 리듬에는 그 민족의 주체적 전통적 사상이나 정서의 원형적 틀이 담겨 있습니다. 여기에 무관심하면 순수 서정시이든 사회적 참여시이든 모더니티를 지향하는 현대시이든 위대한 작품이 나올 수 없습니다.

시의 외적 조건이 되는 현실과의 대응 문제 역시 마찬가지입니다. 민족적 자각이나 분단 극복의 차원에서 보더라도 민족의식이나 공동체 의식을 역설하고 호응하는 시인들의 창작물에서 이데올로기와 투쟁성만 남고 주체적 형상화의 바탕이 되는 언어적 리듬에 대한 배려가 도외시된다면 이들의 운동을 군이 시 운동으로 전개시킬 필요가 있을지 의문입니다. 그 운동 지향성 안에서의 과격성이 지나치다 보니까 '문학주의'라는 어색한 신조어까지 등장하지 않았나 합니다.

　지난 밤, 젊은 시인들과의 작품 토론의 결론을 그는 이미 1990년 7월 《현대시학》지의 대담에서 밝히고 있었던 것이다. 그는 시가 결국 언어 미학적 구조물이라는 인식과 자각을 젊은 시인들에게 갖게 하고 싶었던 것이다. 젊은 시인들에 대한 그의 애정은 남달라 작은 모임에도 꼭 자리를 지켜준다. 그의 시를 잘 이해했다고 말하면 어떻게 나의 시를 모두 이해했다는 말인가 하는 생각 때문에 기분이 나빠진다는 문학적 자존은 조창환 시인을 범접하기 쉽지 않은 시인으로 만들지만, 그는 학자적인 풍모와는 달리 여간 소탈하지 않다. 학교 앞 추어탕 집을 자주 찾는가 하면 탕수육 맛이 좋다는 이유로 수원여고 앞 오래된 고등반점을 찾기도 한다. 술을 입에 대지 않기 때문에 더 지루할 술자리도 그는 끝까지 함께한다. 술을 마시지 않고도 술 취하는 방법을 그는 터득하고 있는 듯싶다.

　그의 명쾌한 시론을 이해 못 하는 젊은 시인들은 날 샌 시인들이다. 열정과 사랑으로 시란 이런 것이라고 손에 쥐여주던 밤이 있지 않았던가. 나는 이슬을 차고 가며 머지않아 날이 샐 것이라는 생각을 한다.

　　얼간이 같으니라구
　　세상이 모두 잠든
　　새벽 세 시 반에
　　개털 벙거지 같은
　　깡깽이 우는 소리로
　　무인도를 향하여

　　날 샜다 일러주는
　　날 샌 하루를 향하여
　　암호 같은

콤마 같은

신호나 보내보면서

폼 잡으면서

이게 우리 시대의

시작법이라고

을러대면서

―「날 샜다?」 전문

　우리가 모두 날 샌 시를 쓰고 있는 것은 아닐까 하는 생각을 하며 나는 새벽 숲으로 든다. 이슬들이 눈뜨기 시작하는 시간이다. 새벽안개가 거대한 강물처럼 숲 속을 흐른다. 우리들이 시로 날 새고 있었던 시간을, 끗발로 날 새고 있었던 시간을, 암호로 폼 잡으면서 날 새고 있었던 시간을 안개는 강물로 흘러 달빛을 세우고 나무를 세우고 바람을 세우며 저처럼 유유했던 것이다. 나는 안개의 성채로 이어지는 숲길을 오른다. 이 길 끝에 라자로 마을이 있어 새벽을 맞을 것이다. 조창환 시인의 마을은 늘 비에 젖어 축축했다. 물은 생명의 원형질이므로 그의 시가 죽음을 노래한다 하더라도 부활을 꿈꾸는 죽음이며 환생을 예견하는 죽음이다.

　라자로 마을은 의왕시에 자리하고 있는 나환자들의 마을이다. 마을 이름이 '라자로'인 것은 부활과 재생의 기원을 담고 있다는 뜻일 것이다. 조창환 시인이 라자로 마을을 향해 걸어가고 있다. 저 부활과 재생의 마을, 아니 부활하고 싶은 자들의 절망의 마을에 비가 내린다. 빗소리는 안개 속을 걷는 그의 넓은 등을 적신다.

　1984년에 초판이 찍혔으니 오래전의 시집이다. 『라자로 마을의 새벽』은 나에게 충격이고 기쁨이었다. 그의 시가 보여주는 소멸과 재생,

냉소와 열정이 나는 부러웠으며 두려웠다. 지금 내가 환청으로 듣고 있는 빗소리는 아마도 시집 서문 때문인지도 모른다.

　최근 몇 해 동안 나를 사로잡고 있는 감성의 양상은 대개 비와 관계 있는 것들이었다. 비에 젖은 먼지, 팽팽한 비, 황사를 질척거리게 하는 비, 오줌발 같은 비, 쇠창 같은 비, 알처럼 미끄덩거리고 터널처럼 축축한 비, 때로는 비겁한 비, 때로는 비누 냄새 나는 비, 혹은 지방질을 훑어 내는 녹차 같은 비, 항상 살아 숨 쉬면서 나를 올려다보는 비…… 이런 것들이 깊은 밤 침상 곁에서, 혹은 한낮의 백일몽 속에서, 때로는 새벽의 산책로에서 내 전신을 감싸고 있음을 느꼈다. 비 내리는 숲, 비 내리는 아스팔트, 비 내리는 방, 비 내리는 잠…… 그것들 속에서 나는 늘 젖어 있었고 물에 섞인 맨살의 체온이 조금 낮아지고 가습기 놓인 방처럼 축축하면서, 젖은 잔디나 젖은 통나무를 맨발로 밟는 편안한 느낌을 받기도 하였다.

　다시 태어나고 싶었고, 회복되고 싶었고, 깨끗해지고 싶었으며—요컨대 젖어 있음과 씻겨짐 속에서 나를 건져 올려줄 그 무엇을 기대하고 기도하고 갈망하고 있었음에 틀림없다.

　—시집『라자로 마을의 새벽』서문

그가 기도하고 갈망했던 부활과 재생은 그의 투병 생활과 무관하지 않을 것이다. 폭음과 과로는 그의 간을 상당 기간 휴식하지 않을 수 없게 만들었던 것이다. 투병 생활을 하며 그는 자신의 육체를 증오하고 사랑하고 버리고 껴안았을 것이다. 그리고 일어나 맑아진 정신처럼 깨끗해진 육신을 갖기를 소망했을 것이다. 그를 올려다보는 의인화된 비의 투명한 이미지는 나에게 맑은 소줏잔으로 읽힌다. 시인 앞에 놓여 시인의 손에 들어 올려지기를 기다리는 술잔의 눈빛이야말로 그를 올려다보는 살아 숨 쉬는 눈빛이었을 것이다. 그 후로 그는 술을 배반했다. 그리고 술 마시지 않고도 취하는 법을 터득했다.

그가 입원했다. 그의 육체가 그를 배반했다. 서울대병원 526호실, 다섯 시간의 수술 끝에 그는 저승 문턱까지 다녀왔다고 웃었다. 병실은 환했고 조창환 시인도 환했다. 마취되어 있는 동안 기능을 멈추었던 허파꽈리를 부풀리는 일이 큰일인 듯 그는 흡입기를 입에 물고 한껏 숨을 들이쉰다. 플라스틱 구슬 세 개 중 두 개가 떠오른다. 수술 부위가 땅기는 듯 얼굴을 찡그린다.

"수술 전날, 친구인 신부를 불러 기도를 받았어요. 세게 기도해달라고 했죠. 마음이 한결 편해지더라고요. 한 주일 됐는데 담당 의사가 많이 움직이라고, 두 주일이면 퇴원할 거라고, 아, 저 시집은 혹 시간이 지루할까 봐 갖다 놨습니다. 좀 읽을 수 있을 것 같아서요."

"이제 건강 잘 지키셔야 됩니다. 김명인 시인이 고대로 자리를 옮기게 되었다고 전화를 했어요. 이제 수원에는 조창환 시인과 저만 남게 되었습니다."

그랬다. 수원에 일터를 가지고 있던 평론가 홍정선 교수가 연전에 인하대로 떠나더니 지난해에는 홍신선 시인이, 올해는 김명인 시인이 수원을 떠난다. 자주 어울리던 지인들이었다. 연배가 비슷하고 각기 개성 있는 시 세계를 가지고 있어 서로들 존경과 친밀감을 나타내던 사이로, 조용히 취하고 조용히 대화를 나누고 조용히 헤어지던 사람들이었다.

결국 모두들 먼지처럼 떠도는 것은 아닐까. 언젠가는 축축한 그곳을 떠나 낯선 곳에 깃드는 것은 아닐까.

맞은편 병실에서 라자로가 울었다
새벽 다섯 시에 그는 울었다

　― 엘리, 엘리, 혹은
　― 엄마, 엄마, 혹은
　― 여보, 여보

울면서, 그는, 갇혀 있었다
　― 무엇이 너희를 자유케 하랴

(중략)

늦은 시각 크레졸 냄새 사이로 무슨 소리가 들렸다
　― 라자로야, 라자로야
　　일어나 네 요를 들고 돌아가라

그리고 더 늦은 시각
빈방의 먼지들이 꼿꼿이 일어서서
어둠한 종소리로 떠도는 것을
낡은 모기장 사이로 나는 보았다
　―「떠도는 먼지」 부분

　라자로가 떠난 빈 병실의 먼지들이, 저 생명의 잔해들이, 저 살아 있음의 실체들이 부활과 재생의 상징으로 달려온다. 만나고 헤어지는 일상들이 소멸과 재생의 입구이며 출구일 때 저 서러운 떠돎의 끝에는 우리들 모두 자신으로 드는 길이 있음을 깨닫게 될 것이다. 자신으로 들어 진정한 부활을 이루게 될 것임을 나는 노래하고 싶었다.

　자작나무 숲 순백의 목피 터뜨리는 신음 소리 들었다 나는 자작나무

숲으로 남모르는 길 내고 길 위에 영혼 뿌리며 달려갔다 환청은 오래도
록 자작나무 숲 그늘 뒤에 있었다 자작나무 숲은 가벼운 흔들림조차 내
게 보여주지 않았다 나는 자작나무 숲에서 길을 잃었다

　자작나무 숲은 지혜의 눈을 가져 내게서 일어날 모든 것을 알며 모든
것을 부르며 모든 것을 내 안에 존재케 했다 나는 늘 내가 두려웠다 자작
나무 숲으로 낸 남모르는 길 위에 꽃 피고 바람 불었다 나는 길 위에서
늙어가며 노래했다 노래 속에 세상 뒤엎을 뇌관 숨기고 있다고 자작나무
숲에서 속삭였다 자작나무 숲은 잎새를 뒤집으며 웃었다 웃음소리 내 몸
속속들이 가시 되어 박혔다 나는 상처를 감추고 자작나무 숲 떠돌며 내
노래의 신음 소리 들었다

　자작나무 숲으로 드는 무수한 길은 혁명으로 가는 길 위의 도화선이
되지 못했다 이제 내 안으로 길을 낸다 자작나무 숲을 뚫고 나온 수많은
길들이 내 안으로 든다 저기 영혼의 자작나무 숲 파란 불꽃 보인다
　　─졸시 「내 안으로 길을 내다」 전문
　─『시인들의 초상』(문학과지성사, 2000)

행복한 사람
─조창환과 나

임홍빈 ● 서울대 명예교수

우리가 대학에 입학한 것은 1963년도 봄이었다. 플라타너스의 굵은 가지가 갓 푸른빛을 띠기 시작한 포장된 길을, 때로는 검게 때로는 푸르게 흐르는 물을 보면서 혜화동 쪽으로 걷다 보면, 길지도 않고 장엄하지도 않은 아담한 다리가 하나 나타난다. 돌난간에는 아침의 하얀 햇살이 쏟아져, 검은 물과 대조를 이루곤 했다. 이 다리와 검은 냇물은 "강물이 파라니 새 더욱 희오"와 같이 시작되는 두보 시의 한 구절을 연상시켰다.

우리는 강의 시간에 쫓겨 거의 대부분을 이 길을 허둥대며 지나치곤 하였다. 정말로 대학의 향기를 새벽 향기처럼 마시며 이 길을 걸은 적은 거의 없다. 서울대학교 문리대 학생들은 그 생활하수와 함께 염색공장에서 나오는 검은 물이 섞여 흐르는 냇물을 '센 강'이라고 불렀고, 학교에 들어가는 그 보잘것없는 다리를 '미라보 다리'라고 불렀다.

1963년 봄에 대학에 발을 들여놓은 동기는 20명이었다. 그중에 대학을 다니면서 센 강 길의 플라타너스 그늘 아래에서, 혹은 미라보 다리 위에서 햇살을 받으며 만난 친구는 그렇게 많지 않다. 동기가 20명이나 되고 분주하게 돌아다닐 시기이니 자주 만날 법도 한데, 사실은 그렇지 못했다. 대학 4년 동안 길거리에서 동기들과 우연히 마주치는 일은 왜 그런지 아주 드물었다.

도수가 아주 높은 두꺼운 안경에다 뽀얀 눈길을 하고 큰 머리통을 흔들며 인천에서 통학을 하던, 나중에 단국대 교수가 된 박인기를 만난 적이 있다. 그에게 에드먼드 윌슨의 『악셀의 성』을 빌려 읽은 일은 지금도 선명한 기억으로 남아 있다. 지금은 죽은 이천우를 센 강 길에서 만난 적이 있는 것 같기도 하고, 종로5가 효제초등학교 앞길에서는 지금은 그 행방이 묘연해진 이종길을 만난 것이 기억난다. 이화여고 교사를 하던, 보기보다는 근육이 단단한 김의정이나 단국대학교 교수가 된 이해명을 만난 일이 있었던 것 같다.

학교에 가거나 오는 길목에서 우연히 조창환을 만난 일은 없는 것 같다. 나는 나대로 여기저기 뛰어다니느라고 바빴고, 조창환은 또 나름대로 여기저기 다니느라 바빴을 것이다. 조창환과 나의 행동반경은 다른 궤적을 그리고 있었다. 그러니 우연히 길거리에서 만난다는 것은 더욱 어려운 일이었을 것이다.

그것은 지금도 마찬가지이다. 내가 국어학 발표회나 언어학 발표회장을 기웃거리고 있는 동안, 그는 시와 문학의 본 마당에서 중요한 직책을 맡고 있었으니 학회에서 우연히 만난다는 것은 생각할 수도 없는 일이다. 나는 1학년 때에는 국어학을 한다고 표방하고 있었고, 그는 현대문학을 하려고 마음먹고 있었다고 기억된다.

길거리에서 우연히 마주치는 일은 드물었어도 휴강이 있는 날이나 강의를 기다리는 시간에 잔디밭이나 교정의 벤치에서 그와 자주 이야기를 나누었던 것 같다. 때로 하늘을 향해서 흰 담배 연기를 내뿜기를 좋아했던 그는 상당히 말이 적은 편이었다고 기억된다. 그런데도 나는 그에 대하여 많은 것을 알고 있다는 것을 깨닫고는 새삼 놀란다.

나는 그가 1945년생이라는 것을 알고 있다. 흔히 45년생을 가리켜 '해방둥이'라고 한다. 그런 이유 때문일까? 그는 한국과 더불어 자라고 발전해가는 표상과 같은 역할을 담당하곤 하였다. 45년생은 한국을 어떻게 보는가, 45년생은 지금 무슨 생각을 하고 있는가, 45년생은 지금 어떤 생활을 하고 있는가 하는 질문들에 대하여 같은 세대를 대표하는 인물로 지목되고, 그에 대하여 당당히 발언해야 하는 중차대한 임무가 주어지기도 하였다. 더구나 그는 국문학과 학생이다. 일반인들은 그가 당연히 글을 잘 쓸 것으로 기대한다.

그는 내가 몇 년생인지 알고 있을까? 내가 작년에 정년을 하였고 올해 자신이 정년을 하니까 지금쯤은 추론을 통하여 내가 몇 년생인지는 알고 있을 것이다. 조금은 기분이 씁쓸하다. 나는 6·25 사변으로 1년이 늦어 44년생과 같은 학년이 되었으나, 본래는 한 학년이 위라야 한다. 3월생이기 때문이다. 내가 초등학교 다닐 때에는 4월에 개학을 하였으므로, 3월생까지는 7살에 취학을 해야 했다. 그가 45년생으로 44년생과 같은 학년이 되었다는 것은 어려서부터 총명했기 때문일 것이다.

우리 때에는 아이들이 총명하여 제 나이 또래들보다 먼저 취학하거나 월반과 같은 것을 하는 것을 자랑으로 삼았다. 심지어는 고등학교 2학년 최우등생이 학교를 자퇴하고 검정고시를 쳐서 고등학교 졸업 자격을 취득한 뒤에, 서울대학을 다른 학생들보다 1년 앞서 들어가는 것을 그야말로 가문의 영광으로 알았다. 그러나 이는 하나만 알고 둘은 모르는 비뚤어진 교육관이다. 이렇게 하면 무엇이 좋은가? 고등학교 1년 동안의 등록금이 남을 것이다. 대학을 졸업하고 곧 취직을 하면 1년 먼저 취직을 한 것이니까 봉급이 1년 치가 계속 굳을 것이다. 그러나 이는 엄청난 단순 논리이다. 그렇게 하면 아주 중요한 것을 잃게 된다는 것을 미처 생각하지 못한 것이다.

그렇게 하면 무엇을 잃는가? 친구를 잃는다. 친구를 만들 시간을 가지지 못한다. 고등학교 동급생은 이미 친구가 아니다. 3년을 동고동락한 사이가 아니기 때문이다. 대학에 와서 친구를 사귀면 그만이라고 할지 모른다. 그러나 대학의 친구는 같은 학과의 친구에 국한될 가능성이 많다. 대학 친구는 정확한 의미에서 친구인지 의심스럽다. 그것은 적어도 고등학교 친구와는 다르다.

대학의 친구는 남의 인생에 간섭하려고 하지 않는다. 그것이 정확한 의미에서 친구인지는 곰곰이 생각해봐야 한다. 그냥 대학 동창이나 대학 동기라고 해야 한다. 대학 친구끼리는 충고도 하지 않는다. 자기 인생은 자기가 계획하고 운영하는 것이라는 강한 인식을 가진다. 대학 친구는 친구가 죽었다고 해도 눈물을 흘리지 않는다. 친구의 죽음에 자기 몸이나 살이 떨어져 나가는 듯한 아픔을 느끼지 않는다. 친구의 죽음에 설령 눈물을 흘린다고 하여도 그것은 덤으로 흘리는 것이다. 죽은 사람도 그러한 눈물은 반가워하지 않는다. 진짜 눈물을 흘려야 할 사람이 따로 있는 것이다.

대학 친구는 같은 학문의 길을 가는 사람이고, 경쟁 상대이다. 그가 정신적으로 한 걸음이라도 앞서 나간다면, 우리는 거기서 큰 자극을 받고 그 사람을 다시 보게 된다. 문리대 교정에서라고 기억한다. 주위에 있던 누군가 나를 추켜세우고 있을 때라고 생각되는데 정확한 장면은 잘 생각나지 않는다. 그 이야기를 들은 조창환의 반응은 다음과 같은 것이었다.

　－우리들은 누구나
　어렸을 때에는 신동神童으로 주위를 놀라게 하고,
　학교에 다닐 때에는 수재秀才로 이름을 날리다가,
　대학을 졸업한 뒤에는 재사才士가 되고,
　나중에는 평범한 늙은이가 되는 것이 아닐까?

이 말은 혹시 내 주위에 있던 어떤 다른 동기의 말이었을지 모른다.

그러나 아무리 생각해도 조창환 외에는 이런 말을 할 사람이 내 주위에는 별로 없다. 조창환은 누군가에게 이런 말을 들었을지도 모른다. 그러나 당시 나에게 이 말은 인생에 대한 깊은 통찰로 받아들여졌다. 언어에 대한 감각도 신선하다. 흰 담배 연기를 허공에 내뿜으며, 여드름 자국이 몇 개쯤 남아 있는 다소 검은 얼굴을 하고, 깊은 한숨을 몰아쉬는 버릇이 있는 그 역시 무엇인가 자기 세계를 구축해가고 있구나 하는 생각을 하게 하였다. 그러나 그의 말은 항상 시니컬하다. 그 이면에는 상당한 냉소주의가 숨어 있는 것이다. 이 말은 사람들이 너를 그렇게 추켜주면 너는 너만이 그럴 것이라고 착각하겠지만, 웬만한 사람은 모두 너 정도의 능력을 가지고 있다는 뜻이었기 때문이다. 그뿐만이 아니다. 그 말에는 말하는 사람 자신도 한때는 신동이었음을 함축하고 있는 것이다.

나는 그의 생일이 5월 5일이라는 것도 알고 있다. 5월 5일은 어린이날이다. 이것이 운명적으로 조창환을 동요나 동시의 세계로 인도한 것이라 생각한다. 그가 시인이 된 것도 어떻게 보면 동시에 발을 디딘 것이 계기가 되었을 것이다. 그는 언젠가 한번, 중학교 2학년 때인가, 도시락을 가지고 학교 뒷산에 갔던 경험을 말한 적이 있다. 도시락을 펴고 밥을 먹으려는데 젓가락이 없었다고 한다. 그래서 생각난 것이 소나무 가지를 꺾어서 도시락을 먹겠다는 것이었는데, 소나무 가지를 꺾으려는 순간 소나무의 생명이 부르르 느껴졌다는 것이다.

그가 생명의 문제에 집착한 것은 이때부터였다고 할 수 있을 것이다. 나무에 대한 관심, 작은 생명에 대한 관심이 동시적인 세계와 어울려 그의 문학 세계의 저층의 한 면을 이루게 된 것은 아닌가 생각해본다.

그래서 그런지 그는 내가 만난 처음서부터 지금까지 천주교 신자였다. 한번은 나와 같이 길을 걷다가 천주교회당 옆을 지나치게 되었을 때, 나를 길거리에 세워둔 채 기도하고 오겠다며 교회당 속으로 사라진 일이 있다. 나는 멍하니 하늘을 쳐다보았다. 나는 기도할 일이 없는가? 그가 다시 나왔다. 그리고 우리는 하던 이야기를 다시 계속하였고, 가던 길을 다시 걷기 시작했다. 그러나 종교에 대한 이야기나 기도에 대한 이야기가 우리 사이에 토론의 대상이 된 일은 없었다.

나는 드러내어 이야기하지는 않았지만, 당시에는 시인이 종교를 가지는 데 대하여 격렬할 정도의 혐오감을 가지고 있었다. 시인은 또 다른 창조주이기 때문에 기존의 종교와 양립할 수 없다는 생각을 굳게 하고 있었다. 우리가 구하는 것이 모두 구원救援이기는 하지만, 시인이 추구하는 것은 신을 통한 구원만은 아니라는 생각이었다. 신은 선의를 가지고 있기도 하지만, 악의도 가지고 있다는 생각을 떨쳐버릴 수 없었다. 많은 사람이 빛을 신의 것이라고 생각하지만, 어둠도 신의 것이다.

세계의 불행은 신의 책임이고, 그것은 신의 악의에 의하여 생겨난 것이다. 그리고 시인은 불행한 사람의 편에서 그러한 신에 대하여 반기를 드는 사람이다. 시인은 운명의 발걸음을 처음서부터 다시 떼어놓는 사람이다. 종교는 불행한 세상에 태어난 우리에게 한없는 위안을 준다. 너도 잘하면 천국에 들어가는 입장권을 받을 수 있을 것이라는 달콤한 유혹도 있다. 당시에 나는 시인이 이러한 위안에 만족하고 그러한 유혹에 쉽게 이끌린다면 어떻게 불행한 사람들의 편에 서서 신과 싸울 수 있는가 의심했다. 이러한 나의 생각은 지금은 수그러들었지만, 문제와 답이 모두 주어진 종교의 세계에서 시인의 역할은 아주 축소될 수밖에는 없는 것이라는 생각에는 그다지 큰 변화가 일어난 것은 아니다. 그것은 시인의 자유를 억압할 수 있다. 나중에는 정지용 같은 시인이 기독교 문학을 했다는 사실도 알게 되었다.

지금은 시야를 좀 더 넓혀야 한다는 생각을 한다. 불행은 교회 밖에만 있는 것이 아니다. 교회 안에도 불행은 있다. 정신적인 고도의 순수성이 필요하고, 그럼에도 인간은 육신을 가진 존재이기 때문에 그에서 생기는 갈등은 교회 밖에서 생기는 불행보다 더 큰 것일 수 있다. 그러나 기도의 힘만으로 천국에 입장하는 것은 아닌 것이 분명하다. 천 번 기도를 한 사람이 백 번 기도를 한 사람보다 더 먼저 천국에 입장하는가? 그렇다고 말하기 어려울 것이다. 그렇다면 기도의 깊이를 가지고 따질 것인가? 기도를 깊이 한 번 한 사람이, 기도를 가볍게 천 번 한 사람보다 먼저 천국에 입장할 것인가?

이런 것들은 비교의 대상이 아니다. 기도의 힘으로 천국에 입장하는 것이 아니기 때문이다. 무엇인가 일을 하여야 한다. 그 일은 기도가 아닌 어떤 일이다. 기도와 가장 가까운 것이 시일 것이다. 기독교 문학이 왜 가능한지가 이해되는 장면이다. 그 밖에 설교나 미사 집전, 예배나 찬송과 관련되는 일이 아니라면, 교회 안에서 행해지는 모든 일은 교회 밖에서 행해지는 일과 다름이 없다. 누군가는 청소도 하여야 하고, 누군가는 길도 쓸어야 하고, 누군가는 예배나 미사 준비도 해야 한다. 누군가는 완장을 차고 길가에서 교회를 찾는 사람들을 인도해야 하고, 누군가는 미사 순서를 프린트해야 한다. 누군가는 성경을 번역해야 하고, 누군가는 설교문을 정서해야 한다.

이런 일을 하는 사람들은 구원에서 제외되는가? 아마 그렇지 않을 것이다. 구원은 어디에도 있다고 보아야 한다. 천주교도만이 구원에 이르고 신교를 믿는 사람들은 구원을 받지 못한다면, 너무 불공평하다. 기독교도만이 구원을 받고 이슬람교도나 불교도는 구원을 받지 못한다고 해도, 그것은 말이 되지 않는다. 유교에는 신도 없는데 무슨 구원이 가능하냐고 물을 수 있다. 그러나 신만이 구원의 길을 여는 것은 아니다. 스스로 운명의 길을 처음 개척한 사람들도 구원의 길을 열 수 있는 것으로 생각한다.

콜린 윌슨은 인생의 목적은 의식의 영역을 넓히는 것이라고 『지성과 반항』에서 한마디로 못 박고 있다. 인류의 전 역사를 의식의 영역으로 확대할 수도 있을지 모른다. 그러나 그것은 사실상 불가능하다. 역사책이 전해주는 바를 그냥 그대로 인류의 역사라고 할지 모르나, 그렇지 않다. 5천 년 전 서울에서 무슨 일이 일어났는지는 아무도 모른다. 전 우주를 의식의 영역으로 확대하는 것이 가능한가? 태양계 속의 별이 천억 개나 있고, 그러한 은하계가 또 천억 개가 있다고 할 때, 그렇게 광대한 영역을 의식의 대상으로 하는 일이 가능하다고 할 수 있을지 모른다. 그러나 그러한 초은하계가 또다시 천억 개가 있다고 하면 그것을 의식의 대상으로 하는 일은 실제로 불가능한 일에 가깝다. 또 그렇게 해보아야 무슨 소용이 있을 것인가? 이 광대무변의 세계를 신은 자기 영역 속에 포함하고 있어야 한다. 그렇지 못하면 그것은 신의 자격을 상실한다. 광대무변의 세계를 포함하려면 신은 엄청난 크기를 가져야 한다. 그렇다고 작은 인간들의 세계를 잊는 신이라면 그 또한 신의 자격을 상실한다.

구원은 자기가 사는 작은 세계 속에 있다. 자기가 하는 일 속에 있다. 천주교 속에서도 자기가 할 수 있는 일을 찾아 영혼을 불태운다면 그에게도 구원의 길이 열릴 것이다.

이런 의미에서 나는 대학 2학년 때 시의 세계가 나에게 찾아온 것을 무한한 행운으로 생각한다. 나는 내가 지은 시에 취한 적이 여러 번 있다. 다른 사람의 시에 취한 적은 그렇게 흔하지 않았다. 아, 이렇게도 시를 쓸 수 있구나! 아, 참 잘 쓴 시다! 이런 시를 만난 적은 드물게 있었지만, 내가 쓴 시에서 느끼는 감흥과는 다른 것이었다. 시를 쓰기 위해서 쓴 시, 어렵게 써야 현대시라는 생각으로 쓴 시, 기교를 빼놓으면 아무것도 없는 시에는 질색을 했지만, 보들레르가 울부짖었듯이 "나에게 단 한 줄의 아름다운 시를 쓸 수 있게 해주시옵소서"란 구절을 시현해 놓은 것과 같은 아름다운 시를 만나는 일은 그렇게 쉬운 것이 아니다.

시는 그 불행했던 시절에 나에게 찾아온 하나의 축복이었고 구원이

었던 것으로 생각한다. 당시 〈현대시 강독〉과 같은 강의에서는 현대 시
인들을 하나씩 읽어나갔는데, 백 무어라는 시인이 무역회사에 취직하
고 그 뒤로는 시를 쓰지 않았다는 이야기를 들었을 때는 실로 놀라움을
금치 못하였다. 시를 어떻게 무역회사의 일과 바꾼단 말인가?

내가 시와 가까워지자, 조창환과 주승택(안동대 교수를 하다 몇 해 전
세상을 떠난)이 같이 어울리게 되었다. 대학 3학년 때에는 대학 생활을
주로 하는 연작 시를 셋이서 쓰기도 하였다. 내가 1학년을 소재로 하였
고, 주승택이 2학년을 소재로 하였고, 조창환이 3학년을 소재로 하였
다. 내가 쓴 시의 구절에서 지금 생각나는 것은 "아직도 서름서름한 사
이인데……"와 같은 구절과 학문하는 사람들을 먼지 덮인 무덤을 파는
사람들로 비유한 대목이다. 주승택은 막걸리 파티, 미팅, 끝없는 연정
과 같은 것을 부각시킨 것으로 생각된다. 조창환의 시에서는 "파닥이는
새"와 같은 시구詩句가 생각난다. 지금 당당한 시인이 된 것은 조창환
하나뿐이고, 주승택은 시집을 두 권이나 내었으니까 반쯤 혹은 자칭 시
인이 되었다고 할 수 있다. 나는 군대를 다녀와 국어학으로 다시 방향
을 틀었기 때문에 시인이 되지 못하였다. 그러나 시에 대한 생각에서
나와 조창환은 상당한 차이를 가졌던 것으로 생각된다.

　　—나는 시는 그림이라고 생각한다.
　　—그래? 나는 시는 음악이라고 생각하는데.

당시에는 이러한 이야기들을 자주 하곤 하였다. "시가 그림이라면,
그것은 실제의 그림보다 얼마나 열등한 그림인가? 또 만약 시가 음악
이라면, 그것은 또 얼마나 열등한 음악인가?"와 같은 평론을 읽은 기억
도 있다. 그러나 위와 같은 말에서도 나는 상당한 충격을 받았다. "시
쓰듯 / 시를 쓰듯 / 하루를 살고 싶다"와 같은 시를 쓴 적이 있는데, 음

악적인 요소가 전혀 없는 것은 아니었다. 그러나 나의 시에 대한 생각은 기본적으로 회화적인 이미지를 중시하는 것이었다.

그러나 조창환의 말은 이와 같은 생각을 정면으로 부정하는 것이었기 때문에, 당시 나는 그래도 시를 좀 쓴다고 생각하고 있었기 때문에, 근본적으로 시의 개념 자체를 잘못 생각하고 있는 것과 같은 반격에 충격을 받지 않을 수 없었다. 그러나 조창환의 시에도 그림이 전혀 없는 것은 아니다. 내가 아주대학에 찾아갔을 때, 그가 며칠 동안 쓴 시를 나에게 보여 준 일이 있다. 그는 어떤 구절에서 나뭇가지가 신에게 목을 내밀고 있는 모습이 떠오르지 않느냐고 물었다. 그것은 그의 시가 음악만을 주조로 하는 것은 아니라는 것을 말해준다. 그것은 그림이라고 해야 한다. 시가 어느 한 가지 요소만으로 이루어지는 것은 분명 아니다. 어느 것을 더 중시하느냐의 차이만이 있을 뿐이다.

나에게 조창환은 자기가 불행한 사람이라는 의식을 가지고 있는 듯한 느낌을 준다. 이것은 아마도 그가 평생을 지고 다니는 지병 때문일 것으로 생각된다. 어느 때인가 나와 주승택은 조창환이 '신의 악의'를 수술하였다는 소문을 듣고 서울대학교 병원으로 달려간 적이 있다. 병원에 도착하여 들은 이야기는 벌써 퇴원했다는 것이다. 간호사의 이야기로는 작은 종양을 도려내었다고 한다. 전화로 그가 나에게 들려준 말은 "이번에 이걸로는 죽을 것 같지 않다"라는 것이었다. 나중에 들은 이야기는 뭐 먹고 싶은 것이 많이 생각났다고 한다. 중한 병이 걸렸을 때 먹고 싶은 음식이 생겨나면 죽음의 문턱에서 되돌아오는 것이란 이야기를 들은 일이 있기 때문에, 그것이 그를 살린 것으로 생각한다. 천운으로 그는 서울대학교병원의 김정룡 박사에게 진료를 받았다. 다른 사람에게 진료를 받은 사람들이 유명을 달리한 일이 많았기 때문에 이천운 하나만으로도 그는 절대로 불행한 사람이 아니다. 그는 그의 시와 마찬가지로 점점 더 좋아지고 있다.

나는 그의 부인이 병든 그를 간호하기 위하여 온갖 약재를 구하여 쇠절구로 빻았기 때문에 팔뚝에 알통이 생겼다는 사실까지도 알고 있다. 그의 건강 회복은 부인의 극진한 보살핌이 더 큰 역할을 하였을 것이다. 그는 부인에게 크게 감사해야 한다. 재才가 승하면 성誠이 부족하기 쉽고, 성誠이 승하면 재才가 부족하기 쉬운데 그의 부인은 이 둘을 모두 겸비하였으니 조창환은 축복받은 사람이다. 그것은 '렁 시에이(lung ca)'로 오진을 받아 고생을 한 나와도 비슷하다.

국어학의 무슨 행사 뒤에 소공동의 '밴케이'라는 음식점에서 국어학을 하는 교수들이 회식을 한 일이 있었다. 그때 내 옆에는 박양규 교수가 앉았었는데, 어떤 사람이 귀에서 무슨 소리가 난다고 하였다. 내가 귀에서 소리가 난 지는 벌써 몇십 년이나 된다. 형광등이 켜 있을 때 나는 소리와 같은 것이 끝없이 들린다. 어떤 일에 몰두해 있을 때는 잊어먹었다가도, 소리가 안 들리나 하고 잘 들어보면 소리가 들린다. 독문과의 신수송 교수는 귀에서 무슨 바퀴 굴러가는 소리가 난다면서, 큰 병에 걸린 것처럼 두려워하였다. 그때까지 나는 이명 때문에 병원을 찾은 적은 없었다. 그래서 그의 말을 받아 "귀에서 소리 안 나는 사람도 있느냐?"라고 말을 하였다. 그러니까 박양규 교수는 "귀에서 소리 나는 사람도 있느냐?"라는 식으로 다시 받았다. 그 자리에 참석한 모든 사람이 박 교수의 말에 동의하는 눈치였다. 귀에서 소리가 안 나는 것만으로 그들을 얼마나 행복한 것인가? 이 외에도 나는 몇 가지 지병을 더 가지고 있다. 지금은 녹내장도 왔다고 한다. 지금 조창환에게 해주고 싶은 말도 이것이다. "누구 지병 가지지 않은 사람이 있느냐?"라고.

명동의 '언더 더 씨'라는 음식점에서 조창환과 주승택과 김길웅과 내가 저녁을 먹고, 명동성당 마당의 벤치에서 여름밤의 바람을 쐬며 앉았던 적이 있다. 주승택은 그 '신의 악의'로 천주교에 귀의할 생각을 하고 있었던 듯했다. 그가 영세를 받을 때 우리들도 참석을 했으니까 그때 그의 몸 상태는 그렇게 좋은 것이 아니었던 듯싶다. 그러한 주승택을 향하여 조창환이 한 말은 "사람은 병으로 죽는 것이 아니라, 명으로 죽는다"라는 것이었다. 그의 경험에서 나온 말이리라. 그 말은 주승택에게도 큰 위안이 되었을 것이다.

내가 3년 3개월의 군대 생활을 마치고 서울에 왔을 때, 그는 시인이 되어 있었고, 당시 좌수서左手書를 쓰는 검여劍如의 딸을 부인으로 맞이하고 있었다. 검여는 서예가였는데, 중풍으로 오른손이 마비되자 다시 왼손을 단련하여 왼손으로 좌수서 붓글씨를 완성한 인물로 평가받는다. 검여의 좌수서 전시회가 신세계백화점 화랑에서 열린 일이 있었는데, 우리들도 관람을 할 수 있는 기회를 가졌다. 오른손잡이가 왼손으로 글씨를 쓴다는 것은 거의 상상하기 어려운 일이다. 그러한 운명 극복의 의지를 그 따님이 물려받은 것처럼 생각되고, 그 후광을 지금은 조창환이 누리고 있는 것은 아닌가? 그는 절대로 불행한 사람이 아니다.

그는 내가 알기로 생애의 중요한 시험에서 실패해본 일이 없다. 대학 입학이나 대학원 입학은 물론이고, 박사학위 과정 입학시험이나 자격 시험 같은 중요한 시험에서 실패한 일이 없다. 아마도 이는 어떤 측면 고등학교를 좋은 데 나왔기 때문일 것이라고 추측해본다. 영어의 기본이 잘 갖추어져 있으니, 조금만 노력을 해도 큰 성과를 올릴 수 있었을 것이다. 이것은 주승택과 비교를 하면 천양지차天壤之差이다. 주승택은 다른 공부는 모두 하면서도 영어만을 소홀히 하였기 때문에 모든 시험에서 그 고생을 하였다. 조창환은 현대문학을 하면서도 미국을 몇 번씩이나 다녀오고, 몇 년 전에는 카자흐스탄, 작년에는 체코까지 다녀왔다. 믿는 것은 영어 실력이다. 현대문학을 공부한 사람으로 외국에 나간 경험이 한 번도 없는 사람과 비교를 하면 그는 행운아이다. 그만큼 기회에 강하다고도 할 수 있다.

그는 일본 와세다 대학에서 민속학을 전공하고 박사학위를 받아 귀국하여 한림대 일본학연구소의 전임 연구원으로 일하는 큰아들이 있고, 미국 유타 대학에서 공부하고 돌아와 LG전자에 다니는 작은아들이 있다. 뭐 하나 부러울 것이 없다.

그는 방배동에 빌라도 마련하였다. 언젠가 나는 다음과 같은 말을 한 일이 있다. "우리가 학교에 다닐 때 누구 집 가진 사람 있어?" 내 처지를 다른 동기들에게 투영한 것이다. 이에 대한 조창환의 반응은 놀라운 것이었다. 그의 대답은 "너나 집이 없이 학교에 다녔지, 우리 동기 중에 누가 집이 없이 학교에 다녔나?"라는 것이었다. 그러고 나서 가만히 생각을 해보니까 정말 그런 것 같았다. 주승택도 집이 있었다. 우리 동기들은 그 집에서 술을 마시며 밤새도록 이야기를 하였고 급기야는 그 집에서 자고도 왔다. 조창환도 자기 집에서 학교에 다녔다. 영등포에 있던 그의 집에 우리도 가서 잘 대접을 받고, 바둑도 두고, 자고 아침에 나왔다. 김화시도 자기 집에서 학교를 다녔고 박인기도 자기 집에서 학교를 다녔다. 나만 남의 집에서 학교를 다닌 것이 분명하였다. 그렇다면, 조창환은 적어도 불행한 것이 아니다.

조창환의 시가 서정주의 시를 따라가지 못하여 불행한 것인가? 나는 서정주의 시에서 마음에 드는 시를 본 일이 없다. 그는 "나를 이끈 것은 절반이 눈물"이라고 하였다. 그러나 그의 시에서는 눈물이 찾아지지 않는다. 나에게는 그의 시가 태깔을 부리는 것처럼 느껴진다. 난 체하고 높은 체하는 태도가 그의 시에 묻어 있는 것으로 느껴진다. 그래도 그는 시단의 존경을 받으며 나름대로 구원을 받았을 것이다. 그러나 서정주의 시를 진정으로 사랑하는 사람이 얼마나 될 것인가? 이는 정지용과는 아주 딴판이다. 정지용의 시에는 눈물과 같은 표현은 극도로 절제되어 있다. 그러면서도 그의 시의 밑바닥에는 온통 눈물이 뒤범벅이 되어 있다. 그래서 우리는 그의 시가 무엇을 말하는지 잘 모르면서도 그의 시를 사랑한다. 눈물이 우리를 이끌고 그의 시에 빠지게 한다.

조창환은 올해로 교수로서 정년을 맞는다. 그러나 시인은 정년이 없다. 앞으로 더 많은 시를 쓸 것이고, 더 좋은 시를 쓸 것이다. 어떠한 경우이든 그는 시 속에서 큰 구원을 찾을 것이다. 나는 작년에 정년을 하였다. 정년과 함께 학문도 문을 닫는 사람이 있지만 사실은 학문에 정년이 있는 것은 아니다. 그러나 학문에도 구원이 있을 것인가? 혼신의 힘을 다하여 남을 감동시킬 만한 좋은 논문을 쓰고, 아, 나는 할 일을 다 했노라고 말할 수 있으면 학문의 세계라고 하여 구원이 전혀 없을 수는 없다. 그러나 학문은 왜곡된 비판에 직면하는 일이 흔하다. 그 빛은 곧 흐려지고, 말할 수 없는 비통에 빠진다. 올바른 비판은 더욱 무섭다. 그러니 학문의 세계에서 구원을 찾는다는 것은, 한 세기에 몇 사람밖에 나타나지 않는다는 천재에게나 바랄 수 있는 일일 것이다.

그러니 조창환이여, 당신은 나보다 몇 배나 행복한 사람이다.

제4부

시의 궤적

지적 절제와
존재의 찬란한 전환

문혜원 ● 문학평론가 · 아주대 교수

1. 세속적 신성성, 천사

시집『수도원 가는 길』이 출간된 지 6년이 지났다. 조창환의 일곱 번째 시집인 이번 시집은 그 시간의 흐름을 말해주듯이 적지 않은 변화를 담고 있다. 신성한 것에 대한 갈구는 여전하지만 시의 소재와 배경은 일상의 삶에 보다 가까워졌다. 그의 시에서 종교 혹은 신은 절대적인 믿음이나 추상적인 관념이 아니라 생활 속에서 육화된 것이다. 그는 하느님을 말하는 대신 하느님의 현존을 증거하는 '천사'에 대해서 말한다. 이때 천사는 '천사 같다' 혹은 '천사표'처럼 속화된 비유가 아니라, 하느님을 보좌하고 하느님의 뜻을 전달하는 존재인, 신성성을 가진 종교적 의미의 천사이다. 그는 '천사'를 하나의 존재로 형상화함으로써 세속적인 신성성을 창조해낸다.

그의 시에서 천사는 항상 사람 옆에 있으면서 사람의 삶을 지켜보는 보이지 않는 '눈〔目〕'과 같은 것이다. 지하철 안에서 수화를 하는 벙어리 두 애인, "꽃병 든 손 모양 만들었다가 / 파도 안은 물새 모양 만들었다가 / 검정 저고리 입고 강 건너편에서 손짓하는 / 관음보살 닮은" 처녀와 "트럼펫 부는 소년 모양이다가 / 얼룩소 따라가며 쟁기질하는 모양이다가 / 까치밥 파먹는 가을 하늘 / 까마귀 닮은" 청년은 혼탁한 세상과 대비되는 '천사'에 비유될 수 있겠지만, 정작 이들을 바라보는 천사는 따로 있다. 그리고 그 천사는 둘을 말없이 지켜보다가 지하철에서 먼저 내린다("뭐 도와줄 일 없을까 하고 기웃대던 / 자루옷 입은 천사는 / 늘어지게 하품 한 번 한 후 / 먼저 내린다"—「애인 둘」). 벙어리 두 애인은 그들 자체만으로 아름답고 만족스러우므로 따로 할 일이 없는 것이다.

그런가 하면 천사는 인간의 옆을 지키다가 보이지 않는 손을 내밀어 인간의 삶을 돕기도 한다. 인큐베이터 안의 팔삭둥이의 생명을 지키거나("굳은 혀로 얼음 핥으며 / 환해지는 하늘 쳐다보던 / 천사는 // 반짝이는 눈송이 하나에 / 입김을 불어넣고 / 제집으로 돌아갔다"—「눈 내린 아침」), 어린 싹을 밀어 올리고 늙은 달팽이 등짐을 밀어주기도 한다("어린 천사가 어린 싹을 다시 밀어 올리고 / 어린 천사가 늙은 달팽이 등짐을 밀어주고 / 어린 천사가 짓밟힌 꽃잎에서 황사 먼지를 털어준다."—「천사의 노동」). 이때 천사는 생명의 활동을 돕는 구체적인 힘이다.

인간 옆을 지키는 천사는 인간의 마지막 죽음 길까지 지켜보고 그의 영혼이 이승을 떠날 때까지 동행한다. 죽음을 기다리는 시간, 임종을 앞두고 숨이 끊어지지 않아서 아직 지상에 머무르는 목숨은 질기고 힘들다. 천사는 지켜보고 있을 뿐, 목숨이 스스로를 내려놓아야만 비로소 숨이 다하는 것이다.

온기가 몸을 떠나기란 이토록 어렵구나, 늙은이
목에 뚫린 작은 구멍으로 긴 터널이 들여다보인다

질기고 끈끈한 숨이 청년과 늙은이와
기다리는 천사 사이에 황토 빛 강을 만들었다

　아무도 모른다, 저렇게, 오래, 기다리는 천사까지도
　강 건너, 터널 지나, 구멍 열리면

　캄캄 절벽일지, 빛 부신 폭포일지
　아무도 모른다, 저렇게, 오래, 기다리는 천사까지도
　—「구멍」부분

　여기서 '구멍'은 임종을 앞둔 늙은이가 영양분을 흡수하는 통로이기도 하고, 목구멍이기도 하고, 다른 세상으로 연결되는 입구이기도 하다. 천사까지도 "강 건너, 터널 지나, 구멍 열리면" 만나게 될 세상이 절벽인지 폭포인지 알지 못한다. 이런 면에서 천사는 인간이 사는 세상에서 크게 초월해 있지 않다. 인간 옆에서 인간의 일을 지켜보고 이따금 약간의 도움을 보탤 뿐, 스스로 초월적인 힘이나 의지를 가지고 인간의 삶에 개입해 인간을 인도하지는 않는 것이다.

　다만 천사는 만물을 볼 수 있는 눈을 가지고 있어서 인간의 내장 기관과 영혼까지를 속속들이 들여다본다. 노망난 늙은이의 검은 혼에는 똥 자국, 손자국, 핏덩어리, 그동안 살면서 박힌 삶의 크고 작은 옹이들이 엉겨 붙어 있다. 천사는 그것을 보고 안쓰러워 약간의 산소를 불어넣는다. 죽어가는 혼과 한두 마디의 대화를 나누고, 그러고 난 후 천사는 기다린다.

　산소 조금 들이마셔 눈 희미하게 뜬
　혼은 다시 중얼거린다
　— 당신 때문에 죽음이 안 와.
　천사는 내시경을 알코올로 닦고
　돌아서서 날개를 벗는다

　　—죽음이 안 와? 나 때문에?
　　중얼거리며 쓰레기통을 걷어차다
　　되돌아와 내시경을 버리고 간다
　　　—「내시경」 부분

　죽어가는 혼과 천사의 대화는 사람들이 일상적으로 나누는 대화와 다르지 않다. 죽음이 오지 않는다고 혼은 천사에게 투덜대고, 천사는 자신의 공도 모르고 투덜거리는 혼에게 토라져서 가버린다. 하느님의 뜻을 전달하는 신성한 천사의 이미지 대신 세속적인 행위를 하는 인간화된 천사가 있을 뿐이다. 시인은 이처럼 '천사'라는 단어에 둘러씌워진 베일을 벗겨내고 인간의 삶과 함께하는 천사를 형상화해낸다. 그것은 하느님의 현존을 보여주기 위해 존재하므로 존재의 신성성을 드러내는 것이지만, 지상의 생명의 모든 일에 관여하는 세속적 신성성을 갖는다. 천사는 천상의 존재가 아니라 세상의 생명과 가장 가까이 있으며 그것의 삶을 유지하는 데 도움이 되는 신비한 노동을 행하는 존재인 것이다.

　'천사'는 가톨릭적인 상징임에 분명하지만, 그렇다고 해서 그의 시가 가톨리시즘 하나로 귀결되는 것은 아니다. 그의 시에는 '천축 가는 길', '극락'(「새」) 등 불교적인 상상력을 보여주는 단어들이 종종 섞여 있다. 중요한 것은 가톨릭인지 불교인지가 아니라 그 시들 속에 일관되게 나타나는 기도의 자세이다. 지향하는 곳이 천국이든, 극락이든, 천축이든 공통점은 모두 신적인 것, 절대자를 향해 기도하고 있다는 점이다. 새는 놋대접의 맑은 물에 몸을 씻고 (아마도 부처님께) 큰절을 올리고 (「새」), 낙타는 시나이 산을 향해 돌밭을 걷는다(「낙타」). 몸을 씻고 걷는 행위는 그것 자체가 구도이며 종교적인 예배가 된다. 따라서 그의 시의 종교성은 인간이 지닌 종교적 심성 일반으로 확대되며, 그러한 심성에 대응하는 삶의 양식, 구도의 자세 일반을 포함한다.

2. 죽음에 대한 인식과 지적 절제

이번 시집에서 시인은 죽음을 중요한 소재로 하고 있는데, 이는 지금까지의 그의 시와 비교해볼 때 큰 변화라고 아니 할 수 없다. 이전의 시들이 삶의 향기에 매혹된 시인을 보여주었다면, 이번 시집의 시들은 죽어 있는 것들과 죽어가는 것들에 초점이 맞추어져 있다.

'죽어 있는 것들'은 인간이 만들어낸 사물인 '마네킹'(「마네킹」), '관세음상'(「관세음과 숭례」), '자동차'(「'휘청'」) 같은 것들이다. 일상의 눈으로 보면 이것들은 생명이 없는 도구적 존재자일 뿐이다. 마네킹은 옷을 전시하기 위한 모형이고, 관세음상은 기도를 위한 상징물이며, 자동차는 인간을 실어 나르기 위한 수단이다. 그러나 조창환의 시에서 이것들은 각각 그 나름의 정령을 가지고 있어서 대화하고, 삐죽거리고, 툴툴거린다.

입술 삐죽 내밀며 아랫도리 오므리는
저것들이 구미호 다 된 줄을
오늘 처음 알았다

퇴근길엔
학교 운동장에 세워둔 내 늙은 자동차도
너무 오래 쓸쓸한 어둠 속에 떨었노라고
암내 맡은 나귀처럼 툴툴거렸다
―「마네킹」 부분

시인은 오늘 비로소 십 년 넘게 지나쳐온 양장점의 마네킹들이 서로
대화를 나누고 있다는 것을 알아챈다. 그것을 깨닫자 오래된 자동차의
툴툴거리는 소리도 들린다. 삶의 냄새에 취했던 시절에는 몰랐던, 생명
없는 것들의 생명 냄새가 비로소 훅 끼치어오는 것이다. 시인은 이제
도를 닦아 사물의 소리를 듣는 경지에 오른 것일까? 그러나 그는 세상
의 이치를 깨달았다는 듯한 도통한 포즈를 취하지 않는다. 단지 자신을
둘러싼 것들과 함께 살고 있었음을 깨닫는 것뿐이다. 마네킹도 차도 낡
고 한창 시절의 빛을 잃은 것들이다. 시인이 새삼스럽게 이것들을 돌아
보게 되는 것은, 그 또한 한창인 시절을 지나왔고 나이가 들었음을 인정
하는 자연스러운 일이다(「불쑥 내민」). 그는 옹벽을 받고 부서진 자동차
에게 아프지 않냐고 말을 건다. 다독거리며 시동을 거니, 마치 차에도
정령이 있는 것처럼 부서진 자동차가 스르르 움직인다("부서진 자동차는
알이다 / 알에서 도마뱀 새끼 눈 뜨고 나올 때까지 / 품어주어야겠다 / 말하고
시동을 거니 / 이것 봐라? / '휘청'도 안 하고 스르르 움직인다"—「'휘청'」).
이것을 두고 시인은 '자동차의 정령'이라고 표현한 바 있지만(산문「사
물의 정령」), 그 의미는 시인이 애니미즘을 신봉하게 되었다는 것이 아
니라 오래된 것들이 익숙해지고 편안해졌다는 것이다. 쳐내고 끊어버
리는 것이 능사가 아니라, 사람의 몸이나 물건이나 생물이나 소중하게
달래고 아낄 줄 알게 된 것이다. 가느다란 것, 연한 것(「눈 내린 아침」),
마른 것(「성가 양로원」, 「갈피」)에 대해 주목하는 것 또한 마찬가지다.

'죽어가는 것들'은 이번 시집에서 특히 주목되는 소재이다. 죽음을
앞둔 사람들(「구멍」, 「내시경」)과 이미 죽어 영안실에 안치되어 있는 사
람들(「웃고 있네」, 「성가 양로원」)을 보며, 시인은 죽음을 정면으로 찬찬
히 인식하고자 한다. 목에 구멍을 뚫어 호스를 연결한 채 연명하고 있
는 노인에게서 임박한 죽음을 보고(「구멍」), 친구가 누워 있는 영안실에
서는 친구의 혼이 일어나 영안실을 돌아다니는 것을 본다(「웃고 있네」).

말갛게 머리 빗겨 볼 붉은
노파, 안나

마른 구절초
책갈피에서 툭 떨어지듯

팔락
흔들린다

노인들 꽃게 거품같이
낮게 웃는다

바람 희게 기울어지는
성가 양로원
　　　　　－「성가 양로원」 부분

아름다운 이 시의 배경인 '성가 양로원'은 죽음과 삶이 공존하는 곳
이다. 흰 머리카락을 한 베드로닐라 수녀님이 죽은 노파의 저승길을 연
도하고, 남은 노인들 맑고 낮게 웃는 그곳. 노파 안나는 병들었던 몸을
정갈하게 가다듬고 볼을 붉히며 저승길을 기다리고 있고, 바람은 희게
기울어지며 그녀의 이승에서의 마지막을 지켜보고 있다. 낮게 웃고 있
는 노인들, 흰 머리카락을 한 수녀님, 고적한 양로원 풍경, 모두 조용하
고 평화롭다. 죽음은 슬프거나 공포스러운 것이 아니라 편안하고 맑고
새로운 것이다. 볼이 붉다는 것은, 육신의 죽음이 끝이 아니라 알 수 없
는 새로운 세상의 시작이라는 생각을 상징한다. 이러한 생각은 다음 시
에서 공간의 이동으로 표현되어 있다.

이모가 죽자

이모네 석류나무도 말라 죽었다

이모는 늙어

삭정이 되어 부서졌지만

무성하던 석류나무는

한 계절에 따라 죽었다

(중략)

이모네 석류나무

고양이 돌아오듯

다음 세상으로 살금살금

건너갔다
―「이모네 석류나무」 부분

　이모가 죽자 멀쩡하던 석류나무가 갑자기 말라 죽었다. 그 모양을 시
인은 고양이처럼 "다음 세상으로 살금살금 건너갔다"라고 표현한다.
발정기가 되어 집을 나갔던 고양이가 어느 날 아무렇지 않게 돌아오듯

이, 삶은 어느 날 그렇게 죽음으로 돌아간다. 삶이 원래 상태인지 죽음이 원래 상태인지 알 수는 없지만, 확실한 것은 삶과 죽음이 나란히 연결되어 있다는 것이다. 고양이가 담을 넘어가듯이, 석류나무 또한 죽어서 다음 세상으로 넘어갔다. 죽음은 마치 삶과 연속되어 있는 공간 상에 놓여 있어서 자리를 옮겨 가는 것처럼 표현된다. 목구멍 끝에 다른 세상으로 통하는 구멍이 있을 것이라는 생각(「구멍」)과 같은 발상이다. 이는 불교의 윤회설이나 장자몽처럼 철학적으로 죽음을 해석하는 것이 아니라, 시각적이고 구체적인 경험의 연장 선상에 죽음을 배치하는 것이다. 그럼으로써 '죽음'이라는 소재는 그것이 흔히 불러일으키는 공포와 슬픔 같은 감정을 벗고 건조하고 담담해진다.

사실상 이러한 담담함은 시인이 각별히 공을 들이고 있는 것처럼 여겨지기도 한다. 벚꽃 잎이 하르르 지는 것에 숨 막힘을 느낄 만큼 섬세한 감수성을 보여주었던 시인은, 이번 시집에서는 정반대로 감정의 습기를 최대한 빼고("기억에서 습기를 말갛게 털어내고"―「갈피」) 대상을 객관적으로 바라보고자 한다. 젊은 시절의 시선이 대상을 감정적으로 포착한 것이었다면, 지금은 대상을 지적으로 포착하고 해석하려는 것이다. 그는 명료하고 객관적인 시선을 유지함으로써 자칫 느슨해지기 쉬운 삶의 타성에서 벗어나고자 한다.

3. 내면의 성찰과 삶의 회한

2부 '황야 일기'는 그 연장 선상에 놓여 있다. 이 시들은 카자흐스탄을 여행하면서 쓴 것들인데, 여행지의 풍경과 감상을 적는 일반적인 여행시와는 달리 오히려 시인의 내면에 대한 성찰이 두드러지는 것이 특징이다.

새 없는 하늘

아득한 바람

소금기 솟아오른

마른 땅, 갈대숲

가슴팍에 흐린 눈썹 몇 금

어설픈 비백飛白처럼 퀭하고 낯선

시간
　　―「비백飛白―황야 일기 1」 전문

　이 시에 그려진 황야는 새 한 마리 없는 하늘에 가물어 소금기가 올라 있는 팍팍한 땅, 갈대숲만이 있는 황량한 땅이다. 시인이 그 한가운데 자신을 세우고 "퀭하고 낯선 / 시간"을 감내하고 있는 이유는 무엇일까? 그것은 자신의 존재를 천착하고자 하는 의지 때문이고, 그 의지는 신, 죽음, 존재와 같은 시적 화두들과 연결되어 있다. 오직 시인 자신과 하늘과 땅만이 남아 있는 공간. 그곳은 신과 가장 가까이 독대하는 공간이자 삶과 죽음을 동시에 볼 수 있는 극한의 공간이다. '황야'의 고적함은 인간의 손을 거부하는 결연한 의지마저 느끼게 한다("마르고 붉은 땅, 소금 뿌리는 바람 / 명왕성 가는 길인가 / ―다가오지 마라 / 낯선 신호음만 컹컹 울리는 / 길 끝에 붉은 해가 솟아 있다"―「붉은 해―황야 일기 4」). 그곳에서 시인은 자신이 지나온 시간들을 돌아보고 찬찬히 인식하고자 한다.

이번 시집에는 시인이 전환점에 서 있다는 자각이 두드러지게 나타
난다. 그것은 개인적인 삶의 일정과 육체적인 시간, 아울러 시의 방향
까지 시인의 삶 전반에 걸쳐 있는 문제이다. 전환점에서 그는 자신의
삶을 구구절절 늘어놓기보다 여행에서 마주치는 장삼이사의 사람들의
삶을 바라봄으로써 자신의 기억과 거리를 둔다. 사람은 누구나 자신의
기억을 왜곡하고 조작하기 마련이기 때문이다. 타인의 삶을 본다는 것
은 자신의 삶에 거리 두기를 시도하는 것이며, 여행은 그러한 환경을
조성하는 것이다.

시인은 일부러 이주한 고려인 후손들이 살아가는 마을을 찾아다닌
다. 그가 찾아간 고려인 마을들은 독립투사 홍범도와 역사학자 계봉우
의 묘지가 있고, 스탈린에 의해 강제 이주당한 고려인들이 질기고 모진
목숨을 이어온 가슴 아픈 역사를 가진 곳이다. 그곳에서 시인은 조상들
의 자취를 확인하고 그 후손들의 삶의 이야기를 듣는다. 역사적인 사실
들은 이제 시간 속으로 사라지고, 남아 있는 것은 이주 1세대의 쓸쓸한
삶의 단편이다.

— 연분홍 치마에 봄바람이
아버지 고향이 함경도 어디라는
고려인 할머니는 효자 아들 덕에
곱게 늙었다
그렇게 천 년이 빈터로 남아 있어
내 한평생 스산한 그늘 밑에
낮꿈 꾼 듯하다는 할머니
고향 노래 한 자락 붙잡고 산다
　　－「천 년의 빈터－황야 일기 3」 부분

남편이 총 맞아 죽고, 한 달 넘게 웅크리고 실려 온 곳에서 볍씨를 뿌리고 논농사를 지으며 평생을 살아온 할머니는 "내 한평생 천 년도 넘겠노라" 말하며 담담하게 웃는다. 신산한 삶의 기억들조차 낮꿈을 꾼 듯하다는 할머니의 말은, 인생은 결국 꿈과 같이 덧없고 모든 것은 '비어 있음'으로 돌아간다는 메시지를 함축하고 있다.

시인은 황야를 여행하며 인생의 회한과 허무를 다시 마주하게 된다. 이미 『수도원 가는 길』에서도 발견되는 낯익은 결론이다. "돌아보면 시커먼 구름 기둥 / 저 무참한 폭우를 뚫고 / 지나왔구나 삶은 한 가닥 / 바람인 것을"(「길」)에서 느껴지는 쓸쓸함은 여전히 유지되고 있다. 달라진 점이 있다면, 이번 시집의 시들은 보다 구체적이며 생활적이라는 것이다. 구도자와 같은 자세로 '외로운 결의'(「수도원」)를 다지는 것이 『수도원 가는 길』이었다면, 이번 시집에서 시인은 현실에서 살아가는 주변의 사람들과 일들을 돌아보며 인생의 구체적인 면면들을 아프게 새기고 있다.

그 결과, 늘 모범생처럼 줄을 맞춰 살아온 자신의 삶, "풀어진 수제비 같은" 그 삶의 시간들을 시인은 "돌아보고 돌이켜보고 뒤돌아보다 / 끌어안는다"(「천산天山 바라보며―황야 일기 10」). 삶의 회한과 허무를 그것 자체로 끌어안는 것이다. 이 끌어안음이 시인의 시에 어떤 변화를 가져오는지는 3, 4부의 시들에서 나타난다.

4. 폭발의 갈망과 존재의 전환

흥미로운 것은 여행에서 얻은 회한과 허무가 오히려 새로운 폭발을 꿈꾸는 에너지로 변환되고 있다는 점이다. 그는 스스로의 정체성을 주저 없이 '시인'이라고 규정한다. '시인'은 진흙 속에서 헤엄치는 물고기와 같아서 세상에 잘 적응하지 못하고 일상적인 논리와도 맞지 않는 사람이다. 일상에 섞이어 잘 살아가는 사람들을 '식충이'라고 비웃지만 결국에는 "제 손으로 제 목을 졸라" 그것으로 시를 쓴다(「시인」). 그는 마음속에 '단식 광대'를 품고 속화된 삶에 맞서며 살아간다. 그러나 조창환은 현재 자신의 삶을 단식 광대가 석탄이 되어버린 상태라고 진단한다. 이러한 자신의 모양은 "노끈에 매인 염소"(「뜨거운 봄」), "비루하고 초라한 마른 팔 하나", "누더기로 사는 일"(「꺾꽂이」) 등으로 표현된다. 순수가 과학의 합리성에 비추어 무지가 되고 신념과 목숨이 까마득한 허망이 되는 세상(「별과 뿔」)에서 그는 "아니다, 아니다 우기면서" 주저앉아 있다.

그러나 이 주저앉음이 포기와 좌절로 끝나지 않는다는 데 조창환 시의 반전이 있다. 그는 자신의 삶이 일상의 논리에 매어 있다는 것을 인정하고, 이제 그것을 깨뜨리고자 한다. 비루한 삶의 시간을 정지시키고 삶의 구심력에서 벗어나 일탈하고자 하는 것이다. '폭발'은 시인의 회한과 그를 바탕으로 한 강렬한 생의 충동이 집약된 단어이다. 그것은 위태롭고 무모해 보이는 젊은 날의 충동과는 달리 치밀하고 집중된 욕망이다.

　　달 많이 뜬 하늘

　　출렁이며 깊어진다

　　환한 세상, 살결이

　　매끄럽다

　　자작나무 몸피가

탱글탱글하다

출렁이는 하늘에

화악,

고래 솟구쳐

박하 냄새 뿌린다
　―「달과 고래」 전문

　아마도 '만월滿月'을 의미하는 "달 많이 뜬 하늘"은 출렁이며 깊어간
다. 출렁인다는 것은 밤이 깊어갈수록 달이 멀어지면서 느껴지는 하늘
의 깊이감을 표현하는 것이다. 시인은 정지된 풍경 뒤에 감추어진 웅성
거림을 찾아내는데, 그것은 폭발하고 싶은 시인의 심적 상황이 반영된
것이다. 「달 없는 밤」, 「뜨거운 봄」, 「달과 고래」, 「봄, 사이렌 2」 등은
비슷한 정황들을 소재로 한 시들이다.
　그중에서도 「달과 고래」가 특히 아름다운 것은 '화악' 고래가 솟구쳐
박하 향을 퍼뜨리는 말미 부분 때문이다. 숨어 있는 자아를 상징하는
'고래'의 이미지는 「단식 광대」에도 나타나지만("가끔 내 속을 들여다보
면 / 고래가 다녀간 흔적이 남아 있다 알래스카의"), 이미 『수도원 가는 길』
에서부터 등장했던 것이다("달고 짜릿한 물은 저 검은 향유고래 / 붉은 허
파 속살 거쳐 터져 나온 / 한숨을 안고 터진다, 폭죽처럼 / 기다려라! / 내 깊이
잠수하기 전, 한 번 더 / 세상을 울리는 한숨 터뜨리고 사라지리"―「바다와 고
래」). 내면 깊이 숨겨져 있던 '고래'는 머뭇거림과 망설임을 떨쳐내고
한순간에 '화악' 솟구쳐 오른다. 결연함과 강렬함을 축적한 단어인 '화

악'은 비루한 삶의 공간을 단번에 벗어나는 통쾌함을 안긴다. "반투명의 생을 움켜쥐고 / 아슬아슬하게 버티어온 줄"(「달 없는 밤」)을 단숨에 끊고 허공으로 비약하는 것이다. 그 단 한 번의 비상으로 하늘에서는 알싸한 박하 향기가 뿌려진다. 삶의 회한이 앞으로의 날들을 살아낼 에너지로 전환되는 순간이다.

이러한 전환은 시에도 중요한 영향을 미친다. 3부의 시들은 시집 중에서 가장 회화성이 두드러지는 묘사가 강한 시들이다. 시인은 이미지가 선명한 단시들을 여기에 모아놓고 있는데, 그 이미지들은 대상에 대한 묘사이면서도 스케치만으로 끝나지 않는다. 풍경을 소재로 한 이전의 시들이 객관적인 대상 묘사에 초점을 맞추고 있었다면, 이번 시집의 시들에 나타나는 풍경은 하나같이 시인에 의해 재해석된 것들이다. 풍경에 깊이가 생겼다고 할까. 풍경은 그 안에 흐름과 연관을 가지고 있고 시인은 그 흐름의 중요한 일부분을 이루고 있다. 예를 들어 『피보다 붉은 오후』에 실려 있는 다음 시와 위에 나온 「달과 고래」를 비교해보자.

소스라치게 깊은 하늘 속으로
풀잎 같은 초승달 걸려 있다

참대 숲이 우수수 흔들리고
작은 새 하나 빠르게 솟구친다

날 선 바람이, 흐윽, 스쳐 가고
핏자국 같은 비명 쏟아진다

살아야겠다 칼 맞은 정신으로
　　—「동지」 전문

312

두 시 모두 달이 있는 밤하늘을 배경으로 하고 그에 대응하는 시인의 정황을 그려내고 있다. 그러나 「동지」에서 초승달 뜬 하늘, 참대 숲, 새, 바람은 시인의 공간적 배경일 뿐이다. "핏자국 같은 비명"은 아마도 참대 숲에 부는 바람 소리일 텐데, 그것을 듣는 시인은 "칼 맞은 정신으로" 살겠다고 다짐한다. 풍경과 시인은 분리되어 있고, 시인은 풍경에서 깨달음과 의지를 얻어낸다. 게다가 풍경은 고정되어 있다. 숲이 흔들리고 새가 날지만 그것은 실제 보이는 풍경을 묘사한 것일 뿐 시인의 해석은 아니다.

이에 비하면 「달과 고래」에서 하늘은 그 자체가 진행형으로 깊어지고, 자작나무 몸피는 탱글탱글하고 세상의 살결은 매끄럽다. 시인은 보름달 뜬 달밤의 청명하고 부드러운 느낌을 "살결이 / 매끄럽다"라고 표현한다. 풍경은 그것 자체가 부피를 지니고 있고, 시인은 그것을 시각과 촉각과 후각으로 풍부하게 표현해낸다. 덕분에 「달과 고래」에 나오는 모든 풍경들 ─ 하늘, 세상, 자작나무 ─ 은 상상의 고래와 함께 출렁이고 솟구친다. 보름달 뜬 밤 풍경은 그렇게 모든 사물이 살아나서 꿈틀거리고 있다. 폭발을 꿈꾸는 시인의 갈망이 죽어 있는 풍경들에 생기를 불어넣고 요동치게 하는 것이다.

물론 사물과 대화하고 사물의 이면을 읽어내는 것은 『피보다 붉은 오후』에서도 시도되어온 것이다. "가을 잠자리 파르르 떨고 있는 / 풀잎 속을 가만히 들여다보면 / 토마토 국물 같은 눈물 자국이 / 떨고 있는 것도 보인다"(「풀잎」)에서처럼, 풀잎 하나에서 눈물 자국을 찾아낼 수 있는 섬세한 감성은 대상에 대한 이해와 연민으로 가득 찬 것이었다. 풍경에서 꿈틀거림을 읽어내는 시인의 시선은 이러한 감수성에 바탕한 것이다. 달라진 것이 있다면, 시인의 태도가 좀 더 적극적이고 활동적인 것으로 바뀌었다는 점이다. 이전의 시들이 대상을 찬찬히 살피며 그것들의 작은 목소리들을 대신 옮겨주는 입장에 있었다면, 이제 시인은

대상들을 깨워 흔들고 자신도 그 풍경의 일부가 된다. 풍경과 시인은
하나로 어우러져 꿈틀거리며 생생하게 폭발한다. 죽음을 인식하고 삶
을 반추하는 지점에서 이만한 집중력과 강렬함을 담보한다는 것은 결
코 쉬운 일이 아니다. 그것은 존재의 전환에 값하는 중대한 행위인 것
이다. 찬란하지 않은가!

　　　－시집 『마네킹과 천사』(문학과지성사, 2010) 발문

황홀한 허무에 이른 길

이숭원 ● 문학평론가 · 서울여대 교수

1. 비유의 축

다섯 번째 시집 『피보다 붉은 오후』 이후, 조창환 시인은 시적 인식을 심화하고 형상화 방식의 변화를 추구하는 노력을 계속해왔다. 그러한 노력은 생명에 대한 감사와 경이와 황홀, 그 배면에 도사린 허망과 무상과 연민이 교차하면서 사물에 대한 새로운 시선과 시적 감응을 형상화하는 방향으로 전개되었다. 그 결과 유미주의적이고 인생론적인 경향을 보이던 그의 시는 커다란 굴절 · 변용 · 심화 · 확대의 과정을 밟게 되었다. 54편의 연작 시「수도원 가는 길」과 그 외의 작품으로 묶인 이번의 시집 『수도원 가는 길』이 바로 그 변화와 갱신을 집대성한 보고서다. 이 시집은, 침침하고 우울한 색조가 주조를 이루는 우리 현대시단에 맑고 은은한 색조의 생명적 감성의 시를 선보였다는 점에서 우선 그 독자적 가치를 인정할 수 있다. 모든 것이 기호화되고 계량화되어가는 시대 속에서 인간의 육성이 갖는 진정성을 집중적으로 탐구한 것도 이 시집의 성과로 내세울 수 있다.

조창환의 이번 작품들은 일정한 주제와 그것에 상응하는 표현 방법을 내장하고 있는데 그것이 보여주는 가장 두드러진 변화의 징후는 미학적 재구성이라고 이름 붙일 수 있는 독자적인 비유의 설정이다. 그는 기존의 일상적 인식에서 벗어나 그의 의식이 수용하는 방향으로 대상을 변용하고 재구성한다. 비유의 매개항은 시인의 자의식으로 착색되어 그가 인식한 생의 허망과 황홀, 생의 오묘한 비의를 드러내는 기능적인 역할을 한다.

> 시뻘건 달이 한 아름 넘는
> 지평선 앞에 마주 서서
> 평원을 가로지르는 고속도로를
> 트럭들이 폭포처럼 쏟아져 달려가는
> 저녁 무렵, 동녘 하늘 바라보며
> 소스라친다
> 누구든 꿈꾸었던 땅은 세상에 없구나
> 눈 홉뜬 나무들 늘어선 길 끝에
> 그리움, 꽉 조인 청바지처럼 뻣뻣하다
> 왈칵 고꾸라지는, 총 맞은 병사 같은
> 붉은 밤 속으로
> 고개를 깊이 꺾으며
> 무너진다
> ―「붉은 밤」 부분

시인이 미국의 고속도로 주변을 여행한 체험이 이 시의 바탕이 되었을 것이다. "시뻘건 달" "붉은 밤"의 이미지가 우선 이국적이다. 이 시에 먼저 제시된 상황은 지평선과 그 앞에 떠올라 지평선과 마주 보는 형상을 취한 붉은 달이다. 그 아래에는 평원과, 평원을 가로지르는 고속도로와, 고속도로를 질주하는 트럭들이 있다. 트럭들은 폭포처럼 쏟아진다고 비유되었다. 이 시에 나오는 비유의 원관념과 매개항들을 정리해보면 다음과 같은 설명이 가능하다.

고속도로를 질주하는 트럭들은 쏟아져 내리는 폭포와 같다. 이것은 꼬리에 꼬리를 물고 계속 이어지는 상황을 나타낸다. 도로 주변의 가로수들은 눈 홉뜬 사람에 비유되는데 이것은 화자가 느끼는 풍경의 낯섦, 이질감을 암시한다. 시뻘건 달이건 폭포처럼 쏟아지는 트럭들이건 눈 홉뜬 나무들이건 화자에게는 두려움에 가까운 이질감을 불러일으킨다. 그런 상황에서 떠오르는 그리움은 "꽉 조인 청바지처럼 뻣뻣"한 상태로 표현된다. 어떤 싱그러운 대상을 그리워하는 풍요로운 연모의 감정이 아니라 이질적이고 거북스럽고 불편한 감각으로 제시되는 것이다. 화자의 의식은 "왈칵 고꾸라지는, 총 맞은 병사"처럼, "붉은 밤 속으로 / 고개를 깊이 꺾으며 무너"져 내린다. 이 부분의 문장 구조는 '무너진다'의 주체가 '그리움'인 것처럼 읽히기도 하고, "왈칵 고꾸라지는, 총 맞은 병사 같은"이 '붉은 밤'을 수식하는 것처럼 읽히기도 한다. 그러니까 화자가 무너져 내리기 전에 붉은 밤이 먼저 총 맞은 병사처럼 왈칵 고꾸라진다는 내용으로도 해석할 수 있다. 그러한 이중적 구문이 오히려 이 시의 앰비규이티(ambiguity)를 높이며 착잡하게 분해되는 자아의 내면을 복합적으로 드러내는 데 기여한다.

'총 맞은'이나 '붉은 피'와 관련된 비유는 「혼」이라는 시에도 나온다. 4·19 체험에 연결되어 있는 이 시에도 "목구멍에 울컥 핏덩이 같은 / 울한 치밀어 오르는 것일까"라는 대목이 나오고 "총 맞은 혼"이라는 시구도 나온다. "꽉 조인 청바지" 같은 그리움 대신에 "풀 먹인 햇살 나뒹구는"이라는 표현도 나온다. 천에 풀을 먹인 것처럼 뻣뻣하게 날이 선 모습으로 부서지는 햇살을 표현한 것이다. 시인은 그렇게 햇살이 부서지는 가을날 사랑과 그리움마저 핏자국 같은 한량없는 길을 따라 나뒹군다고 말한다. 상당히 격렬해 보이는 비유의 매개항들은 생의 고비에서 죽음이라는 절대의 경지와 직면했던 시인의 처절한 자의식을 그대로 대변한다. 이것은 「가문비나무 숲에서」에 나오는 비유의 격렬성과도 연결된다. 이 시에는 "고꾸라지고 몸부림쳐 뒹굴어 간 / 폭탄 같은 바람 지나간 자취"가 나오며, "뜨거운 숨 식식거리며 제 눈알 뽑아 던져 / 컴컴한 가문비나무 숲을 떡판처럼 / 짓이겨놓은 것을 보아라"라는 구절도 나온다. 이 격렬한 비유적 표현들은 겉으로 조용해 보이는 조창환 시인의 내면에 이렇게 고꾸라지고 몸부림치고 싶은 뜨거운 불덩어리가 존재한다는 것을 증명하고 있다. 그러나 시인의 의식이 평정을 되찾고 대상을 정밀하게 조응하게 될 때 다음과 같은 내밀한 은유의 덕목이 실현된다.

허공에서의 도약, 혹은
물속에서의 자전거 타기 같은 것이었을까

길 끝에 이르니, 길이
자벌레처럼 움츠렸다 펴진다

퇴락한 절집 추녀에 달린 물고기 떨듯
지나온 길은 떤다

쓰르라미가 오래 울고 있다
―「귀향」 전문

지구 저편에서 누가
얼음낚시를 하나 보다

잎들이 파르르 흔들릴 때
아주 가느다란
숨구멍들이 파닥거린다

팽팽한 빛이
빙판에 튕겨 오르는 허공

붉은 은어 비늘 몇 조각이
손바닥에 떨어진다

아아 지구 저편에서 누가
얼음낚시를 하나 보다
　　　　─「얼음낚시」전문

　「귀향」은 마치 허방을 디디는 것 같은 삶의 불완전성을 "물속에서의
자전거 타기"로 표현한 것도 새롭지만, "길이 / 자벌레처럼 움츠렸다
펴진다"라는 비유적 상상도 흥미롭다. 헛발만 디딘 듯 현실의 삶에 만
족을 얻지 못한 사람이 고향으로 돌아간다고 할 때 그 귀향의 길이 탄
탄대로일 수는 없다. 회한과 자괴로 길은 자벌레처럼 움츠러들 것이고
지나온 길을 돌이켜보면 삶의 희미한 자취만 가물거리며 맴돌 것이다.
그것을 "퇴락한 절집 추녀에 달린 물고기 떨듯 / 지나온 길은 떤다"라
고 한 표현은 신선하다.
　「얼음낚시」는 잎들이 바람에 흔들리고 잎의 미세한 숨구멍들이 파닥
거리다가 거기 햇살까지 부서져 가늘게 흩어지는 장면에서 자연의 신
비로운 경이감과 생명감을 체득하는 내용을 표현했다. 그런데 이 투명
한 청징의 장면을 빙판에서 은어 낚시를 하다가 은어 비늘 조각이 얼음

위의 허공에 흩어지는 정경으로 바꾸어 표현했다. 피어오르는 신생의 엽맥을 보면서 지구 저편의 얼음낚시를 연상한 점이 매우 독창적이다.

2. 허망의 인식

사람이 삶의 허망함을 인식하는 것은 시간의 흐름을 민감하게 지각할 때다. 시간이 흘러감에 따라 세상 모든 것은 변화하며 변화의 과정은 소멸로 귀결된다. 자연이건 인간이건 개체의 사물은 생성·변화·소멸의 과정을 거치기 마련이다. 시인은 묘하게도 오줌 누는 행위를 통해 시간의 흐름과 육신의 쇠퇴를 자각하며 삶의 허망함을 깨닫는다.

「오줌 누며」라는 시에서 삼십여 년 전 튼튼한 오줌발로 한 여인의 이름을 쓰던 건강한 청년 시절을 회상한다. 다음에는 칠 년 전 미국 대륙을 자동차로 여행하다가 천천히 오줌을 누던 느긋한 한 시절을 떠올린다. 그러나 육신의 피로를 먼저 느끼는 지금은 약한 오줌발로 그 누구의 이름도 끝까지 쓰지 못할 처지에 이르렀다. 이러한 상황에서 자신이 지나온 길을 돌이켜보니 "녹물 자국 여기저기 묻힌 / 낡은 벽화" 같고 "함부로 자라다 시든 풀" 같다. 오줌 누다 갑자기 찾아든 이 황량한 느낌에 시인은 망연히 먼 길을 바라본다. 그러한 황량함 속에서도 시인은 "쓰라려 아름다운 바람"이라는 시구를 쓰는 것을 잊지 않았다. 삶의 과정은 쓰라린 것이지만 그만큼 아름답고 아름다운 그만큼 쓰라린 회한이 묻어 있다는 생각이 잠재된 것이다. 이러한 이중적 사고는 다음의 시에서 더 뚜렷한 윤곽으로 표출된다.

　　잠깐 사이, 평원에 구름 걷히고
　　무 지 개!
　　튼튼한 뿌리를 지평선 양쪽에 내린

수만 개의 찬란한 눈알맹이들이

흘리는 눈물들이 이루는 폭포

아아 얼마나 오래전부터 내 속에서

저 눈알맹이들은 하프 소릴 내면서

불타고 있었던 것일까

아아, 또, 그러나, 허공에서 외줄 타던

곡예사가 발 헛디뎌 추락하듯, 그렇게

순식간에 무너져, 스러지는

무. 지. 개.

허망하므로, 차라리 눈부신

황홀

황량한 고요 속으로

이것 때문에 한 목숨이 그토록

아름다운가

—「무지개」 전문

　　시인은 구름 걷힌 평원 지평선 양쪽에 튼튼한 뿌리를 내린 무지개를 본다. 시인은 찬란한 무지개를 보며 수만 개의 눈부신 눈알맹이들이 흘리는 눈물의 폭포를 연상하였다. 그리고 그 외관의 정경은 곧바로 시인의 내면을 울리는 하프의 현악 소리로 변주되었다. 자신의 내면에서 불타던 황홀한 선율이 평원에 든든히 뿌리를 내린 찬란한 무지개로 외형화된 것이다. 그러나 그 찬란한 형상은 안타깝게도 오래가지 않는다. 오줌발이 힘을 잃어가는 데에는 삼십 년이 넘는 세월이 필요했지만 무지개의 소멸은 불과 몇십 분, 때로는 단 몇 분 안에 이루어진다. 그 눈부신 형상의 사라짐을 시인은 허공에서 외줄 타던 곡예사가 발 헛디뎌 추락하는 비극의 장면으로 연상했다. 그렇게 허망하게, 그렇게 안타깝게, 찬란한 경관은 지상에서 자취를 감춘다. 이것은 지상에서 생명의 꽃을 피우다 모습을 감추는 모든 개체의 운명과 같다. 지상의 모든 존재들이 그 나름의 의미와 빛을 지니는 것은 정해진 시간이 지나면 단 하나의 예외도 없이 지상에서 사라질 운명을 갖고 있기 때문은 아닐까? 그래서 시인은 "허망하므로, 차라리 눈부신 / 황홀"이라는 시구를 썼다. 인간 역시 한순간이나마 생명의 황홀한 꽃을 피울 수 있는 것은 허망한 소멸이 약속되어 있기 때문인지도 모른다. 한 목숨이 그래도 이만큼 아름다운 것은 그러한 허망한 소멸 때문이라는 인식은 다음의 시에도 뚜렷한 영상으로 착색되어 나타난다.

새들이 눈보라처럼 까맣게 솟구쳐 올라

허공 깊은 곳으로 사라졌다

밤바다는 느리고 무겁게 가라앉았다

흐려져, 아주 캄캄해진 수평선 저쪽에

눈부셨던 흰 침묵들 스러진다

허무는 검다

검은 허무는 황홀하여

　　나비 눈썹 같은 지난 시간들

　　끌어안고 캄캄한 곳으로

　　가라앉는다
　　―「허무에 기대어」 부분

　이 시는 바다에 어둠이 물들면서 새들이 허공으로 까맣게 날아올랐다가 사라지고 깊은 어둠이 느리고 무겁게 가라앉는 장면을 보여준다. "캄캄해진 수평선 저쪽에 / 눈부셨던 흰 침묵들 스러진다"에는 삶을 대하는 시인의 의식이 담겨 있다. 짙은 어둠은 낮 동안의 눈부신 침묵의 시간을 내장하고 있다는 것, 검은 허무는 황홀한 생명의 시간을 함축하고 있다는 것이 그것이다. 그렇기 때문에 "검은 허무는 황홀하여"라는 시행이 도출될 수 있다. '나비 눈썹' 같은 신비롭고 섬세하고 유약한 시간의 편린을 보듬은 시간의 항해는 어떤 미지의 어둠으로 지속되고 있다. 여기서 우리는 시인이 생의 비의秘義에 대한 독특한 자기 인식을 갖고 있음을 파악하게 된다.

3. 생의 비의를 향한 탐색

세상을 살아가다가 어떤 고비에 부딪히면 사람들은 산다는 것이 무엇이며 자신이 인생을 어떻게 살아왔는가를 돌이켜보게 마련이다. 어떤 사람들은 이 문제에 대해 잠깐 생각하고 말지만 자기 성찰적인 사람들은 상당히 신중한 사색을 하고 그 과정에서 남들이 미처 깨닫지 못한 삶의 어떤 미세한 국면을 포착하는 수가 있다. 거기서 발견되는 생에 대한 미묘한 깨달음은 다른 사람들이 간과해온 삶의 내밀한 요소이기에 그것을 다소 과장되게 생의 비의라고 이름 붙여도 좋을 것이다.

「수도원 가는 길」 연작 54편은 생의 비의를 탐구하는 여로의 기록이며 정화의 공간을 찾아가는 구도자의 여정에 해당한다. 그것이 이 시집 전체 시편을 관통하는 테마이기도 하다. 물론 그 구도의 여정이 연작 시의 종결로 완결되는 것은 아니다. 연작의 마지막 작품인 「북 치는 마을」에서 "수도원은 보이지 않고 / 북소리만 들린다"라고 밝힌 것처럼 구도의 여정은 여전히 진행형으로 남아 있다. 그러나 연작 시 전체가 시인이 지향하는 일관된 의식의 범주에 포섭되는 것은 분명하다.

조창환 시인은 언제 보아도 조용하고 입가와 눈가에 웃음을 잃지 않는 온화한 성품의 사람이지만, 그의 내면에는 활화산처럼 이글거리며 터져 나오려고 하는 어떤 절실한 욕구가 감추어져 있는 것 같다. "핏줄에 불끈불끈 용솟음치는"(「자화상」) 무엇인가가 그의 내면에 응어리져 있고 그것은 어떤 조정의 경로를 거쳐 그의 시 속으로 용해되어간다. 때로는 "단 한 번 미쳐 죽는 생의 끝에서 / 미치도록 아찔한 절정을 향해"(「멸치 떼 속으로」) 몸부림치고 부서지다 혼절하는 자기 투신의 극단을 상상하기도 한다. 이루어지지 못한 내면의 분출은 무의식의 심층에 가라앉게 되는데 그것은 시라는 표현 양식을 통해 의식의 표층에 떠오르게 된다. 그는 객관적인 대상을 새롭게 조명하여 색다른 의미를 부여하는 방법으로 자신의 내적 욕구와 그것의 해소 과정을 표현하였다. 그것이 「항아리」, 「누에」 등의 시에 나타난 대상을 통한 자기 인식의 방법이다.

가슴속에 항아리 하나 품고
평생을 어루만지며 사는 사람이 되려
나는 얼마나 많은 것을 일찍이 포기했던가

깊고
따뜻하고
부드러운
어둠을 껴안기 위해
나는 번쩍이는 도끼를 버렸다

그런데, 이제, 항아리 속을 들여다보니
거기 담긴 것은 어둠이 아니었다
부서진 꽃, 흩어진 뼈, 몇억 몇천만 년의
고독과 침묵
그런 것들이 그르렁거리며
몸부림치고 있었다

항아리를 차라리
가슴속 깊은 곳으로
밀어 넣고, 오늘부터
내가 항아리가 되었다

항아리가 된 나를
어둠의 깊이와 따뜻함과
부드러움을 사랑하는 누가 와서
쓰다듬어 다오
내가 눈물로 그르렁거릴 때
그대는 우웅 우웅 운다고 말하며
부드럽게 어루만져 다오
―「항아리」 부분

이 시에서 확인되는 것처럼 그는 지금 우리가 대하는 편안하고 온유한 조창환 시인이 되려고 '번쩍이는 도끼'를 버리고, 수많은 '고독과 침묵의 몸부림'을 가슴 깊이 밀어 넣어둔 것이다. 그 과정에서 아름다운 꽃이 피었다 부서지기도 하고 단단한 뼈가 삭아 흩어지기도 했다. 이런 무수한 시련과 인고의 과정을 거쳐 부드럽게 울리는 둥근 항아리가 형성된 것이다. 그러니 항아리의 겉모습만 보고 부드러움을 말해서는 안 된다. 그 부드러움이 형성되기까지의 수많은 고독과 인고의 세월에 대한 직관적 이해가 선행되어야 한다. 그의 겉모습이 항아리이듯이 그가 쓰는 시도 항아리와 같다. 겉으로는 어둠 속에서 따뜻하고 부드럽게 울려 나오는 노래 같지만 사실 어둠의 심연 너머에는 "눈물로 그르렁거리"는 그리움과 아쉬움의 세월이 응축되어 있는 것이다.

이와 같은 생각은 「누에」에 그대로 이어져 형상화된다. 누에는 고치 속에 잠들어 있는 것 같다. 사람들은 누에들이 그저 시간을 죽이고 있다고 생각할지 모른다. 그러나 죽은 듯 잠자고 있는 누에들 역시 "쓰라린 어둠 속에서 / 울다가 싸우다가 지쳐 고꾸라"지는 피눈물의 세월을 견뎌온 것이다. 그런 의미에서 시인은 누에가 벗는 허물이 "싸우다 지쳐 쭈그러진 주름"이라고 생각한다.

이러한 발상은 「결에 관하여」라는 시에서도 발견된다. 시인은 비석에 새겨진 글자를 볼 때 단순히 돌에 글자를 새겨 넣었다고 생각하는 것이 아니라 "글자를 끌어안고 돌의 결이 / 몸부림친 흔적이라는 생각이 든다"라고 고백한다. 말하자면 돌이 내장하고 있는 수많은 기억의 흔적이라든가 고독과 시련과 침묵의 무늬들이 목숨의 결을 따라 돌의 표면에 형성된 것이라는 생각이다. 이것은 무정물인 돌까지 유정한 대상으로 바꾸어놓는 상상이다. 그러한 상상의 회로 속에 자신의 목숨은 어떠한 무늬로 돌 속에 새겨질 것인가를 명상하기도 한다.

그러면 앞에서 파악한 허망의 인식과 생의 비의에 대한 인식과는 어

떠한 관계가 있는 것일까? 그가 인식한 '삶의 황홀과 허무한 아름다움'
은 그가 지금까지 거쳐온 사랑의 체험과 연관되어 있는 것 같다. 말하
자면 사랑과 그리움이 허무의 인식과 직결되고 그것이 생의 비의에 대
한 인식으로 이어지는 것이다. 그러한 이해의 단서를 제공해주는 시가
「독약 같은」이다.

　　먹을수록 허기지는
　　순금의 탄식이다

　　시퍼런 면도날 하나로
　　썩둑 그어버린
　　모닥불이다

　　수정 구슬 속의
　　번개 자국이다

　　저 무명의 캄캄한 살 속에
　　들이붓는

　　독약 같은
　　그리움
　　―「독약 같은」 전문

　왜 그리움은 먹을수록 허기지는 순금의 탄식이고 수정 구슬 속의 번
개 자국일까? 더 나아가 그것은 왜 독약 같은 것일까? 사랑과 그리움의
극단까지 다가간다 하더라도 사람은 자신이 진정 사랑하는 것을 얻을

수가 없다. 우리가 사랑하는 것이 시간의 흐름에 따라 늙어가고 결국은
생명이 종식되어 티끌로 사라질 허망한 육신일 수는 없다. 어쩌면 사랑
이란 구체적 대상에 대한 소유의 관념이 아니라 추상적 본질에 대한 영
원한 갈망일지 모른다. 우리는 가시적 현상에 접할 수 있을 뿐 대상의
본질은 보지도 못하고 그것에 접촉할 수조차 없다. 따라서 모든 사랑과
그리움은 허무를 내장하고 있는 것이다. 아니, 어쩌면 사랑과 그리움이
허무의 본질일지 모른다. 이 시에 보이는 무섭도록 격렬하고 선명한 그
리움의 감정들, "수정 구슬 속의 / 번개 자국"이나 "순금의 탄식" 혹은
"면도날 하나로 / 썩둑 그어버린 / 모닥불" 같은 극한의 순수성은 바로
그 허무의 비의를 찾아내려는 시인의 치열한 의식을 상징적으로 드러
낸다. "독약 같은 / 그리움"의 아이러니로 표현되는 상황 설정이 존재
의 허무를 배태하고 있는 것이다.

　조창환 시인의 내밀한 명상은 자연의 투명한 정경을 대상으로 하여
생의 비의를 엿보는 자리에 도달한다. 이것은 어둠 속의 무수한 고독과
시련과 침묵을 내장한 채 원만한 외양을 드러내는 항아리의 몸짓을 닮
으려는 시도다. 「비 그친 뒤」, 「투명한 슬픔」 등의 시에 나타나는 정갈
한 조응의 자세는 그가 지향하는 생의 윤곽이 어떤 것인가를 비교적 선
명하게 드러내고 있다.

　　걷다가 사라지고 싶은 길을 따라
　　하늘 저편을 올려다보면

　　너무 투명해서 눈부신 바람이
　　깃털처럼 나부끼며 둥글어지는 것이
　　보인다

거기 앉아 있는 새는
햇살을 바라보는 것 같기도 하고
햇살이 새 속에서
숨 쉬는 것 같기도 하다

아지랑이처럼
아슴아슴하게 비껴 사라지는
저것들은?

너무 깨끗해 미칠 것 같은
하늘 끝에
잠자리 날개 같은
슬픔이 걸려 있다
—「투명한 슬픔」 전문

시인의 상상력은 항아리처럼 둥글고 붓끝처럼 유연해서 눈부신 바람이 깃털처럼 나부끼며 둥글어지는 것까지 보고, 햇살이 새의 살 속에서 숨 쉬는 것까지 감지한다. 그는 지금 "걷다가 사라지고 싶은 길을 따라" 걷고 있고 "하늘 저편을 올려다보"고 있다. 시인에게는 모든 산책로가 그러한 길로 비칠 것이다. 이미 항아리의 평정 속에 자연의 투명한 슬픔을 온몸으로 받아들일 준비가 되어 있기 때문이다. 시인의 그윽한 눈길에 투명한 하늘 저편에 아지랑이처럼 아슴아슴하게 비치다 비껴 사라지는 무엇인가가 들어온다. 걷다가 사라지고 싶은 길이니 저쪽 햇살 끝으로 깃털처럼 가볍게 새가 날아갔을 수도 있고, 우리 영혼의 일부가 사라져갔을 수도 있다. 무엇인가가 나타났다 사라져간 하늘 끝에 "잠자리 날개 같은 / 슬픔이 걸려 있다"라고 시인은 적었다.

이 투명한 슬픔이 바로 그의 시적 탐색이 포착한 존재의 실상이다. 그것을 보다가 세상을 끝장내도 좋을 정도로 투명한 아름다움은 그 자체로 슬픔을 머금고 있다. 이 혼탁한 세상에 그러한 아름다움이 존재한다는 사실이 슬픔이다. 그리고 그 아름다움은 오래 지속되지 않는다는 사실이 슬픔을 자아낸다. 그뿐 아니라 그 아름다움을 인식하는 인간이 소멸의 운명을 벗어나지 못한다는 사실이 또한 슬픔을 자아낸다. 그런 점에서 '투명한 슬픔'은 '황홀한 허무'와 통한다. 조창환 시인의 오랜 시적 여정은 황홀한 허무에서 생의 비의를 발견한 것이다. 그리고 그 탐색의 여정은 여전히 진행형 속에 놓여 있다. 그의 탐색이 새로운 지평 위에서 더욱 눈부신 빛을 발하기를 빈다.

　－시집 『수도원 가는 길』 (문학과지성사, 2004) 발문

 # 생명으로 누리는 삶의 기쁨

금동철 ●아세아신학대 교수

1. 생명을 발견한 자의 기쁨

한 권의 시집을 통해 시인의 영혼을 들여다볼 기회를 갖는다는 것은 매우 긴장되면서도 흥미로운 일이 아닐 수 없다. 서정시가 본래 시인의 내적 독백에 의해 만들어지는 것이라면, 시인이 내보이는 영혼의 울림은 시를 읽는 자가 누리는 당연한 권리인지도 모른다. 그러나 이것이 새삼스런 일로 다가오는 것은 오늘날 많은 시편들이 사물들의 차가운 물질성 속에 가라앉아 그 너머에 존재하는 정신의 세계 혹은 영혼의 세계를 표현하기를 포기해버린 상황과 관련이 있을 것이다. 물질성에 갇힌 시선 앞에서 사물은 결코 그 너머에 존재하는 의미의 세계를 열어 보이지 않는다. 근대적 이성 앞에서 사물들은 그 차가운 표면만을 드러낸 채 인간으로부터 등을 돌리고 돌아앉아 버렸다. 이러한 세계에서 자연은 더 이상 인간과 교류하기를 포기한 차가운 물질이 되어 부드러움이나 따뜻한 생명력을 기대할 수 없는 대상이 된다. 서정시가 문제 되는 자리도 바로 이 지점이다.

서정시는 본질적으로 자아와 세계 사이의 동일성을 전제로 한 장르이다. 세계를 자아화하는 서정시에서 사물들은 타자로 남아 있을 수가

없다. 사물들은 서정시 속에서 자신의 내부를 열어 보이며 시인의 시선
앞에 나와 시인과 하나 되는 세계를 만들어나간다. 여기에서 인간으로
부터 등을 돌리고 물질성 속으로 가라앉아 버린 사물들을 되돌릴 수 있
는 힘이 나오는 것이다. 서정시의 세계는 살아 있는 생명력으로 가득한
자리이며, 자아와 대상이 끊임없이 대화하고 그 생명력을 함께 나누는
공간이 되는 것이다. 서정시는 이 세상과 시인을 이어주는 마술적인 언
어이며, 존재의 근원을 드러낼 수 있는 신비로운 힘이 된다. 서정시인
은 그러므로 자연과 교류하며 자연이 보여주는 삶의 가치와 의미를 읽
어내는 서정적 시선을 지니고 존재의 근원을 찾아 나서는 자라고 말할
수 있게 되는 것이다.

조창환 시인의 이번 시집에서 읽을 수 있는 것이 바로 이러한 서정적
시선이기에 더욱 의미가 깊다. 여기에는 한 시인의 영혼의 울림이 진득
하게 묻어 나오는 결이 고운 언어들로 가득하다. 그만큼 시를 읽는 독
자에게는 진한 감동이 전해지는 것이다. 그의 시에서 자연 사물들은 차
가운 물질적 표면을 지닌 대상이 되는 것이 아니라, 포근한 생명력을
지니고 시인에게 말을 걸며 의미의 세계를 열어 보이는 존재가 된다.
자연 사물들이 자주 어린아이의 이미지나 부드러움, 포근함의 이미지
를 지니는 이유도 여기에 있다.

　아직은 이른 봄, 바람 사나운데
　찬비 내린 날 아침 노란 산수유 꽃들
　새앙쥐 같은 눈 뜨고 세상을 본다

　연하고 여린 것들 마음 설레게 하여
　메마른 가지에 바글바글 붙어 있는
　산수유 꽃들 시리게 바라본다

세이레 강아지들 눈 처음 뜨고
마루 밑에서 오글오글 기어 나오듯
산수유 꽃들도 망울 터트리고
새 세상 냄새 맡으려 기어 나온다

산수유 마른 가지에 노란 꽃들이
은행나무에 은행 열리듯
다닥다닥 맺혀 눈 뜨는 것을 보면

찬비 그친 봄날 아침, 흐윽 숨 막혀
아득한 하늘 보며 눈 감을밖에
　　　　　　　　　　　―「산수유 꽃을 보며」 전문

　생명의 작은 움직임들을 세밀하게 관찰하는 시인의 시선은 참으로 경이로운 데가 있다. 그의 시에서 생명은 결코 커다란 움직임을 보여주는 것이 아니라, 작고 사소하며 어쩌면 잊어버려도 좋을 만큼의 움직임을 지닌 것들이 대부분이다. 산수유 꽃의 피어남은 누구에게나 쉽게 감지될 수 있는 큰 변화라고 하기는 어렵다. 사실 어느 한 순간 우리도 모르는 사이에 피었다 지는 꽃들이 얼마나 많은가. 같은 봄에 피어나면서도 화등잔만 한 목련이나 무더기로 피어나는 개나리나 진달래는 자신의 존재를 너무도 선명하게 드러낸다. 그렇지만 산수유는 그저 잊고 지내도 무관하리만큼 작고 볼품없는 꽃을 피워낸다. 눈에 쉽게 띄지 않을 정도로 작다는 것, 그리고 자극적이지 못하다는 것은 속도에 미쳐 사는 현대인들에게는 그저 무시해도 좋을 그 무엇이다. 그러나 서정시인의 눈은 이러한 자리에서 생명의 진정한 아름다움을 발견한다.
　거대하고 위대한 그 무엇이 아니라 조용하면서도 앙증맞고 귀여운

산수유 꽃 속에서 생명의 아름다움과 경이로움을 우리 앞에 펼쳐놓는
것이다. 이러한 심정을 표현하는 데는 그것을 묘사하기 위해 동원된 이
미지들도 중요한 몫을 한다. "세이레 강아지들"의 모습이라니. 태어나
고 나서도 한참이나 지나서야 겨우 눈을 뜨고 세상을 보기 시작하는 꼬
물거리는 강아지들의 모습 앞에서 시인은 "흐윽 숨 막혀"할 수밖에 없
는 것이다.

이것은 생명이 주는 그 황홀함 앞에 선 서정시인의 본연의 모습이다.
자연 사물들은 그저 단순하게 자아를 둘러싸고 있는 하나의 벽이 아니
라, 시인에게 다가와 말을 걸고 의미를 열어 보이는 생명을 지닌 영혼
들이 되는 것이다. 그러하기에 벚꽃 잎이 바람에 흩날리며 쏟아져 내릴
때 시인은 "봄날 / 아찔한 / 어지럼증 못 이겨 눈 감을밖에"(「벚꽃 잎 하
르르 쏟아질 때」) 없게 되는 것이다.

자연이 지닌 생명에의 경이는 자신의 삶에 대한 경이와 동의어이다.
자연이 보여주는 삶의 경이 앞에서 감동할 수 있는 시인에게는 자신의
삶 또한 그저 아무렇게나 살아갈 수 있는 것이 아니라 소름 끼치는 그
무엇이 되는 것이다.

바흐의 무반주 첼로 조곡이
저음으로 흐르는 시간
갑자기 세상이 무서워지고
내가 여기
살아 있음에 소름 끼친다

꿈에 활을 맞은 날 아침
황급히 창을 닫고 큰 나무 하나 끌어안는다
　　　—「꿈에 활을 맞은 날 아침」 부분

자신이 살아 있음이 소름 끼치는 진실이 될 수 있는 자리, 그것은 '생명'이라는 말 자체가 가지는 무게 앞에서 진정한 경이를 느껴본 자만이 서 있을 수 있는 자리이다. 살아 있음이 소름 끼치는 그 무엇이 되는 경험은 일상인들에게서 쉽게 발견할 수 있는 것은 아니다. 그렇다면 무엇이 시인으로 하여금 이러한 생명의 황홀한 경이를 누리는 자리에 도달하게 만든 것인가. 시인은 '살아 있음'의 소름끼치는 경험을 하기 이전의 상황을 "갑자기 세상이 무서워지고"라는 말로 표현한다. 세상이 무서워질 때 진정한 살아 있음의 의미가 전해지는 것이 아닌가. 여기에 시인의 병상 체험이 가로놓인다.

2. 차가움과 부드러움, 그리고 생명 의식

이 시집에서 그려지는 바 시인이 살아가는 세계는 이중적인 모습을 지니고 있다. 하나가 자아와 교호하는 생명을 지닌 부드럽고 따뜻한 세계라면, 다른 하나는 자아와 적대적인 관계에서 차갑고 날카로운 칼날이 되어 자아를 내리누르는 그런 세계이다. 전자가 생명이 살아 숨 쉬는 자연이 만들어내는 공간이라면 후자는 생명을 위협하는 사물들이 만들어내는 공간이라고 할 것이다. 여기에서는 먼저 후자의 공간을 점검해 보자. 이 공간은 어려운 병으로 수술을 경험해야 했던 자로서 바라본 사물들이 만들어내는 모습일 것이다. 사물들이 차가운 비수가 되어 자아를 위협하는 공간, 그래서 정신이 더욱 날카롭게 일어서는 공간 속에 시인은 서 있는 것이다. 이러한 공간 속에서 시인은 안식이 아니라 긴장에 자신을 내맡기게 되고, 삶에 대한 욕망은 그래서 더욱 치열해지는 것을 본다.

    소스라치게 깊은 하늘 속으로

풀잎 같은 초승달 걸려 있다

참대 숲이 우수수 흔들리고
작은 새 하나 빠르게 솟구친다

날 선 바람이, 흐윽, 스쳐 가고
핏자국 같은 비명 쏟아진다

살아야겠다 칼 맞은 정신으로
―「동지」 전문

"풀잎 같은 초승달"이나 "날 선 바람"은 시인이 서 있는 위치를 잘
보여준다. 초승달을 묘사하는 '풀잎'은 여기서 살아 있는 자연이라는
의미보다는 그 생긴 모양이 주는 칼날 같은 이미지가 더욱 강조되는 사
물이다. 그래서 "소스라치게 (놀라는) 깊은 하늘"이 그려지며, "날 선
바람"의 이미지가 함께 나타나는 것이다. 이러한 사물들이 만들어내는
공간에는 부드러운 생명력이 사라지고, 사물들 사이의 긴장과 차갑고
날카로운 이미지들로 가득하게 된다. 이 시집의 다른 시편들 속에서도
이러한 이미지들은 나타난다. 강가에 서 있는 나무들을 "살 떠낸 물고
기 뼈 같은 // 나무들 언 강을 따라 한 줄로 서 있다"(「겨울 풍경」)라고
묘사한다든지, 달이 떠 있는 하늘을 "시퍼런 달이 날 세워 번득이는 /
하늘"(「집」)로 묘사하는 것 등이 그것이다. 이것은 자아와 사물이 싸늘
하게 마주 선 자리, 그래서 사물들이 차가운 벽이 되어 자아를 위협하
는 자리라고 할 수 있는 것이다.
　이러한 공간 속에서 자아가 취하는 태도는 매우 의미심장하다. "살아
야겠다 칼 맞은 정신으로"라는 구절이 내포하는 의미의 무게는 쉽게 지

나칠 수 있는 것이 아니다. 시인의 정신성이 온전히 드러나는 이 한 구절 속에 차가운 사물들의 벽을 허물고자 하는 의지가 선명하게 나타난다. 이러한 자리에 이르렀을 때에야 "기억하라 육체는 / 찢어지고, 눈 부릅뜬 정신만이 / 칼자국을 억누른다 상처는 이제 / 길이다!"(「소금을 바르며」)라고 말할 수 있게 되는 것이다.

'눈 부릅뜬 정신'의 자리에 섰을 때에야 생명의 세계는 그 찬란한 힘을 지니고 열리게 되는 것이 아닐까. 고통을 뛰어넘는 시련을 거쳤을 때 정신이 더욱 찬란하게 빛나듯이 칼날같이 차가운 사물의 벽을 뛰어넘을 때 생명은 아름답게 피어날 수 있는 것이다. 이러한 자리에서 자연은 부드럽고 따뜻한 생명이 되어 자아 앞에 자리잡는다. 여기에서 자연의 두 번째 이미지를 만나게 된다.

풀잎 속을 가만히 들여다보면
향기가 드나드는 작은 숨구멍들이 보인다

숨구멍들은 늘 열려 있기도 하고
늘 닫혀 있기도 한 회전문이다

회전문으로
깃털처럼 부드러운 바람이 드나들어
바람이 흘리고 간 얼룩이 남아 있다
　　　　　　　　　　　　　　─「풀잎」 부분

여기서 '바람'의 이미지는 「동지」에서 형상화된 바람의 이미지와 전혀 상반된다. 「동지」에서 바람이 "날 선 바람"이 되어 자아를 위협하던 그 무엇이었다면, 이 시에서 바람은 "깃털처럼 부드러운 바람"으로 나타난다. 바람의 이미지가 이처럼 달라지는 이유는 무엇인가. 이 시에서 바람은 풀잎에 향기를 불어넣는 존재, 다시 말해 생명을 주는 근원적인 힘의 은유가 되고 있다. 바람은 자아와의 적대적인 관계를 떠나서 함께 향기를 만들어가는 우호적인 관계를 형성한다. 여기에 생명의 힘이 내재되어 있는 것이다.

생명의 힘은 사물을 부드럽게 만드는 힘이며, 이 힘 앞에서 사물들은 따뜻한 가슴을 지니고 자아와 교호하게 된다. 이 생명의 힘이 자연 사물들을 주로 부드러움과 따뜻함이라는 이미지로 묘사하게 만드는 이유가 된다. "맨발로 바다를 밟는다 // 밤새 그렁거리던 바다는 / 순한 짐승처럼 부드럽다"(「새벽 바다에서」)라든지, "하늘 가득히 / 빙그레 웃는 이의 숨소리가 따뜻하다"(「바람 뚫고, 꽃씨 쏟아지듯」), 혹은 "떨어진 꽃 하나를 주워 들여다본다 / 밟히지 않은 꽃잎 몇 개는 나긋나긋하다 / 꽃잎 하나를 따서 가만히 비벼보면 / 병아리 심장 같은 것이 팔딱팔딱 숨 쉬는 / 소리 따뜻하고"(「떨어진 꽃 하나를 줍다」) 등의 표현에서 이와 같은 생명이 지닌 부드럽고 따뜻한 이미지를 만나게 된다. 살아 있다는 것, 생명이 있다는 것은 이처럼 부드러움과 따뜻함의 이미지를 지니게 되는 것이다.

이 두 세계 사이에서 시인은 자기 정신의 지향성을 선명히 드러낸다. 시인이 따뜻한 생명 세계에 서 있을 때는 안식하는 자의 평온함을 보여준다. 그만큼 시인의 내면에는 이 세계에 대한 지향이 강하게 자리 잡고 있다. 반면 차가운 사물들의 세계 속에 갇혀 있을 때에 시인은 날카로운 정신을 가다듬어 생명 세계로 나아가고자 하는 욕망을 또한 강하게 보여주고 있다. 여기에 시인의 생명 의식이 선명하게 나타난다. 차가운 사물성으로부터 벗어나 부드럽고 따뜻한 생명 세계로의 옮겨 앉음, 시인의 생명 의식은 바로 이것에 대한 욕망으로 나타난다.

3. 근원을 향한 시선

문제는 이 두 세계 사이를 뛰어넘을 수 있는 힘이 어디에서 오는가 하
는 점이다. 차가운 사물들의 세계 속에 있을 때 보여주는 생명에의 욕
망 그 자체만으로는 시인을 둘러싸고 있는 대상들의 사물성을 완전히
뛰어넘을 수 있는 힘을 얻지 못한다. 그렇다면 그 힘의 근원은 어디에
있는가. 이를 확인하기 위해서는 시인 자신과 시인이 그려내는 생명들
의 지향점을 찾아보는 일이 필요해진다. 여기에 그의 시 세계의 토대가
되는 서정적 근원이 가로놓여 있다.

사람이 등장하지 않고 덩굴풀
더듬이만 기웃거리는 풍경은
아슬아슬하다

실핏줄 같은 말간 줄기 끝으로
허공에서의 도약을 시도하는
등나무 덩굴에 숨은
광기狂氣
혹은 오기傲氣

건너편 기둥, 혹은
높은 천장을 향해 온몸을 던져
고개 내어 미는 연둣빛
속살을 들여다보면
간밤 별빛 내리던 하늘 꿰뚫어
피울음 솟구치는 기도 응어리진

멍 자국들이 보인다
　　―「힘」부분

　그의 시에 나타나는 생명은 끈질기고도 절대적인 그 무엇이다. "실핏
줄 같은 말간 줄기"를 지닌 연약한 덩굴풀은 "연둣빛"으로 표상되는 순
수함을 지니고 있지만, 그 속에는 생명의 "광기 / 혹은 오기"를 포함하
고 있다. 이것은 시인이 파악한 생명 자체에 내재한 본질적인 속성이
다. 주어진 환경 속에서 어쩔 수 없이 살아가는 소극적인 그 무엇이 아
니라 적극적으로 주어진 삶을 살아가는 힘찬 행위, 그것이 바로 생명의
광기이고 오기인 것이다. 그런데 여기서 주목해야 할 것은 그 광기 혹
은 오기가 발동하는 방향성이다. 시인이 발견하는 덩굴풀의 광기에는
"피울음 솟구치는 기도 응어리진 / 멍 자국들이" 어려 있다. 이것은 생
명이 본질적으로 지향하는 바에는 기도와 관련된 그 무엇이 존재함을
분명하게 보여주는 표현이다. 결국 덩굴풀의 줄기 끝이 허공에서 도약
을 시도하는 "건너편 기둥, 혹은 / 높은 천장"이란 생명의 근원의 다른
이름이며, 이 근원을 통해 생명은 생명다운 힘을 얻게 되는 것이다. 여
기에서 생명이 지향하는 자리, 시인의 시선이 지향하는 근원적인 자리
에 신이 놓임을 볼 수 있다. "피울음 솟구치는 기도"는 그래서 더욱 의
미가 있다.
　시인이 병으로 고통받던 순간에 쓴 시에서 이러한 시인의 지향은 더
욱 명확하게 드러난다.

　　절벽 앞에서 길을 찾는다
　　천길 낭떠러지 앞에 곧게 서서
　　신발 끈 고쳐 매고
　　허리띠 졸라매고

숨 깊이 들이켜면
완강한 허공도 한순간이다

절벽에서 절벽 사이
밑에는 푸른 강물 흐르고
달려와 두 발 모아
허공에 솟구치면
맞은편 바위 위에 우뚝 서리라

이제부터 한순간
허공에 솟구쳤다
맞은편 바위 위에 서기만 하면
허공에서 하느님 저를 붙드사
거기에 내려놓은 줄 알겠사오니

절벽 건너서 길을 찾거든
쓰임새 있는 곳에 쓰시옵소서
―「절벽 앞에서」 전문

　병마와 싸우는 절체절명의 순간, 죽을 수도 있는 순간 앞에서 시인은
오히려 그 절벽을 가볍게 뛰어넘을 수 있을 것이라는 확신을 가진다.
이것은 인간적인 맹목에 의해 만들어지는 확신이라기보다, 자아 너머
에 존재하는 신으로부터 오는 생명에의 확신이다. 아무리 절벽이 높고
두려워도 하느님에 대한 믿음으로 솟구치면 가볍게 뛰어넘어 새로운
삶을 살아갈 수 있을 것이라는 믿음은, 자신의 삶을 경영하는 절대자로
서의 신의 존재를 인정하지 않으면 도저히 있을 수 없는 것이기 때문이

다. 그러나 이 시인에게 있어서 신은 간절한 기도의 대상에 그치지 않는다. 그것은 신비한 관조의 대상이며 은유적 계시의 실체이기도 하다.

> 생나무 숲이 내뿜는 힘찬 숨결
> 태초의 언어로 만나는 동굴
> 비취빛 호수와 사슴이 사는 샘터
>
> 유월에도 흰 눈을 머리에 이고 있는
> 팀파노거스의 신령한 숲 속에서
> 숨어 계신 분의 위대한 침묵을 본다
> —「신령한 숲」부분

서정적 근원으로서의 신을 인정한 자리에서 모든 사물들은 표면적인 물질성을 넘어서 풍성한 의미의 세계를 지니게 된다. 생명이 지향하는 자리에 신이 놓여 있고 그것이 서정적 근원을 이루고 있다면, 사물들은 이제 그 신을 지시하는 은유로 나타나게 된다. 시인은 팀파노거스의 숲을 "숨어 계신 분", 즉 물질로서의 숲 너머에 존재하는 신을 만나는 매개로 사용한다. 이는 시인의 가톨릭적인 신앙 세계가 그 정신의 바탕이 됨을 말해주며, 이미지 혹은 기호 너머에 풍성한 신의 세계가 존재함을 인정한 자리에서 그가 서 있음을 보여준다.

이러한 신앙 앞에서 생명이란, 생명이 보여주는 지향성이란 언제나 신을 향한 것이 될 수밖에 없고, 그만큼 삶 자체는 더욱 풍성한 축복의 자리가 된다. 이 축복의 자리에서 삶을 바라보는 시인의 시선에는 50년을 넘게 살아온 삶의 무게와 신의 축복을 누리는 신앙인의 여유가 함께 어울려 있다.

하늘을 향해

번쩍 팔 치켜 든

겨울나무들이 흔들리는 것을 보며

가진 것 다 떨굼으로 하늘을 차지한

넉넉한 자의 웃음소리 듣다

―「풍경」 부분

이제 시인의 시선에 비치는 자연은 차가운 사물로 얼어붙은 세계가 아니라 포근하고 따뜻한 생명이 살아 있는 공간이 된다. 그러한 공간 속에는 소유의 욕망을 포기함으로써 오히려 "하늘을 차지한 / 넉넉한 자"의 여유 있는 웃음소리가 울려 퍼진다. 여기에 조창환 시인이 발견하는 생명의 근원적인 힘이 존재한다. 우주적 근원으로부터 오는 생명의 힘에 의해 넉넉하고 여유 있는 삶을 사는 자리에 시인은 서 있는 것이다. 생명은 신의 세계에 그 기원을 두고 있으며, 그래서 더욱 아름답고 강한 힘을 지니게 된다. 그의 시는 그래서 신 앞에서 부르는 명징한 영혼의 노래라고 할 것이다.

―시집 『피보다 붉은 오후』(문학동네, 2001) 발문

대립과 조화의 변증법

김용직 ● 서울대 명예교수 · 학술원 회원

1

이 자리는 어떤 모양으로든 공적인 발언이 있어야 할 경우다. 그럼에도 나는 구태여 사적인 소감 같은 것을 곁들이면서 이 글을 시작해보고 싶다. 잡담 제하고 말하면 사형詞兄 조창환은 평소 내가 상당한 관심과 함께 대해온 후배 가운데 한 분이다. 우리는 공교롭게도 같은 대학의 같은 학과를 나왔고 다소 시간상의 상거는 있지만 비슷한 과정을 거쳐 문과대학에서 교편을 잡고 있는 처지다. 그리고 전공도 같은 분야여서 한국 현대시와 비평을 택해서 오늘에 이르고 있다. 뿐만 아니라 조창환 형은 우리 과가 낳은 많지 못한 시인이어서 그쪽에서도 착실하게 그 발판을 구축해온 독특한 존재에 속한다. 그런데 문과대학에서 강의를 담당해본 분이라면 시를 쓰는 일과 그것을 가르치는 일이 빚어내는 알력·마찰성이 어떤 것인가를 실감으로 알고 있다.

본래 시를 짓고 그것을 발표한다는 것은 개성적인 차원을 구축하는 일이다. 그것은 제 나름의 독특한 눈으로 사물과 그 속에 내재하는 의미를 포착하는 것을 뜻하며, 새로운 말, 새로운 손길로 그들을 제시하는 일에 해당된다. 그러나 일단 그들을 대상으로 한 이야기가 요구되는 자리에서는 사정이 그와 180도 달라진다. 시를 대상으로 가르치는 일은 그것을 공적인 언어, 일반적인 감각에서 크게 벗어나지 않는 어조나 어감으로 엮어가는 일에 속한다. 그러니까 문과대학의 교수이면서 시를 써가는 일은 언어의 전혀 다른 영역을 동시에 추구하고 터득하면서 생활하는 질곡을 뜻한다. 우리는 대개 창작에 대해서 상당한 관심을 가지면서 학교를 다니고 또한 그렇게 공부를 계속해왔다. 그러다가 학구와 창작의 양립이 지극히 어렵다는 것을 깨닫기 시작하면서 대부분은 시작詩作을 단념하고 일개의 문학 연구자로서의 길을 택한 쪽이다. 그런데도 조창환 형은 이제까지 이 알력·마찰을 일으키고 모순·충돌하는 일을 동시에 추구해온 보기 드문 예에 속한다. 뿐만 아니라 그는 교단에서 훌륭한 스승이며 시인으로서도 착실하게 정진해온 분이다. 그 하나의 증거가 되는 것이 이번에 상재上梓되는 『라자로 마을의 새벽』이다. 내 사적인 관심이 유난히 그에게 쏠리는 까닭이 바로 여기에 있다.

2

제목으로도 짐작되는 바와 같이 『라자로 마을의 새벽』은 그 제재가 소멸과 재생의 문제에 상관이 되어 있다. 이것은 이 시집의 주제 의식이 인간의 극한 상황 쪽에 닿아 있음을 뜻한다. 이로 미루어보면 이 시집의 제작자가 지니고 있는 만만치 않은 의욕의 일단이 짐작된다. 뿐만 아니라 찬찬하게 이 시집을 살펴보면 그 의욕이 의식이나 정신의 차원에 그치는 게 아님도 알 수 있다. 시집에서 보는 바와 같이 『라자로 마을의 새벽』은 연작 시의 형태를 취한 작품이다.

연작이란 물론 하나하나를 떼어놓아도 독립된 단위의 작품이 되는 경우의 작품으로 이루어진다. 그런 작품들이 한 주제나 제목 아래 모여서 한 덩어리가 되고, 그 덩어리가 곧 한 미적 실체가 되면 일단 연작 시의 시도는 성공적이 되는 것이다. 그런데 이런 전제를 토대로 하는 연작 시는 그 성격으로 보아 두 가지로 나눌 수 있다. 하나는 형태나 의미 내용이 비슷한 가운데 조금씩 변하고 그것으로 한 작품을 이루는 경우다. 이런 유의 작품은 어조가 고르다든가 의미 내용의 흐름이 일정해서 독자가 손쉽게 이해할 수 있다는 편의가 주어진다. 그러나 그와 함께 평면적이라는 인상이 빚어내는 부작용도 막아낼 수 없게 되는 난점이 있다.

한편 다른 또 하나의 유형에 속하는 연작 시로 우리는 이질적 요소들을 포괄한 복합적 작품을 생각해볼 수 있겠다. 물론 이 경우에도 연작시의 근본 전제가 되는 주제 의식은 작품의 깊은 바닥에 엄연히 확보된다. 그러나 이 경우 그 형태라든가 작품 하나하나가 간직하는 의미 내용은 상당한 차이를 가지면서 쓰인다. 그리고 얼핏 보면 그 서로는 모순·충돌하는 것처럼 보일 수도 있다. 그러나 전체적으로 그들은 한 구조 속에 포괄되고 조화·종합되어 유기적인 형태를 이룬다. 이런 유형에 속하는 연작 시는 그러니까 한층 고수高手에 의해 쓰인 경우라는 이야기를 성립시킨다. 그런데 『라자로 마을의 새벽』을 읽으면서 우리가 느끼는 것은 후자와 같은 단면이다. 부분적으로 이 시집에는 아주 간결하고 축약된 언어로 이루어진 작품들이 있다.

찬 달빛
길게
누웠는
산자락

빈 논에
가득히
흐르는
벌레

소리

정결한
리디아
선율의
안개
바람

사이에
고이는
종소리

　이것은 이 시집의 스물네 번째 놓인 「추석」의 전문이다. 추석은 물론 우리 민속의 명절 가운데 하나로 추수감사절에 해당되는 경우다. 또한 이 명절은 우리 겨레가 옛적 신라 때부터 전해온 것으로 그만큼 많은 사연과 이야기를 거느리고 있다. 그걸 작품화하면서 조창환 시인은 "찬 달빛 / 길게 / 누웠는 / 산자락"이라든가 "정결한 / 리디아 / 선율의 / 안개 / 바람 // 사이에 / 고이는 / 종소리"와 같이 감각화시키고 그것으로 추석을 볼 수 있는 것, 들을 수 있는 것으로 만들어놓았다. 그리고 이들 말들은 대개가 명사로 시작하여 명사로 끝난다. 이것은 이 작품이 이미지 제시를 위해서만 말을 사용했음을 뜻한다. 그러나 이 시집에는 그 형태로 보아 이와 전혀 다른 성향에 속하는 작품들이 포함되어 있다. 이제 우리는 그 보기의 하나로 열네 번째의 작품에 해당되는 「향기」를 들어볼 수 있을 것이다.

　나자렛이라는 다방이 있다. 탁자에는 금잔화나 마아가렛 같은 잔꽃송이들이 꽂혀 있고 목기러기, 이조 백자, 등잔 받침, 줄 끊어진 거문고나 장고 같은 골동들이 빈 구석마다 놓여져 있다. 현관문 위에 검은 구리 십자가—십자가 속의 팔 벌린 그리스도는 장욱진 화백 그림 속의 어린아이 같다.(하략)

여기까지 이 작품은 주부와 술부를 모두 제재로 가지는 문장으로 이루어져 있다. 또한 행 구분도 나타나지 않는다. 그런 의미에서 이 작품은 그 형태로 보아 산문시에 속하는 경우가 된다. 그리고 이와 같은 형태상의 교차가 의도적이라는 사실은 이 시집을 손에 들고 보면 곧 나타난다. 즉 위의 보기에 나타나는 것과 같은 산문적 유형, 또는 말을 풀어 쓴 경우는 이 시집의 작품 가운데 1, 6, 9, 12, 13, 14, 15…… 등이며, 짧고 간결하면서 긴축미를 느끼게 하는 것은 3, 4, 5, 20, 21, 22, 23, 24, 25…… 등이다.

3

시집에는 또한 이야기의 리얼리티를 통해서 테마를 부각시키고자 한 작품들이 있는가 하면, 그보다 이미지 제시에 역점을 두고 그 긴장감에서 빚어지는 효과를 노린 것들이 있다. 가령 작품 번호 1, 18, 28, 33 등은 전자에 속하는 경우다. 그리고 후자에 속하는 것으로는 2, 3, 21, 22, 29 등이 있다. 참고로 그중 보기를 하나씩 들어보면 다음과 같다.

> 나눠주면 살 수 있대, 말하기는 쉽지만
> 누가 감히 배를 열어 콩팥을 나눠주랴
> 식구들 검사한 후 창세 엄마 울먹이며
> 하필이면 희순이냐, 세상 다 산 에미 애비
> 내 것을 나눠 가렴, 창세도 울고 엄마도 울고

울다 지친 희순이 창세 옆에 나란히
환자복 입고 누워 수술실 들어갈 때
흐린 복도에서 빈 소줏잔 들고 앉아
창세 아버지 두 눈 감고 두 손 떨며
무슨 시늉인가, 입술만 달싹였다
―「콩팥 같은 달」 5, 6연

따뜻한 비에
검은 쥐불 자국들이 녹는다
모든 형체 있는 것들과
뿌리 있는 것들이 풀어져서
질고 질긴 지루함을 어루만진다

풀어지고 녹아져서
중력重力을 벗어난 먼지들이
떠오르거나
가라앉거나
혹은 가라앉다가 떠오르면서
평온한 평평함을 이루고 있다.
―「따뜻한 비」 1, 2연

　위의 두 작품은 생명의 존엄성과 재생에의 욕망을 상징적으로 형상
화한 점에서는 일치된다. 그러나 그 기법으로 본다면 전자가 매우 강한
현실성을 가진 제재를 토대로 하고 있는 데 반해서 후자는 심상의 제시
에 역점을 둔 작품이다. 그런 의미에서 이 시집의 여러 작품은 서로 다
른 성향을 띤 듯 보인다. 여기서 일단 우리는 이 연작 시집이 하나하나

의 작품 자체에서뿐만 아니라 그 작품들을 서로 대응시킨 차원에서도
상당히 강한 실험을 시도하고 있음을 확인할 수 있다.

4

『라자로 마을의 새벽』에서 주조가 되고 있는 것은 물 또는 비의 심상이
다. 그리고 여기서 물이 비로 제시된 데는 그 나름의 이유가 있다. 본래
물은 원형비평의 경우 생과 사, 부활, 정화와 부상 등의 상징이다. 이
연작 시 『라자로 마을……』의 경우 그것은 일상적인 차원에서처럼 단
순하게 해갈을 시켜주거나 생활의 필수 물질로서의 의미를 지닐 수만
은 없었다. 그걸 비로 변형시킨 것은 또 하나 이 시를 제작한 시인의 의
도가 작용한 결과다. 이 시집에서 비는 하늘에서 내리는 것인 동시에
감각될 수 있는 것과 그 범주를 넘어선 것들을 고루고루 젖게 한다.

> 벽지壁紙 속에서 썩은 살구 냄새가 젖는다
> 빈 뜰이 젖어
> 빈 뜰의 지렁이 울음까지 젖게 한다
> 삐걱이는 서쪽 하늘의
> 삐걱이는 아내의 신발 자욱을 적신다
> 낡은 예비군복을 적시어
> 쭈그러진 빨랫줄을 끌어당기는 비
> 만질 수 없으면서
> 팽팽한 비
> 이 세상을 맨살로 적시되
> 그 맨살의 깊은 부분이
> 스스로 멍들어 주저앉는 비
> ―「팽팽한 비」부분

또한 이 작품에서 비는 물질계와 정신의 영역을 고루 적시며 그것으로 정화 작용을 하고 사그라지고 소멸한 것을 재생시켜서 신선한 실체가 되게 한다. 그것을 이 시집의 저자는 알 또는 열매의 심상과 함께 제시해 보여주는 것이다.("과육果肉에 고이는 싱싱한 물이 / 수태受胎를 알리는 가브리엘의 음성보다 겸허하다") 결국 이 시집은 단일한 문체나 단일한 형태에서 빚어지는 상투성과 단조로움을 지양, 극복하기 위해서 여러 가지 실험을 꾀한 셈이다. 그리고 그런 실험은 하나하나의 작품이 지닌 생동감을 통해서 착실히 성공한 듯 보인다. 뿐만 아니라 그들이 다시 전 작품을 엮은 큰 구성에 의해서 완전한 종합성 내지 일체감을 확보해 낸 것이기도 하다. 물의 심상을 주조로 삼은 가운데 이 시집은 형태, 문체, 의미 내용 등 여러 면에서 모순, 충돌하는 요소들을 포괄시키려는 입장을 취했다. 그리고 그것들을 다시 다른 줄기 속에 엮으면서 큰 구조를 이루게 하고 있는 것이다. 구체적으로 이 시집의 전반부는 대체로 소멸이라든가 부정적인 삶이 다루어져 있다. 그리고 이 시집의 그런 단면은 스무 번째에서 스물다섯 번째에 해당되는 작품에 이르러 그 모습을 달리하고 나타난다. "참 아름다워라 / 참 정직하여라" 이와 같은 한 줄로 시작하는 이 부분에서 이미 이 시집의 파괴 본능은 긍정적인 삶 쪽으로 이동할 낌새를 보이는 것이다. 그리고 후반부에 이르면 이 시집은 생을 긍정하고 새롭게 살려는 의지를 완연하게 드러낸다. 그리하여 모순, 충돌과 부정, 배제에서 조화와 창조의 차원을 새롭게 확보하는 것이다. 결국 이 시집은 연작 시로서뿐만 아니라 개별적인 작품의 질로 보아서도 새로운 차원을 개척한 쪽에 해당된다. 그런 의미에서 이 시집은 마땅히 그에 상응하는 평가를 받을 수 있으리라 믿는다.

　-시집 『라자로 마을의 새벽』(문학세계사, 1984) 발문

 # 삶의 해체 혹은 삶의 확인

오세영 ●시인·서울대 명예교수

1

조창환의 시는 분열된 삶의 의식을 형상화하는 데서 출발하고 있다. 삶의 분열이란 여기서 전체의 삶이 소외된 개인적 생존을 가리키는 말이다. 그것은 구체적 행동으로서 현실을 극복할 수 없는 주체의 정신적 좌절감과 외적 상황에 대한 비극적 인식에서 기인한다. 따라서 모순의 세계에 대한 비극적 직관을 지닌 채 실천적 행동이 거세될 것을 강요받는 자아는 현실, 혹은 전체의 삶으로부터 도피하여 개인적 생존에 부심할 수밖에 없으며, 이 경우 개인적 삶은 이념과 현실, 혹은 행동 사이의 괴리감을 보인다는 점에서 분열된 삶이라 할 수 있다. 말하자면 분열된 삶이란 뿌리내릴 토양을 잃어버린 자아의 정신적 방황인 것이다. 조창환의 시에서 그것은 먼저 관능적 쾌락에의 몰두로 나타난다.

타오르는 것은 빛이 아니다
가시가 이루는 파도
살이 던지는 이슬
그대 알몸의 부끄러움이
쨍쨍한 대낮을 무너뜨린다

그 창틈으로 한 아침이 떨며 서고
그 호수 위에 한 핏방울이 깨뜨려진다
          ―「장미」 전문

이 시에서 장미는 여체女體로 형상화된다. 시인은 장미를 통해 달아
오르는 불(본능)을 느낄 수 있었지만 결코 빛(이념)을 발견할 수는 없었
다. 설령 그가 파도와 이슬과 같은 삶의 본원성을 대면한다 할지라도
그것은 다만 관능(가시, 살)의 다른 모습에 지나지 않는 것이다. 시인은
건강한 삶을 포기한 채 스스로 향락적 생활을 선택한다.
  그에게 있어서 분열된 삶은 현실을 추상해버린 그의 환상적 유희 공
간에서도 드러난다.

죽은 아희들의 뼈 속에서
조약돌 씻는 소리 바람에 겹쳐 있다

누가 그리다 만 묵죽墨竹인가
잔디 몇 잎에서 이슬이 부서지고

봄밤에 나비 하나
푸른 피 흘리는 손등으로 헌신을 벗고 있다
          ―「풍경」 부분

흡사 살바도르 달리의 풍경화를 보는 것 같은 이 시에서는 현실적 논
리란 그 어떤 것도 찾아보기 힘들다. 이 시가 보여주는 것은 꿈속에서
의 사물들의 움직임이며 에테르에 마취된 세계이다. 그의 시에서 이토
록 현실이 추상되어버린 이유는 무엇일까. 말할 것도 없이 그것은 현실

에 대한 그의 분열된 확인에서 오는 것이다.

그의 해체된 삶은 또한 그의 사물화된 의식 속에 나타난다. 그의 의식은 경색되어 있고 그는 그저 무너지는 대로 자신의 존재를 내어 맡긴 채이다. 시인은 그것을 침몰의 이미지로 형상화시킨다.

한 사나이가 바다에 갇혀서 침몰한다.
그가 끌어안은 것은 물이고
그를 끌어안는 것은 물이다.
손톱으로부터, 심장에 이르기까지
그의 육신 중에 젖지 않는 곳은 없고
젖음은 젖음으로써 더욱 혼곤하다.

(중략)

침몰이다.
침몰이다.
―「침몰」 부분

시인은 끝없이 존재의 침몰을 경험한다. 그러나 여기서 우리가 주목해야 할 것은 자신의 삶이 붕괴되어가는 과정에서 그는 그 어떤 두려움이나 대결 의식을 가지지 않았다는 점이다. 오히려 그는 자신의 삶이 해체되는 달콤한 즐거움을 맛본다. 이와 같은 삶의 퇴락성이야말로 개인적 생존을 지향하는 자가 누리는 특권이다.

2

조창환이 전체의 삶으로부터 도피하여 개인적 삶의 퇴락성에 몰두하게 되었던 것은 전술한 바, 외적 상황에 대한 그의 좌절에서 연유한다. 시인은 현실과 대결함에 있어 자신이 지나치게 무력한 존재임을 잘 알고 있다. 그가 사는 시대는 그만큼 거대하고 완강했던 것이다. 그는 현실에 대한 자신의 좌절감을 이렇게 고백한다.

> 뿌리 뽑힌 흙더미로 쏟아지는 절벽
> 창칼이 번쩍이는 이 높은 나뭇가지
> 원혼 깊은 개처럼 짖어대는 간 하나.
> —「연가 8」 부분

 그의 앞에는 하나의 절벽(시대)이 가로놓여 있으며 그는 그것을 결코 넘어설 수 없다고 생각한다. 그의 삶은 어쩔 수 없이 제한된 영역 안에서 영위될 따름이다. 시인 삶의 진실을 상징하나 이 시인의 경우 그것은 절망 그 자체이다. 그의 또 다른 시에서 보여준 간의 이미지가 잘 설명해준다.

> 이 육신의 수분을 말리어
> 오징어 한 장으로
> 나무에 걸어두자
>
> 간이여
> 독수리는 날아오지 않고
> 다만 햇빛에 마를 뿐이다.
> —「햇빛 속에서」 부분

 조창환의 신화에는 독수리가 등장하지 않는다. 그의 간은 다만, 바람과 햇빛으로 말리어질 뿐이다. 외계에 대응해가는 그의 삶의 태도가 저 프로메테우스의 그것처럼 실천적 행동과 대결 의식으로 나아가지 않고, 오히려 거의 광적인 자기학대와 자기소진의 세계로 나아감은 그의 인간적 비극이면서 동시에 그 절망의 비극성을 더욱 치열한 것으로 드러나게 한다. 어떻든 조창환은 삶을 절망으로 받아들이고, 비록 그가 개인적 생존을 지향했다 하더라도, 그것을 자기 나름대로 소화하는 방법을 터득하고 있었다. 그 소화의 방법이 자기소멸, 혹은 자기해체였다.

인간이 삶을 영위해가는 방법은 다양하다. 그는 시대와 싸울 수도 있고, 야합할 수도 있으며, 시대에 순종할 수도 있다. 혹은 그는 시대와 담을 쌓고 홀로 칩거할 수도 있다. 그러나 문제는 시인이 현실로부터 소외당했을 뿐만 아니라 스스로 자신의 삶을 포기하는 데 있는 것이다. 조창환은 그의 삶이 해체되기를 바란다. 자기소멸, 혹은 자기해체야말로 또한 조창환 시의 출발이 되는 또 하나의 모티브이다. 나는 앞에서 조창환의 시가 개인적 생존의 한 양상인 삶의 분열을 형상화했다고 말한 적이 있는데, 이는 자기소멸이라는 이 모티브의 다른 표현에 지나지 않는다. 그렇다. 삶의 분열이 혹은 관능적, 환상적인 그의 삶의 태도가 외적으로 드러나는 개인적 생존의 양식이었다면 시에 있어서 그가 의도했던 내적 삶은 존재의 해체에 있었다. 끊임없이 자신의 생生을 고갈시키고, 무너뜨리고, 소모시키는 일이야말로 그의 시의 지향점이었으며 역설적으로 그가 살아남을 수 있는 방편이었다. 관능적 쾌락의 탐닉으로 인해 그의 육체를, 환상의 멀고 먼 방랑을 통해 그의 의식을, 침몰의 끝없는 하강을 통해 삶 그 자체를 그는 무화하려 한다. 이러한 자기해체의 과정은 다음과 같은 시에서 극명히 표상된다.

이 수년 동안 이룬 것이 없다.
저녁마다 낯익는 우물을 파고

내 썩은 피가 썰물이 되어 갈 때

하느님이 여러 번 들여다보고

썩은 밧줄 몇 금 적선하며 지나갔다

네 썩은 귀를 굴비처럼 엮고 엮어

……

그 남근에서 쇳물이 부서졌다.

　　　　　　　　－「표적」 부분

　따라서 우리는 조창환의 시가 탐닉한 관능 세계, 환상의 공간, 그리고 침몰의 심연을 간단하게 생의 향락으로만 이해하지 말자. 그것은 이러한 삶의 태도가 어려운 시대를 살아가는 시인의 현실 대응의 한 방법이었으며, 개인적 생존을 통해서 동시에 개인적 생존을 지양하려는 삶의 역설적 의미를 내포하고 있기 때문이다. 시인의 자기소멸은 삶의 분열을 극복하는 길이었다.

3

시인이 지향하는 자기소멸의 궁극에 참다운 자아가 존재한다. 깊고 깊은 환상의 잠이 깨어나는 순간, 거기엔 새로운 삶이 기다리고 있었던 것이다. 퇴락한 삶에 대한 각성, 아니 더 이상 퇴락할 수 없는 무에서부터의 재출발―거듭남이야말로 이 시집에서 시인이 보여준 드라마틱 아이러니이다. 시인은 철저한 자기소멸, 존재의 해체에 의해서 오히려 진정한 자아를 확립고자 한다. 일상적 생존은 그것이 현실과 대결함에 있어서 무력한 존재였던 까닭으로 지양되지 않으면 안 될 그 무엇이다. 시인은 그 자신 무의 상태에 도달함에 의해서 바로 이 일상적 생존을 벗어날 수 있었다. 자기무화自己無化를 통해서 이루어지는 시인의 자아 확립은 다음과 같은 시에서 고백된다.

이 세상이 홀로 부서지고
어디서 새 별들이 태어나는가

창밖에는 어둠이 가득하고
장미 한 잎, 무겁게 떨어진다
　―「각성」 부분

　나는 앞에서 장미를 퇴락한 삶의 상징으로 설명한 적이 있는데, 이를
염두에 둔다면 이 시에서 '장미의 낙화'는 시사적이다. 시인은 이렇게
장미의 낙화와 더불어 "이 세상이 홀로 부서지고" 그 대신 "새 별들이
태어"난다고 진술한다. '부서지는 세상'이 퇴락한 삶이며 '새로 태어나
는 별'이 시인의 거듭난―참다운 삶임은 설명이 필요치 않다. 이미 제
목「각성」에서 암시되는 바와 같이 이 시는 시인이 깊고 깊은 환상의
잠에서 깨어나 외부 세계에 눈뜨고 있음을 보여준다. 시인은 자기소멸
의 삶으로부터 자기확립의 삶으로 전환하고 있는 것이다.
　삶의 확립은 필연적으로 자아에 대한 새로운 인식을 요청한다. 이제
시인은 현실과 대결하려는 확고한 의지와 더불어 준엄한 자기성찰의
거울 앞에 선다. 무엇보다 먼저 거울이 비춰주는 것은 우리의 부끄러웠
던 삶이다.

부끄러워라 세상이 풀잎으로 쓰러져 가도
바람 사이에서 물고기처럼 미끄럽구나
닦아서 빛나지 않는 그물과 이빨
저 하늘의 우레 한 줌 건질 수 없다
　―「말」 부분

젖은 도끼날도 부끄러웁고
개 짖는 어둠까지 부끄러웁다
―「가족」 부분

그대들의 부끄러움이 퍼런 강江 속까지 잠겨 있다
―「언덕에 서서」 부분

　한 시대의 굴레에 갇힌 자신의 삶을 부끄럽게 인식한 시인은 현실을
보다 능동적으로 받아들이고자 한다. 그것은 전체의 삶을 지향코자 하
는 시인의 결의라 할 수 있다.
　다음, 시인이 자기성찰의 거울에서 볼 수 있었던 것은 죄의식이다.
그는 전체(totalite)를 외면하면서 삶의 퇴락성에 몰두했던 이 시대의 삶
을 죄스러운 것으로 인식한다.

이 아침 네 손바닥에 못질을 한다
돌이킬 수 없음이며, 이 살로 못다 한 죄
깊이 못 박으며 네 눈을 본다
……
못은 깊이 박혀 침묵을 이루었고
눈부신 이 침묵으로 그대를 일으킨다
―「못을 박으며」 부분

죄罪로써 서러움을 씻고 씻으리니
그대 살 속에 녹아나는 이파리들에
한량없는 햇빛이 흐르리로다.
―「죄」 부분

전체의 삶에 대한 시인의 이러한 죄의식은 분명 그의 공동체적 자각을 뜻한다. 시인은 비로소 자아의 확립을 통해 개인적 생존으로부터 전체적 삶의 윤리에로 회귀하는 삶에 대한 공동체적 자각과 현실 대결의 실천적 의지로 승화된다. 시인은 쓰라린 소금밭과 같은 현실에 대처코자 이렇게 그의 결의를 다진다.

> 이 세상 풀 길 없는 소금밭에서
> 민들레꽃, 억새꽃, 엉겅퀴까지
> 쓰러져 뒹굴면서 이를 악물고
> 온몸에 소금 뿌려 썩지 않는다
> ―「염전鹽田에서」부분

우리는 조창환의 이 실천적 결의와 공동체에의 사랑이 앞으로 어떻게 전개될지 관심과 애정을 가지고 지켜볼 것이다. 이 시집에서 보여준 그의 시적 형상력과 그 가능성을 우리는 믿기 때문에.

―시집 『빈집을 지키며』(심상사, 1980) 발문

부록

저서 목록

시집 『빈집을 지키며』, 심상사, 1980.

시집 『라자로 마을의 새벽』, 문학세계사, 1984.

논저 『한국 현대시의 운율론적 연구』, 일지사, 1985.

시집 『그때도 그랬을 거다』, 문학과비평사, 1992.

시집 『파랑 눈썹』, 시와시학사, 1993.

논저 『한국 시의 넓이와 깊이』, 국학자료원, 1998.

논저 『이육사-문학의 이해와 감상 108』, 건국대 출판부, 1998.

시집 『피보다 붉은 오후』, 문학동네, 2001.

시집 『수도원 가는 길』, 문학과지성사, 2004.

시선집 『신의 날』, 동학사, 2005.

논저 『한국 현대시인론』, 한국문화사, 2005.(공저)

대학교재 『글쓰기의 전략과 실제』, 2006.(공저)

논저 『한국 현대시어 빈도사전』, 한국문화사, 2007.(공저)

시집 『마네킹과 천사』, 문학과지성사, 2010.

논저 『한국 현대시의 분석과 전망』, 한국문화사, 2010.

여행 에세이집 『조창환 교수의 여행의 인문학』, 책만드는집, 2010.

시선집 『황금빛 재』, 시월, 2010.

정년기념문집 『견고한 서정, 따뜻한 엄격주의 - 조창환의 시와 삶』, 책만드는집, 2010.

상훈 / 학회 및 문단 활동

제17회 한국시인협회상 : 1985년 3월

제5회 한국가톨릭문학상 : 2002년 5월

제41회 경기도문화상(문학 부문) : 2003년 12월

황조근정훈장 : 2010년 8월

한국시인협회 심의위원장 : 2010년 4월~현재

한국가톨릭문인회 회장 : 2008년 3월~현재

한국시학회 회장 : 2007년 6월~2009년 5월

한국비교문학회 부회장 : 2003년 5월~2006년 5월

한국현대문학회 부회장 : 1999년 3월~2003년 2월

연보

1945　5월 5일 서울 영등포구 영등포동 4가 117번지에서 아버지 조병호 曺秉浩와 어머니 배상열裵相烈의 3남 2녀 중 장남으로 태어나다.

1950　6·25를 맞아 가족이 경기도 화성군 봉담면 내리로 피난하여 9·28 서울 수복 시까지 지내다.

1951　1·4후퇴를 당해 부산으로 피난하다. 피난지에서 초등학교에 입학하다. 이후 몇 해 동안, 전란 후 수복 서울의 임시 교사 등을 옮겨 다니면서 공부하다.

1957　서울중학교에 입학하다. 시인 조병화 선생, 국어학자 강신항 선생 등에게 수학하다.

1960　서울고등학교에 입학하다. 문예신문반에서 김병구, 구자홍 등과 친교하다.

1962　고등학교 2학년 학생으로 〈소년한국일보〉 신인문학상에 응모한 동시 「팽이 치는 아이들」이 당선하여 아동문학가로 데뷔하다. 같은 해 교내 경희문학상도 수상하다. 이해 가톨릭에 입교하여 토마스 아퀴나스라는 세례명을 받다.

1963　서울고등학교를 졸업하고 서울대학교 문리과대학 국어국문학과에 입학하다. 정한모, 전광용, 정병욱, 장덕순 교수들에게 수학하다.

1966　〈한국일보〉 신춘문예에 동화 「신의 오른손과 사랑에 관한 이야기」 가 입선하다.

1967   서울대학교 문리과대학 국어국문학과를 졸업하고 금란여중, 광신
        상고 교사로 한 해를 보내다.

1968   육군 사병으로 입대하다. 공비 김신조 일당의 남침으로 뒤숭숭하던
        시절, 육군 군의학교를 졸업하고 동해안 감포, 영덕 등지에서 위생
        병으로 복무하다 2군사령부의 모 장군 집의 가정교사로 군 생활을
        보내다.

1970   12월 육군종합학교에서 만기 제대하다.

1971   홍익중학교 국어 교사로 근무하면서 같은 재단의 여학교 미술 교사
        였던 유소영柳小英과 사귀다. 제대 후, 김요섭 선생께 보여드린 시
        「귀향」을 전봉건 시인이 주간을 맡아보던 《현대시학》에 초회 추천
        으로 올려주어 자의 반 타의 반으로 시단 데뷔의 길에 들어서다.

1972   서울대학교 대학원 국어국문학과에 입학하다. 같은 해 서울예술고
        등학교 국어 교사로 부임하고, 가을에는 유소영과 결혼하다. 이즈
        음 장인인 서예가 검여劍如 유희강柳熙綱 선생은 중풍으로 쓰러져
        우반신이 마비되자 좌수서左手書로 작품 활동을 재개하고 있었고,
        그러한 예술혼을 곁에서 지켜보면서 큰 감명을 받다.

1973   《현대시학》지에 시 「연가」로 3회 추천 완료하다. 큰아들 규헌圭憲
        태어나다.

1975   전봉건 시인의 권유로 같은 지면으로 등단한 유재영, 한영옥, 김기
        석, 천재순 등과 함께 시 동인지 《말》을 창간하여 이후 3년간 발간
        하며 동인 활동을 하다. 작은아들 규홍圭鴻 태어나다.

1976   서울대학교 대학원에서 논문 「1920년대 시의 구조적 특성에 관한
        연구」로 문학석사 학위를 받다.

1978   2월 울산대학교 전임강사로 부임하다.

1979   전북대학교 인문대학 국어국문학과로 직장을 옮기다.

1980   첫 시집 『빈집을 지키며』(심상사)를 출간하다.

1981 간염으로 한 학기 직장을 쉬면서 투병하다.

1982 《현대시학》지에 가톨릭 사상을 바탕으로 구원과 재생의 주제를 다
      룬 연작시 「라자로 마을의 새벽」을 연재하다.

1984 아주대학교로 직장을 옮기다. 시집 『라자로 마을의 새벽』(문학세계
      사)을 발간하다.

1985 시집 『라자로 마을의 새벽』으로 제17회 한국시인협회상을 수상
      하다.

1986 서울대학교 대학원에서 논문 「김소월 시의 운율론적 연구」로 문학
      박사 학위를 받고, 논저 『한국 현대시의 운율론적 연구』(일지사)를
      발간하다. 9월부터 한 학기 동안 USIA 초청으로 미국 아이오와 대
      학 국제 창작 프로그램에 한국 대표로 참가하다. 이후 몇 년간은 외
      면적으로는 부정적 사회에 대한 비판 의식과 내면적으로는 음악의
      형이상학적 감동에 관심을 가져 서로 다른 두 경향의 시 세계를 모
      색하다.

1992 1980년대의 사회 상황을 풍자한 시집 『그때도 그랬을 거다』(문학과
      비평사)를 발간하다.

1993 음악 시집 『파랑 눈썹』(시와시학사)을 발간하다.

1994 미국 유타 주 브리검영 대학에서 한국학 객원교수로 한 해를 보내
      다. 유타, 애리조나, 뉴멕시코, 아이다호 등 미국 서부 지역과 밴프,
      재스퍼에서 밴쿠버에 이르는 캐나디언 로키 지역을 주로 여행하다.

1995 1월 문예진흥원의 해외 창작 소재 발굴 지원을 받아 브라질의 상파
      울루, 산토스, 리우데자네이루, 나탈 등지를 여행하다. 3월부터 아
      주대학교 인문대학 학장 겸 인문과학연구소장을 맡아 보다. 12월에
      멕시코 과달라하라에서 개최된 한국 문화 주간에 정진규, 김종해,
      이건청, 오세영, 조정권 시인 등과 함께 참석한 후, 치첸이트사, 칸
      쿤, 멕시코시티 등지를 여행하다.

1996 여름, 호주 브리즈번의 국제한국언어학회에서 논문 발표한 후, 호
주와 뉴질랜드 일대를 여행하다. 겨울, 중국 항주대학 세미나에 참
석한 후 항주, 소주 일대와 상해 등지를 여행하다.

1997 여름, 마드리드, 톨레도, 세비야, 그라나다, 바르셀로나 등지의 스
페인 일주를 하고, 모로코의 탕헤르를 둘러보다.

1998 논저『한국 시의 넓이와 깊이』(국학자료원)를 발간하다.『이육사—문
학의 이해와 감상 108』(건국대 출판부)을 발간하다. 연말에 그간 잘 관
리해오던 건강에 문제가 있음을 발견하고 서울대학교 병원에 입원
하다.

1999 2월 간암 수술을 받고 회복한 후 생의 신비와 신의 은총에 대하여
새로이 눈뜨는 계기를 만나다. 이후, 생명의 비의秘義를 순수 서정
과 내면의 울림으로 표현하는 시를 쓰기로 마음먹다.

2000 7월에 국제한국언어학회에서 논문 발표한 후 체코, 헝가리, 폴란드
등 동유럽 일대를, 8월에 국제비교문학회에서 논문 발표한 후 프리
토리아, 소웨토, 케이프타운 등지의 남아프리카공화국을 여행하다.

2001 시집『피보다 붉은 오후』(문학동네)를 발간하고, 한국학술진흥재단
의 해외 한국학 강의 교수 파견 프로그램에 의해 가을 학기부터 1
년간 미국 오하이오 주 볼링그린 대학 한국학 객원교수로 파견되어
한국어와 한국 문화를 강의하다.

2002 시집『피보다 붉은 오후』로 제5회 한국가톨릭문학상을 수상하다.
2월부터 11월까지《현대시학》지에 연작시「수도원 가는 길」을 연재
하다. 미국 본토의 북미시간에서 남부의 애틀랜타를 거쳐 뉴올리언
스까지 몇 차례의 장거리 여행을 하고, 카리브 해와 알래스카 일대
를 여행하다. 6월 국제한국언어학회에서 논문 발표하고 오슬로에
서 베르겐에 이르는 노르웨이 여행 후, 7월 국제원자력위원회에 근
무하는 김병구 박사와 함께 오스트리아의 빈, 린츠, 잘츠부르크 및

체코의 체스키크룸로프 등지를 여행하다.

2003 여름에 이스탄불에서 트로이, 에페수스, 카파도키아 등지의 터키를 일주하다. 연말에 제41회 경기도문화상(문학 부문)을 수상하다.

2004 생의 황홀과 허무의 아름다움을 노래한 시집 『수도원 가는 길』을 발간하다. 2월에는 뭄바이에서 아우랑가바드를 거쳐 아그라에 이르는 인도 여행을 하다. 여름에는 사학자 허승일 교수 등과 함께 북아프리카의 튀니지와 이탈리아의 시칠리아, 사르데냐 섬을 중심으로 한 지중해 일대를 여행하다. 가을에는 서예가 원중식 일행과 함께 중국의 태산, 제남, 곡부를 중심으로 한 산동성 일대를 여행하며 고대 비문碑文과 석각石刻 등을 돌아보다.

2005 1월 수원 가톨릭대학의 김건태 총장 신부와 함께 이집트의 카이로, 룩소르, 알렉산드리아 및 요르단의 페트라를 둘러본 후, 모세의 발자취를 따라 시나이 광야를 여행하며 시나이 산에 오르다. 예수가 활동했던 이스라엘의 나자렛, 갈릴리 지방 및 예루살렘과 베들레헴을 둘러보는 성지순례를 하다. 8월부터 연말까지 카자흐스탄 크질오르다 대학에 한국학 객원교수로 파견되다. 이 기간 중 크질오르다와 알마티, 우슈토베 등지의 고려인들을 만나 민족의 역사적 흔적을 더듬어보고, 아랄 해 인근의 아랄스크와 카스피 해 연안의 악타우, 아티라우 등지를 여행하다.

2007 5월 한국시학회 회장을 맡아 보다.

2008 3월 한국가톨릭문인회 회장을 맡아 보다.

2009 3월부터 한 학기 동안 체코 프라하의 카를 대학에 한국연구재단의 해외 방문 연구교수로 파견되다. 이 기간 중 프라하 및 체코의 지방 도시들을 둘러보고, 오스트리아와 슬로베니아를 거쳐 크로아티아의 리에카에서부터 스플리트, 두브로브니크까지 아드리아 해안을 따라 내려갔다가, 보스니아헤르체고비나의 산악 지대를 거쳐 사라

예보로, 세르비아의 베오그라드로, 그리고 헝가리의 부다페스트와 슬로바키아의 브라티슬라바를 여행하다. 다시 독일의 쾰른, 뷔르츠 부르크에서 로텐부르크를 거쳐 퓌센까지 로만틱 가도를 따라 내려 갔다가, 스위스의 루체른, 인터라켄 지나 수스텐 패스를 따라 알프 스를 넘어 이탈리아의 피렌체, 아시시, 몬탈치노, 시에나, 피사, 친 퀘테레를 거쳐 지중해 해안을 따라 프랑스의 니스, 칸, 엑상 프로방 스, 아비뇽으로, 그리고 피레네 산맥의 작은 나라 안도라를 지나 카 르카손 거쳐 루르드를 찾아가다. 투르에서 오를레앙 사이의 루아르 고성 지대를 둘러보고 몽생미셸로, 노르망디 해안의 에트르타, 칼 레 지나 벨기에의 브뤼게, 그리고 네덜란드의 암스테르담과 그 주 변까지를 여행하고 돌아오다.

2010 3월 한국시인협회 심의위원장을 맡다. 6월 시집 『마네킹과 천사』 (문학과지성사)를 발간하고, 7월 논저 『한국 현대시의 분석과 전망』 (한국문화사) 및 여행 에세이집 『조창환 교수의 여행의 인문학』(책만 드는집)을 발간하다. 8월 그간 봉직하던 대학의 교수직에서 은퇴하 며 정부로부터 황조근정훈장을 받다. 정년퇴임을 기념하여 활판인 쇄 시선집 『황금빛 재』(시월)를 발간하고, 제자들이 문집 『견고한 서 정, 따뜻한 엄격주의 – 조창환의 시와 삶』(책만드는집)을 엮다.

견고한 서정, 따뜻한 엄격주의

초판 1쇄　2010년 8월 10일
엮은이　남주조창환교수 정년퇴임기념문집 간행위원회
펴낸이　김영재
펴낸곳　책만드는집

주소　서울 마포구 합정동 428-49번지 4층 (121-887)
전화　3142-1585·6
팩스　336-8908
전자우편　chaekjip@chol.com
출판등록　1994년 1월 13일 제10-927호

ISBN 978-89-7944-340-0 (03810)